커튼을 제끼면서

숙맥 7

커튼을 제끼면서

이상일 · 정진홍 · 주종연 · 곽광수 · 이익섭 · 김경동 · 김명렬
김상태 · 김학주 · 김용직 · 김재은 · 김창진 · 이상옥

푸른사상
PRUNSASANG

커튼을 제끼면서

지금의 나에게 있어서는 아침에 일어나서 커튼을 제끼는 일이 무엇보다도 중요한 일과가 되었다. 왜냐하면 매일, 아침이 나를 맞이해 주기에 내가 살아 있고 새날이 탄생하기 때문이다.

우연히 영국 여류 소설가 조지 엘리엇이 쓴 글에서 이런 말을 발견했다. "The years seem to rush by now, and I think of death as a fast-approaching end of a journey. Double and treble reason for loving as well as working while it is day." 새겨보자면 이런 뜻일 게다. "지난 얼마 동안의 세월이란 것이 지금껏 쏜살같이 지나온 듯이 보인다. 죽음이란, 빨리도 접근해 오는 여정의 끝자락처럼 생각된다. 그래서 낮 동안(일할 수 있는 시간)에, 일을 할 뿐 아니라 사랑하기를 두 배 세 배 더해야 할 중요한 이유가 된다." 엘리엇은 평론가 루이스와 살다가 그가 죽자 은행가와 두 번째 결혼을 하던 해, 예순한 살에 죽었다. 엘리엇이 자기의 죽음을 미리 예측했던 것일까? 이 글은 그녀가 죽은 해에 쓴 글이다.

나에게는 사랑하고 일할 수 있는 낮 시간은 이미 많이 소진되었다. 그래서 나는 새 아침 맞기를 무척 기대하면서 산다. 아침에 커튼을 제끼면 그날의 날씨도 점검하게 된다. 날씨는 내 건강과 활동에 영향을 크게 미치기 때문이다. 특히 노인들은 날씨에 민감하기 때문에도 더 그렇다.

내 일상에서 절실한 것은, 아침에 일어나서 화장실엘 가고, TV를 보고, 신문 스크랩을 하고, 아이들에게 전화하고, 손녀 잘 있는지 안부 묻고, 산책하고, 동네 노인들 만나서 노닥거리는 일이다. 그동안 나는 일상을 외면하다시피 살아온 것 같다. 대학 선생을 한답시고 일상적인 것에는 별 관심이 없었던 것이다. 그런 것들은 하찮은 것이란 생각을 했을 수도 있다.

장자(莊子)가 말했듯이 "소변에도 도(道)가 있다"는 말은 진실이다. 만일 청소를 안 하면 어쩔 것인가? 설거지를 안 하면 어쩔 것인가? 쓰레기를 안 버리면 어쩔 것인가? 먼지 구덩이에서 살아야 하나? 퀴퀴한 음식 냄새를 맡으면서 살아야 하나? 집안을 온통 쓰레기 더미로 남겨 놓을 것인가? 청소와 설거지에도 도가 있다. 그것이 우리의 생존을 보장해 주고, 건강을 유지하게 만들고, 상쾌하게 살도록 해 주기 때문에 중요하지 않는가? 소소한 일상, 하찮아 보이는 트리비아(trivia-煩事)가 우리의 삶에서 얼마나 크게 말하는지 나는 요즘 아주 절실하게 느끼면서 살고 있다.

— 김재은, 「커튼을 제끼면서」 (271~273쪽에서 옮김)

이상일

·

소설과 연극 사이의 부첩(符牒)
— 〈해변의 카프카〉 공연 리뷰

그리스 비극 〈트로이의 여인들〉의 현대무용
— 〈Three Lips〉 공연 리뷰

소설과 연극 사이의 부첩(符牒)

〈해변의 카프카〉 공연 리뷰

1. 로드무비의 통과 의례적 성장통?

소설이라는 산문 서사시의 섬세한 내러티브 이미지 형성력과 연극 드라마의 기승전결식 수직적 극적 표현법은 다를 수밖에 없고 당연히 거기에서 예술장르 간의 차이가 생긴다.

내가 최근에 읽은 일본 무라카미 하루키의 소설 『해변의 카프카』와 그 소설을 번안한 프랑크 갈라티의 각색대본 「해변의 카프카」 번안극을 연출 상연한 김미혜의 공연 〈해변의 카프카〉(5월 4일~6월 16일, 동숭아트센터–제작 일본 측 아이즈카 마사키/한국 측 김영수)는 춤추는 메피스토 이미지가 무대를 선도하는 느낌을 주면서 서사시의 내러티브와 드라마 공연양식 사이의 경계를 무너뜨리는, 다르게 말하면 다른 장르차원의 세계로 들어서는 통로를 가로막고 섰던 경계의 돌이 치워지는 감명도 받게 하였다.

소설 『해변의 카프카』는 독일의 실존적 초현실주의 작가 프란츠 카프카(1883~1924)의 실명(實名)을 빌린 일종의 몽환적 현대소설 수준이려니 해서 '카프카 실명의 차용'에만 관심을 가졌던 이웃나라 한국의 원로 독문학자인 나의 오기는 이웃 일본 작가의 서툰 카프카 행세, 그 자체가 못마땅했던 것이 사실이다. 일본이름에 '카프카'는 존재할 수 없다. 애칭으로서 외국 만화애니메이션 주인공 이름쯤 명명하는 경우라 하더라도 아인슈타인이니, 링컨, 니체, 카프카 등 패밀리네임을 호명(呼名)으로 쓰는 결례는 없어야 한다(허긴 대중 TV 드라마에 성웅 '이순신'의 이름을 제명으로 쓰는 세태이기도 하지만). 그런데 소설 속의 주인공 열다섯 살짜리 다무라 카프카는 패밀리네임을 호명으로 달고 나와 로드무비처럼 이미지의 낙엽을 흩날리며 성장통(成長痛)의 교양소설 경향을 띄고 있다고 해서 그 행적이 인간의 보편성을 획득하게 된다는 보장은 없다. 작가 카프카가 먼 해변을 배경으로 서 있는 초현실주의적 풍경인물화 정도로 격상시켜 볼 수는 있을지 몰라도—.

2. 까마귀 이미지와 춤추는 메피스토의 겹이미지

그렇게 읽어나가는 소설에서는 전형적인 일본인들의 관습적 행적인 고양이 찾기가 요설(饒舌)스런 내러티브 산문 서사시 『해변의 카프카』의 에필로그, 그 도입(導入) 노릇을 한다. 작가 무라카미의 문학세계로 들어가는 도입은 일상적이면서 부조리하고 상식적이면서 초현실적이다—작가의 의식은 장황한 서사시적 묘사가 그대로 이미지화되어 떠오를 정도로 활발하고 컬러풀하다. 나처럼 소설을 읽어도 서술부분이나 묘사장면을 건너 뛰어 버리고 대화체로 줄거리를 파악하는 데 이골이 난 사람도 작가 무라카미의 끓어오르는 이미지의 바다에 즐겨 익사하고 싶은 유혹을 받게 만드는 그의 마력이 의도적인 의식상의 인공적 작업이라면 그의 무의식세계는 마치 물에 잠긴 거대한 빙산 수면 아래의 부피처럼 아주 무겁고 잔인하고 부조리하게 무섭다.

소설 『해변의 카프카』의 이미지들 행렬은 두 개의 축, 집 나간 고양이를 찾아주는 노인과 카프카 소년의 행적으로 그려진다. 그 주변에 일상적으로 상상하기 어려운 인간 행렬─수수께끼에 쌓인 신비의 여인 시골 민간도서관장 사에키, 고양이 살해범 조니 워커, 그리고 우리 주변의 흔한 이웃들인 도서관 직원, 간호원, 트럭 운전수 등등이 저마다 이야기를 몰고 다닌다. 줄거리로서는 길지만 쉬엄쉬엄 읽어 내려가는 도중에 독자 임의로 건너뛸 수 있는 장면들을 마치 탐정 추리극 형식으로 왜, 어떻게 된 것일까 하고 질문하게끔 작가의 의식바닥에 있는 여러 이지러진 요소들을 이미지로 그려내어 사건화하는 솜씨는 아주 대중적이다. 끝없는 의구심과 관심과 호기심을 자극하는 잠재의식의 상호교류가 무라카미와 독자와의 관계이다. 이 그림 두루마리식 이야기집체(集體)는 이미지 덩어리로 거둬 올려야지 기승전결식 대단원 퍼즐 맞추기식 극장무대 스토리텔링으로 고쳐 쓰기는 불가능해 보인다. 도대체 시놉시스의 구성 자체가 해체될 지경이다.

카프카라는 이름이 까마귀를 뜻하는 원어라는 사실을 활용한, 장의(長衣)를 걸친 검은 매체(媒體)는 중요한 장면에서 까마귀인지 악마 메피스토의 이미지인지 구별하기 어렵게 작용한다. 까마귀가 날개를 펼치듯 장면을 전환시키거나 정착시키는 연출적 미감은 까마귀 날갯짓을 메피스토의 마술 망트의 조화로 바꾼다.

공연 〈해변의 카프카〉는 몇 막 짜리 공연이 상투인 극장무대에 40여 장면의 이미지들을 이어가며 스피디한 서사화를 도모한다.

춤추는 메피스토는 싸늘한 객체이다. 그는 이미지의 홍수를 조절하고 현대문명의 결함을 조준한다. 아니면 춤추는 메피스토를 제외한 제3자들이 모두 주관적 감정이입에서 얼어 굳어 버린 객관적 존재로 거기 서 있는 것처럼 보이게 만든다. 악마 메피스토의 명연기가 춤으로 바뀌어 공연 〈해변의 카프카〉를 무용공연으로 탈바꿈한다. 이미지 공연이라 할만하다. 메피스토 펠리스를 연기할 정도의 배우술이라면 무용 한 자락쯤으로 무대를 바꿀 수 있는 마력도 충분히 발휘할 수 있을 것이다.

3. 미궁(迷宮)의 통로―경계를 가로막는 돌

무라카미의 문학세계로 들어서는 입구, 미로처럼 얽힌 그의 문학세계 내부로 들어가는 출입구, 그 문은 모양새 없는 돌멩이 하나로 막혀 있다. 바위나 석문(石門), 석판(石板)도 아닌, 그저 그렇고 그런 그냥 돌 하나가 비밀의 통로 입구를 닫고 있을 뿐인데 그 돌은 커지기도 하고 작아지기도 하며 무거워지기도 가벼워지기도 하는 부첩(符牒)이다. 소설과 연극, 그리고 무용과 무대미술이 경계를 짓는 통로를 열고 닫는 부첩은 마치 손오공의 여의주처럼 무라카미의 문학적 미로로 들어가는 통로를 막고 서서 부첩처럼 길을 열어주기도, 닫기도 한다.

이 경계의 돌은 인류의 긴 기억의 동굴을 닫아두는 뚜껑 같은 존재다. 거기에는 인류의 원초적 기억들이 이미지 덩어리로 누적되어 있어서 뚜껑이 열리면 판도라의 상자처럼 온갖 길흉의 그림들이 쏟아져 나올지 모른다. 그래서 작가는 그 무의식세계의 여러 요소들을 의식세계 안에서 가공한다. 무라카미의 무의식세계로 들어가는 이 기억의 동굴, 지하세계의 입구를 막고 있는 돌은 가장 큰 상징이다.

거기에 이르기까지 독자들은 많은 복선의 강을 건너서 끝내 이 부첩의 돌과 만나도록 되어 있다. 이 문학적 배치(配置)가 작가의 의식 내면에서 일어난 여러 이미지들의 생산이며 독자들은 일종의 마취상태에서 그의 무의식세계를 들여다보는 것인데 공연예술에 이르면 작가의 의식 속에서 일어난 이미지들의 궤적을 따라서 작가의 무의식세계—순수한 시적 문학 공간으로 유도된다. 이 문학적 무의식세계는 시인 릴케가 말하는 순수한 시의 시공간이라서 이 원초적 시공은 '세계내면공간/Welt—Innen—Raum'으로 불릴 수도 있을지 모른다.

대중문학이니 순수문학이니 하는 경계는 그렇게 해서 의미가 없어지고 무라카미의 문학세계는 어쩌면 이미지들이 뒤끓는 서사시적 내러티브의 요설 같은 지껄임의 결함을 의식적 가공기법으로 들어낸다. 작가 앞에 검은 심연이 커다란 아가리를 벌리고 세계라는 내부의, 지구 한가운데로 곧장 뚫린 구멍 통로 끝에는 허무가 소용돌이치고 '들리는 것이라곤 고막을 누르는 깊은 침묵'만이다. 그런 까닭에 세계의 내부로 들어가는 길은 대로(大路)나 정도(正道)라기보다 미궁(迷宮)이며 미궁인 만큼 손으로 더듬으며 감각으로 살펴 더듬거리며 체험해야 그 존재감을 파악할 수 있다. 그렇게 파악되는 세계는 따라서 도무지 구체적이지 않다.

모든 것은 구체적으로 잡히지 않는 암유(暗喩), 메타포일 수밖에 없는 서사시적 내러티브의 이미지들 바다에서 익사 직전이었던 나는 김미혜 연출의 공연 〈해변의 카프카〉에서 구체적이고 리얼한 인식으로 이미지의 세계와 결별을 고한다.

4. 집단무의식의 의식적 가공

주인공 카프카 소년은 부조리한 현실 속에서 초현실주의 그림 액자 속에 갇혀 있는 그림 주제의 주인공이다. 조각가 아버지가 남겨 준 그림, 어머니가 간직했던 그림, 그리고 이 담대한 가출소년이 죽인 자기 아버지, 카프카 소년이 범한 자기 어머니—마치 오이디푸스왕의 신탁(神託) 그대로, 운명의 수순을 그대로 밟아나가는 소년의 행적을 두고 현대심리학은 성장통이라는 진단 하나로 간단히 넘어가 버린다. 성장통으로 까닭 없이 아버지를 죽여도 되고 어머니를 범해도 그저 '그리스비극의 차용'이라는 구실로 사건은 접어지는 것일까. 아니면 극복의 메타포로 끝나고 마는 것일까. 아버지를 이겨내고 어머니로부터 독립해서 자기 패밀리를 거느리게 되는 성장여로(旅路)의 로드무비처럼-.

소설은 황당무계하게 고양이와 대화소통이 가능한 한 노인의 믿기 어려운 난센스 이야기처럼 시작된다. 무라카미의 요설스런 내러티브로 창조된 특이한 무대 위의 여러 캐릭터들은 작가의 의식바닥에 있는 몇 개의 이지러진 요소들을 성격화한 것이다. 이미지 그림의 캐릭터라이징이 공연 〈해변의 카프카〉다.

무라카미의 붓 끝에 걸리면 산문 서사시가 그대로 이미지들의 모래밭이다. 버려지는 진주알 같은 이미저리들은 뭉게구름처럼 피어올라서 그 서술 묘사 장면들은 일일이 좇아가 주워 담을 수가 없다. 그런 점에서 소설 『해변의 카프카』는 영화적인 영상처리는 가능해도 현실무대인 극장공연물이 될 가능성은 없다고 생각하는 것은 당연하다. 그런 측면에서 번안 각색의 갈라티 대본을 읽고 연출의 김미혜가 '매우 서양적이고 논리적이며 서사적으로' 본 견해는 타당한 것이다. 그렇지 않고서는 원작의 부조리하고 신비하고 환상적 요소들이 초현실주의적으로 바뀌어 질 수밖에 없는 필연성을 해명할 도리가 없어진다.

소설의 내러티브를 통해서 이미지들을 양산해 놓은 탓에 논리적이며 서사적으로 가공할 수 있었던 원작의 사변성과 추상성과 관념성이 구체성을 띄게 된다. 그리고 그런 현실성 위에서 무대화가 가능해진 단계에 이미지들의 집단무의식을 잡아낸 메피스토의 비판적 안목이라든지 어두운 해학정신, 객관화 작업이 들어온다. 무대 위의 리얼리티와 산문 서사시의 몽환적 이미지들을 묶어 현대사회의 집단무의식이라는 거대한 세계 내면을 들어내 보인 연출은 관객으로 하여금 극장무대를 통한 세계내면 공간으로 직결된 길을 열어준 것이다. 물론 한 소년의 성장기록으로서 교양성장소설로, 또는 로드무비영화로 단편적인 사건 하나하나를 연계시킬 수도 있지만 연극이 되고 극장공연물이 되면 동시진행 연출 수법이 동원되기 때문에 고양이 노인과 함께 카프카 소년의 행적도 일목요연하게 추적해서 그려낼 수 있다. 소설의 거품 같은 이미지의 양산보다는 줄거리의 번안이 드라이하게 전개되기 때문이다. 그래서 이른바 시놉시스 구성도 가능해지고 서사화(敍事化)가 이루어진다.

5. 원초적 세계내면공간(世界內面空間)의 순수성

집을 버리고 나온 카프카 소년과 고양이와 말을 주고받을 수 있는 능력을 가진 나카타 노인과의 동시진행형 이야기는 그 둘이 함께 고양이 살인마 조니 워커와 연루되어 시코쿠여행으로 이어지고 각기 다른 이유로 시작된 여로의 사건들은 카프카 소년의 인생여정으로 통합된다.

사에키 여인을 통해 남남이었던 카프카 소년과 별도의 동시진행으로 전개되어 나가던 고양이 노인 행적이 서로의 삶에 관여한다. 동물을 매개로 한 신비한 소통은 신성의 현시(顯示)라는 에피파니, 히에로파니, 혹은 더 구체적으로 '신의 출현'이라는 theo-phany 같은 종교학용어까지 차용하게 만든다. 고대심성(古代心性)에서는 영험한 동물에 대한 경배가 일반적이었다. 지금도 남아 있는 호랑이, 곰, 뱀, 여우 등 연수(靈獸)관념은 마침내 '신성의 사람모습 닮기' 과정에 원초적인 이미지를 통해 인면수신(人面獸身)의 흔적을 남기고 있다. 그 끝이 마침내 사람다운 모습(anthropo-morph)으로, 학문적으로는 인간학(anthropo-logy)으로 종결된다.

이러한 부조리한 비논리적 논리로 인간과 자연, 주변 환경과의 관계가 설정된다면 집단무의식이나 잠재의식 가운데 매몰되어 있던 원초적 이미지들은 그 깊은 심연에서 깨어나는 날 폭발하는 마그마의 힘으로 내러티브 가운데서 화산재 같은 이미지들을 뿜어내게 될 것이다. 그것은 이미 논리 이전이다. 부조리한 논리와 초현실적 차원의 시공 가운데서 아버지를 죽여 온몸에 피를 묻히고 어머니를 범해 오이디푸스 콤플렉스를 실현시킨 카프카 소년의 부조리한 초현실적 삶의 행적은 꿈속의 사고인지 초현실적 사건인지 우리의 일상적인 로직으로 해명될 수 없다. 소설에서는 산문 서사시의 내러티브한 서술 묘사방법으로 구름 같은 이미지들을 거품처럼 끓어 올릴 수 있다. 그러나 현실적인 극장무대 위에서는 부조리한 초현실적 이미지를 구체화시키려 해도 행간이 태부족이다. 그래서 스피디하게 장면전환을 꾀할 수밖에 없어서 이미 표현주의 연극에서 시도했던 정거정 신(Stationenszene)기법이 동원되기도 하고 막(幕)처리도 없이 40여 개의 신들이 무대를 활력적으로 움직이게 한다. 그러나 중심에 버티고 있는 것은 신비의 여인 사에키 관장이 있는 고무라 기념 도서관이다.

　이 지점을 중심으로 카프카 소년의 우주가 돌고 있다. 작가 카프카의 우주가 아니라면 춤추는 메피스토의 마술 망토로 현실과 비현실이 교체된다. 무라카미 문학세계의 핵심이라 해도 될 의식의 인공적 장치를 넘어선 그의 무의식세계, '세계내면공간'이 순수의 부첩(符牒)을 달고 펼쳐지며 세계내면공간, 순수한 시의 경지, 그리고 집단무의식의 원초적 근원에서 발원된 미궁의 입구가 열리는 것이다. 그 통로를 열기 위한 입구의 돌, 경계석, 우주적 동굴의 뚜껑을 찾는 모험이 카프카 소년의 성장기의 사건들, 그의 통과의례의 시련과 아픔이다.

6. 경계의 돌을 치우는 예술적 작업

　총체예술, 통합이론, 융복합－그 세계로 들어가는 좁은 통로에 신비한 돌 하나가 경계석으로 서 있다. 그 뚜껑을 열기 위하여 나카타 노인의 동시진행 연출 수법이 로드무비 여정에서 동행하게 된 호시노 운전기사의 도움을 얻어 '다른 세계'로 가는, 혹은 다른 세계에서 이 세상으로 나오는 경계의 막힌 장애요소를 거두어내게 만드는 통과의례－그런 제의와 의식을 잊고 잃어버린 현대문명의 그늘과 결함을 공연 〈해변의 카프카〉가 부조리하게, 초현실주의적으로 보여 준 것이다.

　잠재의식이라는 미궁의 출입구를 여는 돌 하나 치워 버림으로써 다른 세계로 넘어가는 카프카 소년의 여정에 구멍이 뚫렸던 퍼즐은 맞추어지고 한 소년의 성장통 진단만 내려진다면－그것은 너무 안이한 해석이다.

　소설과 공연예술의 차이는 예술적 장르와 양식 사이의 경계를 넘는, 의식과 무의식을 연결하는 원초적 미궁 같은 내면공간을 더듬는 감각적 체험에서 얻어지는 인식이자 원초성과 현대성의 알력이 빚어내는 예술적 감흥이자 충만감이고 영적 공감이자 도취일 것이다.

그리스 비극 〈트로이의 여인들〉의 현대무용

❋

〈Three Lips〉 공연 리뷰

'2013 모다페'의 개막작 〈바벨〉과 폐막공연 〈트로이의 여인들〉의 절규, 〈Three Lips〉는 최근에 쉽사리 볼 수 없었던 빛나는 걸작들이었다. 〈바벨〉(『몸』 5월 리뷰게재)의 다문화적 기하학적 공간구성에서 현대문명의 과학적 첨단을 찾던 관객들은 〈트로이의 여인들〉이 전달하는 말 없는 몸의 문화적 심연에서 영적인 구원을 얻을 수 있었을 것이다.

그리스 3대 비극의 하나인 에우리피데스의 〈트로이의 여인들〉이 바탕이 된 안신희 안무작 〈Three Lips〉(5월 26일, 대학로예술대극장)는 유명한 호머의 율리시즈의 주제인 트로이 목마에서 출발한다. 그렇게 멸망한 그 나라 여인들의 참담한, 소리 없는 비명과 아우성이 우리를 전율케 한다. 여왕 헤카베(안신희), 트로이전쟁의 원인 제공자 헬레네(이윤경), 그리고 적장 아가멤논의 아내 신세가 된 카산드라(차진엽) 공주는 전쟁의 폭력에 까닭 없이 제물이 되고 희생되는 말 못할 이야기들을 〈소리 없는 통곡〉으로 엮는다. 대사 없는 연극, 곧 말 없이 몸으로, 무용으로 풀어내는 옛 신화는 현대의 신화로 모다파이드된다. 세 여인들의 입을 통해 전파되는 말, 곧 연극적 대사가 소리 없는 절규로 전달되기에는 몸의 예술인 무용이 가장 적격이다. 몸이 통곡한다. 우는 소리는 들리지 않고 처절한 비명과 울음이 드라마가 된다.

박명(薄明)의 무대 이미지 자체가 드라마다. 이미지 영상도 극적 요소를 지녔고 음악, 소리 한 가락도 미술, 그림 한 자락도 극적 긴장을 높인다. 하물며 무용이, 몸이 드라마가 되지 않을 수 있는가. 어쩌면 트로이의 여인들은 말의 연극보다 말이 없는 몸의 무용으로 가장 강력한 전달력을 확보한 것이다. 그렇게 신화라는 특수한 세계가 무용이라는 몸을 통해 보편화되고 멸망한 나라의 처절한 역사가 현실인식의 열쇠로 떠오른다.

우리는 희랍비극의 코러스 양식을 무대 위에 트로이 백성으로 눕혀놓고 한국의 전통가락을 구음으로 깔아놓은 안무 안신희의 극적 파악력을 높이 평가할 수 있다. 에우리피데스의 〈트로이의 여인들〉이 보편화시키지 못한 패망한 나라의 여인들이 겪었을 비극적 체험들은 2007년 유고슬라비아 여성 연출가 아이다 카릭이 그려낸 적이 있다. 이미지들은 전쟁폭력에 희생되는 위안부 제물로 겹쳐 떠오를 수도 있고 일제의 야만적 폭력만이 아니라 6·25라는 동족상잔(同族相殘)의 비극 속에, 가까이에서는 5·18 민주화 투쟁과정의 〈임을 향한 합창〉 속에 다 품어질 수도 있다. 대립과 갈등의 정점인 싸움의 폭력은 왜 하필 여인들에게, 할머니, 어머니, 그리고 딸들에게 더 그렇게 처절하고 잔인하고 야만스럽게 다가오는 것일까.

박명의 무대 이미지 자체가 드라마라고 말했다. 그런 드라마는 처음부터 안신희, 이윤경, 차진엽의 느린 신화적 움직임으로 서로 조응한다. 붉은 의상의 죽음과 재생의 모티브가 느리고 빠른 움직임 가운데 육체의 아름다움을 돋보이게 해서 신화의 전율이 물결처럼 파도친다. 모든 신화의 기적은 신화적 가능성의 속성이고 그렇게 시간과 공간이 세 여인을 둘러싼 채 박명의 기적으로 가능해진다. 신화는 원의 세계에서 이루어진다. 작아지는 조명의 원은 구심점으로 모이고 무용수들과 관객의 시선을 그 힘의 원천으로 끌어당긴다. 움직임의 절정이 조화를 이룬다. 리듬감이 거리감을 조율하고 육신의 질감과 사지의 굴신, 그 율동감이 구음과 전통가락과 조명빛 속으로 빨려 들어가 고귀한 세 여인들의 캐릭터가 대칭적으로 조형되어 나온다. 캐릭터는 솔로에서 고집스럽고 오랜 이인무에서 물소리와 함께 절정의 춤이 되어 트로이의 역사만이 아니라 인류의 모든 전쟁과 약탈과 멸망의 역사를 뼈아프게 회한(悔恨)할 수밖에 없게 한다. 정교하고 은밀한 안무가 너무 잘되었다는 탄식이 절로 난다. 즐기는 무용이 아니라 고통의 예술이다. 팔을 뻗으면 그 손끝에서 번개가 일고 가슴에서 흐르는 피는 너무 따뜻하였다. 예술의 승화(昇華)가 마지막 부분에 가서 코러스의 인간파도를 타고 넘을 때 제단의 꽃이 바로 무용수의 몸이다. 몸의 율동이 제사(祭祀)를 이어가는 여인들의 탄식이고 집념으로 절규하듯 소리치고 백의의 사제(司祭) 그림이 되어 승천하는 듯한 착시(錯視)현상마저 일으킨다.

정진홍

⁂
●
⁂

"힐링 현상"과 관련하여 생각하고 싶은 것
— 인문학 또는 종교학적인 자리에서

지난여름은 '환상적' 이었습니다

"힐링 현상"과 관련하여 생각하고 싶은 것

인문학 또는 종교학적인 자리에서

1. 언어의 변주

언어는 살아 있습니다. 살아 있는 사람의 삶이 짓는 일이기 때문입니다. 그래서 생명 있는 모든 것이 그렇듯 언어도 자라고 철들고 열매를 맺습니다. 그러나 때로는 시들기도 하고 병들기도 하고 또 늙습니다. 늙어가며 지혜가 담겨 무게가 차기도 하지만 얼이 온전하지 않을 수도 있습니다. 언어도 치매에 걸립니다. 아무튼 언어는 태어납니다. 그리고 죽습니다. 그리고 또 새 언어가 태어납니다. 그렇게 이어지며 언어는 현존합니다.

그렇다고 해서 모든 언어가 반드시 사라지는 것은 아닙니다. 사라진 언어의 자리에 다시 돋는 새 언어도 있고, 아예 새 언어가 아무 언어도 없는 자리에서 솟기도 합니다. 그런가 하면 세월 따라 낡아가면서 잊히다가도 새로 찾아 되사는 언어도 있고, 꼴은 거의 그대로인 채 자기 안에 담긴 뜻을 조금씩 다르게 채색하면서 다른 음조로 자기를 발언하는 새 언어도 있습니다. 또 비슷한 언어끼리 자리바꿈을 하듯 달라지는 언어들도 있습니다. 우리는 언어의 이러한 현상들을 '변주되는 언어' 또는 '언어의 변주 현상'이라고 말할 수 있습니다.

물론 언어는 사람에 의해 발언됩니다. 그러므로 언어의 이러한 '현존의 모습'을 언어가 스스로 자기의 격률(格率)에 따라 빚어낸 것이라고 할 수는 없습니다. 그런데 왜 그런지 까닭은 알 수 없지만, 발언된 언어는 그것 나름의 생명을 지닌 홀로 선 실체가 되어 스스로 자기를 변주하기도 하고 그러면서 자기 나름대로 사물을 빚습니다. 발언주체인 인간과 반드시 이어지지 않았다고 판단되는 그러한 맥락에서 그러합니다. 그래서 발언주체조차 '언어의 사물 빚음'에 속하지 않을 수 없습니다. 참 묘한 얼개입니다.

그런데 그래서 그렇겠지만 이렇게 묘사할 수 있는 언어현상을 살펴보면 우리는 우리 삶에 대해 많은 것을 짐작할 수 있습니다. 언어가 풋풋한지, 아니면 시들한지, 그것도 아니라면 언어가 열이 나는지, 아니면 침착하고 냉정한지를 기술하면서 우리는 우리의 '지금, 여기'를 꽤 잘 짚어 일컬을 수 있습니다. 사람들이 열이 나면 언어도 뜨거워지고, 언어가 그렇게 되면 사람살이 또한 들뜹니다. 그래서 웬만큼 침착한 언어가 발언되지 않으면 그 열이 내리질 않습니다. 당연히 흔히 쓰던 언어가 슬그머니 드물어지고 낯선 언어를 자주 만나게 되면 우리는 세상이 달라지고 있음을 알게 됩니다. 벌어지는 일이 이전과 다르다든지 생각 틀이 바뀌고 있다든지 바라고 향하는 목표가 달라졌다든지 하는 것들이 뚜렷해집니다. 당연히 귀하고 중한 것이 무엇인가 하는 판단도 바뀌고 있음을 짐작할 수 있게 됩니다. 앞에서 지적했듯이 언어의 바뀜이 그러한 현상을 낳을 수도 있고 달라진 세상과 사람의 의식이 그러한 언어를 발언할 수도 있습니다.

사정이야 어떻든 중요한 것은 언어의 변주현상을 통해 우리는 우리의 삶을 기술할 수 있고, 판단할 수 있고, 그래서 어떻게 살아야 하는지 하는 규범조차 마련할 수 있다고 하는 사실입니다.

그런데 지금 우리가 주목하려는 것은 '치유' 또는 더 자주 영어 healing을 그대로 음역하여 '힐링'이라고 일컫는 용어입니다. 이 말은 없던 말도 아니고 그 뜻이 모호하지도 않습니다. 잦지 않던 용어가 잦아진 것은 분명해도 어색하지는 않습니다. 어쩌면 그 말을 사용하면서 어떤 참신성을 느끼기조차 합니다. 그러나 분명한 것은 이 용어의 등장이 하나의 '언어의 변주현상'이라는 사실입니다. 그렇다면 우리는 이 변주현상 자체를 기술하면서 이 현상에 대한 일정한 판단을 시도할 수 있고, 이에 근거하여 우리는 '오늘 여기'를 살아가면서 비록 불투명하지만 우리에게 요청되리라고 기대되는 어떤 규범조차 의도해볼 수 있지 않을까 하는 생각을 하게 됩니다. 특별히 우리는 이를 이른바 '종교현상'과 이어 살피고자 합니다.

2. 치료에서 치유로/치유의 원음(原音) 하나

그런데 '치유'라는 말 이전에 이와 같은 뜻으로 우리가 일상적으로 쓰던 말은 '치료'입니다. 맥락에 따라, 그 언어를 발언하는 주체에 따라, 그리고 그런 용례를 다듬어 미세하지만 뚜렷한 차이를 두어 그 두 단어를 구분하기도 합니다. 이 두 용어의 서로 다름을 자상하게 살피는 일이 꼭 필요한지는 잘 판단이 되질 않지만 분명한 것은 '치유'가 '치료'의 자리를 차지해가면서 삶의 자리에 상당한 변화가 느껴지고 있다는 사실입니다. 그렇다면 그때 눈에 띄는 변화란 것이 어떤 것인지를 살펴보는 일은 마땅히 우리가 해야 할 일입니다. 그렇게 하면 왜 '치유'가 '치료'를 대치하는지를 확인할 수 있을 것이기 때문입니다. 이를 위해 상당한 우회를 감행해보고자 합니다.

우리는 몸을 가지고 있습니다. 가지고 있다기보다 우리는 몸입니다. 몸이 없으면 우리는 실재하지 않습니다. 그렇기 때문에 우리가 문제를 가지고 있다면 그것은 몸에서 비롯합니다. 그리고 우리가 그 문제에 대한 해답에 이르렀다면 그것은 곧 그 해답이 몸에 귀착했음을 뜻합니다. 이를테면 질병이 그러합니다. 그것은 몸의 아픔입니다. 몸의 상실에 대한 위협이 질병보다 더한 것은 없습니다. 적어도 의도적인 폭력을 제외한다면 자연스러운 삶의 현실에서는 그러합니다. 질병은 그저 두렵고 고통스러운 것에 머물지 않습니다. 그것은 곧 존재의 소멸을 뜻합니다. 몸의 아픔은 머지않아 닥칠 자기의 무화(無化)를 함축합니다. 그러므로 질병으로부터의 벗어남은 인간의 간절한 바람입니다. 이렇듯 상한 몸이 본래 모습으로 되돌아가 온전하기를 바라는 것은 당연합니다. '치료(treatment)'는 이를 위한 인간의 지혜가 모두 동원되는 지극한 기술(技術)입니다.

그 기술은 인류사를 관통하면서 끊임없이 발전되어 왔습니다. 의학의 발전은 고비마다 그 해답의 폭을 넓히는 것으로 점철되었습니다. 이를테면 '예방의학'은 치료의 외연이 얼마나 확장될 수 있는지를 짐작하게 합니다. 그것은 '치료 이전의 치료'입니다. 그런가 하면 신비에 가려 금기의 울안에 있다고 믿어왔던 생명에 대한 탐구는 마침내 생명을 '조작'하고 죽음을 '관리'할 수 있는데 이르렀다고 판단할 만큼 몸을 '마음대로' 다루고 있습니다. 노화(老化)는 이제 불가피한 것이 아닙니다. 그것은 치료 가능한 질병입니다. 죽음도 다르지 않습니다. 그것은 유예될 수 있는 현상입니다. 아직 저지할 수는 없지만 타협할 수는 있습니다. 이를 우리는 의학이 '치료 이후의 치료'에 이르고 있다고 묘사할 수 있습니다. 마침내 '몸의 치료'는, 몸의 '회복'은, 여전히 질병이 없을 수 없지만 있어도 절망적이지 않은, 지극히 현실적인 일상이 되고 있습니다. '치료'는 온갖 '해답'으로 있습니다.

마침내 질병현상에서 비롯한 '치료'라는 개념은 모든 삶의 문제를 풀어가는 '중심언어'가 되었습니다. 그래서 삶의 표상과 구조가 '질병의 치료'라는 현상으로 읽혀질 때 비로소 정의나 자유나 평등이나 평화도 성취 가능한 주제가 된다고 판단하고 있습니다. '치료'란 그러한 덕목을 함축한 상징적인 언어라는 의미와 더불어 근원적으로 그러한 덕목을 요청하게 된 문제정황이 '몸의 현상'에서 말미암은 것이라는 것을 전제하기 때문입니다. 이른바 '온전한−죽음(well−dying)'마저 포함하는 '온전한−현존(well−being)'이 현실적인 '몸의 건강'에서 비롯하여 '건강의 상징적 복합개념'으로 정착하면서 그것이 삶의 지향적 당위로 주창되는 것도 이를 보여주는 실증적인 예입니다.

그런데 이제까지 묘사한 사실은 인간을 영(靈)과 육(肉)의 이원적 실재로 나누어 설명하던 그 이전의 형편을 염두에 둔다면 상상할 수 없던 일입니다. 그때는 육이란 무가치하고 무의미하며 인간을 온전하게 하는데 철저한 장애가 되는 것이라고 여기면서 오로지 영만이 가치 있고 의미 있는 것이라고 판단하고 있었기 때문입니다. 그러므로 '치료'라는 몸−언어의 등장은 당대로서는 전혀 예상할 수 없었던 일입니다.

그런데 바야흐로 '치료'의 발언빈도가 낮아지면서 '치유'가 그 자리를 메우고 있습니다. '치료'는 어느 듯 낡은 언어가 되고 '치유'가 새로운 언어가 되고 있습니다. 이러한 현상은 우리로 하여금 '치료'가 감당할 수 없는 사태, 치료개념이 스스로 담을 수 없는 어떤 사태가 지금 여기에서 벌어지고 있음을 짐작할 수 있게 합니다. 달리 말한다면 '치료에 대한 한계인식'이 오늘 여기의 새로운 사태로 벌어지고 있음을 확인하게 해주고 있는 것입니다.

그런데 치료의 한계에 대한 인식이란 다른 것이 아닙니다. '몸의 근원성'에 대한 회의라고 할 수 있습니다. 치료는 '몸－언어'이기 때문입니다. 다시 말하면 몸의 현존에 관하여 서술하면서 모든 물음이 몸의 현실에서 비롯하고 모든 해답이 몸의 현실로 귀착한다고 하는 몸－서술이 충분히 온당한 것인가 하는 데 대한 회의라고 할 수 있습니다.

이렇게 서술하면 우리는 선뜻 이제까지 우리가 경험한 영육(靈|肉)의 이원론적(二元論的) 구조를 염두에 두면서 몸에 대한 새삼스러운 폄하현상이 일고 있는 것일지도 모른다고 짐작할 수 있습니다. 영에 대한 새로운 긍정적 인식이나 적극적인 강조가 두드러지고 있음을 보여주는 것이라고 읽을 수도 있기 때문입니다. 그러나 그렇지는 않습니다. 전통적인 이원론의 구조에서 보면 영육은 공존한다기보다 택일적(擇一的)인 것으로 있어야 했습니다. 육에 대한 부정적 인식과 판단은 이 맥락에서는 당위였습니다. 그러나 그러한 택일이 실은 삶에 대한 온당하지 못한 인식을 유도할 뿐만 아니라 부정직한 실천적 규범을 낳는 데 이를 뿐이라는 반성이 일면서 몸의 재발견이라든지 몸의 재확인이라는 새로운 각성이 일었던 것을 우리는 유념할 필요가 있습니다. 그렇기 때문에 몸에 대한 각성은 앞에서 이미 서술한 대로 몸을 근원어로 하여 삶을 재편성하게 했고, 당연히 문제와 해답의 구조와 현상도 '치료'가 함축하는 개념으로 다듬을 수 있었던 것입니다.

그렇다면 우리가 오늘 여기에서 직면하는 이른바 '치료'가 '치유'로 대치하는 새로운 추세를 이전의 이원론적 구조가 지녔던 영(靈) 중심의 구조와 현상으로 되돌아가는 것으로 이해하는 것은 무리입니다. 근본적으로 역류(逆流)나 재연(再演)은 시간의 맥락에서는 사실개념일 수 없습니다. 그것은 해석을 위한 은유입니다. 그런데 그러한 은유조차도 합당하지 않습니다. 치유는 치료의 변주일 뿐 치료의 범주에서 벗어나는 것이 아니기 때문입니다. 다시 말하면 치료든 치유든 그 둘 모두 '몸의 제거'가 전제된 개념이 아니기 때문입니다. 따라서 우리는 오히려 치유의 등장은 치료를 더 온전하게 하려는 기대의 현실화라고 이해하는 것이 옳을 듯합니다. 또 다르게 말한다면 몸의 근원성을 전제한 일연의 인식 틀이 그 근원성의 서술과정에서 지나쳤거나 놓쳤다고 해도 좋을 영의 현실을 바로 그 근원성의 범주에 포함해야 할 것이라는 불가피한 요청이 촉진한 사태라고 묘사하고 싶은 것입니다.

다음과 같은 사례를 들면 우리는 이러한 사태를 조금 더 소상하게 기술할 수 있습니다. 이를테면 질병의 치료를 위한 '몸−담론'은 사람과 그의 삶을 철저하게 '물화(物化)'합니다. 이를 우리는 더 적극적으로 '물화하지 않으면 치료는 불가능하다'고 말할 수 있습니다. 사람과 그의 삶뿐만 아니라 이른바 세계에 대한 담론도 이 맥락에서는 철저하게 물화될 수밖에 없습니다. 그러므로 우리는 이러한 사태를 안고 있는 사회나 문화를 '몸−사회(somatic society)'나 '몸−문화(somatic culture)'라고 할 수 있습니다.

그런데 여기에서는 의료의 비인간화가 불가피합니다. 물화된 인간은 전통적인 자리에서 보면 인간일 수 없습니다. 정신현상마저도 모두 물화하는 이른바 인간에 대한 치료는 사람을 물건으로 '다루는 것(treatment)'이지 '온전하게 하는 것(cure)'은 아닙니다. 그리고 치료행위의 주체도 더 이상 사람일 수 없습니다. '그것은' 물건을 수선하는 도구입니다. 그 결과가 어떤 것으로 나타나는가 하는 것은 오늘의 시장적 정황을 살펴보면 뚜렷해집니다. 존재하는 것은 모두 교환가치가 있는 상품이 되어야 합니다. 그것이 생존의 조건입니다.

알 수 없는 것은 이러한 사태에 대한 비판적 의식이 바로 그러한 정황에서 움튼다고 하는 일입니다. 그것은 일어난 어떤 사실에 대한 인식에서 말미암는 것도 아니고 그렇게 인식된 것의 내용에 대한 설명에서 비롯하는 것도 아닙니다. 그것은 삶의 주체인 인간이 스스로 살아가면서 자기도 모르게 겪는 삶의 '경험에 대한 자각'에서 솟습니다. 그러므로 이에서 비롯한 치료에의 대치 언어의 모색은 '자연스러운 것'일 뿐만 아니라 그때 등장하는 '치유'는 이제 몸도 얼도 한꺼번에 아우르며 넘어서는 새로운 인간이해를 담는 것이지 않으면 안 되게 되어 있습니다.

그러므로 '치유'는 이제 몸의 언어가 아니기 때문에 물화된 사물에 대한 언어가 아닙니다. 그렇다고 해서 그것이 얼의 언어도 아닙니다. 이미 그 두 언어를 아울러 넘어서는 새로운 언어의 요청이 마련한 언어이기 때문입니다. 따라서 결과적으로 치유는 '다루어지는 존재'의 삶의 실상을 논의하는 언어가 아니라 '스스로 자기를 가누는 존재'의 삶의 실상을 논의하는 언어입니다. 그러므로 치료의 주체는 타인이지만 치유의 주체는 자기일 수밖에 없습니다. 바로 그렇다고 하는 사실에서 이원론적 인간이해는 스스로 영과 육이라는 분리개념을 폐쇄할 수밖에 없게 됩니다. 그러한 이원론은 실재가 아니라는 판단을 하기 때문입니다.

치유의 원음(原音)을 좇아 우리는 치료에 이르렀고, 이에서 나아가 우리는 그 치료가 스스로 자신을 변주(變奏)하면서 치유에 이르지 않을 수 없게 된 것이라는 사실을 살펴보았습니다. 그렇다면 치료에서 치유에로의 옮김은 마땅한 진행이고, 그러한 의미에서 우리는 이 변주를 다행한 것으로 여길 수 있습니다.

3. 소테르(soter)에서 힐링(healing)으로/치유의 원음 둘

위에서 이런저런 까닭을 들면서 치료와 달리 치유는 새 언어로서의 면모가 뚜렷한 것으로 서술을 했습니다. 그러나 반드시 그렇지는 않습니다. 치유는 이미 종교의 범주 안에서는 치료보다 더 직접적이고 낯이 익은 용어입니다. 몸의 치료가 몸만으로 이루어지지 않는다는 사실을 유념하지 않을 수 없는 실제 경험은 치료라는 몸−언어로 몸이 낫게 되는 현상을 온전히 담지 못한다는 사실을 치유라는 표현을 빌려 익히 사용했습니다. 종교에서의 질병과 관련된 몸의 치료는 '다루기(treatment)'가 아니라 '회복(recover)'이였고 그것은 몸 만이기를 넘어서는 다른 '신비의 첨가'였습니다. 그것이 '치유(healing)'로 일컬어진 것이었습니다.

그런데 이러한 사실을 유념하면 앞에서 지적한 치유의 등장은 분명히 현대가 '몸−문화(somatic culture)'에 대한 절박한 한계의식에서 몸을 극도로 회의하면서 바야흐로 종교적 영성(spirituality)에로 '귀향'하고 있는 것과 다르지 않은 현상이라고 짐작할 수 있습니다. 그러나 그렇지 않았습니다. 위에서 보았듯이 '치유의 등장'이 몸의 폐기는 아니었습니다. 오히려 '몸의 보완'이라고 해야 옳은 그런 현상이었습니다.

그렇다면 오늘 여기에서 우리가 직면하는 종교 안에서의 '치유'의 두드러진 등장현상을 만나면서 우리가 해야 할 일은 그 용어가 이제까지 지속하던 어떤 언어를 대치하고 있는가 하는 것을 찾아보는 일입니다. 다시 말하면 '치유의 원음'은 적어도 직접적인 종교의 맥락에서는 무엇인가 하는 것입니다. 이때 우리는 '치유'를 선호하는 새로운 사태 안에서 그 언어 때문에 눈에 띄게 발언빈도가 낮아지는 용어를 발견합니다. '소테르(soter)'라는 용어가 그렇습니다. 이는 직역하면 '구원'입니다. 그리고 그것이 '구원론(soteriology)'으로 묘사될 때 그것은 종교의 다른 이름이기도 합니다. 그러나 우리는 '구원'이라고 하면 특정종교의 언어라는 이해를 갖습니다. 이를 피하기 위해 종교가 의도하는 존재양태의 긍정적 변화 일반에 대한 호칭으로 어느 종교에서나 수용할 수 있을 '탈색된 언어'로 '소테르'를 의도적으로 선택했습니다. 이를테면 그리스도교에서 이제까지 구원이라는 용어를 사용했음직한 맥락에서 요즘은 '치유(힐링)'가 발언되고 있습니다. 마찬가지로 불교에서는 이를테면 깨달음이 발언되었음직한 맥락에서 '치유'가 등장하면서 깨달음이 뒤로 물러납니다. 이 현상을 우리는 '소테르의 변주로서의 힐링'의 출현이라고 묘사할 수 있습니다.

그런데 이미 지적한 바와 같이 변주의 불가피성은 원음의 한계인식에서 비롯합니다. 그렇다면 우리는 '소테르'가 함축하는 한계가 무엇인지를 살펴볼 수밖에 없습니다. 그런데 이때 우리가 만나는 우선하는 것은 그것이 '권위에 의해서 과해지는 규범적인 언어'라는 사실입니다.

종교가 마련하는 '소테르'가 담고 있는 내용은 그대로 신도들이 승인하고 수용한 감동의 내용이기도 합니다. 그것이 인간에게 얼마나 절실하게 필요한 것이고, 그것이 얼마나 진실하게 위로와 힘이 되며, 종국적으로 그것이 인간이 얼마나 희구하던 꿈의 실현인 '해답의 확인'인가 하는 것을 우리는 신도들의 감동 속에서 그대로 만날 수 있습니다. 그래서 그해답은 그들의 삶의 내용이 됩니다. '소테르의 경험'은 존재양태의 변화를 획하면서 그 경험주체에게 새 누리를 마련해주기 때문입니다. 종교는 그렇게 비롯한 문화이고, 그렇게 틀 짜여 지속하고 확산된 공동체현상입니다.

그러나 주목할 것은 바로 그렇기 때문에 종교가 마련한 해답은 자기공동체의 절대적인 규범이 되고, 나아가 그것은 그 해답에 감동한 개개인에게 당연하게 요청되어야 하는 덕목으로 정착합니다. 그런데 그렇게 되면 그 감동주체는 자연스럽게 규범을 제시하는 권위에 귀속되면서 점차 스스로 책임주체이기보다 의존적인 타율적 자아가 되어갑니다. 개개인의 감동은 그 개인을 넘어선 커다란 얼개 안에서 '관리'되고, 개개인의 실존적 태도는 귀의나 봉헌의 이름으로 드높여지고 기려지면서 마침내 '자아의 소실(消失)'이 지고한 '자아의 실현'으로 '인정'됩니다. 종교공동체가 현존하는 한, 이는 불가피합니다. 그리고 종교에의 기대는 종교공동체를 불가피하게 현존하게 합니다. 그러므로 '소테르를 경험하는 감동'과 '그 감동이 관리되는 필연' 사이에는 근원적인 구조적 긴장이 자리 잡습니다.

이러한 상황 속에서는 인간의 문제가 이미 종교에 의해서 마련된 해답에 의하여 지어집니다. 물어야 할 물음과 묻지 말아야 할 물음이 구분되고 후자의 물음을 묻는다는 것은 공동체 규범을 어기는 일이나 다름없습니다. '감동에의 반역'으로 기술되는 이러한 사태는 종교공동체가 가장 저어하는 상황입니다. 정통과 이단의 출현은 이러한 사태와 더불어 드러나는 새로운 현상입니다. 그런데 정사(正邪)를 구분하는 그러한 판단준거에 의하여 규제되지 않으면 종교는 스스로 지닌 진정한 해답이 손상당하고 결국 소테르의 실현이 위험에 봉착한다고 믿고 있습니다.

그러나 종교는 표류하는 섬이 아닙니다. 그것은 일상적인 삶 안에 있는 현상입니다. 종교는 스스로 그렇지 않은 자신만의 독특성이 있어 그것이 절대, 초월, 신성 등의 개념으로 일컬어진다고 말하지만 그것은 종교의 발언입니다. 종교는 종교 이외의 수많은 다양한 '인간이해'와 더불어 있는 '어떤 하나의 현상'입니다. 그러므로 신도의 모습도 종교적인 틀 안에만 머물지 않습니다. 시대정신이라고 개념화할 수 있는 일연의 '지속하는 변화'는 사람들로 하여금 종교에 대한 '전승되어온 인식'을 되물을 수 있을 만큼 영향을 미칩니다. 이러한 사실이 이어지면서 사람들은 흐름의 결처럼 종교에 대한 많은 다른 태도를 낳습니다. 이를테면 자신의 문제를 스스로 드러내지 못한다고 하는 것은 인간성이 억압된 때문이라는 것, 사적(私的) 발언이 강요된 침묵에 의해 자아의 내면으로 침잠하는 것은 그 개인으로 하여금 스스로 자기를 속이게 하는 것과 다르지 않다는 것, 그러나 이를 견디지 못하고 마침내 강제된 공동체 규범 안에서 겪는 철저한 고독을 풀 길을 스스로 찾아나서는 것은 '영혼의 자유'를 희구하는 것이라는 인식에 이릅니다. 그리하여 '소테르'를 제시하는 권위의 그늘에서 벗어나 신도들은 이른바 '영성의 풀림'을 통해 자아의 '회복'을 모색하면서 '소테르' 대신 '힐링'을 발언하기 시작합니다.

그러므로 종교의 자리에서 보면 '치유의 일상화'나 '치유문화'라고 일컬을 수 있는 현상은 상당히 불편하고 불안한 조짐입니다. 그것이 탈제도적 지향의 징후로 여겨지기 때문입니다. 비록 '치유문화'가 기존의 제도권 속에서 이루어진다 해도 사정은 다르지 않습니다. '치유'가 수식하는 제의나 활동은 그 형태가 어떻든 신도들에게 참신하게 받아들여진다고 판단될수록 그만큼의 불안을 동반합니다. 그리하여 이른바 '영성의 치유'라고 다듬을 수 있을 일연의 '새로운 치유문화'가 제도권 종교의 주류일 수 없다는 사실을 뚜렷하게 밝힙니다. 가장 너그러운 경우, 힐링은 소테르를 위한 도구적 가치를 지닌 것으로 승인될 뿐입니다. 소테르의 퇴거를 초래하거나 소테르의 대안으로서의 힐링은 허용되지 않습니다.

하지만 신도의 입장에서 보면 새로운 언어의 등장은 관용적(慣用的)인 언어의 '무모한 굴레'를 벗어나는 가장 효과적인 출구의 발견과 다르지 않습니다. 언어의 교체는 세상의 교체와 다르지 않다고 느낍니다. 그러므로 새 언어를 발언하는 일은 권위에 의하여 승인받지 못하는 자신의 고통을 드러내도 좋은 이전에 없던 출구와의 만남입니다. 실은 그 새 언어는 그렇게 만난 우연이 아니라 스스로 그렇게 '다른 언어'로 발언할 수밖에 없었던 자신들의 소산(所産)입니다. 그래서 묻지 못할 것이 없는 홀가분함, 공개적으로 고독을 노출하면서 그 고독을 공유할 수 있음, 어쩌면 자학할 수밖에 없었던 종교공동체와의 관련에서 자기 속에 자기를 억죄던 사슬이 내재해 있음을 고백해도 두렵지 않음, 오히려 그렇게 할 수 있어 권위에 의하여 받지 못하던 위로를 '타자들'로부터 받을 수 있음 등을 스스로 겪으면서 자기도 모르는 사이에 '자아에의 회귀'를 호흡하게 됩니다.

그렇다면 소테르의 변주로서의 힐링은 제도에 의해서 억압되어온 것들의 총체적 풀림, 곧 이성에 의해서 가려졌던 정감(情感)의 거침없는 발산, 인식의 논리에 의하여 침묵할 수밖에 없었던 고백의 공공연한 발언, '절대적 타자'와의 만남이 아니라 '상대적 타자와의 공존'을 통한 '다른 감동'의 경험 등으로 요약할 수 있습니다. 달리 말하면 이는 '사람다움의 회복'과 다르지 않습니다.

그러나 그렇다고 해서 힐링이 소테르의 대치물은 아닙니다. 힐링은 그 원음으로 소테르를 지니고 있는 한에서 자기를 확보할 수 있기 때문입니다. 따라서 힐링은 소테르의 범주 안에서만 비로소 자신의 의미를 지닙니다. 종교 자체의 불안에도 불구하고 신도들의 이러한 힐링의 펼침은 종교를 인간답게 하는 결과를 낳습니다. 그것은 종교를 위해서도, 신도를 위해서도 다행한 일입니다. 왜냐하면 인간을 잃거나 잊은 종교의 자족적 현존이 종교 자체에게 초래하는 파괴적인 귀결을 우리는 기술된 역사 속에서 자주 확인하기 때문입니다.

4. '신도'에서 '시민'으로

앞에서 우리는 치유의 등장이 '보완'과 '회복'의 개념으로 정리될 수 있는 현상으로 지금 여기에서 자리 잡고 있음을 시사(示唆)하는 발언을 했습니다. 그러한 판단이 바른 것인지는 분명하지 않습니다. 특별히 이제까지 우리가 지녀온 관성적인 '종교담론'이나 '치료담론', 또는 '의료담론'을 좇아 이 현상을 읽는다면 위의 판단은 매우 취약한 것으로 보입니다. 우리가 익숙하게 겪어온 종교담론에 의하면 소테르의 한계를 승인하는 한에서라 할지라도 그것을 넘어서려는 의도는 '견딜 수 없음을 빙자한 편리한 환상에의 추종'과 다르지 않다고 여길만한 충분한 근거가 있기 때문입니다. 비록 권위적인 것의 온갖 폐해를 다 드러낸다 할지라도 이른바 하나의 '교리'가 형성되기까지는 그 나름의 '아픈 지양(止揚)'이 있었습니다. '땅과 하늘의 긴장'이라고 해도 좋고, '나와 나의 긴장'이라고 해도 좋습니다. 그 긴장은 모든 소테르의 모태이기도 합니다. 이른바 '몸-문화'를 구축한 과정도 그렇습니다. 흔히 우리는 자연과학의 전개를 인간을 물화(物化)한 의도적인 부정(不貞)으로 여깁니다. 그러나 '몸의 문화'나 '물화'라고 하는 것은 사실기술개념이 아닙니다. 그것은 처음부터 사실기술을 상당히 지나친 채 이루어진 평가적인 개념입니다. 그렇기 때문에 몸의 치료를 구가(謳歌)하면서 몸-사회나 몸-문화를 폄하하는 것은 이율배반적입니다. 질병은 치료되어야 합니다. 그것은 인간을 묻는 물음의 처음 자리입니다. 인식도, 감성도, 의지도, 상상력도, 가치도, 의미도, 신비마저도 질병의 치료당위성의 실현불가능성에서부터 비롯합니다. 치료는 그러한 물음의 일시적 중단이나 유보가 아닙니다. 그보다 훨씬 더 깊은 차원에서 인간의 삶에 영향을 줍니다.

만약 이러한 사실을 우리가 유념한다면 치유든 힐링이든 어떻게 어떤 맥락에서 기술되든 앞에서 진술한 것처럼 그렇게 간단하게 보완이나 회복의 개념으로 그 언어의 새로운 등장을 단정 짓고 말 수는 없습니다.

그렇다면 우리는 이 계기에서 이른바 '힐링 현상'에 대한 다른 접근을 시도할 필요가 있습니다. 이를 위해 우리가 주목하고 싶은 것은 '치료에서 치유'에로의 현상과 '소테르에서 힐링'으로의 현상이 중첩되고 있다는 사실입니다. 분명한 것은 이 둘이 한데 모아지면서 이제 '치유'나 '힐링'은 그것을 어떻게 사용하든 몸의 언어도 아니고 영의 언어도 아니게 되었다는 사실입니다. 소박하게 말하면 그것은 과학의 언어도 아니고 종교의 언어도 아닙니다. 그런데 그 두 영역과 단절되지 않는 맥락에서 여전히 발언됩니다. 원음이 각기 그렇게 뿌리하고 있기 때문입니다. 또 다르게 말한다면 치유든 힐링이든 그 언어를 발언하는 사람들은 그것이 과학도 종교도 아니기를 바라서 그 언어를 선택한 것이라고 말할 수 있습니다.

이 계기에서 어쩌면 이 현상을 가장 적절하게 묘사할 수 있는 것은 치유 또는 힐링을 '예술(art)'이라고 명명하는 것일지도 모릅니다. 실제로 치유나 힐링은 많은 경우 예술과 연계된 형태로 이루어지고 있습니다. 더 나아가 예술은 힐링기능을 가진다는 분명한 선언조차 하고 있습니다. 그러나 지금 여기에서 펼치고 있는 이 논의에 치유주체의 문제를 담는 것은 논리적으로 성급한 일인지도 모르겠습니다.

오히려 그 문제를 다른 시각에서 에둘러 담을 수는 있을 듯합니다. 점차 사람들은 절대적인 권위에의 예속을 견디기 힘들어 하는 것 같습니다. 다문화상황이 지극히 직접적인 삶의 정황이 되면서 더욱 그러한 것 같습니다. 그 반작용이라고 할 만한 극단적인 '순교적 자기투척현상'이 없는 것은 아닙니다. 그러나 이를테면 '귀의하는 자아'가 아니라 '귀의 이후의 자아'를 스스로 확인하려하고, '봉헌하는 자아'가 아니라 '봉헌 이후의 자아'를 스스로 확인하려는 것 같습니다.

종교와 관련하여 다시 서술한다면 이러한 현상은 종교의 '종교-신도'가 되기보다 '종교-시민'이 되려는 것이라고 말할 수 있습니다. 종교-신도는 자기를 종교에 봉헌하지만 종교-시민은 자기를 봉헌하는 자기를 갖습니다. 종교-신도는 소테르를 발언하지만 종교-시민은 힐링을 발언한다고 말하고 싶은 것입니다. 과학의 경우를 든다면 '과학-자'가 아니라 '과학-시민'이 되려는 것이라고 해도 좋을지 모르겠습니다. 과학-자는 자기를 과학에 봉헌하지만 과학-시민은 과학에 자기를 봉헌하는 자기를 갖습니다. 되풀이한다면 과학-자는 치료를 하지만 과학-시민은 치유를 한다고 말하고 싶은 것입니다.

요약한다면 힐링 현상은 새로운 '시민상(市民像 또는 citizenship)'의 부상(浮上)을 확인하게 합니다. 그것이 새로운 인간상을 주조하는 데까지 이를지, 또 그것이 우리가 살고 있는 삶의 총체인 문화에 대한 새로운 담론 편제를 구축하는 데까지 이를지 여부는 여전히 투명하지 않습니다. 언어의 변주가 빚는 현실은 실증되기보다 상상의 범주 안에서 그려질 수 있을 뿐이기 때문입니다. 다시 말하면 사유는 다만 그 변주가 빚었다고 상상되는 사실을 추수(追隨)할 따름이기 때문입니다.

지난여름은 '환상적'이었습니다

　　지난 7월 4일부터 13일까지, 9박 10일 동안 섬나라 피지(Fiji)공화국에 다녀왔습니다. 환상적인 남태평양에서의 여름휴가를 보내고 온 것은 아닙니다. 제가 속해 있는 학술원을 대표한 4사람 중의 하나로 그곳에서 열린 태평양과학협회(Pacific Science Association) 제12차 중간학술대회에 참석한 것이었는데, 결과적으로는 매우 '환상적'이었습니다. 우리나라에서 '과학협회'라고 번역을 하고 있어 자연과학자들의 모임으로 여기기 쉽지만 자연과학자의 모임은 아닙니다. 자연과학이 주를 이루고 있는 것은 사실이지만 인문－사회과학의 여러 영역도 두루 망라하고 있어 실은 '학문협회'라고 번역하는 것이 더 타당한 그런 모임입니다. 이번 모임의 전체 주제는 '태평양 섬들과 주변의 인간안전과 지속 가능한 발전을 위한 과학(Science for Human Security and Sustainable Development in the Pacific Islands and Rim)'이었습니다. 그리고 이 주제 아래 7개의 작은 주제들이 있었는데 나열해보면 (1) 생물다양성과 생태계 서비스 및 회복 가능한 사회(Biodiversity, Ecosystem Services, and Resilient Societies) (2) 지속 가능한 발전을 위한 정보통신기술(Information and Communication Technologies for Sustainable Development) (3) 음식, 물, 에너지, 건강(Food, Water, Energy, and Health) (4) 사회, 문화, 남성과 여성(Society, Culture, and Gender) (5) 통치, 경제발전, 공공정책(Governance, Economic Development, and Public Policy) (6) 기후변화, 영향, 기후과학(Climate Change, Impact, and Climate Science) (7) 해양(Ocean) 등입니다. 개막식에서의 기조강연 외에 7개 주제의 기조 강연도 전체회의로 이루어졌습니다. 대회의 전체 참석자는 450여 명이었습니다.

흥미로운 것은 7개 주제의 기조강연에서 자연과학의 한계를 지적하지 않은 발표자가 하나도 없다는 사실이었습니다. 어느 분은 지금의 자연과학을 '경화된 과학(hard science)'이라고 하면서 '연화된 과학(soft science)'에의 '발전'을 주장하는가 하면, 자연과학이 인간의 '영성(spirituality)'에 대한 관심과 더불어 전개되어 나아가야 한다는 주장이 빈번하게 등장한 것도 제게는 무척 흥미로운 현상이었습니다. 그러나 당위적인 선언일 뿐 이에 대한 충분한 '학문적' 진술이나 논의의 진전은 분명하게 확인할 수 없었습니다. 앞으로의 과제라고 생각됩니다.

그런데 모처럼 제 발표가 없는 '한가한' 참석이어서 좀 욕심을 냈습니다. 가능한 한 많이 보고 듣고 배우고 싶어서 7개 주제발표를 위한 전체회의는 물론, 제가 관심을 가지고 있는 제5주제인 '사회, 문화, 그리고 성(Society, Culture and Gender)' 분야에서 열리는 모두 28개의 발표 중에서 22개의 발표에 참석하였습니다. 저는 발표가 예정되어 있음에도 발표자가 참석하지 않아 취소된 4개의 주제를 제외하고는 모두 참석을 하였습니다. 2개의 발표는 발표를 직접 하지 않고 포스터로 대치한 것이었습니다. 기대했던 주제가 발표자의 불참으로 취소되는 일은 무척 실망스러웠습니다. 그런데 발표자로 공고되어 있는 한국의 어느 대학 교수가 참석하지 않아 모임이 취소된 예가 다른 주제의 모임에서도 있었습니다. 안타까웠습니다.

주제 발표 장소는 시원하고 안락했습니다. 마침 그곳이 겨울이어서 한낮 높은 기온이 25℃ 정도였고, 새벽마다 심한 소나기가 쏟아졌지만 바람도 무척 시원했습니다. 제가 참여한 주제의 발표장에는 대략 15명 내외의 사람들이 모였습니다. 자연히 서로 자기소개를 하고 나서 발표를 듣고 토론을 하는 형식을 취했는데 분위기가 참 좋았습니다. 좀 유치한 것 같기도 하지만 발표자가 질문자에게 줄 자그만 선물, 곧 자기 대학의 배지나 자기 나라의 작은 기념품을 준비해온 경우도 적지 않았습니다. 소박하게 모두들 즐거웠습니다.

이번 모임의 자연과학 쪽에서 많은 관심을 기울인 문제는 기후변화에 의한 '재앙'을 어떻게 극복할 수 있을 것인가 하는 것이었습니다. 그런데 이러한 위기감 못지않게 태평양 주변의 여러 섬나라들이 직면하고 있는 또 다른 심각한 문제는 자기네들의 고유한 전통문화의 소멸에 대한 두려움인 것 같았습니다. 문화의 지속가능성(cultural sustainability)은 제가 참석한 분야의 모든 발표자들이 공유하고 있는 문제였습니다. 인상적이었던 세 발표만을 예로 들겠습니다.

무엇이 '우리들의 전통적인 문화인가' 하는 문제가 여러 발표자들에 의해 다루어졌습니다. 그중에서도 자기들의 정체성이 어떤 것을 통해 확인되는가 하는 것을 통해 이를 살펴보려는 연구발표가 있었습니다. 피지 (Fiji)뿐만 아니라 통가(Toga) 등 여러 섬의 카바(kava)의례, 그리고 뉴질랜드(New Zealand)의 파이카바(Faikava)의례를 중심으로 다룬 오클랜드(Auckland) 대학의 에드문드 페호코(Edmund Fehoko) 교수의 연구발표가 그것이었는데 이러한 연구들 중에서 매우 돋보였고 인상적이었습니다. 22년 전에 저도 피지에서 카바의례에 초대되어 참여했던 기억이 되살아났기에 더욱 그러했습니다. 그런데 문제는 그 의례가 남성의례이기 때문에 남성사회에서는 그것을 자기 정체성의 확인지표로 승인할 수 있지만 이제는 여성의 권익이 신장되면서 그것을 통한 정체성의 확인이 여성들에 의해 배척되고 있다는 데 있었습니다. 그의 발표는 여성 참석자들에 의해 거친 반박을 받았습니다. 그러나 발표자는 그보다 지금 젊은이들이 전통 카바의례를 기피하는 새로운 풍조를 드러내고 있다고 하면서 이를 더 심각한 문제로 다루고 있었습니다. 정체성에 대한 문제를 공유하면서도 격하게 이는 이러한 혼란스러운 고민과 반박을 경청하면서 저는 이른바 문화적 정체성을 '전통 의례의 수행여부'에서 찾으려는 이러한 방법론이 과연 타당할 것일까 하는 회의가 들기도 했습니다. 그런데 이러한 열띤 논의와 상관없이 수바(Suva)항 근처의 야채시장에서는 카바 뿌리가 지천으로 쌓여 팔리고 있었습니다. 의례를 위한 것이라기보다 최근 여러 선진국에서 암 치료와 예방에 효과가 있다는 연구들이 발표되고 있기 때문인지도 모릅니다.

정체성의 논의를 여전히 함축하면서도 거기에 매여 머뭇거리기보다 우선 다른 문화와 가시적으로 구분되는 현존하는 자기 문화의 '다름 자체'를 자기들의 고유한 전통문화로 일단 전제하고 그것을 어떻게 지속시키고 연구하며 그 가치와 의미, 그리고 그 '틀' 자체를 어떻게 하면 세계적인 인류의 보편성의 맥락 안에 들게 할 수 있을 것인가를 탐구하고 실천하는 노력들도 돋보였습니다. 예를 들면 '예술, 문화, 태평양 연구를 위한 오세아니아 센터(the Oceania Centre for Arts, Culture, and Pacific Studies)'에서 제작한 두 편의 영화 〈바카(Vaka, 선견자의 탄생)〉와 〈드루아(Drua, 불의 물결)〉를 상영하면서 전통문화의 지속 가능성을 발표해준 하와이 대학의 빌소니 헤레니코(Vilsoni Herniko) 교수의 주장이 대표적인 것이었고 매우 시사적이었습니다. 그는 이러한 영화가 전통문화의 '기록'이면서 거기에 이야기를 담아 그것을 '살아 있게' 하고, 아울러 '소통 가능한 것'으로 다른 문화권에서도 공감할 수 있는 가치를 지니도록 함으로써 당면한 자기들의 문화지속가능성의 문제를 잘 해결할 수 있다고 주장하였습니다. 그러나 실제로 영화를 감상하면서 저는 그 두 편의 영화 모두가 다큐멘터리로도 성공적이지 못했고, 스토리텔링에서도 충분하지 않았으며, 결과적으로 소통에서도 많은 한계를 지닌 것으로 느껴졌습니다. 그 발표를 들으면서 문득 우리가 지향하는 문화콘텐츠 사업은 어떤지 궁금했습니다.

조금 문제의 맥락이 다르지만 오클랜드 대학의 갈루바오(Filiomanaia Akata Galubao) 교수가 발표한 「사모아인의 담론분석(discourse analysis)」도 흥미로웠습니다. 그는 사모아인의 언어생활에서 '비판적 발언'은 어떻게 이루어지는지를 살펴보고 있었습니다. 이를테면 전통적으로 비판적 발언의 주체는 언제나 집단적이라는 것, 그리고 직면한 사실에 대한 기술이나 인식 이전에 '전통적인 앎(indigenous knowledge)'이 언제나 우선하여 등장한다는 것입니다. 그런데 식민지시대 이후 그러한 전통적인 발언은 '화법'보다 개개 '어휘'를 선택하는 데 더 신중한 태도를 보이는 것으로 바뀌었다는 것, 그리고 '전통적인 앎'에 의하여 판단이 유도되던 것이 이제는 상당한 정도 '사실인식의 차원'에서 판단이 추론되고 있다는 것을 지적하고 있었습니다. 그럼에도 불구하고 사물을 보는 전통적인 자리(perspective), 곧 산의 정상에 있는 사람의 시각, 나무 꼭대기에 있는 사람의 시각, 그리고 뱃머리에 앉아 있는 사람의 시각이라는 근원적인 시각이 비판적 발언의 '권위'를 결정하는 것은 달라지지 않았다고 말하면서 이를 설명하기 위해 푸코(Foucault)의 '힘과 지식의 개념'을 원용하고 있었습니다. 저는 이 발표를 들으면서 평소 외국어의 유입, 외국어 학습, 다른 언어와의 소통이 초래하는 생각 틀의 변화를 우리가 어떻게 인식하고 판단하고 평가해야 할는지 늘 궁금하던 제 문제에 대한 막연한 어떤 시사를 얻은 것 같은 생각도 했습니다.

중간에 쉬는 시간이 있어 다과를 하며 여러 나라의 학자들과 서로 관심사를 가지고 담소를 나누는 기회도 누렸지만 하루 여섯 시간씩 꼬박 이레 동안 걸상에 앉아 긴장을 했더니 회의 중에는 전혀 몰랐는데 귀국 길에서는 허리의 통증을 가누지 못해 괴롭기 그지없었습니다. 나이는 어쩔 수 없다는 생각을 했습니다. 하지만 오랜만에 지적 향연을 마음껏 즐겼습니다. 참 좋았습니다. 매일 이런저런 일에 쫓겨 세상에서 일어나는 여러 현상에 대한 지적 천착을 게을리하고 살던 터라서 이번 회의 참석이 제게는 참으로 '환상적'인 기회가 아닐 수 없었습니다.

하지만 전체 회의 분위기는 즐겁지 않았습니다. 개회 전야제의 민속 공연, 폐회식 직전의 파티 등이 흥을 돋았지만 실은 무척 우울한 모임이었습니다. '기후변화와 인간의 안보'라는 문제를 기저로 한 다양한 주제들은 한결같이 답답하고 암담한 것이었습니다. 우리가 짐작도 하지 못할 만큼 태평양에 흩어져 있는 수많은 섬나라들의 위기의식은 심각했습니다.

이를테면 지난 10년간 피지의 해수면은 1.8센티미터가 높아졌습니다. 바닷물의 높이가 그만큼 늘어난 데 따라 육지의 침수면적이 늘어나는 것은 당연합니다. 그러나 어느 정도 육지가 해수에 의해 침수되어 없어지고 있는지 정확한 측정은 거의 불가능하다고 합니다. 분명한 것은 '이전에는 바닷물이 들지 않았는데 이제는 물이 든 곳'을 그곳에서 사는 사람들은 누구나 쉽게 확인한다고 하는 사실입니다. 아무리 3천 미터가 넘는 산이 있는 피지라 하더라도 이러한 경험은 섬뜩한 일입니다. 이러한 문제와 아울러 해양생물계의 변화로 인한 어종의 변화, 사라진 어류들, 먹을 수 없는 물고기들, 식물의 변종, 숲의 소멸, 새로운 질병, 전통문화의 붕괴, 자립불능의 경제, 다른 세계에서 일컫는 '발전'이라는 개념의 '변화'를 적용할 수 없는 제한된 현실, 새로운 정치적 욕구, 여성지위의 변화, 젊은이들의 이른바 '섬 탈출지향성' 등 문제는 한둘이 아니었습니다. 그런데 이러한 주제들에 대한 이른바 '전문적인 발언'이 사실의 기술, 새로운 방향의 제시를 축으로 하여 회의 내내 끊임없이 흘러나왔지만 제가 보기에는 이에 대한 대책의 강구가 범학문적인 입장에서부터 비롯하여 정치–경제적인 '힘의 갈등'을 축으로 한 대처방안의 모색에 이르기까지 아무리 진지하게 논의된다하더라도 그것은 다만 위기의식의 표출일 뿐 실질적인 출구의 마련이기에는 한참 모자라는 것들이라고만 판단되었습니다. 왜냐하면 그러한 발표내용들이 '잘만 하면 잘 될 것이다'라는 당위론적 동어반복 이상의 어떤 실제적인 해답도 마련하지 못하고 있다고 여겨졌기 때문입니다. 제 무지 때문이겠습니다만 지극히 기술적인 대책도 그렇게만 이해되었습니다.

그런데 바닷물이 언제 어떻게 땅을 뒤덮게 될지는 알 수 없지만, 그리고 그것이 지금까지의 상태로 앞으로도 이어 일어난다면 실은 백여 년 뒤의 일일 수도 있지만, 그 사태의 '진전'이 분명한 상황 속에서 제가 궁금한 것은 그곳에 사는 사람들의 '태도'였습니다. 이러한 제 관심은 참 한가한 비인간적인 '흥미'일 수밖에 없다는 것을 저도 잘 압니다. 그런데도 그러한 위기를 '아직은' 현실적으로 직면하지 않고 있는 또는 못하고 있는 저에게는 이 사태 속에서 거기에서 삶을 살아가는 사람들이 이 현상을 직면하고 있는 태도가 어떤지 알고 싶은 것은 단순한 지적 호기심을 넘어서는 저 나름으로는 절박한 것이기도 했습니다. 그런데 어느 발표장에서도 제 이러한 궁금증에 대한 메아리를 들을 수는 없었습니다. 더 정확히 말한다면 '그곳 사람들을 위한' 발언은 있었지만 '그곳 사람들의' 발언은 들을 수 없었습니다. 저는 그들의 발언을 어떤 형태로든 직접 듣고 싶었지만 그렇게 하기에는 거기 머무는 동안의 여러 현실적인 조건이 편하질 못했습니다.

회의가 열린 남태평양 대학(The University of the South Pacific)은 남국의 자연을 그대로 간직한 아름답고 안락한 곳입니다. 모든 시설들은 그곳 자연에 어울리도록 마련되어 있었고, 학생들과 교수들은 진지하고 겸손하면서도 남태평양의 지성을 대표한다는 높은 긍지를 감추지 않고 있었습니다. 늦은 저녁 대학 도서관은 무척 시원했습니다. 도서관과 마주해 있는 구내서점은 풍성하지는 않았지만 서구의 신간은 물론 자국의 출판물들도 고루 갖추고 있었습니다. 거기에서 저는 한 시집을 만났습니다. 사텐드라 난단(Satendra Nandan)이라는 시인의 『섬들의 외로움(The Loneliness of Islands)』이라는 시집이었습니다.

「태어난 자리(Place of Birth)」라는 시가 있었습니다. 그 시는 다음과 같이 시작되고 있습니다.

모든 형상은 공간을 가지고 있지
하지만 네가 태어난 곳은,
오직 네가 태어난 곳만은,
이제 형상도 없고, 공간도 없어

희망도 없고, 절망도 없어

아무 목적도 없이 **탑승시간입니다** 하니까 탑승하듯이
자고 일어나 하던 버릇이니까 아침세수를 하듯이
……

그러면서 시인은 '어쩌면 본능처럼 그저 살다가 여울처럼 흐른 아득한 슬픔의 계보, 그 조류를 따라 멀리 멀리 날아가는 것이 삶일지도 모른다'고 말합니다. 태어난 곳은 이제 살아갈 곳이 아닙니다. 살아갈 수 있는 곳이 아닙니다. 그렇다고 하는 그들의 경험을 저는 어쩌면 '존재기반의 상실.' 그렇게 이야기해야 더 정확할지 모른다고 생각했습니다.

그러나 그의 진정한 읊음은 이보다 더 절실한 황량함일지도 모릅니다. 잃을 수밖에 없는 존재의 기반에서 아직 스스로 존재한다고 하는 것을 확인해가며 살아야 하는 삶의 경험은 그 삶의 삶다움을 어떻게 추스를 수 있는 것인지 저는 숨이 막히는 듯했습니다. 그런데도 시인은 담담하게 일상의 관성을 읊으면서 소멸이 약속된 땅 위에 여전히 자기가 존재하고 있다는 것을 발언하고 있습니다. 어쩌면 '젖과 꿀이 흐르는 땅'을 향해 '탈출'을 선언해도 모자랄 상황에서 그는 지나치게 조용합니다. 저는 그의 한가함이 거북하기조차 했습니다.

그런데 갑작스럽게 시인은 다른 발언을 하고 있었습니다. 그것은 참 예

상하지 못한 것이었습니다. 그것은 반전(反轉)이라고 하기에도 어색한 근원적인 선회(旋回), 아니면 이어짐 안에 내장된 단절의 표출이라고 해도 좋을 그런 것이었습니다. 시인은 삶을 이어 묻지 않습니다. 갑작스럽게 그는 이렇게 읊습니다.

> 장례는 피지에서 일어나는 일

태어난 자리의 소멸을 이야기하는 맥락에서 죽음자리를 확인하는 일은 어울리지 않습니다. 그것조차 아무런 전조(前兆) 없이 불쑥 나타내는 것은 조금은 무모하기조차 한 일입니다. 저는 그렇게 생각하고 싶었습니다. 시의 완성도가 떨어지는 거 아닌가하는 느낌조차 들었습니다. 그러나 이 설익은 제 인식은 그 뒤에 이어지는 시인의 발언과 만나면서 얼마나 초라한 가난을 들어냈는지요. 죽음자리를 확인하는 일, 그런데 그것이 태어난 자리의 확인임을 천명하기까지, 시인의 에두름은 그대로 단장(斷腸)의 아픔이라고 해야 겨우 그려지는 그런 것이었습니다. 그는 이렇게 읊습니다.

> 너 고맙다
> 너는 네가 죽을 자리가 어딘지 묻지 않았어
> 너는 언제, 어디서, 누구와 더불어 죽음을 맞고 싶은지도

태어난 자리의 잃음은 죽음자리에의 물음을 함축하고 있습니다. 그래야 합니다. 태어나 살 자리가 없어졌다면 그 삶이 도달해야 하는 죽음은 과연 어디에서 '일어나는' 지를 물어야 하는 것은 마땅한 일입니다. 그런데 시인은 오히려 그 물음 없음을 고마워합니다. 그 '고마움'이 저에게는 견딜 수 없이 '찢어지는 아픔'으로 다가왔습니다. 당연히 예상되는 물음, 그런데 다행하게도 그 물음을 묻지 않아 그 물음에 대한 답변을 하지 않

아도 되는 안도(安堵), 그래서 발언하는 고마움, 그것은 그대로 처절하게 아픈 과정입니다. 까닭인 즉 분명합니다. 태어난 자리를 잃은 삶의 주체가 죽음자리를 묻는다면 그것은 또 한 번 태어난 자리의 상실을 되 발언해야 하는, 그러니까 상실을 거듭 강화하는 답변에 이를 수밖에 없는 것인데, 그것은 무의미한 자학(自虐) 이상일 수 없다는 것을 시인은 이미 충분히 알고 있기 때문일 겁니다. 저는 그렇게 공감했습니다.

시인은 이에 이어 살던 도시의 번잡함을 묘사합니다. 활기차게 '움직이는 삶'이 읊어지고 있는 것입니다. 그런데 이제는 사람들이 살던 집들의 문이 모두 닫혔습니다. 사람살이의 흔적이 가셨습니다. 강물도 이제는 더 흐르지 않습니다. 숨바꼭질을 하던 아이들도 당연히 없습니다. 그러나 시인은 말합니다. '나는 너를 다 안다고, 이미 충분히 알고 있다고.' 소멸이 실증되는 자리에서 조차 죽음자리를 묻지 않는 데 대한 공감, 죽음자리를 묻지 않고 죽어가겠다는 의지에 대한 어쩌면 경외일지도 모를 시인의 정서는 이렇게 그 죽음물음의 거절에 대한 아픈 공감을 다음과 같이 읊습니다.

　　　너는 괴로움 속에서 홀로 죽기를 꿈꾸고 바라고 있는 거야

그러나 죽음물음의 현실성과는 상관없이, 그러니까 죽음을 묻든 묻지 않든 그것과는 상관없이 아무튼 우리는 죽습니다. 태어난 자리의 소멸이 태어남마저 되 거두어들여 아예 죽음조차 없애는 것은 아닙니다. 내 태어남 이전에도 죽음은 있었습니다. 삶이 있었으니까요. 죽음은 우리로부터 비롯한 사건이 아닙니다. 태어남이 그렇듯이. 그리고 이 마디에서 시인은 조용히, 그리고 살며시, 자기의 죽은 누이(분명히 피지의 자연을 지칭하

는)를 이야기하기 시작합니다. 그것은 갑작스레 멀리서 들려오는 레퀴엠(Requiem) 같은 것인데, 제게 그렇게 들리는데, 그것이 도무지 슬프지 않았습니다. 하긴 그렇습니다. 레퀴엠은 슬픔을 '맑갛게 슬퍼하기 위한 것'일 뿐, 슬픔에 의해 자지러지는 마음의 표출은 아니기 때문입니다. 그리고 그것은 모든 존재하는 것의 '소멸을 기리는 종곡(終曲)'입니다.

> 내 누이는 여름의 나라에 살고 있었어
> ……
> 우리는 서로 얼굴을 마주하지도 못했고
> 물결 속에서 출렁이는 우리의 운명도 몰랐어

글을 읽을 줄도 몰랐고, 더하기 빼기도 못한 그 누이는, 그런데 삶을 행복해 했다고 시인은 말합니다. 그녀는 모든 자연과 어울릴 줄도 알았다고 시인은 그녀가 찬탄했던 온갖 꽃과 풀과 나무 이름을 들며 말합니다. 시인은 그녀의 모든 삶이 '그랬었노라'고 짙게 회상합니다. 그런데 그 누이가 세상을 떠납니다. 그 누이는 태어났었으니까 그랬다고 말합니다. 시인은 이를 이렇게 담담하게 읊습니다.

> 누이는 작은 집에서 죽었어
> 작은 공간에서
> 작은 나라에서
> 많은 지도들이 그려놓지 않는……
> (She died in a small house
> In a small place
> In a small country
> Missing from many maps……)

「태어난 자리」라는 시는 이렇게 끝납니다. 가슴이 먹먹했습니다. '언젠가는 사라지지 않을 자리에서 태어나지 않은 사람이 어디 있니? 살아 있는 사람들은 누구나 지도 위에도 그려지지 않을 공간에서 죽음을 맞는 것인데, 굳이 삶의 자리의 소멸과 죽을 자리의 모색을 이야기할 필요가 있을까? 그것이 인간의 운명이라면 피지의 내일과 피지 아닌 곳의 내일이 다를 것이 하나도 없는데……'. 어쩌면 시인은 이렇게 이야기하고 있는 것인지도 모릅니다. 하지만 시는 '설명'이 아닙니다. 그것은 삶이 빚는 그림자의 발언입니다. 더구나 햇빛이 사라지는 해변의 둔덕에서 발언의 실체를 찾는 것은 무의미한 일입니다.

저는 피지의 시인이 시적 정열을 가지고 자기들이 직면한 사태를 초극하려는 의지를 점화하면서 새 누리를 찾아 떠나는 장엄한 서곡을 자기 동족들에게 울리기를 기대했는지도 모릅니다. 솔직히 저는 그러한 기대를 했습니다. 그것이 상식, 그것도 '역사적 상식'이기 때문입니다. 멀리는 앞에서 언급한 '젖과 꿀이 흐르는 땅에의 탈출'도 그러했고, 가까이는 그러한 '탈출에의 충동'이 대륙을 향한 자기 확장의 기본적인 충동이었다는 동아시아 우리 이웃 나라의 이야기도 다르지 않습니다. 우리 모두 익히 아는 이야기들입니다. 다시 말하지만 상식이니까요. 그러나 피지의 시인은 그렇게 삶을 직면하고 있지 않았습니다. 태어난 곳이 있다면 그것이 소멸된다 할지라도, 묻힌 경험이 내 안에 기억으로 살아있다면 그곳이 지도 위에 그려지지 않는 곳이라 할지라도, 어차피 삶의 흐름이 그런 것이라면, 소멸을 슬퍼하면서 묻힐 곳을 묻지 않는 침묵보다 더 성숙한 삶이란 달리 기대할 수 없다고 시인은 '자기 삶을 겪었는지'도 모릅니다. 틀림없이 그랬던 것 같습니다.

아니, 이렇게 달리 이야기해도 좋을 듯합니다. 누이의 무덤과 그 장례를 기억하는 한, 그녀의 삶과 행복이 가득한 자연이, 풀과 나무, 하늘과 바다, 사람들의 소음이, 살아 있는 이들의 마음에 사라지지 않고 머무는 한, 사라질 땅은 아직 없습니다. 없어야 합니다. 소멸을 예상하는 아픔이 죽음으로부터의 도피를 의도하는 것이 아니라 죽음에의 조용한 침잠 속에서 승화하는 아름다움으로 꽃피면서 죽음자리를 묻지 않는 '고마운 자아'로 탄생하는 감동을 읽으면서 저는 어떻게 제 마음에 그 감동을 고이 담아야 할지 몰라 당혹스러웠습니다. 감동은 공감을 찾아 마구 스스로 분출하는 것이지 자기를 기다리는 공감하는 마음에 고이 담기는 것이 아니라는 느낌도 어쩌면 제게 처음 경험이었는지도 모르겠습니다.

그의 또 다른 시 「안에서의 죽음(An Inward Death)」은 이를 더 분명하게 전해주고 있었습니다. 그 시의 2절은 다음과 같습니다.

어느 날 오후,
이 끊임없는 빗속에서
짐짓 그 비가 그치리라 여기면서
너는 사랑을 꿈꾸며 바다를 바라보고
외롭게 홀로 있었지

물방울 하나, 창문에 떨어져 적도만큼
긴 금을 긋네
그렇게 보아서 그럴까
그 금이 바다를 갈라 놓네

그러자
네 살아 있는 자아가
아이의 죽음, 개와 새와

너 자신의 죽음을 우네

네가 그 죽어가는 온갖 것 구하려고 뛰어 오르네
그런데 길 한복판에서,
인간의 온갖 폐허 한복판에서
죽음이 너를 멎게 하네
네 가슴이 찢어지고
네 머리에서 피가 흐르고
태양은 파편 되어 흩어지네

너는 이제 죽어감을 아는 사람
너한테는 격렬한 폭발이 일어나
세계가 처음 원자로 되돌아갈 필요가 없어
그것은 죽음이 매순간 하고 있는 일인 걸!

그러니 이제
아무것도 없어, 정말 필요한 것은
(Now
 Nothing is really necessary)

저는 이 시인이 피지의 정서, 남태평양 여러 나라의 사유를 대표한다고
믿지는 않습니다. 또 저는 이 시인에 대해 아무것도 알지 못합니다. 그의
시가 영역(英譯)된 극히 적은 수의 피지 태생 시인들의 시라는 사실이 저
를 조금은 이 시를 순수하게 탐하게 하지 못하는 장애이기도 합니다. 영
역된 시란 꽤 자주 영어권 독자의 취향에 맞추어 선택된 것인 경우가 많
기 때문입니다. 따라서 이 시를 통해 피지인의 '종말론적 공포'에 대한
정서를 읽는다는 것은 무모한 일입니다. 다만 한 시인의 시일뿐이라고 생
각하는 것이 오히려 이 시를 통해 '무모한 인식'을 전개하는 것보다 훨씬
나을 거라고 생각합니다. 그러나 이 시에는 다른 어떤 학술발표에서도 들

을 수 없었던 하나의 선언이 담겨 있었습니다. 그것은 다른 것이 아닙니다. 제 투로 말한다면 온갖 학술발표가 '죽음을 향해 가는 삶의 자리에서 죽음 피하기'를 의도하는 것이었다면 이 시는 '죽음자리에서 삶을 바라보며 그 삶을 온전하게 하기'라고 하고 싶은 그런 것이었습니다.

이를 저는 조금은 서둘러 이렇게 말씀드리고 싶습니다. 죽음자리에서 삶을 바라보면 삶의 자리에서 죽음을 간과하고 살아갈 때보다 우리는 조금 더 겸손할 수 있을 것 같습니다. 우리는 좀 더 잘난 체하지 않아도 될 것 같습니다. 쓰고 먹고 입고 치장하고 과시하는 일보다 아끼고 절제하고 염치가 있는 삶이 더 나아지리라고 생각됩니다. 서로 못났고 모자라고, 그래서 할 수 있는 일이 한정되어 있으니 서로 돕고 채우고 힘이 되어주어야 사는 삶이 삶다워진다는 의식도 더 뚜렷해질 것 같습니다. 불원간 죽어야 할 삶인데, 그러니까 사랑하고 살아도 한없이 짧은 세월이어서 미워하고 게걸스럽게 살고 힘이나 권위를 드러내려다보면 한없이 초라하고 가난하고 불쌍한 존재가 될 수밖에 없는 삶인데, 그렇다고 하는 것을 죽음자리에서 삶을 바라보면 알 수 있게 되리라고 믿기 때문입니다. 시인의 말처럼 죽어감을 아는 사람에게는 '정말 필요한 것은 아무것도 없는' 법입니다. 그런데 그처럼 아무것도 정말 필요한 것이 없다고 여기고 사는 삶도 있는 법입니다. 아니, 그것이 참으로 '사는 삶'입니다.

삶이 죽음을 안고 있는 것이라면 언제든 소멸되는 것이 생명인데, 그래도 살아 있는 한 땅이 물속에 잠긴다는 것을 여러 원인을 찾아 밝히고, 이에 대한 대처를 하는 것도 매우 매우 중요하지만, 근원적으로 죽음을 안고 사는 존재라는 겸허한 자리에서 삶을 영위해 나간다면 이른바 존재의 소멸이라는 '근원적인 문제'도 그야말로 근원적으로 풀리지 않을까 하는 생각을 골똘하게 했습니다. 제가 이러한 생각을 한 것은 너무 현란한 발표와 발언들이 쏟아지는데, 나중에는 그 발표와 주장들이 우리의 인식을 오히려 현실적으로 혼란스럽게 할지도 모른다는 겁이 나기 시작했기 때문인지도 모릅니다. 게다가 주장 자체의 스타일에 발표자도 매료되고 청자도 그렇게 되는 묘한 분위기를 느끼면서, 그래서 이른바 국제 학술회의라는 것이 지닌 자기 과시적인 묘한 속성이 서서히 역겨워지기 시작했기 때문인지도 모릅니다. 아무튼 그 시인의 시가 없었다면 모처럼의 '환상적'인 기회가 어쩌면 '환멸적'이게 되지 않았을까 하고 불안했던 저 자신의 모습을 지금 그 모임을 회상하면서 저는 온전히 지울 수가 없습니다.

돌아오는 비행기 안에서 저는 다시 그의 시집을 폈습니다. 「집(The House)」이라는 그의 시 마지막 구절을 읽으면서 저는 새삼스레 도대체 학문한다는 것이 무엇인지, 학문의 잔치라는 것이 과연 무엇인지 스스로 되생각해 보았습니다. 그것은 저 자신에 대한 오랜만의 되살핌이었습니다. 그리고 스스로 곤혹스러울 만큼 저 자신이 아팠습니다.

> 속고, 속이고, 스스로 자기를 속이면서,
> 우리는 왜 새가 모두 날아가 버렸을까 하고 물으면서
> 자라왔다.
> (Deceived, deceiving, self-deceived we have grown
> Asking why from the nest the birds have flown?)

빤히 까닭을 알면서도 짐짓 그것을 모르는 양 그 까닭을 눈가림하면서 온통 현학적인 논리와 개념들로 진정한 문제를 다루고 있다고 속고 속이

고 마침내 자기를 속이고 있는 것이 학문인지도 모른다는 생각이 들었습니다.

이래저래 제게 지난여름은 '환상적'이었습니다.

주종연

씁쓸한 기억

미다미 와레
이끼루 시루시 아리 아메즈지노
사까에루 도끼니
아에라꾸 오모에바

아침잠에서 막 깨어난 내 뇌리 속 어디선가 사내들의 비장한 쉰 목소리가 완벽한 일본어로 선명히 울렸다. 때가 어느 땐데, 지금 과연 때가 어느 땐데 죽어 없어진 줄로만 알았던 절규에 찬 그 목소리들이 느닷 없이 내 귓전에 그리도 선명히 울린단 말인가.

일제가 패망하고 이 땅에서 물러간 지 육칠십 년도 더 되었는데 그리고 더더욱 삼사십 년간 지배받은 민족적 수모를 평소 참을 수 없이 수치스럽게 여기고 있는 우리들인데 이게 대체 웬일이란 말이냐.

어려서 그것도 내 나이 열 살도 채 되기 전 익힌 말이요 쓰던 글인데 반세기도 훨씬 지나버린 이제껏 내 머리 속에 깊이 숨어 있다가 그때 그 목소리 그 기분으로 완벽하게 되살아나는 현상은 대저 무어란 말인가.

지워버리려야 지워지지 않는 팔뚝의 우두 자국 같이 저들이 어린 날에 형성된 내 무의식의 저 깊은 나락 속에 낙인처럼 깊이 찍혀 있었단 말인가. 그때 나이가 어렸었지만 나는 그 노래의 내용과 불려진 배경 그리고 더 나아가서는 주군(主君)에게 바쳐진 충성의 노래임을 대충 알고 있었다. 의식이 무의식의 진단이나 그 속의 여행 같은 것이 가능한지 잘 모르지만 나는 오늘처럼 느닷없이 불쑥 떠오르게 된 나의 심리적 기제를 차분히 자가진단해 본다.

누구를 탓했어야 옳은 일인지 잘은 모르겠지만 참으로 부끄럽게도 태어나서 처음으로 조직적이요 체계적 학습으로 익힌 글은 일본어인 가타가나였다. 언어는 사고를 지배한다고 식민지 통치하에 이 땅에서 태어난 어린이들은 글을 통해 일본식 사고를 익히며 서서히 길들여져 갔다.

내 경우 그곳은 오지라고도 할 수 있는 한반도 최북단의 작은 항구도시에서 초등학교에 입학했을 때 최초의 담임선생님은 일본인 여성이었다. 그때 교육받은 우리들의 국어는 일본어였고 다른 교과서도 물론 모두 일본어로 된 책이었다.

북쪽 매서운 추위가 아직 가시지 않은 4월 1일, 넓은 초등학교 운동장에서 오돌오돌 떨며 입학식을 마치자마자 신입생 전부는 학교 뒤 산기슭에 자리 잡은 일본신사 대문격인 도리 밑을 지나 절 앞 뜨락에 엄숙한 기분으로 줄 맞춰 섰다. 가슴에는 각자 일본식 명찰을 붙이고 있었고 주지격인 신관의 지시에 따라 문 앞에 일장기가 X형으로 걸려 있는 내부를 향해 여러 차례 구십 도로 허리 굽혀 절하는 절차를 치루고 나서야 꼬마들 하나하나가 신관으로부터 수신교과서를 받는 의식을 엄숙히 치렀다. 이렇게 우리는 저 "영광스러운 황국신민"이 되는 첫발을 딛게 된 것이다. 돌이켜 보건대 수신교과서에 실린 아직도 기억나는 이야기, 즉 집안 형편이 어려워 산에 나무하러 지게지고 다니지만 언제나 손에서 책을 놓지 않아 훗날 훌륭한 사람이 되었다는 니노미야 손도꾸의 이야기는 동아시아 농경사회의 공통된 귀감인 "주경야독(晝耕夜讀)"의 정신을, 그리고 어려서부터 나약한 체질인데도 겨울철에도 물론 매일 아침 우물가에서 냉수욕으로 심신을 단련하여 훗날 노일전쟁의 영웅으로 추앙받게 된 "노기장군"의 소년시절 일화는 극기정신의 함양을 표방한 것 같다.

그때 일 학년 국어 교실에서는 〈하루가기다(봄이 왔다)〉를 배우며 봄의 싱그러움을 노래했고 "아까이 도리 고도리/나제나제 아까이/아까이 미오 다베다(작은 붉은 새야 왜라서 빨갛니 빨간 열매를 먹었나)"를 읊으며 일본어 원음 속에 숨겨진 가락과 색상을 말랑말랑한 어린 머릿속에 각인 시켰다. 광복 후 우리말과 우리글을 익힌 지 육칠십 년이나 되는데도 이것은 수치스러운 일이지 결코 자랑거리가 아니지만, 지금도 초봄 마을 근처 동네 초등학교 담벼락에 폭포 쏟아지듯 일제히 피어 있는 개나리꽃을 보면 무의식중에 나도 모르게 문득 "렌교가 사이다(개나리꽃이 피다)"라고 한다든지 풀밭에 어느덧 얼굴을 내민 민들레꽃을 보면 민들레란 이름보다 "담뽀뽀"라는 일본어 명칭이 먼저 튀어나올 땐 참으로 난감하다.

앞은 바다지만 산으로 둘러싸인, 농촌도 아니요 어촌도 아닌 조그만 소도시에서 자란 꼬마들에게는 "가라스도 잇쇼니 가에리마쇼"라는 마지막 구절은 다소 낯설긴 했지만 해가 지고 저녁노을이 곱게 피어오르면 모두가 즐겁게 노래 불렀다.

> 유야께 고야께데 히가구레데
> 야마노 오데라데 가네가 나루
> 오데데 쓰나이데 미나 가에루
> 가라스도 잇쇼니 가에리마쇼

저녁노을이 물들고 서산에 해지니
산사에서 저녁 종소리 울리네
손에 손을 잡고 모두 돌아가세
까마귀와 더불어 집으로 돌아가세

지금은 노랫말이나 그 내용이 정확히 기억되지는 않지만 "하루노 오가와(봄날의 시냇물)"라던가 "하루가제 소요후꾸 소라오 미레바(봄바람 산들대는 하늘을 바라보면)"라는 일부 구절이 정확히 기억되는 "나노하나 하다께(유채꽃 밭)"같이 서정성이 짙은 시구들은 자라나는 어린이들의 정서 함양에 깊은 영향을 끼쳤다.

창가(唱歌)에서 갑(甲)을 받음은 사내의 수치라는 선배들이 남긴 명언의 전통을 모르는 바 아니었지만 그래도 우리는 시어를 익히고 때로는 계집애처럼 고운 목소리를 내어 예의 서정시가를 읊어대며 노래를 불렀다.

우리가 다닌 초등학교의 붉은 벽돌로 된 이 층짜리 본관 현관 바로 앞에는 지게지고 책을 읽으며 걸어가는 예의 니노미야 긴지로의 동상이 한쪽에, 그리고 다른 한편에는 일본의 전국시대인가 존황파의 대표적 무사인 구스노기 마사시게의 용맹스런 기마상이 꽃밭에 둘러싸여 세워져 있었다. 허구한 날 꼬마들의 동요나 부르며 서정시정이 넘쳐나는 꽃밭 속에 부드럽게만 키워진 것은 아니었다. 성장기 소년들의 불 같은 야성은 지금 생각해 보면 차츰 교묘하게 짜여진 상무정신의 고양을 근간으로 하는 협동과 충성심 그리고 궁극적으로는 멸사봉공의 희생정신으로 스스로를 아름답게 산화시키는 행동미학이 극대화된 가르침 속에서 길들여진 것 같다. 말하자면 예의 두 동상은 초등교육이 지향하는바 문무를 겸비하는 교육목표의 표상이었다. 나치시대 히틀러의 유겐트(Jugend)처럼 소비에트 시대 소련의 삐요네르(소년단)처럼 고대 희랍의 저 스파르타의 소년 교육정신을 귀감으로 삼았다.

물론 전시라는 시대적 상황 속에서 어쩔 수 없었다 하나 이른바 조선총독부가 관할하는 식민지인 반도의 소년들은 차츰 군가를 들으며 깨어났고 군가와 더불어 자라났다. 조금 멀리로는 중국 땅 여순항과 동해에서 벌어진 러일전쟁 때 거둔 승전의 이야기를 필두로 훗날 싱가포르 함락과 말레 스마트라 보르네오로 물밀 듯 진격한 "대일본제국 황군"의 거침없는 행보에 열광했다. 싱가포르 함락 기념으로는 상급학년 남학생에게는 작은 고무공을 그리고 여학생에게는 조금 더 큰 공을 나누어주어 혜택의 순위에서 밀려난 저급 학년 꼬마들은 얼마나 부러워했는지 아직도 기억이 생생하다.

　여순항에서 군함과 함께 "장렬한 최후"를 맞이했다는 함장 히로세 중좌(中佐), 남방 하늘에서 무수한 적기를 격추시키고 종내는 자기 비행기와 함께 산화했다는 가도 소장(少將), 그리고 중국에선가 동남아 어디선가 전차병으로 혁혁한 공을 세웠다는 니스즈미 대위(大尉) 같은 하늘과 바다와 육지에서 싸우다 장렬한 최후를 맞이한 영웅담들이 무수히 생산되어 꼬마들에게 애국심을 부추겼다. 학년이 높아지면서 꼬마들의 노래는 자연스레 동요에서 군가로 바뀌었다.

　싸워서 이기고 돌아오리라는 기백으로 출정하며 전공을 세운다면 기꺼이 죽으리라는 비장한 출전가를 비롯하여 하얀 장미처럼 창공에 피어난다는 낙하산병의 노래, 일곱 개의 단추가 벚꽃과 닻으로 상징되는 해군 예비하사관의 노래 ─ 이들은 훗날 거의 모두가 "가미가제 특공대원"으로 차출됐다 ─ 등 수많은 군가가 라디오에서 영화관에서 그리고 학교의 확성기를 통해 울려 퍼졌다. 내가 자란 곳은 조그마한 항구도시인 터라 상급학년 학생들은 해양소년단원이 되어 수병처럼 하얀 옷을 입고 바다에서 군함과 군함 사이 붉은 기와 흰 기로 교신하는 방법을 배운다며 으쓱댔다. 학교 운동장에는 풍차같이 생긴 쇠로 만든 겹으로 된 커다란 굴렁쇠

후프가 있어 그 속에 손과 발을 묶고 손발을 뻗은 채 빙글빙글 굴러가는 훈련은 일부 상급생들이 즐겼다. 가령 철봉대에서는 그것을 축으로 전신을 뻗은 채 빙글빙글 돌아가는 이른바 "다이샤링"을 할 줄 아는 몇 안 되는 상급생은 존경을 넘어 경탄의 대상으로 명성을 날렸다. 이 같은 기술을 익힐 수 있어야만 훗날 소년항공학교에 입학해 훌륭한 비행사로 전공을 세울 수 있다고 모두가 부러워했다.

그늘진 하교 뒷뜰에서 아니면 뒷골목 후미진 곳에서 고무줄로 유희하며 함께 부르던 여학생들의 노랫가락도 어느새 서정동요에서 예의 여순항 해전의 전쟁영웅 "히로세 중좌"나 육지 쪽에서 수많은 젊은이들의 무모한 희생 위에 승리로 이끌었다는 "노기 다이쇼"를 기리는 노래로 바뀌어 갔다.

이른바 일본정신의 정화라 일컫는 "야모도 다마시(大和魂)"는 어려서부터 자라나면서 길러지는 것이라 했다. 대장부의 기개는 모름지기 "간지스 강에서 악어를 낚시질"하며 "만리장성 위에서 (북쪽 향해) 오줌을 싸면 고비사막에 무지개 걸리다"라는 말로 호연지기를 어린 소년들에게 북돋았다.

그리하여 "야마도 다마시와 데끼니와 나이(대화혼은 적에겐 없다)"라는 요까렌 노래를 소년들은 소리 높여 불러댔다.

무적 관동군이니 무적 연합함대니 나아가서는 무적 남방방면군이 거둔 혁혁한 승전보를 연일 들어가며 열광했다.

가다오 나라베데 니이산또
교오모 각고에 유께루노와
헤이따이산노 오까게데쓰
오꾸니노 다메니 다다갓다
헤이따이산노 오까게데쓰

형과 함께 어깨 나란히
오늘도 학교에 갈 수 있음은
군인 아저씨들의 덕이에요
조국을 위해 싸우신
군인 아저씨들 덕이에요

이른바 전시하에 모든 것이 군사체제화되어 갔고 꼬마들도 동네별로 줄 맞춰 노래 부르며 등교했다. 전쟁으로 모자라는 기름에 보탬이 된다고 저급 학년은 오후에 오나모미(도꼬마리) 열매를 따러 얼굴이 까매지도록 들판을 헤맸고 고급 학년들은 산에서 소나무 관솔 채취에 진땀 흘렸다.

남태평양에서 마귀 같은 "영미 귀축"들 상대로 매일 수십 척의 배와 수십 대의 비행기를 격추시켰다는 승전의 요란한 보도와는 달리 점차 어딘가 쫓기는 우울한 분위기가 감지되었다.

이즈음 스무 살 넘는 이웃의 형님들은 하나둘씩 엄마들이 동네 어귀나 길거리에서 한뜸한뜸 받아낸, 그것이 총알막이가 된다는 센닌바리(千人針)를 배에 두르고 무운장구(武運長久)라는 어깨띠 걸치고 이마에는 일장기를 질끈 동여맨 채 입영을 위해 동네를 지나 큰길 따라 역으로 걸어갔다. 아무도 웃지 않는 어른들의 뒤를 따라 심상치 않은 분위기를 감지한 꼬마들도 말 없이 역까지 줄레줄레 쫓아갔다. 큰형님이 만주의 관동군으로 끌려간 것도 그리고 이른바 정신대의 제물이 되는 것이 두려워 스무 살도 아직 먼 누님이 고향집 어른들의 주선으로 서둘러 시집간 것도 모두 이즈음에 생긴 일들이었다.

세상 모르고 모두가 들떠 있던 분위기는 어느새 우울한 기분으로 전환되어 갔다. 용케도 꼬마들은 눈치가 빨랐다. 학교에서나 집에서나 길거리에서조차 차츰 웃음이 사라졌다.

팔라우, 레이데, 과달카날, 그리고 괌, 사이판, 이오지마에서 황군 모두가 옥쇄라는 집단 광기의 극치가 차례로 전해졌다. 그리고 끝내는 "대일본제국"의 패망을 나는 두 눈으로 똑똑히 보았다.

지금도 그들이 그렇게도 자랑하던 세계 최대의 전함 야마토(大和)의 위용을 생생히 기억한다. 어느 전쟁 뉴스에선가 바다에 떠 있는 거대한 군함의 전면과 측면을 화면 가득히 서서히 비추면서 저 유명한 군가를 배경음악으로 곁들인 장면은 오래도록 어린 날의 기억으로 남는다.

> 우미유까바 미즈구가바네
> 야마유까바 구사무스 가바네
> 오오기미노 헤니고소 시나메
> 가에리미와 세지
>
> 하잘 것 없는 나에게 베풀어준
> 주군의 은혜에 보답이라면
> 바다에서나 육지에서나
> 기꺼이 죽으리라

왜 그들은 위풍당당한 무적 해군임을 그렇게도 자랑하면서 구슬픈 가락의 고대시가를 노랫말로 삼았으며 곡조 또한 일욱승천(日旭昇天)의 솟아나는 기상이 아니라 꼭 무슨 장송곡 같은 기분을 자아내는 영탄조를 이른바 "제국해군가"로 삼았는지 의문이다.

새 생명의 탄생은 그 속에 이미 죽음을 배태한다고 그것이 조만간의 문제이긴 하지만 언젠가 나락으로 떨어진다는 영고성쇠의 역사적 교훈을 그들은 이미 터득하고 있었단 말인가. 아무리 전쟁이 죽고 죽이는 게임이라고 하더라도 그들은 애초부터 너무나 죽음을 미화시키고 찬미한 것 같다. 거대한 함선이 진수될 때, 그리고 저 유명한 가미가제 특공대들이 출격할 때마다 이들을 전송하며 "우미유까바"가 비장한 음조로 불려졌음을 나는 기억한다.

곰곰이 생각해보면 "우미유까바"는 아침나절 잠에서 깨어나자마자 문 득 환청처럼 들려온 "미다미 와레"와 함께 쌍을 이루며 내 유년기의 슬픈 언어로 오랜 기억의 저 밑바닥에 숨어 있다가 오늘 의식의 바깥으로 줄줄 이 끌려 나온 것이다.

인간의 두뇌는 생후 열 살에서 열두어 살 때까지 경험한 언어 위주로 최적화되어 있다는데 이 모두 내 나이 열 살도 되기 이전에 체험한 것들 이라 의식적이건 무의식적이건 이들이 내 사고의 틀이 되어 이제까지 나 의 삶에 깊은 영향을 끼쳤을 것을 생각하면 참으로 착잡하기 짝이 없이 난감해진다. 아무도 탓할 수 없는 거의 칠십 년 전의 일들을 돌이켜 보며 복잡하기 이를 데 없을 나라는 존재 내면의 유년기 사고 형성과정을 걱정 스레 들여다보지 않을 수 없다. 내 평생 인문학에 뜻을 두다보니 자연 문 사철(文史哲)에 두루 관심을 쏟을 수밖에 없었겠으나 돌이켜 보면 젊어서 부터 나는 문학 못지 않게 역사서를 섭렵했고 그중에서도 전쟁사에 몰두 했고 영웅담에 깊이 탐닉했었다. 오늘 내 내면 속에 침잠했을 특정시대가 형성한 의지(der Wille)가 개체 형성에 얼마나 크게 그리고 무섭게 작용하 였는가를 새삼 헤아려 보며 쓸쓸히 혼자서 웃어본다.

누나의 죽음

"외삼춘 엄마 돌아가셨어요!"

누님이 운명하였다는 생질의 전화였다.

며칠 전부터 건강상태가 심상치 않아 청량리 밖에 있는 종합병원 중환자실에 입원하고 있던 누님이 위독하다는 전갈을 받고 초저녁부터 병상을 지켰다. 그러나 밤 늦게까지 별다른 이상 없이 고요히 잠자듯 누워 있는 것을 보고 오늘밤은 그럭저럭 넘길 것 같으니 나더러 그만 집으로 돌아가 쉬는 것이 좋을 것 같다는 조카들의 성화에 떠밀려 막 집으로 돌아오는 차 속에서였다.

"그래, 알았다. 내일 아침 병원으로 갈게."

나는 담담히 전화를 끊었다. 일찍이 매형과 사별하였으나 누님은 슬하에 의사인 손주도 두고 80대 중반까지 사셨으니 그만하면 호상이구나 하는 생각이 문득 들었다.

예부터 딸은 어미 팔자 닮는다고 남편과 일찍 헤어진 것은 엄마와 비슷하나 앞세운 자식 하나 없이, 게다가 자식과는 생이별하지 않고 오히려 멀리 시집간 딸들마저 와서 모두 지켜보는 가운데 편안히 마지막 숨을 거두었다니 참으로 다행이었다.

내가 누나를 처음 본 것은 육이오사변 나던 그해 초 본가에 돌아와서였다. 고향집 정지 따뜻한 아랫목에 누워 조모와 무슨 이야기를 나누다 나는 그만 스르르 잠이 들어버렸다.

잠결에 두런두런거리는 소리에 그만 깨어나 무심코 일어나 보니 거기 윗목 엄마 곁에 나란히 앉은 엄마와 똑 닮은 젊은 얼굴이 나를 보고 웃고 있지를 않는가. 영문을 몰라 눈을 부비고 다시 보니 그때 엄마가 나직이 말했다.

"너희 누이다!"

이 때가 누나와 처음 상봉한 날이었다.

엄마가 만주로 떠난 아버지를 찾아 어린 형제 앞 세우고 북쪽으로 길 떠날 때 조부가 계신 본가에 누나를 남겨 두었다. 그 후 이차대전 말엽 정신대 문제로 세상이 시끄러울 즈음 어른들의 주선으로 과수원집 맏며느리로 서둘러 시집보냈다는 것이 내가 누나에 대해 그간 알고 있던 전부였다.

자그마한 체구에 말수 적고 조용히 웃음 짓는 모습마저 누나는 너무나 엄마의 판박이였다.

군함이 정박할 수 있는 항구도시로부터 그리 멀지 않은 곳에서 살고 있었기에 사변 때 누나네 식구 모두 남쪽으로 내려올 수 있어 나는 청소년 시절부터 종종 누나와 만났다. 명태순대나 녹두지지미 또는 질긴 가다구리(녹말) 냉면 그리고 무엇보다 가자미식해같이 어려서 고향 땅 함경도에서 먹던 엄마의 손맛이 그리울 때면 나는 종종 누나네 집으로 찾아가곤 했다.

그러고 보니 누나는 언제나 내가 맛있게 먹고 있는 모습을 마주 앉아 조용히 지켜보기만 했다. 같이 먹자고 권할 때마다 언제나 손사래를 치며,

"일 없소, 동생이나 많이 먹기요. 이따 애들이 돌아오면 같이 먹겠소. 어서 들기요."

라며 하나 변하지 않은 고향의 억양으로 사양했다.

나이 터울이 많이 지고 어려서부터 한 집에서 같이 자란 적이 없어서일까 누나는 한 번도 나에게 말을 놓은 적이 없다.

훗날 노쇠해져서 점점 기력이 없어졌을 때는 종종 엄마 이야기 하며 울먹이는 일이 잦았지만 누나가 그 전에 꼭 한 번 내 앞에서 눈물을 보인 일이 기억난다.

내가 대학에 입학하고 처음 누나를 찾아 갔을 때 일이다. 내 손을 꼭 잡고 생사도 모르는 고향 땅에 남겨둔 엄마가 알면 얼마나 기뻐하겠느냐고 누나는 흐느꼈다.

종갓집 육촌형이 왜정 때 이른바 제국대학에 입학했다고 문중뿐만 아니라 온 고을이 경사났다고 야단법석을 떨 때 엄마가 어리디 어린 형과 나를 가리키며 쟤들은 언제 커서 이담에 대학에 들어갈 수 있겠느냐고 몹시 부러워하던 그 대학에 들어간 것을 알면 얼마나 기쁘겠느냐란 것이었다.

지난 세기 초 시골 훈장 집 맏딸로 태어나 어려서 천자문 떼고 글은 깨쳤으나 신식학교 교육이라고는 전혀 받아본 적이 없는 엄마로서 그 어려운 살림 속에서도 어린 자식에게 대학교육의 필요성을 이미 간파하고 있었다는 게 실로 놀라웠다.

누나는 열 살 전후 나이에 오빠인 큰형님과 함께 할아버지 집에서 자랐다. 아버지 찾아 막연히 북으로 떠날 때 엄마는 어느 정도 나이 든 두 남

매를 본가에 맡겨둔 것이다. 네 남매를 거느리고 함께 떠나기란 여간 벅찬 일이 아니었으리라 생각은 되나 두고 떠난 엄마의 심정도 심정이려니와 열 살이란 어린 나이부터 그것도 어린 여자아이 몸으로 엄마 없이 자라온 세월이 얼마나 외롭고 감당하기 힘들었을까 함은 짐작하고도 남음이 있었다.

"동생, 내게 아직도 간절한 소원이 하나 있다면 그저 딱 한 번만이라도 엄마 곁에 누워 있고 싶소."

언젠가 누나가 고희도 훨씬 지난 나이에 내게 이런 말을 한 일이 생각난다.

어려운 시절 누구나 다 겪는 고초 사람마다 다르겠지만 그래도 성장기 보호막 없이 자란 가녀린 소녀의 외로움은 어디다 견줄 수 있었으랴. 오죽하면 노년에 접어든 지금까지도 저리 갈망하고 있을까.

기실 집안의 망냉이로 태어나 엄마 사랑은 독차지하다시피 하고 자란 나로서는 송구스럽기 이를 데 없었다. 마치 누나에게는 큰 죄라도 지은 듯이.

아들 녀석을 대학에 보낼 즈음이던가 누나가 대구에서 살 때 딸아이들의 성화에 못 이겨 교회에 나가기 시작했다.

그 후 이승을 떠나는 마지막까지 성경책을 손에서 놓은 적이 없다고 한다.

그때 누나가 대구에서 살던 시절이었다. 아직 젊은 나이에 무신론적 객기를 즐겨 부리던 내가 여기 대구에는 기도발 잘 서기로 유명하다는 팔공산 갓바위도 있는데 소원이 있으면 거길 다니시지 느닷없이 "예수쟁이"는 웬일이냐고 빈정대듯 이야기를 던지니 누나는 정색을 하고

"아이요! 거기는 말 못하는 돌미륵밖에 더 있소? 성경은 읽으면 읽을수

록 내 걸어온 길과 앞으로 나아갈 길이 훤히 비치는 것 같소. 어서 동생도 성경 읽고 예수님을 믿기요."

누나는 그 후에도 계속 집사람과 함께 찾아갈 때면 언제나 우리에게 교회 다니기를 권했다. 어려서는 엄마의 손에 이끌려, 장가가서는 아내의 운전수 자격으로 절집 문턱을 드나들었지만 아직도 여전히 일주문 밖에서 서성이고 있는 나로서 누나의 소원을 끝내 들어주지 못한 것이 못내 아쉬웠다.

외아들인 생질의 직장관계로 서울로 올라온 누나는 망우리 산 기슭에서 살았다. 고향 땅에 두고 온 과수원에 대한 미련 때문인지 배 밭으로 둘러싸인 제법 텃밭도 갖춘 양지 바른 곳에서 내내 지냈다. 환갑이 지나면서 일어났다 앉았다 하기조차 힘겨울 정도로 무릎이 안 좋았지만 누나는 해마다 봄철이 되면 으레 손수 캔 햇쑥으로 떡을 빚어 우리를 불렀다.

그때마다 나는 누나의 모습에서 아득히 잊혀진 모성을 느꼈고 차츰 나이 들며 변해가는 누나를 통해 엄마의 모습을 추상했다.

아직 소년시절이던 육이오사변 때 나는 엄마와 고향을 함께 여의었다.

그때 엄마와 헤어진 곳은
고향 마을 다리목
난리 피해 길 떠나는 남정네들 틈에
나도 떼밀려 실렸다. 그저
며칠 나들이 다녀올 가벼운 차림으로.
도락꾸 화물칸에 기어올라
엄마가 씌워준 개털모자 여미기도 전
차는 터덜대며 다리를 건넜다.

그새 강산이 예닐곱 차례도 더 바뀌었던가.

그때 엄마 나이 갓 쉰이었고 엄마는 그때 그 모습 그대로 내 가슴속에 내내 멈춰 있었다. 그러므로 누나와는 동기는 동기이지만 아무래도 나는 그것을 넘어 점차 나이 들어가는 누나의 얼굴에서 변해갔을 엄마의 모습을 찾으려 한 것이 아니었나 한다.

"옛소. 이거 동생 가지기요!"

노쇠해진 후 어느 날 누나는 골방 구석에 있는 거울 달린 오래된 자개장롱에서 색 바랜 헝겊에 싸인 길쭉한 물건을 꺼내어 내 앞에 내어 놓았다.

그것은 자주색 계열의 긴 술이 소북이 달린 황금으로 된 여성용 장식품이었다.

"시집갈 때 엄마가 달아준 노리개요. 이젠 동생이 가지기요."

누나에겐 장성한 아들이 있고 며느리도 맞이한 지 이미 오랜데 굳이 나에게 그것을 전하려고 하는 심정을 조금은 알 듯도 했다.

엄마의 손길이 스쳐 지나간 것으로 오래도록, 어쩌면 평생토록 고이 간직한 친정에서 가져온 유일한 물건이 아닐까 하는 생각을 하니 설핏 경건한 마음마저 들었다.

이렇듯 누나는 차곡차곡 생을 마감하는 준비를 했단 말인가.

드디어 입관하는 일시가 정해졌다 했다. 장지는 매형 곁으로 정해졌다니 그런데 수의는 마련했느냐고 생질에게 물으니 웬걸요 엄마가 당신이 죽으면 시집가던 날 입었던 옷이 장롱 속에 있으니 굳이 그걸 입혀 달라고 신신당부하였다는 것이다.

전쟁 때 피난 가는 경황 속에서도 그것을 챙겼다니 참으로 놀라웠다.

당신의 소원대로 누님은 얼굴은 삼베로 가려졌지만 그 옛날 혼례식 때 입었던 그대로 연분홍색 양단치마에 색동저고리를 받쳐 입은 그 위에 연두색 갑사 원삼을 걸치고 관 속에 반듯하게 누워 있었다. 몸은 왜소해져서 새 각시 때 입었던 옷이라고는 믿기지 않을 정도로 사뭇 커 보였다.

　　딸들이 일제히 터뜨린 울음소리를 들으며 앞으로 걸어 나가 나는 집에서 이미 마련해 온 그 황금 노리개를 저고리 옷고름에 매어달아 드렸다. 그리고 나직이 속삭였다.

　　"다음 생에도 우리 동기로 다시 만나요, 누나!"

하얼빈역에서

　나는 지금 만주 땅 하얼빈역 대합실에 앉아 밤 10시에 출발하는 선양
(瀋陽)행 기차를 기다리고 있다. 내가 알아들을 수 없는 중국 말로 간간이
"선양 선양"하는 확성기 소리가 역내에 울려 퍼질 때마다 번번이 그것을
봉천(奉天)이란 이름으로 바꾸어야만 개념이 정확히 전달되는 것 같이 느
껴지는 심리적 반응을 곰곰이 생각해 본다. 가령 만주(滿州)라는 포괄적
지명 또한 그렇지 아니한가. 시방 중국인들이 동북삼성이라 즐겨 부르며
옛 명칭을 꺼려하는 그곳을 굳이 만주라 부르고 싶고 그렇게 불려지는 것
이 정당한 대접이라 여기는 내 고집과 서로 무관하지는 않을 게다.

　만주는 나의 어린 시절과는 매우 밀접한 관계가 있는 곳이다. 그러므로
그 지명들이 어린 날의 내 뇌리 속에 깊이 박혀 있는 만큼 내가 기억하고
있는 나의 언어로 부를 때 유의미한 것으로 다가오는 것이 아니겠는가.
그것이 중국과 러시아와 접경하고 있는 두만강 어귀, 한반도의 최북단에
위치한 항구도시에서 내가 자랐기에, 그리고 무엇보다 떼려야 뗄 수 없는

인연 때문에 나에게 만주 땅은 깊은 의미망으로 얽혀 있는 고장임에서랴.

그러니까 며칠 전 나는 이른바 희수(喜壽) 나이가 되어서야 어린 시절이 묻혀 있는 그 곳을 찾아 60년 만에 돌아왔으나 강물이 앞을 가로막아 이웃인 연변 땅에 머무를 수밖에 없었다. 삼합(三合)언덕에서는 실개천같이 흐르는 강 건너 회령시가지를 먼 발치에서 내려 보았고, 도문에서는 강물이 제법 넘쳐 흘러 유속이 빠른 두만강 너머로 남양시내를 한눈에 훑을 수 있었으나 거기 또한 나의 어린 날과는 무관한 고장이기에 그저 강물에 손을 담그며 담담히 지켜보는 것으로 마음을 달랬다. 아득한 옛날부터 우리 선조들이 살아왔고 나의 태 또한 그곳에 묻혀 있는 북관(北關) 땅을 못내 그리워하는 아비의 심정을 안타까워하던 큰아들 녀석이 지난해 여름 이미 이곳을 답사하였던 터라 강물의 흐름을 따라 회령에서부터 두만강 어귀가 보이는 훈춘(琿春)까지, 말하자면 내 어린 시절이 서려 있는 그곳을 가장 가까이에서 바라볼 수 있는 지점이 마지막 행선지로 정해져 있었다.

회령, 남양, 경흥을 거쳐 강 건너 홍의와 사회를 한눈으로 훑을 수 있는 마지막 전망대가 있는 곳, 러시아와 중국과 조선 세 나라가 교묘하게 함께 국경을 맞대고 있는 꼭짓점인 방천(防川)에서 두만강 어귀 너머로 푸른 동해를 볼 수 있었다.

거기 강이 바다와 맞닿는 곳 왼쪽은 러시아 땅 핫산이요, 오른쪽 산 너머는 서수라(西水羅), 웅상, 그리고 그 아래쪽이 웅기(雄基)지.

나는 지금 밤 10시에 출발하는 봉천행 열차를 기다리며 하얼빈역 대합실에 앉아 그동안 끊었던 담배를 다시 피워 물고 있다. 허공에 내어 뿜은 아련한 담배 연기 새로 60년도 훨씬 전의 그때 그 소년의 모습으로 돌아가 허공에 대고 읊조린다.

읍내에서 시오리 떨어진
관곡동 아재 댁으로
양식 얻으러 간 날이면
우리는 하릴없이
엄마 떠난 곳과는 반대편
마을 동쪽 끝에 있는
역으로 나갔다.

우편국을 돌아
경찰서 앞 마당 가로질러
헌병대 문 앞 지나칠 때
언제나 알 수 없이 다리를 쭈뼛거렸다.

형과 나는 역에서
금테 두른 모자 쓴 역장님도 보고
굴렁쇠 메고 깃발 든 어른 부러워하다
그리고 언제 들어오는지도 모를
기차 기다리며
만주로 달아났다는
얼굴도 모르는 아버지를 그리워했다.

고개가 아프도록
수없이 읽어보는 대합실의 이정표
나진서 떠나는 기차
관곡 거쳐 웅기에 오면 다음은
웅상, 홍의, 사회, 아오지, 그리고 남양
그 다음은 두만강 건너 만주 땅 도문
도문서 하얼빈까지는 아득한 먼 거리

진종일
허기도 잊고 역에서 서성이다

해질 녘 집으로 돌아올 때
형과 나는 이담에 커서
아버지 찾아 만주로 떠날 것을
북쪽으로 난 두 줄기 철길 향해
수 없이 수 없이 다짐했다.

'도문서 하얼빈까지는 아득한 먼 거리'

하얼빈은 아버지와의 연고로 나에게는 어려서부터 무척 친숙한 멀고도 가까운 지명이었다. 아직 열 살도 채 안 된 어린 마음에 상상하기 어려웠지만 하얼빈은 그 낯선 이름만큼 무언가 찬란한 새로운 문명 같은 것이 숨 쉬고 있는 반짝이는 꿈의 도시로 연상되었다.

일제가 만주경영의 동맥으로 자랑하던 소위 남만주철도(약칭 만철(滿鐵))의 한반도 쪽 종착역인 나진 근교 웅기에서 자랐던 터라 일제 식민지 지배가 10년만 더 연속되었다면 나는 어김 없이 무작정 아버지를 찾아 철길 따라 만주 쪽으로 튀었을지도 모르겠다. 아니면 홀로된 어머니를 봉양한다는 구실로 아마 예의 만철 산하의 기관에서 단기 기술교육을 받고 일본식 이름에 제복을 받쳐 입은 충실한 황국신민으로 반도의 산간벽지 어느 조그만 역에서 철도원으로 근무하다 해방을 맞이했을지도 모른다.

부친께서 작고하신 지 이미 반세기도 더 넘었고 그때 소년시절 웅기역에서 함께 서성이던 형 또한 저승객이 된 지 이십 년도 지나 나 혼자 오늘 하얼빈역 대합실에 동그마니 앉아 60년도 더된 나의 유소년기 아픔을 되씹어 본다.

나는 아버지의 행적을 소상히 알지 못한다.

다만 3·1운동 때 고향 땅 함주(咸州)에서 만세를 불렀고 그 후 쫓기는 몸이 되어 갑산, 무산 등지 산판에 숨어 있다 강 건너 북간도를 거쳐 하얼빈 근교에서 잠적하였다는 것이 내가 어렴풋이 알고 있는 전부다. 그러므로 성장기 소년이던 나에게 차츰 하얼빈은 새로운 부성자장(父性磁場, Vater Zone)의 상징으로 부각되면서 오랫동안 양육되던 모성자장(母性磁場, Mutter Zone)의 반대편에 놓인 새로운 성장축으로 내 맘속에 깊게 자리매김된 것이 아닐까. 말하자면 하얼빈은 대륙에 대한 향수 같은 단순한 이국정조(exoticism)의 대상 이상의 자아성장이란 복합성을 갖고 내 머릿속에 오랫동안 깊이 박혀 있었던 것이다.

나는 사흘 동안 이곳 하얼빈에 머물면서 근대와 전 근대가 혼효된 거대한 인공 취락을 확인했다. 시내 한복판에 우뚝 솟은 높이 200m나 되는 전망대 발 아래로는 애초 러시아 사람들이 기획한 유럽도시의 표본인 방사선형태로 뻗어나간 도시설계의 밑그림을 확인할 수 있었고 멀리로는 사방이 끝 닿은 데 모를 드넓은 만주평야의 지평선을 원형으로 더듬을 수 있었다.

불과 한두 세기 전까지만 하더라도, 말하자면 세계의 유랑민 유태인들이 이곳의 지정학적 가치를 일찍이 알아보고 여기다 전을 펴기 전까지는 하얼빈은 만주어로 "그물 말리는 곳"이란 의미의 송화강가의 초라한 한낱 어촌에 지나지 않았다고 한다. 그 후 제정 러시아가 이곳을 동방 진출의 교두보로 삼았고 10월 혁명 이후 고국에서 쫓겨난 부유한 백계 러시아인들이 이곳으로 몰려와 훗날 그 세력이 확장된 일제와 경합하며 자본주의를 지향하는 특이한 국제도시의 면모를 갖추게 되었다 한다.

지금은 세월이 바뀌어 한족(漢族)이 주인인 이곳, 붉은 오성기가 펄럭이는 강둑 위 벤치에 앉아 오랫동안 옷이 젖고 빗물이 뺨을 스치며 흐르는 것도 잊은 채 나는 드넓은 송화강의 물살을 지켜보았다.

나두야 간다
나의 이 젊은 나이를
눈물로야 보낼거냐
나두야 가련다
(…중략…)
버리고 가는 이도 못잊는 마음
쫓겨가는 마음인들 무어 다를거냐
돌아다보는 구름에도 바람이 희살짓는다
앞 대일 언덕인들 마련이나 있을거냐

나두야 가련다
나의 이 젊은 나이를

　젊은 날 아버지의 마음을 헤아리며 문득 박용철의 시구를 무의식적으로 중얼거리다 보니 강가 어디선가 아니면 드넓은 강 너머 방축에선가 외쳐대는 목쉰 희미한 음성들이 설핏 들리는 듯 했다. 암흑기 고국을 떠나 넓은 만주벌판을 헤매다 조국 광복의 밝은 햇살도 받아보지 못하고 불귀의 원혼으로 떠도는 그들의 원성이 내 귓전에 울렸던 것일까. 나는 우산도 모자도 벗은 채 비를 맞으며 송화강 강둑을 걸었다. 혹여 아버지도 이곳 나루터에서 배를 타고 강을 건넜을까 하고 자문자답하며….

　갑자기 웅성대는 소리에 놀라 눈을 들어 주위를 살펴보니 어느새 역사 안은 발 디딜 틈 없이 인파들로 출렁댔다.
　다양한 짐 보따리와 형형색색의 배낭과 옷차림 못지 않게 각기 다른 음식물들을 입에 머금은 채 알아들을 수 없는 언어로 제각기 외쳐대며 한쪽 방향으로 몰려가는 와자지껄한 정경을 보노라니 웬일인지 군상들 한 가운데 나 혼자 덩그러니 남겨진 왜소하고 낯선 섬처럼 스스로 느껴졌다.

그들 무리들이 흘러가는 쪽으로 눈을 들어 살피니 아! 이게 웬일인가, 흐름이 진행되는 방향 위쪽에 나란히 쟈므쓰(佳木斯)와 치치하얼(齊齊哈爾)이란 붉은색 형광판 글자가 선명히 보이지 않는가.

나는 나도 모르게 자리에서 벌떡 일어나 목을 빼들고 흐르는 군상들의 머리 위로 붉은 글자를 다시 확인해보았다. 그것은 틀림없는 치치하얼이요 쟈므쓰였다. 그곳은 나보다 열두 살 위인, 시쳇말로 띠동갑인 큰형님과 인연이 깊은 만주의 북쪽 도시가 아닌가. 무단강(牡丹江), 쟈므쓰, 지지하얼, 만쭈리(滿州里). 이곳은 일제 말기 관동군으로 끌려 갔다 끝내 불귀의 객이 된 큰형님의 족적과 얽힌, 소년시절부터 내 기억 속에 슬프게 남아 있던 내가 기억하고 있는 몇 안 되는 만주의 지명들이다. 나는 자리에서 일어난 채 이들 도시의 이름을 차례로 되뇌며 몽롱한 기억 속으로 빠져 들어갔다. 무단장, 쟈므쓰, 지지하얼, 만쭈리.

지금부터 오십여 년 전, 그러니까 내 나이 약관일 때 이미 써 두었던 「만주리(滿州里)」의 한 대목을 무의식적으로 읊조리기 시작했다.

> 만쭈리
> 조용히 입속으로 속삭여보라
> 만쭈리
> 이 삼 음절의 짧은 언어가 그래도 아무런
> 의미를 불러일으키지 못할 때 다른
> 지명들과 더불어 나직이 되뇌어보라.
> 치타, 만쭈리, 지지하얼.
> 머나먼 나라의 이야기처럼 이제 우리들의
> 귓전에 다정히 메아리치지 않는가.
> 그리하여 퍽이나 오랫동안 잊어왔던
> 아득한 추억의 하늘을 우리들의 망막 속에
> 살며시 불러 일으키지 않는가

......

......

　전쟁이 끝난 후 철수네 형님도 분이네 오빠도 까맣고 홀쭉해진 얼굴로
부르튼 발을 끌면서 집으로 다들 돌아왔을 때도 나의 형님은 영영 다시는
돌아오지 않았다.

　형님은 어느 싸움터에서 혹은 어느 포로수용소에서 마지막 숨을 거두
었는지 알 길이 없었다. 그러나 나는 형님은 필경 만주리가 내려다보이는
어느 언덕에 파묻혀 있으리라고 믿었다.

　그리하여 향수와 이국정조와 여수를 나에게 가르쳐 준 만주리는 최초
로 죽음의 의미도 실감케 하여주었다.

......

......

　저들 무리 속에 끼어 들면 큰형님의 족적을 따라 북쪽으로는 멀리 치치
하얼을 지나 러시아와 인접한 국경도시 만주리까지 갈 수 있겠구나 하는
생각이 불현듯 스쳐 지나갔다.

　형님의 흔적은 해방 전 보낸 편지로 확인할 수 있는 한 만주리가 마지
막 지점이었다. 해방 후 수소문 끝에 얻어낸 정보로는 개개인의 생사는
몰라도 북만주지역의 일제 관동군소속 조선족 포로들은 대부분 소련군이
관할하는 치치하얼의 집단 포로수용소에 수용되어 있었다는 것이 확인할
수 있는 전부였다.

　지금 그곳까지는 자유롭게 오갈 수 있다 하더라도 내 이제 어디메서 이
십 대 초반 젊은 나이에 고혼(孤魂)으로 남아 만주벌판을 떠도는 형님의
넋과 만날 수 있으랴. 부모님에게는 첫 자식이요 큰아들이었던, 그러나
성장기부터 내내 떨어져 살 수밖에 없었던 불운한 형님은 모두 저승객이
된 이후에야 함께 만날 수 있었을까.

오랜 옛날 우리 조상들이 동쪽으로 이주할 때 잠시 쉬어가던 어느 흥안령 고개 마루 돌무덕에 걸터 앉아 서로가 부둥켜안고 울고 있을까.

무단장, 쟈므쓰, 지지하얼, 만쭈리.

내 다시 이곳에 와서 한번은 꼭 만쭈리까지 찾아가리.

돌아오는 길에는 치치하얼에 들러 옛 포로수용소 자리라도 더듬으리. 그리고는 쟈므쓰를 거쳐 목단강(무단장)에서 잠시 쉬었다가 여기 하얼빈 송화강가에서 향불을 피워 올리고 소지(燒紙)도 태워드리리.

이윽고 밤 10시 출발 선양행 열차의 개찰이 시작되었기에 나도 자리에서 일어나 새롭게 움직이기 시작하는 중국인들 무리 속에 끼어들었다.

선양, 아니 청제국(淸帝國) 초기 수도 봉천에는 내일 아침 나절에사 당도할 수 있다 한다.

곽광수

●

프랑스 유감(有感) Ⅳ(계속)

프랑스 유감 Ⅳ(계속)

지금도 그 잡지가 계속 나오고 있는지 모르겠는데, *Korea Herald*에서 간행하던 *Courrrier de la Corée*(『한국통신』)라는 불어 주간지가 있었다. 거기에 *Kaléidoscope*(「만화경」)라는 외부인사의 글을 싣는 난이 있었는데, 내가 프랑스에서 공부를 끝내고 귀국한지 이삼년 후 그 잡지의 요청으로 그 난에 몇 번 글을 쓴 적이 있다. 일곱 여덟 번쯤 썼을까, 한국과 프랑스 양국에 걸치는 이슈를 찾기도 힘들고 우리말로도 글쓰기가 언제나 힘 드는 나로서는 불어로 쓰는 원고라 보통 힘 드는 것이 아니어서 그만두었다. 다음은 그 가운데 *Souvenirs de Français*(「프랑스인들의 추억」)라는 제목의 글을 우리말로 옮긴 것이다.

내가 4년 반 동안의 프랑스 체류를 회상할 때마다, 결코 잊을 수 없을 여러 프랑스인들이 그 한때가 과거로 멀리 흘러감으로써 아름답게 이상화된 추억의 스크린에 어김없이 나타난다.
내가 엑상프로방스의 프로방스대학교 문과대학에서 박사학위 논문을 준비하고 있었을 때 문과대 학장이었으며, 내 논문 발표 당시 심사위원장이기도 했던, 이젠 고인이 된 베르나르 귀이용 교수는, 프랑스에 갓 도착한 나를 얼마나 큰 호의와 배려로써 돌보아 주려고 했던가! 나는 아직도, 논문 발표 후 그날 저녁 그의 자택 현관에서 나를 맞이하는 그를 보는 듯하다. 그는 내 논문이 '심사위원단 상찬(賞讚) 부(附) A'를 받은 것을 축하해 주기 위해 나를 자택에 초대하고자 했던 것이다. 내가 내 논문지도교수인 자크 샤보 선생님과 현관에 들어서는 것을 보자말자, 그는 내 머리를 두 손으로 감싸 안으며, 그의 은빛 머리털과 완벽하게 어울리는 그 커다란 미소를 띠고 이렇게 말하는 것이었다: "우리 박사님!…"

내가 샤보 선생님을 논문지도 교수로 모시게 된 것은 큰 행운이었는데, 그의 인간적인 따뜻함과 진리에 대한 열정은 바로 샤를르 페기나 조르주 베르나노스의 그런 따뜻함과 열정을 자양으로 한 것이었다. 나는 제자들의 논문을 그보다 더한 정성과 더 세심한 주의를 가지고 지도할 지도교수를 상상할 수 없다. 나는 그에게서 이상적인 교수의 전형 자체를 발견했다고 생각했다. 그래 한국어로 간행된 나의 첫 저작 「바슐라르와 상상력의 미학」은 바로 그와 서울대학교의 불어불문학 은사님들에게 헌정되었던 것이다.

그리고 논문발표 몇일 후 나를 축하해주기 위해 야회를 열어주고자 했던 프랑스인 친구들…. 내가 야회가 열리는 홀로 들어서자말자, 거기에 있던 모든 친구들이 나를 둘러싸고 온갖 색깔의 색종이 조각들을 내 머리 위로 던지는 것이었다!… 4년 반 동안 나는 그들과 함께 얼마나 즐거운 시간들을 보냈던가! 나는 마르세유의 장 피에르 마티아스 집에 초대되어 가, 한국에 관해서는 전쟁 밖에 모르는 그의 부모와 누이동생에게 우리나라가 어떤 나라인지 이야기해주고 있는 나 자신을 지금도 눈앞에 그린다…. 어느 해 팔월 조엘 펭트와 네 여자친구들과 해변에서 몇일을 보내려고 자동차 편승으로 함께 간 해안 피서지 르 라방두의 해변에서 그들과 어울리고 있는 나 자신을 지금도 눈앞에 그린다…. 미셸 부르들렝이 우울한 시의 향기를 풍기는 그의 방에서 자작 시편들을 낭송하는 것을 듣고 있는 나 자신을 지금도 눈앞에 그린다…. 그리고 전 해에 중등교사자격증 시험에 합격한 고등학교 예비교사였고, 더러 나타나는 불어 오류를 찾아주려고 내 논문 원고 전체를 즐겨 읽어주었던 미셸 레….

내 추억 가운데 큰 자리를 차지하고 있는 다른 프랑스인들이 아직 더 있다. 당시 법과대학 교수인 동시에 엑상프로방스 정치학대학장이었던 드 라 프라델 교수의 경우가 그렇다. 나는 그를 생각하면 곧, 가슴 뭉클한 이미지가 떠오른다. 나를 집안으로 맞아들인 뒤, 엑스 지방지《르 프로방살》에서 곽광수 씨가 박사학위 논문발표를 성공적으로 했다는 것을 알리는, 구인광고만큼 작은 일단기사를 내게 주려고 손수 스크랩해 놓은 것을 찾고 있었을 때의, 그의 꼿꼿하면서도 다정하던 프로필. 내가 한국으로 출발하기 전에 그에게 작별인사를 하기 위해 그를 방문했을 때의 일이다. 엑스의 아시아지역 국가들의 학생들이 개최한 아시아축제 때 그를 처음 알게 된 이래, 그는 여러 번 나를 자택에 초대해주었었다….

지금까지 나는 프랑스에서 알게 되었던 프랑스인들에 대해 말했다. 나는 이 글을, 내가 한국에서 알게 된 한 프랑스인에 대해 말하면서 끝내려고 한다. 작년에 프랑스로 귀국한 루이 베수아 선생이 그분이다. 베수아 선생은 3년 동안 서울대학교 사범대학 불어교육과에서 우리들의 동료였다. 사범대학 불어교육과와 인문대학 불어불문과의 현재 모든 학년의 모든 학생들은 그를 잘 기억하고 있다(당시 불어불문과에 원어민 교수가 없어서 그는 양 과에서 가르쳤음). 그들은 그를 정녕 좋아했고, 물론 양과 교수들도 모두 그를 좋아했다. 그는 큰 가정적인 근심에도 불구하고(그의 부인이 프랑스에서 수년에 걸쳐 정신병원에 입원 중이었고, 그 홀로 고교 졸업반에 있는 외딸을 한국에서 키우고 있었음), 사람 좋은 미소와 꾸밈없는 친절을 결코 버린 적이 없었다. 아마도 그는 그 역시, 그가 한국인들을 두고 그렇게 말하곤 했듯이 낙천가인지 모른다. 그도 학생들을 좋아했다. 그들은 흔히, 그에게 알리지도 않고 그를 자택으로 방문하곤 했다. 그들은 한국에서 하는 말대로 '불청객'이고자 했던 것이다. 한국에서는 〈불청객〉을 더 환대한다고 말하기 때문이다. 말할 나위 없이 그는 그래서 더욱 즐거워했다. 그는 물론 그의 동료들인 우리들 또한 좋아했다. 우리들과 어울리기를 좋아했다. 그래 그는 우리들을, 학생들을, 한국을 떠나기를 바라지 않았다. 그럼에도 불구하고 그의 뜻에 반해 프랑스로 돌아가야 했다. 프랑스 외무부와 관련이 있는, 우리들을 잘 설득하지 못하는 행정적인 이유─소문에 의하면 재정적인 이유라는데─때문이라고 한다(프랑스 정부에서 정식으로 파견하는 불어교수는 외무부에 관장됨). 다만 나는 그의 귀국이 프랑스 자체를 위해서도 큰 손실이라는 것을 말할 수 있다. 왜냐하면 그는 지금까지 서울대학교 학생들이 배운 프랑스인 교수들 가운데 가장 훌륭한 분이었으며, 그들에게는 프랑스에 대한 정녕 호감 가는 이미지, 아마도 프랑스의 올바른 이미지, 베르나노스가 말하곤 했던 〈옛날 좋았던 프랑스〉의 이미지를 표상했기 때문이다.

나는 프랑스 유감 IV를 시작하면서, III으로 끝내려고 했던 프랑스 유감이 IV로 이어지는 이유를 독자들은 이 글을 읽으면 알게 되리라고 말했다. 그리고 그것을 핑계로 이렇게, 배보다 배꼽이 엄청나게 더 커진 이 IV를 계속 쓰고 있는데, 그 이유를 이루는 두 가지 사항 가운데 하나가 나타날 엑스에 도착한 것을 말할 때에 이르러, 그 사항을 이야기함과 동시에 (여전히 배보다 배꼽이 더 크게) 내 옛날 유학생활을 회상해볼 생각을 하는데, 위의 「프랑스인들의 추억」의, 베수아 선생 부분을 뺀 전반부가 그 전주곡이 될 것 같은 것이다.

그날 아침 스트라스부르에서 내가 탄 마르세유 행 테제베는 오후 초에 벌써 엑스에 도착했다. 열차에서 내리니, 예상하기는 했지만 전혀 낯선 역이었다. 그도 그럴 것이, 테제베 선로가 엑스를 지나가게 하기 위해 완전히 새로 만든 역이었던 것이다. 내가 「엑상프로방스 이야기」에서 말했던 '슬프도록 조용한' 그 조그만 역과는 달리 유리벽으로 번들거리는 거대한 역이었다. 종착역인 마르세유까지는 테제베로는 최고속도도 낼 수 없을 정도로 가까운 거리인데도, 이렇게 크고 화려한 역을 엑스에 따로 만들어놓은 것은, 그만큼 이 조그만 도시가 이 관광시대에 관광도시로서 새롭게 조명을 받고 있기 때문일지 모른다. 옛날에는 마르세유에서 시작되는 지선을 달리는, 차량 두세 칸을 연결한 조그만 열차를 타고 그 조그만 '슬프도록 조용한' 역에서 내렸었다….

억지로 테제베 선로에 닿도록 했기 때문에 기실 엑스는 그 새 역에서 상당히 떨어져 있었다. 역에서 버스를 타고 한참을 달려야 엑스 시내에 이르는 것이다. 반면 옛날 역은 쿠르 미라보에서 바로 가까운 곳에 있다. 엑스 행 버스를 기다리는데, 마노스크, 브넬 등, 내 눈에 익은 다른 프로방스 읍 마을들로 가는 버스들이 도착하고, 승객들이 오르내린 후, 출발한다. 시내버스 정류소 같은 그 버스 역에 많은 사람들이 기다리고 있는데, 그들이 주고받는 말로 보아 그 대부분이 미국인 대학생들 같았다.

승객들이 빼곡히 들어찬 엑스 행 버스가 엑스에 도착하여, 버스에서 내려 보니, 옛날 쿠르 미라보 아래쪽의 로터리를 면하고 있는 우체국 뒤편에 있던 시외버스 터미널이 아니었다. 처음에는 위치감각이 전혀 생기지 않아 얼떨떨하다가, 내가 쿠르 미라보 방향을 물어본 사람이 일러준 대로, 버스가 선 방향으로 바로 보이는 첫째 번 네거리에서 왼쪽으로 돌아서니, 아! 그제야 내가 어디 있는지 알겠다. 그 거리는 쿠르 미라보 로터리에서 아래쪽으로 뻗은 큰 길이었다. 그것은 쿠르 미라보만큼 길지 않은 거리여서, 거리 끝으로 쿠르 미라보 로터리의 분수대가 보이는 것이었다.

서울을 떠나기 전에 아내는 엑스에서 들 호텔을 예약하라고 했다. 사실 지난번 친구 L과 자동차로 한 엑스 여행 때, 이미 이야기한 대로 어느 자동차의 친절한 도움으로 호텔을 구했던 경험이 있으므로, 어려움을 당하지 않으려면 예약을 할까 생각하기도 했지만, 인터넷에 뜨는 호텔들은 모두 숙박비가 만만치 않고, 적어도 그 때에 든 호텔은 축제 기간이었어도 빈 방이 많이 있었다. 정 힘들면, 상트르 빌에서 떨어져 있더라도 거기가 어디인지 알고 있으므로 그 호텔을 찾아가리라…. 쿠르 미라보 로터리에서, 내가 그리로 올라오는 방향에서 오른쪽으로 돌면, 주르당 공원으로 가는 길로 접어들고, 그 길을 가로 막으며 공원 앞을 지나가는 길에 이르러 또 오른쪽으로 돌면, 그 '슬프도록 조용한' 옛 엑스 역에 닿는다. 나는 옛 엑스 역까지 갔다. 필요가 있어서였지만, 무엇보다도 그 역을 보고 싶었다. 지난번에는 사실 어둠이 내린 다음에 시내에 나와 식사하며 두세 시간 보내고 이튿날 아침 일찍 호텔에서 멀지 않은 고속도로 나들목으로 들어간 것이, 엑스를 접한 전부였으므로, 당연히 옛 엑스 역을 못 보았었다. 옛날 내가 그 역으로, 앞으로 4년간 생활할 이 조그만 도시에 도착했을 때(나는 시월 초의 아침나절 열차에서 내린 몇 명되지 않은 승객들 가운데 한 사람이었다. 그러니 여름의 맹위도 스러지기 시작했으므로, 얼마나 '슬프'고 '조용' 했겠는가!), 나는 파리의 친구가 말해준 대로 역을 빠져 나오기 전에 수하물 보관대를 찾았고, 4년간의 생활을 위해 무겁게 꾸린 큰 가방을 거기에 맡겼다. 그리고 학교 기숙사에 있다는 CROUS(대학 교육업무 지역 센터)를 찾아갔던 것이다(외국인 프랑스정부 장학생은 그 장학금을 관장하는 프랑스 외무부로 부터, 그 학생이 공부할 대학교 관할 CROUS로 관계 서류가 송부되어 있고, 파리에서와는 달리 지방 CROUS 에서는 외국인 장학생들에게 우선적으로 기숙사 방을 배정한다). 내가 그 날 옛 엑스 역에 갈 필요도 있었던 것은, 바로 그 수하물 보관대를 생각했기 때문이었다. 여행 가방을 계속 끌고 다니며 호텔을 찾을 수는 없지 않은가? 그 옛 모습 그대로인 정다운 역사를 앞에 두고 나는 잠간 감상에 젖었다. 그런데 안에 들어가 보니, 큰 짐을 사람이 받아주던 보관대도, 작은 짐을 넣을 수 있던 자동 보관함도 없다. 벽에 붙은 긴 벤치에 사십 대의 장발의 한 사내가 앉아 신문을 읽고 있다. 내가 다가가, 실 부 플레 하고 보관대에 대해 묻자, 옴팍한 두 눈을 치켜뜨고 나를 한참 바라보다가, 내 말을 못 알아들었는가 싶어 내가 다시 입을 열려고 하는 순간, "아! 테러 때문에 보관대를 없애버렸나 봅니다. 짐 안에 폭발물을 넣곤 하니까요"하고 대답하며, 과장되게 어깨를 크게 으쓱하고 신문을 떨어트린 채 두 손을 어깨 위까지 높이 올렸다가 내린다. 말씨를 우정 정중하게 하는 듯했으므로, 그 정중함과 몸짓의 과장됨의 거리가, 관광객으로 안 내게

안 됐네요 하는 듯한 장난스런 조롱기를 살짝 드러낸다…. 이런 프랑스인들을 가끔 마주칠 수 있는데, 그 장난스러움이 바로 앞서 말한 골 정신과 관계있는 것일 것이다. 그런데 이 정도라면 괜찮고, 아주 드러내놓고 관광객을 골리기도 한다. 내가 언젠가 파리에서 귀국 전에 아버님과 빙장님께 드릴 선물을 구하려고 돌아다니는데, 관광객들의 쇼핑 장소로 유명한 백화점 갈르리 라파이예트에서 근사한 단장을 발견했다. 요즘은 잘 볼 수 없는, 대나무를 구워 손잡이 부분을 반원형으로 휘게 한 것으로, 그 짙은 갈색에 윤이 나 반짝이는 모양이 아주 고급스럽게 보였다. 그 점포에 딱 두 개만 있는 그런 단장 가운데 다른 하나는 불행하게도 손잡이 부분이 그렇게 되어있지 않고 그냥 쇠붙이로 갈무리해 놓은 것이었다. 점원한테 손잡이가 반원형으로 된 것을 하나 더 구할 수 없겠느냐고 물어보니, 자기도 모르겠단다. 그래서 그날 나는 파리의 모든 백화점들을 돌아다녔다. 결국 찾지 못하고, 빙장님한테 드릴 것으로는 그 다른 하나를 마저 샀던 것이다. 그런데 그렇게 백화점들을 돌아다닐 때, 지하철 퐁 뇌프 역 근방에 있는 사마리텐느라는 백화점을 찾아가는 중이었다. 길가의 상점 앞에 잠시 나와 담배를 피우고 있는, 부리부리한 눈에 키도 크고 몸도 난 오십 대의 사내가 보여 길을 물었다. "아! 저 아래로 계속 가세요"하며 그는 팔을 번쩍 들어 내가 가고 있던 방향을 가리켰다. 나는 메르시 보쿠 하고 계속 나아가는데, 한참을 가도 백화점은 나타나지 않는다. 그래 지나가는 행인에게 다시 한 번 길을 물었다. "이 길을 센느 강까지 되올라가세요. 거기서 오른쪽으로 돌아 강변길을 오십 미터쯤 따라가세요. 그러면 오른쪽으로 사마리텐느 앞에 이를 거예요"하고 그가 대답했다. 그렇다, 이런 답변이 프랑스인들이 길을 가리켜주는 방식이다. 데카르트의 나라 사람들답게, 그들은 목적지를 지도에서 꼬집어내듯이 일러준다. "라 프르미에르 아 고슈(첫째 번 마주치는 길에서 왼쪽으로), 라 되지엠므 아 드루아트(둘째 번 마주치는 길에서 오른쪽으로)"라는 식으로, 그들이 길을 일러주는 답변에는 길을 가리키는 서수와 '아 드루아트', '아 고슈'라는 말이 한참 이어지는 수가 많다…. "저 아래로 계속 가세요"라는 말에서 그 사람이 날 골리려고 한다는 것을 알아챘어야 했다. 길을 되올라오는데, 그 사람이 계속 거기에 있기에 내가 빙긋 웃으면서 당신이 잘못 안 거라고 하자, "아! 위?(아! 그래요?)"하면서 코믹하게 일부로 멀뚱히 나를 바라보는 것이었다…. (두 단장의 뒷이야기: 아버님은 그 멋있는 단장을 한 달도 못돼 잃어버리셨고, 빙장님은 당시 자신의 건강을 자랑하시던 때였으므로 그 단장을 한 번도 사용하지 않으셨다고 한다!!!)

다시 옛 엑스 역으로 되돌아와서, 나는 그 남자의 대답에 낙심천만이었다. 그러나 여기서 생략하기로 하는 불행 중 다행의 우여곡절 끝에, 나는 쿠르 미라보에서 멀지 않은 곳에(!) 있는 조그만 이성급(二星級) 호텔, 오텔 뒤 글로브(지구 호텔)에 방을 얻었다. 그렇게 호텔을 찾는 과정에 나는 이 글의 이유를 이루는 사항의 하나에 맞닥뜨렸던 것이다. 옛 엑스 역을 찾아 갈 때에는 쿠르 미라보의 그 상당히 넓은 로터리에서 오른쪽으로 돌아가며 미처 나는 그것을 보지 못했었다. 그것은 「프랑스 유감(III)」에서 비판한, 쿠르 미라보의 디자인 개악 내용이 많이 과장되었다는 것이었다. 쿠르 미라보를 올라가는데, 그 입구에 쇠막대기들이 서 있는 것은 사실이지만, 그 한 가운데의 넓은 틈으로 차들이 드문드문 오가고 있다. 그것들이 세워진 이유가 차량 통행을 완전히 막기 위함은 아닌 듯하다. 그러나 무엇보다도 거리를 마카담 대신 덮고 있는 것도 벽돌색의 포장재가 아니지 않은가!… 판판하게 연마된 상당히 넓은 장방형의 흰 석재들이 정연하게 짜 맞추어져 열 지어―앞뒤로 연접한 경계선이 좌우의 열에서 엇걸리게 하여―거리를 덮고 있다…. 마카담을 없앤 것은 유감이나, 그 정도면 완전히 실용주의에 지배되었다고 욕하는 것은 지나친 것 같다. 지난 번

내가 도로 표면의 색깔을 벽돌색으로 본 것이나, 그 석재들이 열 지어 이루는 선들을 못 본 것은, 그 때가 밤이었고 카페든, 레스토랑이든, 거리든 사람들로 붐비고 있었기─그래서 차들도 없었으리라─때문일 것이다. 석재들의 선들은 사람들의 발길과 어둠에 묻혔을 것이고, 내가 L과 함께 레스토랑의 거리 테라스에서 식사를 하며 언뜻언뜻 바라본 그 표면은 레스토랑의 흐릿한 불빛에 불그레하게 보였을지 모른다⋯. 친구 J도 파리와 서울을 오가며 사느라 근년에 엑스에 와보지 못했을 것인즉, 쿠르 미라보가 변했다는 인상만 남아 있고 거기에 대한 정확한 기억은 없을 것이므로, 그 부정적인 인상이 그 약간 지나치고 과장된 표현의 말을 하게 한 것이리라.

이 글의 이유를 이루는 다른 하나의 사항은 이와 같은 또 하나의 나의 착오인데, 프랑스 유감(Ⅲ)의 「도시 디자인 개악」 부분을 기억하면 추측할 수 있겠지만, 파리의 몽수리 공원에 관한 것이다. 귀국하기 위해 파리로 올라갈 때를 기다릴 것 없이, 쿠르 미라보의 경우에 잇달아 그것을 이야기하기로 한다.

엑스에서 내 착오를 확인한 다음 파리에 올라왔을 때, 나는 무엇보다도 몽수리 공원의 문과 울타리 디자인 개악에 대한 내 비판을 확인하기 위해서라도 다시 그곳을 찾았다. 이미 내 착오를 경험했기에 상당히 불안한 마음으로 몽수리 공원 가까이 이르렀을 때, 나는 너무나 어처구니가 없어서 일순 멈춰 섰다. 내가 벽돌색이라고 비판했던 공원의 철책이 그 반대 색이라고 할 감청색인 것을 발견한 것이다!⋯ 철책 앞에 와서 보니, 또 그것이 높이 솟아 있는 것은 맞지만, 공원 안이 보이지 않을 정도로 쇠살들이 촘촘하지도 않다. 그리고 또 문도 그냥 철문이 아니라 울타리와 같은 철책 문이고, 작은 출입문이 붙어 있는 것도 아니다. 쇠살들의 끝이 뾰죽한 것이 마음에 걸리지만, 문을 붙이고 울타리를 고정시키기 위해 만든,

콩크리트 구조물로 된 문기둥과 경계석은 육중한 품위가 있어서, 내 비판이 설 자리가 없다. 쿠르 미라보의 경우에는 때가 밤이어서 내 변명이라도 가능하지만, 이 경우에는 변명이 찾아지지도 않는다. 그렇지만 내 기억에는 그 비판을 할 때에도, 지금도, 그 벽돌색의 울타리와, 조그만 출입문을 옆에 거느린 육중한 철문의 이미지는 너무나 선명했었고, 선명하다! 게다가 무너진 동구권의 불법체류자들의 공원 안 노숙을 막기 위한 것일지 모른다는 그 이유까지 생각해 보았었고, 그런 이야기를 친구 J에게 하기까지 했었다. 주로 서울에 체재하고 있고, 몽수리 공원에 마지막으로 가 본 것이 언제였을지도 모르는 그로서는 내 이야기를 그대로 받아 들였을 것이다. 내 이 터무니없는 착오는 정신분석에서 말하는 전위(혹은 이동 Verschiebung, déplacement, displacement)인가, 응축(혹은 압축Verdichtung, condensation)인가? 내 제자의 한 사람으로 프랑스에서 정신분석적으로 문학을 연구하다가, 라캉에 빠져 아예 본격적으로 심리학과에서 정신분석을 공부하고, 2년여 자신이 정신분석을 받은 후 정신분석가 자격을 얻어온 이가 있다(프랑스에서는 정신분석가가 되기 위해서는 꼭 의과대학에서 정신과를 전공할 필요가 없고, 심리학과에서 정신분석을 공부해도 되며, 필수적인 것은 자신이 정신분석을 받아야 한다는 것이다). 프로이트 · 라캉연구학회를 조직해 회원들끼리 연구하기도 하고, 자신의 임상분석실도 가지고 환자도 받는다. 그 L교수에게 물어보았더니, 응축일 거라는 것이었다. 하기야 전위는 감정이 그것이 비롯된 대상과 비슷한 다른 대상으로 옮겨가는 것이고, 그 대상의 이미지를 변화시키는 것은 아니다. L교수의 간단한 분석적 설명으로는 내가 옛날에 그런 벽돌색의 울타리와 철문을 보고 무척 혐오감을 느낀 적이 있었을 것이며, 프랑스를 한 번 비판해 보자고 하는(그것도 프랑스가 가장 뛰어나다고 하는 분야에서) 욕심이 무의식 속에서 몽수리 공원의 울타리와 문에, 그 혐오스런 벽돌색 울타리와 철문을 덮어씌워 그 둘을 압축시켰으리라는 것이다….

그것은 어쨌든, 나는 여전히 쿠르 미라보의 마카담과 몽수리 공원의 생울타리가 없어진 것을 유감스럽게 생각하지만, 「프랑스 유감(有感)」에서 주로 호감을 이야기해 오다가 우정 균형을 이루려고 유감(遺憾)을 이야기한 것이, 내가 프랑스에서 배워 온 비판정신을 프랑스 자체에 대해 제대로 행사하지 못한 결과에 이른 것 같아, 오히려 그것이 유감스럽다.

지금까지 짐스럽게 느껴져 온(「프랑스 유감(III)」을 읽은 독자들이 쿠르 미라보와 몽수리 공원에 가 보고 나를 어떻게 생각하겠는가?) 내 착오를 시정했으니, 그 짐을 벗은 여유로운 마음으로 내 유학시절의 감미로운 추억('추억은 아름다워라'!…) 속을 산책한다.

엑스 시내에서

공부를 끝내고 귀국한 후 엑스에 다시 와 본 것이 그때로 네 번째였지만, 앞서 세 번은 모두 하루만 보낸 것이어서, 이번에는 작심하고 사흘간 머무를 생각이었다. 그리하여 공부할 당시 언제부터인가 습관적으로 주말마다 하던 광적인 산책의 목적지였던 곳들도 모두 다시 찾아가 보리라.

엑스 시내에서는 우선 기숙사, 그리고 문과대학과 거기에 연해 있는 법과대학 주위를 돌아다니기로 한다. 아까 말한 주르당 공원 정문 앞 길에서 역 반대쪽(즉, 공원 정문을 마주보고 왼쪽)으로 돌아서 가다가, 공원의 그쪽 경계가 끝나는 네거리에서 다시 오른쪽으로 돈다. 그러면 그 길이 공원의 그쪽 경계를 따라가다가 그것을 잠시 후 지나서 얼마 동안 더 계속되고, 곧 왼쪽에 남학생 기숙사가 나타난다. 나는 한 일본인 친구에게 보내는 편지 형식으로 쓴 「마사오에게(2)」라는 어느 신문의 칼럼에서 여름 바캉스 철의 쓸쓸한 엑스 기숙사의 느낌을 전했었다:

나는 작년 한 해 동안 프랑스에 가 있었다네. 우리들이 공부하던 엑스에도 가 보았지. 바캉스 철의 텅 빈 기숙사 정원의 벤치에 앉아, 여름의 늦은 오후 햇살 밑에서 미스트랄(지중해 지방의 바람)로 우수수 잎새들이 흔들리고 있는 나무들을 바라보며 잠시 감상에 빠졌다네….

기숙사에 잠시 들어가 보고 그때와 여전한 느낌을 받는다. 기숙사 경내를 돌아보는데, 내가 처음 엑스에 도착하여 찾아간 CROUS가 있던, 그리고 내 방을 배정받았던 동(棟)은 무슨 다른 용도로 쓰이는지, 그리로 가는 길이 막혀 있다. 옛날에는 그 길 오른편에, 그 길에서 층계로 약간 내려간(따라서 이쪽 다른 동들에서도 내려간) 지면에 그 동 건물이 보이고, 그 길 끝에 남자 기숙사 뒷문이 있었다. 그리고 그 문을 나서면, 문에 면해 여학생 기숙사로 가는 길이 나 있었다. 지금은 어떻게 되었는지 모르겠는데, 여학생 기숙사로 가는 그 길 좌우의 낡은 흙담벽에 'A bas De Gaule(드 골 타도)!', 'Le pouvoir n'est pas dans les urnes, mais dans la rue(권력은 투표함에 있지 않고, 거리에 있다)!' 등의 구호가 커다랗게 쓰여 있었다!… 내가 프랑스에 간 해가 1968년, 유럽의 학생권력의 시발이 된 저 유명한 오월혁명이 일어난 해였다. 도착한 것은 이미 말한 대로 시월이었으니, 그때는 학생사회가 평정을 되찾은 후였다. 그러나 그 자취가 그렇게, 물론 기숙사 건물들 외벽에도 낙서로 남아 있었던 것이다. 프랑스인 친구들이 이야기해준 바로는, 엑스에서도 학생들이 불만의 대상이 된 교수들을 두고 몇 걸음 떨어진 거리에서 '저치, 저거 죽여 버려야 해!'라는 막말 등으로 소리치기도 했다는 것이었다!…

파리 국제기숙사촌에서는 나라마다 그 나라에 관장되는 큰 건물 한 동을 가지고 있으므로 그럴 소지가 없지만, 지방 대학교에 딸린 기숙사에는 여러 동들이 그 지방 CROUS에 관장되어 있어서, 그 당시 엑스에서처럼 대개 남녀 기숙사 두 부분으로 나뉘어 있었다(정말 호랑이 담배 피우던 시절의 이야기이다). 엑스 기숙사는 내가 닿은 지 2년여까지 그렇게 구분된 상태가 계속되다가, 마침내 그것이 없어지는 때가 왔다. CROUS의 장의 업무들 가운데 가장 중요한 것이 장학금과 기숙사 관계의 일로, 기숙사 조직을 좌우하는 것도 당연히 그의 권한이다. 당시 엑스 CROUS의 장은 50대의 여자 분이었는데, 외국인 장학생들이 자주 볼 기회가 있는 그분은 언제나 위엄을 갖추고 있어서 자칫 고압적으로 보이기도 하여, 프랑스 학생들이 좋아하지 않는 것 같았고, 내가 보기에도 보수성이 강할 것 같았다. 그러니 남녀 기숙사 구분을 없애 달라는 학생들의 요구가 쉽게 받아들여질 리가 없었다. 프랑스인 친구들의 말로는, 독일에서는 대학운영위원회에 학생대표들이 그 절반의 수로 참여하여 학장을 갈아치우기까지 한 적도 있고, 기숙사가 남녀공용인 것은 벌써 오래되었는데, 여기 엑스는 이렇게 봉건적이라는 것이었다. 그래 학생들이 그녀를 괴롭히기 시작했다. 그녀에게 소포를 보냈는데, 그녀가 열어보니… 거기에서 온갖 오물들이 쏟아져 나왔다!!!… 각각 다른 모양으로 포장되고 각각 다른 방법으로 위장된 발송인으로 부터 받은 소포들에서 그런 일을 몇 번 당하고 나서 그녀는 마침내 두 손을 들고 말았다! 그리하여 기실 학생들의 가장 큰 욕심이었던, 파리 국제기숙사촌이나 독일의 기숙사에서처럼 한 동에 남녀학생들이 동시에 기숙하는 것은 이루어지지 않았지만, 남학생 기숙사 동들의 절반을 여학생들에게, 여학생 기숙사의 동들의 절반을 남학생들에게 주는 체제가 되었던 것이다. 그것도 오월혁명의 파급이 때늦게 미친 효과의 하나였다.

삼 개월의 여름 바캉스 동안은 학생들이 대부분 방을 비운다. 그래 CROUS에서는 남녀 기숙사가 분리되어 있었을 때에도 관리의 편의상, 바캉스에도 남아 있는 많지 않은 학생들을 여학생 기숙사로 한 데 모았는데, 그러나 여전히 한 동에 남녀를 동시에 받지 않는 원칙은 지켜서 두 동을 사용하여 각각 남녀 학생들을 들게 했다. 그래 나도 한 해 여름 바캉스를 '연구여행(voayage d'études)'으로 파리에서 보낸 것과('연구여행'이라는 것은 외국인 프랑스정부 장학생들에게 주어지는 혜택으로, 연구 자료를 구하기 위해 다른 지방에 갈 때 그 여비와 그곳 기숙사에서의 숙식비를 전액 지원해주는 것이다), 또 한 해 바캉스에는 「프랑스인들의 추억」에서 언급된 친구 조엘이 취직한 후 기숙사를 나가서 얻은 스튀디오(우리나라의 오피스텔과 같은 것)를 고향에 가면서 나한테 빌려주었을 때(그만큼 내가 기숙사비를 절약할 수 있으니까) 이외에는 이태 여름을 여학생 기숙사에서 보냈다.

나는 비데라는 것을 여학생 기숙사에서 처음 보았다. 요즘의 비데는 자동화되어 물이 솟아나와 밑을 씻게 되어 있지만, 그 당시에는 모양이 변기와 같았고, 변기와 다른 것은 밑이 뚫려 있지 않고 퇴수장치가 세면대와 같이 되어 있었다는 점이다. 나는 손빨래를 할 때 퇴수장치를 잠그고 비눗물에 빨래거리를 담거 놓는 데 그것을 즐겨 이용했다. 다음은, 나와 대학동기로 서울대 사대 불어과를 나와 프랑스문화원에서 첫 한인 직원으로 일하다가 나보다 한 해 늦게, 나와 같은 장학생으로 프랑스에 왔던, 지금은 캐나다에서 살고 있는 내 친구 K가 겪은 이야기이다. 파리에 닿아 공부할 지방 도시로 가기 전에 호텔에 든 후, 우리나라 지인을 만나 파리에서 즐거운 하루를 보내고 호텔에 돌아왔는데, 두 사람이 저녁을 들며 마신 포도주에 상당히 취한 상태였다. 옷도 입은 채 침대에 쓰러져 자다가 변의가 몹시 느껴져 깨어보니, 세면대 옆에 변기가 있더라는 것이었다. 무슨 탈이 났는지 엉덩이를 까고 거기에 들이대자 좌르르 쏟아지는 것은 아니었으나 설사를 했고, 일을 끝내자 다시 침대에 쓰러져 잤단다. 그런데 이튿날 이른 아침, 잠이 엷어졌을 때 심한 악취가 나는 것을 느끼고 깨어나 보니, 그 변기에 자신이 싸놓은 오물이 질펀하게 고여 있지 않은가!… 그제야 그는 그게 비데라는 게 아닌가 라는 생각이 들었다. 우리 친구들 가운데 불어를 잘하기로 소문나 있고 서울에서 많은 프랑스인들을 알고 있던 그였지만, 말만 들은 비데를 본 것은 그때가 처음이었다. 어쨌든 호텔 측이 알기 전에 오물을 씻어 내려야 하겠다고 생각하고 물을 내렸으나, 묽은 것이긴 하나 그 가운데 고형분들도 있는 그 오물이 퇴수장치를 통해 쉽게 빠져나갈 리가 없다. 고형분들을 이런저런 수단으로 으깨고 물을 내리고 하기를 되풀이하여 겨우 그 오물이 다 내려갔는데…, 그런데… 옆의 세면대에서 손을 씻으려고 물을 틀자, 어라! 비데에서 쿨럭쿨럭하는 소리가 들리면서, 오물이 희석되어 있는 더러운 물이 퇴수장치로 솟구쳐 오르는 것이다!… 아무리 오래된 옛날식 호텔이었다고 해도, 마지막 부분은 이야기를 재미있게 만들려고 꾸민 게 아닌가 하는 것이, 나중에 그가 없는 자리에서 그 이야기가 나왔을 때 좌중의 한 친구가 한 코멘트이다. 프랑스에서 공부하는 동안 나를 끔찍이도 아껴준 그 친구의 그 이야기를 나는 그대로 믿는데, 이젠 어떤지 모르지만, 내가 경험한 바로는 십여 년 전까지만 해도 파리 시내에서 낡은 옛날 건물의 호텔에 화장실이 공용인 경우가 있을 정도로 개수가 이루어지지 않았으니, 그 옛날 세면대와 비데의 하수관의 상태가 그런 일이 일어나게 할 수도 있었으리라는 상상이 불가능하지도 않은 것이다…. 이제 비데는 자동화되어 세계적으로 널리 퍼져 있게 되었지만, 적어도 내 유학 당시까지만 해도 프랑스에만 있었던, 바게트와 더불어 일상생활에서 특이하게 눈에 띄는 프랑스의 특산품이라고 하겠다(고인이 되신 은사 L선생님의 말씀으로는 그런 도기제품이 나오기 전에도 우리나라의 요강 같은 것을 비치하여 사용했었다고 한다).

다시 내 방이 있던 동으로 이야기를 되돌려, 기숙사 각 동에는 TV실이 있어서 학생들은 원하는 대로 TV를 볼 수 있었는데, 내 방 동의 TV실은 가장 넓었고, 학생들의 여러 가지 행사가 개최되는 푸아이예 퀼튀렐(문화회관)이라는 것으로도 사용되었다. 유럽에서 월드컵과 일반적으로 축구에 대한 열기가 얼마나 대단한지를 내가 알게 된 것은, 엑스의 기숙사에서였다. 내가 공부하는 동안 월드컵 경기가 한 번(당연히) 있었는데, 그때 각 동의 TV실마다 그 중계를 보려는 학생들(물론 그들 중 많은 사람들이 외국 유학생들이었지만)로 발 디딜 틈이 없었다. 그것을 처음 마주쳤을 때의 기억은 소리였다. 어느 동을 지나가는데, 많은 사람들의 터지는 함성이 나를 깜짝 놀라게 했던 것이다. 내가 지나가는 학생에게 무슨 일이냐고 물어보니, "월드컵이야. 넌 그것도 몰라?" 하고 어안이 벙벙해 하며 대답했다(학생사회에서는 처음 만나는 사람에게도 해라체로 말한다). 그리고 여느 때 TV 뉴스의 스포츠 부분에서 언제나 가장 큰 비중을 차지하는 것도 축구였다. 물론 2002년 서울월드컵 때 우리나라의 붉은 악마들의 열기는 전 세계적인 뉴스거리였지만, 그 이전에는 우리가 월드컵에서 그토록 성공한 적이, 따라서 그에 따른 그런 열기가 없었고, 그 유명했다는 일제강점기의 경평(京平)축구대회를 우리세대는 본 적이 없었던 만큼, 그리고 내가 프랑스로 떠나기 전에 야구경기는 요즘 볼 수 있는 그런 열기에는 아직 멀리 미치지 못했던 만큼, 그때 TV실의 그 열기는 내게 정녕 놀랄 만했던 것이다. 우리세대가 젊었던 시절, 우리나라 사람들은 스포츠와 관련하여 프랑스에 대해 편견을 가지고 있었다. 지금도 프랑스가 스포츠 강국이라고 할 수 없지만, 우리나라 축구팬이라면 이젠 누구라도 지네딘 지단이나 프랑스 식 아트 사커를 입에 올릴 줄 안다. 그러나 그 당시의 나로서는 축구에 열광하는 프랑스 학생들을 보고 여간 큰 위화감을 느낀 게 아니었다….

내가 알게 된 첫 프랑스인 친구는 조엘 펭트였다. 유학생활 초기에 나는 프랑스어 듣기를 익히려고 저녁이면 TV실에 가서 열심히 TV를 보곤 했다. 어느 날 저녁 TV를 보던 학생들이 하나 둘 돌아가고, 이윽고 나와 다른 한 학생만이 남게 되었다. 마침내 그마저 일어서는데, 나는 내가 마지막으로 돌아간다면 TV를 내가 꺼야 할 거라는 생각을 하고, TV조작법을 알려 달라고 하려고 그를 불러 세웠다. 마주 보니, 숱 많은 옅은 갈색 머리가 장발이긴 했으나 그것을 이마 위로, 귀 뒤로 얌전히 빗어 붙이고, 무테의, 도수가 엄청 높을 것 같은 근시안경을 쓰고 있다. 내 청을 듣자, 그는 숨을 크게 들이쉬었다가 훅 하고 내뿜은 끝에 탁탁 끊기는 말로 설명을 해주었다. 그의 그런 말하는 모습을 보고 나는 금방 알아채지는 것이 있었다. 그길로 TV를 끄고 우리들은 함께 TV실을 나오는데, 내가 물었다.

"너 말더듬이 아니니?" 말더듬이라는 불어 단어(bègue)는 외국인이 불어를 배우는 과정에 쉽게 마주쳐지는 말이 아니다. 그러나 내가 말더듬이었던 만큼, 언젠가 우연히 딱 한 번 본 그 단어는 그 후로 결코 잊어지지 않는 말이었으므로 그때 용케 내 입 밖으로 나왔던 것이다.

"그래, 맞아."

"나도 어렸을 때, 굉장한 말더듬이었어."

그가 TV조작법을 설명하려고 처음 말을 했을 때, 말이 탁탁 끊기기는 했지만, 말을 더듬지는 않았다. 하지만 말더듬이 경험이 있는 사람은 상대방이 말더듬이인 것을 금방 알아챈다. 그가 말소리를 내기 전에 훅 내뿜은 숨은 말더듬이의 헛숨이라는 것으로, 첫마디가 막혀서 숨만 나오는 것이다. 우리들은 각각 제 방을 찾아가는데, 우리들이 한 복도에 산다는 것을 알았다. 그가 조엘 펭트였는데, 심리학과 학생이라고 했다. 그 후로 그를 사귀면서, 엑스의 문과대학 심리학과가 실험심리 분야에서 유명하다는 것을, 그리고 그를 통해 이런저런 기회에 심리학과 학생들도 여러 명 알게 되었다. 내가 엑스에 있었던 4년 동안에 그는 심리학과 석사학위를 취득한 후, CNRS(국립과학연구소)의 연구원으로 취직했다. 책표지의 저자소개에서 흔히 볼 수 있는 CNRS('저자는 CNRS의 연구원으로서… 운운')는 인문·사회·자연과학을 아우르는 연구기관으로, 나는 조엘이 거기에서 일하는 것을 보고 알았지만, 파리에 연구 자체가 이루어지는 독립된 건물을 가지고 있는 게 아니라 전국의 대학 망을 통해 이를테면 추상적으로 존재하는 것이다. 그러므로 조엘은 엑스 문과대학 심리학과에 나가면서 연구를 하는 것이었다. 석사를 마치고 CNRS에 취직한 것으로써 알 수 있지만, 그는 빼어난 학생이었다. 그가 없는 자리에서 심리학과 친구들이 나누는 대화에서 들은 바인데, 그는 충분히 교수가 될 수 있는 능력을 가지고 있지만, 말을 더듬기 때문에 그것을 포기했다는 것이었다. 하기야 말의 아름다움과 말 잘하는 즐거움을 알고, 지적 테스트에서도 언제나 구두시험이 필기시험과 똑같은 비중을 차지하는 프랑스에서 말더듬이가 교육자가 되기는 힘들 것이라고, 그때 나는 상상했던 것이다.

어느 해 부활절 바캉스(2주가량) 때인데, 조엘이 내게, 대통령 별장이 있다는 브리앙송에 함께 여행하지 않겠느냐고 제의했다. 그때 여행한 경험으로 안 바이지만, 알프스 산록지대에 위치하고 있는 브리앙송은 청명한 날씨와 맑은 공기가 이를 데 없고, 옛 모습이 고스란히 남아 있는 아름다운 도시로, 과연 대통령 별장이 있을 만한 곳이다. 그때 이후 나는 한 번도 거기에 다시 가본 적이 없는데, 앞서 차병직 변호사가 발견했다는 숨어 있는 중세마을 앙트르보와 함께 언제고 다시 찾아가보려고 한다. 조엘이 말하기를, CAPES에 합격한 친구가 있는데, 이젠 교사로 돈을 버니 여유를 만들어 차도 사고 해서, 자기한테 옛날 두 사람이 함께 고등학교에 다니던 브리앙송으로 놀러가자고 했다는 것이었다. 그때 조엘이 브리앙송고등학교를 나왔다는 것을 처음 알았다. 거기에 부모님 댁이 있느냐고 물었더니, 아니라고, 부모님은 됭케르크에 살며, 자기도 거기 고등학교에 다니다가 브리앙송으로 전학 왔었다는 것이었다. 됭케르크는 북불의 항도로 2차 세계대전 때의 격전지의 하나라고 했다.

"됭케르크는 사철 날씨가 나빠. 흐린 날이 많고 안개도 많이 끼고 겨울에는 춥고…. 근데 내가 어릴 때부터 기관지가 약해. 늘쌍 감기 걸리고, 기관지염 앓고, 그랬지. 그래 교육부에서 날 브리앙송으로 보내줬단다. 브리앙송은 날씨가 좋고 공기가 깨끗해서, 폐가 약한 사람들이 요양하러 많이 가는 곳이야."

프랑스에 건강상 큰 문제가 있는 중등학생들을(초등학생들은 어리니까, 거기에 따른 문제들이 있을 수 있고, 대학생들은 바칼로레아를 가지고 어디라도 원하는 곳의 대학에 등록을 하면 되니까, 여기에서 제외될지 모른다), 그 해결을 위해 다른 지역의 학교로 재배정해주는 제도가 있다는 것도 그때 처음 알았다(이것은 기숙학교 제도가 있으니까 가능할 것이다). 그때 한국인 학생으로 나 말고 위의 비데 일화의 주인공이 아닌 다른 K가 있었는데(앞서 언급된 J는 파리로 올라가 버렸다), 조엘은 그가 원하면 함께 가도 좋다는 것이었다. 그래 우리 일행 넷이 1박 2일의 브리앙송 여행을 했던 것이다.

지금 내 기억에 대통령 별장은 없고, 산록도시가 보여주는, 산언덕에 이리저리 뻗어나간 좁은 길들, 아름답게 장식된 옥호간판을 단 조그만 카페들, 그리고 재빨리 흘러내리는 맑은 계류, 등이 떠오른다…. 그런 옥호간판들은 그때 내가 처음 보아서인지, 아니면 옛날 추억 속에 있어서인지 모르지만, 내 기억에 잘츠부르크나 체스키크룸로프에서 본 것들보다 더 아름다운 인상으로 남아 있다. 우리들은 계류 위로 아슬아슬하게 돌아가는 골짜기 벽 길을 난간을 잡고 따라가기도 했었다….

K와 내게야 그냥 새로운 관광경험이지만, 조엘과 그 친구로서는 지금 나로 하여금 옛 추억을 늘어놓게 하고 있는 엑스 여행과도 같은 것이었

다. 브리앙송이 엑스에서 아주 먼 곳은 아니므로, 우리들이 조엘 친구의 차로 브리앙송에 닿았을 때는 정오경이었다. 점심을 들어야겠는데, 두 사람이 우리 둘을 데리고 찾아간 곳은 브리앙송 고등학교 뒤의 어느 한 적한 골목에 있는 어둑한 간이식당이었다. 우리나라에서라면 주머니 가벼운 사람들이 찾을, 삼겹살에 소주와, 국밥 등을 팔 것 같은 그런 조그만 식당이었다. 식당 안에 들어서자 두 사람은 즐거운 눈빛으로 사방을 둘러보며, "우리 여기 정말 자주 왔었지!", "퐁뒤 맛이 그만이었어!"하며 서로 추억담을 주고받았다. 고등학교 시절 단짝 친구였던 그들은 퐁뒤 생각이 나면 저녁이 이슥했을 때에라도 기숙사에서 몰래 빠져나와 여기에 왔었다는 것이었다. 나는 그때 처음으로 퐁뒤라는 것을 맛보았는데, 퐁뒤는 이제 우리나라에서도 서울에 그 전문점이 두어 군데 있을 정도로, 또 메뉴 가운데 그것이 있는 레스토랑이 여기저기 있는 모양일 정도로 알려져 있는 프랑스 음식이지만, 아마 K와 내가 우리나라 사람으로는, '가장 먼저 맛본'이라고까지 할 수 있을지는 자신이 없지만, '가장 먼저 맛본 사람들 가운데 들 것'이라고는 장담할 수 있을지 모른다. 왜냐하면 불문과 은사·선배 선생님들 가운데 초기 유학생들 이래 어떤 분도 퐁뒤를 이야기해 주신 이는 없었기 때문이다. 두 고등학교 친구들은 그 시절의 맛을 되찾은 듯 맛있게 먹고 있었는데, K는 어땠는지 기억에 없지만, 나는 역해서 도저히 먹을 수가 없었다. 조그만 화덕(지금의 내 기억으로는 가스불이 아니고 화덕이었다) 위에 놓인 큰 대접 안에 치즈가 녹은 백포도주가 끓고 있었고, 거기에 빵조각을 담갔다가 먹었다. 이 간이식은 치즈에 익숙하지 않는 사람에게는 여간 역하지 않다. 치즈 녹은 끓는 백포도주를 담은 용기를 앞에 두고 먹는 것인 만큼 간편성이 떨어져, 예컨대 대학생들이 대학식당의 식사시간을 놓쳤을 때, 학교 주위에 진을 치고 화물칸을 조리실로 만든 소형 트럭에서 만들어 파는 피자(파리에서는 본 기억이 없으나, 엑스에서는 학기 중에는 언제나 볼 수 있었다)처럼 선 채로 손에 들고 먹을 수 없고, 반드시 식당에서 자리 잡고 들수밖에 없는 것이지만, 흔히 찾을 수는 없으나 피자나 우리나라의 도로변 포장마차에서 파는 토스트, 등 그런 정도의 먹거리라고 나는 짐작한다. 그러니까 고등학생의 주머니 사정으로도 자주 먹을 수 있었을 것이다. 그 후 오랜 시간이 흐르고 첫 연구 년으로 파리에 1년간 가 있었을때, 무역업을 하며 프랑스에 자리 잡은 고등학교 후배 댁에 초대되어 가그의 프랑스인 부인의 프랑스 요리에 곁들여 나온 퐁뒤를 다시 맛보았는데, 그토록 맛있을 줄이야!…

조엘 이야기를 하니까 이어 나오는 이야기인데, 남불 코트 다쥐르에는 너무나 아름다운 해안 도시들이 많지만, 「프랑스인들의 추억」에서 조엘과 함께 놀러 갔다고 한 르 라방두는 프랑스 국영방송국이 선정한 청정해안들 가운데 1위를 했다는 것을, 내가 가지고 있던 라디오를 통해 직접들었던 피서지이다. 그때 처음 가본 그 바다는 과연!… 하는 감탄이 저절로 나오던 것이었다. 이유는 잘 모르겠는데(당시에는 르 라방두가 아직 덜 알려져 있었던가? 하기야 르 라방두는 브리지트 바르도가 살고 있다고 해서 유명해진 셍 트로페처럼, 코트 다쥐르를 따라가는 7번 국도에서 벗어나 지방도로 한참 더 들어가서 있다), 그때 우리들 여섯이 여유 있게 천막 세 개를 칠 정도로 붐비지 않았던 그 아름다운 해변이, 나중에 우리 가족이 자동차로 남불 여행을 할 때 두 번째로 들렸을 때에는 그 조그만 렌털 카, 클리오를 세울 데를 못 찾아 헤매게 하리만큼 피서객들로 북적이는 것이었다. 그리고… **모든** 여자들이 이른바 토플리스로 상체를 드러내고 있지 않은가!… 그 수년 전 세계불어교수협의회가 열리는 그리스 테살로니카에 갔을 때, 시간을 틈내 불문학회 동료교수들과 찾아가본 에게 해 해변에서 버스로 단체여행을 온 일단의 독일인 관광객들 가운데 젊은 여인 한 사람이 트플리스로 바닷물을 가르는 것을 본 적이 있었는데, 그 수년이 짧지 않은 시간이긴 해도 그 동안에 그토록 토플리스가 일반화한 것에 무척 놀라워했던 것이다. 드러낸 풍만한 유방이 흔들대는 그 서양 여자들 사이에서 조그만 몸매를 검은 수영복으로 덮은 아내는 정녕 이방 인이었다….(계속)

이익섭

·

인지(印紙)

산초와 초피

워낙 연세가 있으셔서요

인지(印紙)

　책 뒤의 판권란(版權欄)에 인지를 붙이는 관행이 서양에는 없는 듯하다. 도장을 새겨 쓰는 문화가 없으니 달리 방도가 있을 수도 없을 것이다. 그것이 그럴 듯해 보였는지 우리나라 책에도 인지가 붙는 일이 급격히 줄고 있다. 책 뒤에 붙던 판권란도 슬슬 책 첫머리로 오면서 모든 체재가 서양 것에 맞추어지는 듯이 보인다.

　그러면서도 그동안 인지를 붙여 오던 흔적은 그나마 남아 있다. "저자와의 협약하에 인지는 생략합니다"라는 문구가 달리는 것이 그것이다. 왜 있어야 할 인지가 없느냐는 항의나 의아심이 아직도 불거질 수 있다는 증거요, 그만큼 우리는 아직 인지 문화에서 완전히 벗어난 것은 아닌 것으로 보인다.

　과연 인지는 붙이는 것이 좋을까, 붙이지 않는 것이 좋을까. 애초 인지를 붙이게 된 것은 저자를 보호하기 위해서였을 것이다. 출판사에서 책을 찍은 만큼 양심적으로 저자에게 인세(印稅)를 주지 않는 일을 방지하기 위해 생긴 제도가 아니냐는 뜻이다. 그렇다면 적어도 저자를 위해서는 있어 나쁠 것이 없는 제도인 것이다.

그러니 인지를 없애는 쪽으로 방향을 틀고자 한 것은 출판사 쪽일 것이다. 인지를 일일이 하나씩 붙이는 작업도 간단한 일이 아니어서 인건비도 들뿐더러 출고 일자도 늦어지는 등 번거롭고 귀찮은 일로 여겨졌을 것이 분명하다. 우리를 믿어 달라, 이제 모든 게 전산화된 이 개명천지에서 부정이 있을 수 있겠냐고 저자들을 설득하였을 것이다.

저자 측에서도 인지는 꼭 달가운 것은 아니었을지 모른다. 인지는 보기에 따라서 좀 야박한 측면이 있다. 출판사한테 인세를 떼이지 않겠다고, 당신을 믿지 못하겠소 하며, 인지를 꼬박꼬박 붙인다는 것이 점잖은 저자의 풍도(風度)에 어울리지 않는 점이 있는 것이다. 출판사에서 우리를 믿어 주세요 하는데, 나는 못 믿겠소 하기도 어렵겠지만, 그것 참 잘되었다고 마음이 편해졌을 수도 있을 것이다.

속이려 들면 어차피 속을 수밖에 없지 않느냐는 심리가 작용했을지도 모른다. 인지를 철저히 붙이던 시절에도 인세를 떼인 사례들이 얼마나 많은가. 인지를 붙인다고 반드시 더 나으리라는 보장도 없지 않느냐고 일종의 자포자기를 했을 수도 있으리라는 것이다. 박경리 선생을 만나 소설이 그렇게 많이 팔리니 인세를 얼마나 많이 받았겠냐고 하니 눈이 휘둥그레지며 자기에게 인지를 받아간 게 어느 옛날인지 모른다고 하더란다. 지인들이 책을 구해 보여 주니 자기는 모르는 도장이라더란다. 그래 그 사람들이 나서서 출판사도 바꾸고 한 모양인데, 도장이 칼라로 복사된 것이더라는 등 비슷한 얘기들이 많다. 출판사가 양심껏 하니 믿어 달라고 하니 비록 속더라도 그편이 낫다고 생각했을 수도 있을 것이다.

어떻든 인지 대신 "저자와의 협약하에 인지는 생략합니다"가 붙은 책이 많아지고 있다. 그런데 나는 이 구절을 보면 심사가 그렇게 곱게 움직이지 않는다. 책이 얼마나 많이 팔리면 인지를 찍을 경황도 없을까, 우선 그런 생각부터 들며 괜히 그 책이 가벼운 베스트셀러 같은 느낌이 든다. 정신없이 팔려 나가는 마당에 인지 때문에 시간을 지체하여 조금이라도 손해 보는 일은 안 당하겠다는, 오히려 더 얄팍한 계산이 깔린 것 같아도 보인다. '협약'이라는 용어도 그렇고, 어떻든 그것은 무슨 계약서 같아 삭막한 느낌을 준다.

인지는 과연 어떤 부정(不正)을 방지하는 장치이기만 할까. 그것은 오히려 책을 곱게 꾸미는 장정(裝幀)의 일부가 아닐까. 책은 일단 장정이 예뻐야 한다는 것이 내 생각이다. 근래 북 디자인의 개념이 널리 퍼지고 그 방면의 전문가, 전문회사가 생겨 책의 장정이 전반적으로 좋아진 것은 그 점에서 기쁜 일이지만, 나는 요즘의 책보다는 화가들이 직접 표지를 그리고 또 표제도 쓰던 시절의 책 장정을 좋아한다. 김용준, 이상만, 김환기, 이응노 등 정상에 있던 화가들이 맡은 장정은 지금 보아도 운치가 있고 멋스럽다. 인지도 그 장정의 일부로 책의 운치를 더하는 기능이 있고, 또 그래야 한다고 생각하는 것이다.

인지를 보면 먼저 출판사의 안목이 드러난다. 도장이 찍히는 종이의 크기나 무늬부터 감각이 있는 출판의 것은 다르다. 아예 판권란 전체를 별지로 만들어 그 위에 도장을 찍게 만들기도 하고, 따로 오려서 붙이도록 만든 것도 좀 넉넉하고 크게 만들면서 배경 무늬에까지 정성을 들인다. 조금 큰 도장은 찍을 수도 없도록 아주 작게 만들거나, 그 종이 두께며 거기 인쇄된 무늬며 그저 요식만 갖추려고 했을 뿐 조잡하기조차 한 것들에 비하면 이런 책들은 벌써 격이 달라 보인다.

그러나 나는 그런 것보다는 거기 찍힌 도장에 관심이 더 많은 편이다. 거리 행상한테서 판 듯한 나무 막도장으로 찍은 것을 보면, 특히 그것이 명사(名士)의 것일 경우 마음이 편치가 않다. 책은 자기가 깐 소중한 새끼들인데 어찌 이렇게 초라하게 입혀 내보낼까 괜히 나까지 언짢아진다. 인감도장 같다고나 할까 가느다란 획으로 깔끔하게 새긴 규격품 같은 도장도 마음에 들지 않는다. 도무지 개성이 없지 않은가. 인지에는 네모난 도장이 많이 쓰이는 편인데 일단은 그게 좋아 보인다. 서화의 낙관이 풍기는 기품도 있어 보이지만 적어도 일반 사무용 도장의 틀에서 벗어난 신선함이 마음을 끈다. 글씨체도 흔해 빠진 전서체보다는 갑골문자와 같은 고체(古體)이거나 적어도 도장포 냄새가 안 나는 것이 마음에 든다. 월탄 박종화의 한 책에 붙은 큼직한 네모 도장도 참 마음을 끌고, 상허 이태준의 『문장강화』에 붙은, 세로로 좀 긴 직사각형 모양에 賞心樓라고 자신의 당호(堂號)를 새겨 넣은 도장은 사람을 기쁘게까지 한다.

그런 인지를 보면 그것도 책의 중요한 장정의 일부라는 느낌이 절로 인다. 그게 인세 도둑을 막으려고 붙어 있다는 생각은 전혀 일지 않는다. 좀 과장하면 화룡점정(畵龍點睛)이라고나 할까, 저자가 장정에까지 참여하여 그 마지막 한 점을 찍은 것, 그게 바로 인지라는 느낌을 준다.

서양 책에는 인지를 찍는 제도가 없다고 하였지만 내가 가진 책에는 아주 특별한 것이 하나 있다. *La Dialectologie*라는 1950년 벨지움의 루벵에서 출간된 1,300페이지가 넘게 두툼한, 제목 그대로의 방언학 책인데, 그 책 속표지 뒷면에 저자의 서명이 들어 있는 것이다. 프랑스 쪽의 책은 여기가 판권란 자리가 아니어서 이 서명을 위해 따로 자리를 마련하고는 거기에 저자의 친필로, 복사해 넣은 것이 아니라 잉크로 직접 Sever Pop이라고 써 넣은 것이다. 그리고 그 서명 위에는 "매 책마다 저자의 서명을 넣었다(Chaque exemplaire est revêtu de la signature de l'auteur)"라는 문구도 있다. 아니, "책마다 저자의 서명으로 특별 치장을 하였다"고 읽는 편이 더 정확할지 모르겠다. 어떻든 이 자리가 특별히 마련된 자리요, 이 서명이 특별한 옷이라는 얘기일 것이다.

책 한 권, 한 권에 일일이 친필로 서명을 하다니, 더욱이 인지 문화가 없는 나라에서. 이것을 처음 보고 얼마나 기이하고 감동적이던지. 이런 경우도 있다는 것을 제자들이며 주위 사람들에게 자주 얘기하게 되었는데, 이 서명은 인지에 대한 내 생각에도 변화를 일으켰다. 그래 우리 인지는 바로 독자 하나하나에게 보내는 서명이야. 그 도장은 좀 특별히 정성을 들여 장만한, 자기의 취향이며 인품도 드러나는 개성 있는 도장이어야 하고, 하나하나 찍을 때에도 마치 서명을 하듯 찍어야 해. 賞心樓 같은 걸 보면 선인들이 이미 그걸 실천하고 있지 않았는가.

어쩌다 지방이나 외국에 나가 강연이라도 하게 되면, 내 책을 들고 와 서명을 부탁하는 학생들을 만나게 된다. 책으로만 배우던 분을 직접 만나 영광이라며 사인도 해 달라는 것이다. 친구가 오늘 미처 못 왔는데 사인을 부탁했다며 대신 받아 가는 경우도 있다. 옛날 우리 같으면 엄두도 못 냈을 일인데 신세대들은 참 별스럽기도 하다고 할 수도 있으나, 저자와 독자의 관계는 사실 각별한 것이기도 하다. 그들 중에는 장차 대학 강단에 서서 다시 그 책으로 가르칠 수도 있을 것이다. 단순히 한 번으로 끝나지 않는 특별한 인연일 수 있는 것이다.

출판사의 요청이 있을 때 굳이 인지를 찍겠다고 고집한 일은 없다. 그래도 인지를 찍는 저서가 몇 종류 있다. 한 장씩 찍을 때마다 이게 어떤 독자에게 가서 읽힐지 궁금하기도 하고 또 긴장이 되기도 한다. 나로서는 좋은 도장을 골라 하나하나 정성을 들여 찍고자 한다. 그러면서 지난번 독자들에게 좋은 반응을 일으킨 책 하나를 인지 없이 내보낸 것이 내내 마음에 걸린다. 아예 서명을 하자고 했으면 더 좋았을지도 모르겠다.

산초와 초피

어릴 적 우리 시골집 맞은 편 밭둑, 그러니까 다른 동네에서 우리 동네로 들어오는 목, 그래서 이름도 탱주목인 고개를 넘어서면 바로 왼쪽으로 우리 집이 있다. 그리고 그 오른쪽으로 약간 언덕 위로, 그 집은 그 흔하던 사월집이니 울길집이니 자르밋집이니 하던 택호도 없었던지, 우리 막내 누이의 친구인 미자 때문에 미자 집이라고도 부르고 그 아버지 이름을 붙여 종경이 양반 집이라고도 부르던 그 집으로 올라가는 길 왼쪽으로 펼쳐져 있던 그 밭 첫머리 둑에 한 그루 산초나무가 있었다. 그 잎을 따다가 깍두기를 담을 때 위에 얹었다. 그 향이 번져 깍두기 맛을 좋게 하였던 것이다. 그 잎을 따러갈 때 나도 따라가 한몫을 했을 것이다. 그리고 그 향이 밴 깍두기 맛이 어떤 형식으로든 내 기억에 남아 있을 것이다. 모두가 몽롱한 채로이면서도 이상하게 이 산초나무에 대한 기억은 각별히 알뜰한 데가 있다.

산초나무를 만나면 언제나 반가운 것도 그 때문일 것이다. 산초나무는 전국 어느 산에 가도 흔히 만나는, 그리 귀한 나무가 아닌데도 이 나무를 만나면 그냥 지나치지 못한다. 꼭 잎을 한두 잎 따서는 향을 맡는다. 그럴 때 살짝 비비면 그 향이 더 짙게 풍겨 와 그 비비는 버릇도 이제껏 이어져 온다. 함께 가는 친구가 있으면 그 친구에게 이 냄새를 맡아 보게 하는 극성도 예나 지금이나 변함이 없다. 서울에 올라와 대학교 1학년 때였는지 정릉 골짜기에서 이 나무를 만났을 때에도 그랬는데, 당장 잎을 따서는 냄새를 맡고 이게 바로 그 향이라고 기쁨에 젖어서는 함께 갔던 하숙집 주인 여고생에게도 맡게 하였던 일은 유난히 기억에 오래 남는다.

그런데 이 산초와 얽혀 조그만 요동이 생기기 시작하였다. 퇴임을 하고 들꽃을 찾아다니며 나무와 풀에 대해서, 지금까지 알았던 것이 얼마나 초라했던 것인지를 깨달으며 나날이 새 지식을 넓혀 가고 있을 즈음, 경상도 쪽의 어느 분이 자기들은 음식에, 특히 추탕 같은 데에 '제피'를 쓴다는 것이었다. 나는 대뜸 산초를 거기서는 '제피'라 하나보다 그렇게 생각하였다. 그래서 우리는 그것을 깍두기 할 때 넣었다고 거침없이 얘기하곤 하였다. 그런데 아니었다. 제피나무는 다른 이름으로 초피나무라 하는 것으로 산초(山椒)와 엄연히 구별되는 다른 나무였다.

그러나 그게 선뜻 받아들여지지 않았다. 그거겠지, 지역에 따라 차이가 좀 나는 것을 가지고 괜히 쪼개고 부풀리고 그러는 것이겠지 그러면서 내 순정을 지켜 가려 하였다. 더욱이 잎의 향이 좋기로 말하면 초피나무가 더 낫다는 소리는 그저 허풍으로만 돌렸다. 어차피 경기 일원에서는 초피나무라는 것을 만날 수가 없었다. 아무리 둘러보아야 모두 산초나무뿐이었던 것이다.

그러다가 뜻하지 않은 곳에서 초피나무를 만나게 되었다. 강원도 평창군에서 강릉으로 넘어가는 고개인 진고개를 넘다가 한 중간 지점쯤에서 무엇 때문에 차를 세우고 올라간 언덕에 열매를 맺고 있는 산초나무가 있었다. 그런데 카메라에 담다 보니 뭔가 달랐다. 열매부터가 좀 더 크고 그 배열도 어딘가 다르고 잎도 꼬집어 말하긴 어려우면서도 다른 분위기가 있었다. 이게 바로 그 초피나무가 아닐까 싶었다.

여러 각도로 사진을 찍어 와 집에 와서 도록을 뒤져보니 역시 그게 바로 초피나무였다. 남쪽 지방에만 있는 거겠지 했던 것이, 그리고 실제로 경기도 일원에서는 끝내 볼 수 없었던 바로 그 초피나무였다. 무엇보다 주요 구별 포인트로 삼는 가시 배열이 그랬다. 산초나무는 어긋나기인데 이것은 마주나 있었던 것이다. 그리고 별로 언급들을 않는 것이지만 잎이 좀 더 두툼하고 또 잎의 가장자리가 둔한 톱니 모양으로 갈라져 있었다.

그 자리를 5월에 지나는 길에 다시 올라가 보았다. 꽃이 피어 있었다. 초피나무라는 것을 다시 확인시켜 준 것이다. 산초나무는 8월 한여름에 꽃이 피지 않는가. 열매가 익는 시기는 비슷하지만 꽃은 이렇게 아주 다른 계절에 피는 것이다. 틀림없이 초피나무였다. 그까짓 걸 그게 그거겠지, 그렇게 무시해 버리고 굳이 애써 만나려고 하지도 않았던 나무를 이렇게 뜻밖에 만났다.

그런데 이렇게 고향 인근에서 초피나무를 발견하고도 어릴 적 시골 집 건너편 밭둑의 나무는 여전히 산초나무라고 믿고 있었다. 깍두기에 넣었던 잎이 산초 잎이었다는 믿음에도 물론 변함이 없었고, 우리 고장에 그런 풍속이 있었다는 이야기도, 무슨 중요한 문화재라도 자랑하듯 계속 열심히 뇌고 다녔다. 한 번 굳어진 생각의 위력 때문이기도 하였을 것이며, 다른 한편으로는 그 고향 마을에서도 눈에 띠는 것은 으레 산초나무였기 때문이기도 하였을 것이다.

그러던 어느 날 다시 놀라운 장면을 만났다. 바로 시골집 뒷산에서 초피나무를 만난 것이다. 몇 해 전부터 그 어릴 적 시골집에 한 달에 한 번 정도씩 가서 며칠씩 묵어 오곤 하는 생활이 시작되었다. 방언사전을 위해

현지조사를 시작하면서 그런 방편을 마련하였던 것이다. 자연히 추억을 더듬어 동네 여기저기를 기웃거리는 시간도 많아지게 되었다. 뒷산도 그래서 올라갔을 것이다. 노송이며 상수리나무며 어릴 적부터 눈에 익은 아름드리나무들이 그대로 있어 그야말로 옛 동산에 오늘 와 다시 서니의 감개를 주는 곳이다. 거기에 초피나무가 있었다. 우리 동네에 초피나무가 있다고? 거짓말처럼 거기에 있었다. 내려오다 보니 밑에도 또 있었다. 어릴 적의 그 밭둑의 건너편, 그러니까 집을 두르고 있는 흙담 바로 북쪽 바깥쪽에도 초피나무가 있었다. 그 밭둑에서 10여 미터나 되는 거리일까.

그러고 보니 고향 사람들은 이 나무를 '첸추'라고 불렀다. '산초'라 하지 않고 '첸추'라 불렀다. 명민(明敏)하였으면 거기에서 이미 무릎을 쳤어야 했는데, 우악스럽게도 나는 그 '첸추'가 '산초'의 사투리이거니라고만 여겼다. '첸추', 그 어감도 꽤나 촌스럽지 않은가. 그래 사람들이, 내 누이들조차 '첸추'가 어떻고, '첸추'로 어쩌고 하면 그 '첸추'가 표준어로 '산초'라고 아는 소리를 하곤 했다.

역사의 불행이라 하면 너무 거창하지만, 그렇게 미망(迷妄)의 역사는 이어져 나갔다. 그 이야기에 아무도 반론을 펴지 않았고, 그래서 진실은 계속 얼굴을 드러내지 못했던 것이다. 사실 비슷한 나무들을 제대로 구별해 아는 사람은 의외도 드물기는 하다. 참나무 계열만 하여도 떡갈이며 신갈이며 굴참이며 졸참이며를 구분하는 사람이 몇이나 되는가. 소나무와 잣나무를 혼동하는 사람은 오히려 정상이고, 민들레와 씀바귀를 구별하지 못하는 사람도 많고 많잖은가. 초피나무와 산초나무도 알고 나면 이것을 왜 혼동할까 싶도록 그 차이가 한눈에 들어온다. 굳이 잎의 배열이며 가시의 배열을 살펴볼 것도 없다. 잎을 보면 초피나무는 어딘가 더 억세고 투박해 보이는 것이 한눈에 그게 산초나무 잎과 다르다는 것을 드러낸다. 그러나 그게 다 어느 경지에 들었을 때의 얘기지, 그야말로 그 뚜렷한 차이를 보이는 진달래와 철쭉조차 구별하지 못하고 쩔쩔매는 단계가 누구에게나 있지 않은가. '첸추'가 표준어의 '산초'라고 하니 그런가보다 했을 것이다. 더욱이 근래 나무며 꽃에 매달려 얼마나 해박한 지식을 쏟아내곤 했던가. 그리고 바로 사투리를 연구한다고 대가연(大家然)하는데 당연히 그렇거니 했을 것이다.

　그러나 결국은 진리가 이긴다는 것일까. 미망이 걷히는 시간이 왔다. '첸추'는 '첸추'요, '산초'는 '산초'라고 단호하게 분별을 하는 스승을 만난 것이다. 방언조사를 다니면서 집중적으로 자주 가는 곳에서, 내가 3총사라고 부르는 세 할머니는 한결같이 단호하였다. 산초는 저 산에 가야 있는 나무로 그것은 열매는 소용이 되어 기름을 짜서 천식에도 먹고 하지만 잎을 쓰는 일은 없다고 단호하게 선을 그었다. 자기들에게 친숙한 나무는 첸추나무로, 그 첸추가 저 마당에도 있지 않느냐고 일러 주었다. 정말 제법 무성하게 자란 첸추나무가 거기 있었다. 첸추는 일단 그렇게 동네 가까이에 있는 나무였다. 그 잎이라야 향이 좋다고 그 인식이 아주 분명하였다. 그 잎을 몇 잎을 끈으로 묶어 추탕 끓일 때 넣었다 건지기도 하고 김치에도 생잎을 그대로 쓰기도 하지만, 잎을 말렸다가 빻아 가지고 가루로 만들어 두었다가 추탕 끓일 때에도 넣고, 고춧가루를 빻을 때에도 조금 섞어 김치를 담을 때 쓰기도 한다는 등 그 세부적인 용도에 대해서도 자신만만하였다.

　두 나무가 생김새가 어떻게 다르냐고 하니, "하머(벌써) 그절(곁)에만 가서면 알어요" 하였다. 나무 앞에 다가가면 벌써 향으로 대번에 구별된다는 것이다. 잎이 마주나는지 가시가 어떻게 생겼는지 따위는 전혀 관심도 없었다. 육감으로, 아니면 직관으로 아는 일. 무엇 때문에 잔달게 그런 것을 따지고 하겠는가. 너무도 뚜렷하게 다른 것을 두고 그 구별법을 논하려 드는 것부터 가소로웠을 것이다. 아니, 비슷하지도 않은 것을 가지고 무얼 저러는가 했을지도 모른다.

　두 나무의 향에 다시 관심을 가지고 세심히 비교해 보니 확실히 달랐다. 두 나무가 다 운향과(芸香科)인 만큼 향이 이 나무들의 특징일 수밖에 없는데 두 나무의 향이 어떻게 보면 거의 비슷하다. 두 가지가 다 은은하면서 깊이가 있는 좋은 향이다. 그런데 역시 '첸추'가 더 짙고 더 향긋하고, 뭐랄까 황홀감이라는 단어를 떠올리게 하는 특색이 있었다. 사람을 더 끄는 강렬함이 있었다.

　그렇다. '첸추'는 '첸추'요, '산초'는 '산초'다. '첸추'는 초피나무의 다른 이름인 '천초(川椒)'로 바로 이어진다. 그야말로 좀 촌티가 나는 발음일 뿐 그것이 초피나무를 가리키는 이름임은 형태적으로도 의문의 여지가 없다. '첸추'는 초피나무요, '산초'는 표준어의 형태가 그대로 쓰이는 산초나무인 것이다. 엄연히 다른 두 존재다.

　알고 보면 참으로 단순하고도 명백하다. 그것을 두고 얼마나 멀고 먼 길을 돌아왔는가. 허탈하기도 하고, 좀 어처구니가 없기도 하다. 사람이 어리석으려면 어디까지 어리석어질 수 있는 것일까 그렇게 망연(茫然)해지기조차 하였다.

　이제 대오(大悟)한 바를 선언할 일만 남았다. 지금껏 내가 산초나무라고 알고 있었던 우리 시골집 밭둑의 나무는 실은 초피나무였다고. 우리 고향에는 그 잎을 따서 깍두기에 넣거나 추탕에 넣는 풍속은 있어도 그런 일에 산초나무 잎을 쓰는 일은 없다고.

　그런데 나는 계속 머뭇거리고 있다. 그 간단한 일이 쉽지 않다. 쉽게 훌훌 털고 일어서지지 않는다. 그 밭둑의 나무는 과연 초피나무였을까. 어머니께 여쭈어 보았으면 확실했을 텐데, 어디 미리 물어 두지 못한 일이 한두 가지인가. 이제 거기에 그 나무가 있었다는 걸 기억하는 사람조차 찾을 길이 없으니 그저 아득할 뿐이다. 그러면서 그 나무는 산초나무였으면 좋겠다는 미련을 떨칠 수가 없다.

그래, 그것은 산초나무였어. '첸추'는 향은 더 좋을지 모르나 아무래도 야단스럽다는 느낌을 주고, 전체적으로 투박한 느낌을 주지 않는가. 내 산초나무는 그렇지 않아. 향도 더 그윽한 데가 있고 더 담담하고 단순해. 수더분하면서도 담백한 모습이었잖아. 오랜 세월 저 깊숙이 그렇게 그려 진 그림이 지워지지 않는다. 앞으로도 산초를 만나면 어찌 한 잎 뜯어서 는 코를 대고 아득한 기쁨에 잠기지 않을 수 있겠는가.

워낙 연세가 있으셔서요

1

정년이라는 게 역시 한 고비였던지 심리적으로도 초조한 것들이 있었고 몸도 안 하던 짓들을 하였다. 그 하나가 허리 통증이었다. 세수를 하다가 삐끗하며 말썽을 부리더니 1년에 한두 번씩 재발하곤 하였다. 그리고 처음에는 동네 한의원에 가 침을 맞고 한 1주일이면 괜찮아지던 것이 나중에는 한 달이 넘게 끌면서 치료 기간이 점점 길어졌다.

답답한 생각에 한번은 의사한테 물었다. 언젠가 낫긴 낫는가요라고. 워낙 연세가 있으셔서요. 그게 그때 의사의 대답이었다. 참 묘한 뉘앙스가 아닌가. '늙을 대로 늙었는데 뭘 그런 허망한 꿈을 꾸세요?' 그런 꾸중처럼 들렸다. 하긴 퇴행성이라는 용어도 자주 들어 보지 않았는가. 기계가 더 이상 제 기능을 할 수 없도록 닳을 대로 닳았을 수도 있을 것이다. 어떻든 이제 허리 고생에서 해방되기는 틀렸다는 체념을 해야 할 모양이었다.

얼마 후 그 동네를 떠나 지금 사는 동네로 이사를 왔다. 이삿짐을 싸는 내내 허리는 여전히 아파 워낙 그런 일에 서툴러 그렇지 않았어도 뭘 했을 것 같진 않지만 이삿짐 싸는 일을 전혀 돕지 못하였다. 허리 통증도 함께 이사를 온 셈이다.

그런데 지금은 허리 걱정은 하지 않고 산다. 이사를 와서도 한 1년쯤은 더 고생을 하긴 하였다. 여기 와서도 이 동네 한의원에 가서 비슷한 치료를 받는데 시간이 좀 걸리긴 하였으나 차츰차츰 좋아졌고, 언제부터인가 치료를 받으러 다니지는 않게 되었다. 한동안은 계속 조심스럽기는 하더니 이제는 아예 허리 쪽은 전혀 신경조차 쓰지 않을 정도가 되었다. 경망스레 이런 소리를 하면, 어렸을 적에 아직 호랑이를 못 보았다고 하면 호랑이를 만나게 된다고 어른들이 말조심을 시켰듯이, 또 무슨 응보를 받게 될까 겁이 나지만 어떻든 현재로선 완쾌되었다고 해도 좋을 만큼 깨끗해졌다.

그렇게 오래 애를 먹이던 것이 어떻게 이렇게 나을 수 있는지 스스로 생각해도 참 신통하고 또 고마운 일이다. 그러면서 그 의사 말이 자주 떠오르곤 한다. 그때 그 의사가, 그 젊은 의사가 굳이 사람을 그렇게 주눅을 들게 해야 했을까. 그 당시에도 어이가 없긴 마찬가지였지만, 지금 와 생각하면 더욱이나, 그때 너무 부당한 대접을 받았다는 생각을 떨칠 수가 없다.

정년 훨씬 전에도 비슷한 일을 겪은 일이 있다. 그때만 해도 요즘처럼 기능성 등산 용품이 없던 때라 등산화도 수제품을 알아주던 때여서 을지로 2가에 있는 유명 제화점으로 동료 몇이 신을 맞추러 갔다. 주인이 제품 중 고급품을 권하면서 한다는 소리가 이제 언제 또 새 구두를 신게 되겠느냐, 그러니 좋은 것으로 하라는 것이었다. 듣기가 영 거북스러웠다. 당신의 나이를 보아 하니 이 신이 다 닳을 때까지 살 것 같지 않고, 그러니 이 신이 당신이 신을 마지막 구두가 아니겠느냐는 말이 아닌가. 시골 할머니들이 자식을 외국쯤으로 떠나보내며 하는 소리가 있다. 아이구, 이제 죽기 전에는 못 보겠다. 이게 너를 보는 마지막이 아니겠느냐는 그 마지막. 마지막은 늘 처연한 느낌을 준다. 내가 마지막으로 신을 신발이라니. 그때는 정말 청년이 아니었던가. 설악산 대청봉도 오르고 얼마나 여러 산을 오르내렸는가. 나는 그 뒤에도 등산화를 세 켤레는 더 신었을 것이다. 그 젊은 주인은 내내 언짢은 인상으로 남는다.

고향 선배 한 분이 들려 준 이야기도 있다. 초등학교 교장으로 계시다가 정년한 분인데 고혈압이 있어 병원에 갔다가 내가 앞으로 10년을 살 수 있겠느냐고 물었던 모양이다. 마침 정년이 다가오고 있었고, 그래서 10년을 살면 연금을 타는 게 타산에 맞고, 그렇지 못하면 일시금을 타는 게 낫겠다는 계산이 서서 그렇게 물었다는 것이다. 그런데 의사가 고개를 설레설레 흔들더라는 것이다. 그래서 일시금을 탔는데 현재 이분의 나이는 96세. 허리도 꼿꼿하고 걸음걸이도 활기찬 건강한 노인이시다. 워낙 오래된 일이라 허허 웃으며 이야기를 하였지만 그 의사가 나를 망쳐 놓았다고 원심(怨心)만은 감추지 않았다.

어렸을 때는 누가 나이보다 어리게 보면 속상해 하고, 그러는 사람을 미워하곤 한다. 친구 하나가 혼자 가기 쑥스럽다고 나에게 동행을 부탁해 병원에 따라간 적이 있는데 이 친구의 하소연이 사람들이 자기를 자꾸 어리게 보는데 나이 좀 들어 보이게 할 수 없느냐는 것이었다. 의사가 허허 웃으며 어리게 보이는 것이 얼마나 좋은데 그러냐며 그냥 돌려보냈다. 그 친구는 여전히 동안(童顔)이어서 이제 거꾸로 사람들이 자기를 너무 늙게 본다고 좀 젊게 보이게 할 수 없느냐고 병원에 찾아갈 일은 없을 듯하지만, 나이가 들어가면 대개는 때 아니게 늙은이로 인식되는 것에 당혹스러워하고 또 억울해한다. '할아버지'라고 했다고 사려던 물건을 안 사고 나왔다는 얘기를 얼마나 자주 듣는가?

나이 좀 먹었다고 받는 푸대접이라 할까, 이제 그런 부당한 대접을 받는 일이 일상사(日常事)가 되었다. 퇴임 전 후배 교수와 교내에서 가장 화려한 식당에 가 새우 마요네즈인가 하는 걸 후배 교수가 추천해서 주문을 하니 그건 젊은 분들이 좋아하는 건데요 하며 어색한 표정을 지었다. "나 젊었어!" 하며 넘기고, 정말 젊은 사람 입맛으로 맛있게 먹긴 하였는데 세상이 그렇게 돌아가기 시작한 지가 오래되었다.

2

과연 우리는 얼마나 늙은 티를 내야하며, 또 얼마나 숨을 죽이고 있어야 하는 것일까.

정년 무렵 자주 들은 이야기가 퇴임 후 학교에 나타나지 말라는 것이었다. 후배 교수들이 싫어하고, 그것을 노골적으로 말로 하는 학과도 있다고 하였다. 글쎄 내 경험으로는, 하긴 이것도 상대에 따라서는 정반대인 때도 있었지만, 퇴임한 분들을 교정에서 다시 만나는 기쁨이 컸는데 어떻든 신경 쓰이는 일이었다. 모임에 가서 너무 오래 앉아 있지 말고 떠나라고, 그래야 후배들이 자유로워져 좋아한다는 말도 자주 들었다.

늘그막에 인터넷을 배운 친구들이 퍼 나르는 것들도 맨 그런 얘기였다. 7 up을 비롯하여 늙으면 왜 해야 할 일도 그리 많고, 하지 말아야 할 일도 그리 많은지. 넘어지지 마라, 감기 걸리지 마라. 누가 넘어지고 싶어 넘어지며, 누가 감기 걸리고 싶어 걸리는가. 조심한다고 안 넘어지고 조심한다고 안 걸리는가. 나무에 무슨 놀림감을 올려놓고 즐기는 것도 아니고, 언제 사고를 저지를지 모를 위험분자를 모아놓고 교육을 시키는 것도 아니고, 평생 쌓아 온 권위며 지혜는 다 어디로 가고, 버릇없는 잔소리만 넘치고 넘쳤다.

결혼식장에도 시할머니까지 나타나는 것은 보기 싫다고들 한다. 외모도 너무 늙은 모습이 팔팔 새 출발을 하는 분위기와 안 어울릴 뿐더러 혼주들이 그러잖아도 정신이 없는데 어른 신경 쓰느라 더 분주해지지 않느냐는 것이다. 우리조차도, 스스로 노인인 우리들조차도 거리에서 꼬부랑 할머니가 절절 매며 길을 건너는 모습을 보면 왜 들어앉아 있지 못하고 저리 나다니실꼬 하는 마음이 인다. 관광버스에서 우루루 내리는 사람들을 보면 걸음걸이가 온전치 못한 아낙들이 더 많다. 다리를 넓게 벌리고 엉덩이는 뒤로 빼고는 팔을 휘저으며 걷는 것은 그래도 나은 편이고 정말 힘들게 걷는 이들도 있다. 왜 저러면서까지 구경을 다닐까 그런 마음이 인다.

그런데 젊은이들이 보면 우리가 바로 그런 꼴로 보일 것이다. 도토리 키 재기지 무얼 저러냐고 할 것이다. 좀 여러 해 전 어느 선배가 69세에서 70세로 넘어가면서 겪는 심적 동요를 술회한 글을 읽으며 저 나이에 뭘 저러시나 하는 생각이 든 적이 있다. 젊은이들 눈에 꼬부랑 할머니나 구부정 할아버지나 69세요 70세일 것이다.

돌이켜보라. 대학교 1학년 때 교양 영어를 박충집 선생한테 배웠는데 우리들은 지금도 미처 성함이 떠오르지 않으면 그 왜 할아버지 선생님 말이야 그런다. 말뿐이 아니다. 우리 머릿속에는 그저도 그분은 지금 우리 나이보다 많은, 아니 훨씬 더 노티가 나던 분으로 남아 있다. 이양하 선생도 정년 전에 작고하셨는데도 지금 우리 나이보다 더 오래 사신 것처럼 기억된다. 그러니 지금쯤 우리가 대학 강단에라도 서면 학생들은 두고두고 어떤 영상으로 우리를 기억하고 있겠는가.

생각하면 끔찍한 나이요, 무슨 소리를 들어도 들을 수 있는 나이다. 늙은 티를 내도 단단히 내야 할 나이다. 그럼에도 낯모르는 사람이 "할아버

지!" 하면, 그렇지 내가 할아버지지 하고 시간이 좀 걸리는 것은 무엇이
며, 여기저기서 들은 그 많은 이야기가 지워지지 않고 안 들을 소리를 들
었다고 기억에 도사리고 있는 것은 또 무엇일까.

3

정년 후 산으로 들로 꽃을 찾아다니면서 장거리 운전을 많이 하고 다녔
는데, 곰배령 자락에 가 하루 자는 숙소에서, 그 주인은 나보다 한 살 위
인 분으로 퇴임 후 가족의 완강한 반대를 무릅쓰고 홀로 이 산속에 와 꿀
벌도 치고 산나물도 뜯으며 자연에 파묻혀서는 '다락산방'이란 간판을
달고 손님을 받는 방도 두어 개 만들어 놓고는 장사보다는 무료를 달래는
분인데, 하루는 그 이웃집 분이 놀러 와서는 나를 보고 몇 번이나 손수 운
전하고 왔느냐고 다그쳤다. 믿기지 않는다는 눈빛이요, 위태위태해 못 보
겠다는 몸짓이었다.

좀 높은 산을 오를 때도 마찬가지다. 그 무렵 오대산 비로봉을 1년에
한두 번씩은 갔다 왔는데, 사이사이에서 대단하십니다 하는 소리는 으레
듣게 되고, 한번은 반바지 차림의 청년이 자기는 정말 토끼처럼 가벼운
걸음걸이로 걸으면서 타박타박 힘들게 발을 떼어놓는 나를 보고는 참 잘
걸으시네요란다. 좀 더 위쪽에서 다시 만나서는 내 걸음걸이가 리듬이 있
어 경쾌해 보인다는 소리를 또 하였다. 요즘도 집 뒷산을 오르며 내 걸음
걸이가 리드미컬하다는 그 소리를 떠올릴 때가 있다. 산에 가면 걸음이
누구보다 느린 편이고, 그래서 늘 뒤쳐지기만 하는데 뭘 보고 그런 소리
를 했을까 그게 이상하게 머리에 남는다. 역시 나이 이야기일 것이다. 당
신 나이에 그만한 것도 대단하다는 얘기일 것이다.

중국에서도 비슷한 경우를 몇 번 겪었다. 백두산에 꽃을 찍으러 갔을

때다. 퇴임 후 얼마 안 되어 어느 식물연구소에서 가는 팀에 끼어 갔는데 그때 그쪽 안내를 맡았던, 50대로 보이는 사장이 내 나이를 물었다. 하긴 일행 중 내가 단연 최고령이었다. 아마 67세라고 대답했을 것이다. 놀라면서 중국에서는 환갑이 지나면 우선 자식들이 장거리 여행을 안 보내 준단다. 그러면서 이분은 내가 버스에 오르내릴 때마다 부축을 해 주고, 또 삼각대를 들어 주곤 하였다. 때 이르게 늙은이 취급을 단단히 받은 것이다.

그 몇 년 후 태산(泰山)에 갔을 때는 더 요란하였다. 산동성(山東省) 제남(濟南)에 있는 산동대학교 한국어과에서 한 달 동안 집중강의를 하러 가 있는 중에 어느 주말에 태산을 보러 갔다. 태산은 우리나라에서 높은 산의 대명사가 아닌가. 태산이 높다하되 하늘 아래 뫼이로다라느니 할 일이 태산 같다느니. 일부러도 가 볼 곳인데 바로 같은 산동성 안에 있어, 이번 기회에 공자묘(孔子墓)와 태산은 꼭 보고 오리라 다짐하였던 바다.

대학원 학생 하나를 안내로 붙여 주어, 마침 제남에서 떠나 1박 2일로 두 곳을 다 들러오는 중국 관광버스가 있어 길을 떠났다. 태산에 도착하여 이제 일행이 모두 그 정상을 오르려고 모인 초입. 한국에서부터도 그랬고 산동대학 교수들도 그 유명한 1,600개의 돌계단으로 오를 생각을 아예 말고 케이블카를 타고 가라고 주의들을 주었다. 중국 관광객도 대부분 케이블카 쪽으로 갔다. 그런데 대학원생이 돌층계로 걸어서 가잔다. 좀 주저하였더니 두 시간이면 된단다. 사실 태산은 그렇게 높은 산의 대명사이지만 해발 1,545m로 우리 오대산 높이밖에 안 된다. 그야말로 못 오를 리 없다 싶었다. 실제로 그렇게 힘든 것도 아니었다. 나중에는 다리가 아파 쉬는 간격이 점점 짧아지긴 하였지만 이 정도는 늘 하던 산행 수준이었다.

그런데 계단 중간쯤에서부터 내려오는 사람들이 나를 힐끔거리며 뭐라고들 하였다. 외국인이라는 걸 알아보고 그러나보다 했다. 얼굴 생김이야

크게 다를 게 없지만 자기들 중국 사람이 아니라는 건 쉽게 알아볼 수 있었을 것이다. 무엇보다 옷차림이 다르지 않는가. 그들은 거의가 집에서 신는 구두를 그대로 신고 왔고 옷도 우리들처럼 등산복을 입고 온 사람은 찾아보기 어려웠다. 등산모도 쓰지 않았다. 카메라까지 메었으니 내 몸차림으로 첫눈에 외국인이라는 걸 알았을 것이다. 그러나 그들의 관심은 그것만이 아닌 것 같았다. 내 안내인에게 뭘 자꾸 묻고는 놀라는 표정을 짓고, 또 엄지손가락을 들어 보이기도 하는 것이 심상치가 않았다. 그래서 왜 그러냐고 하니 내 나이를 자꾸 묻는다는 것이다. 그리고 대단하다고 한단다. 국적도 묻곤 하는 모양이다. 글쎄 대한(大韓) 남아의 기개를 뽐냈다는 자부심을 가질 수도 있었겠으나 그보다는 다시 내 나이 생각을 하게 되었다. 숙소에 돌아와서도 같은 버스를 탔던 일행들의 수다가 이어지고, 더욱이 자고 나서는 괜찮느냐, 오늘 공자묘에도 그대로 따라갈 수 있겠느냐고 법석을 떨었다. 이렇게도 늙었는가, 내가 정말 이렇게도 늙었다는 말인가.

사실 근년에 들어 어느 하루, 어디 한 곳 이런 불편한 대접을, 그건 정말 부당하고 불공정한 대접인데, 받지 않는 날, 받지 않는 곳이 없다. 겨우 1주일에 한 번 우리 늙은이들이 모여 테니스를 하는 것을 두고도 참 많은 말을 듣는다. 1975년부터 시작한 모임이어서 어떻게 보면 거의 관성(慣性)으로 치고 있고, 어차피 비슷이 늙어 가는 사람들끼리 치는 것이라 격렬해지려야 격렬해질 수도 없는 순하디 순한 놀이인데 그 나이에 테니스가 말이냐 되는 소리냐고 다들 말리려 들고, 심지어 화까지 내는 친구들도 있다. 이 더운 날에, 이 추운 날에 하며, 몹시 덥거나 추운 날에 테니스를 했다면 더욱 거세게 무슨 미친 짓이냐는 듯 몰아붙인다. 들꽃을 찾아 산으로 헤맬 때도 마찬가지였다. 특히 혼자서도 다닌다고 하면 야단들이었다. 구체적으로 실종한 예까지 들먹이며 겁을 주었다.

흔히 철이 안 들어 그런다고들 한다. 그토록 나이를 먹을 때까지 그만한 판단력 하나 키우지 못했느냐고, 언제 철이 드느냐고 나무라는 것이다. 그럴 때 철이 들면 죽는다는데 그러면 죽으란 말이냐고 항의하기도 하지만, 정말 죽을 때나 되어야 철이 들고, 끝내 철이 못 들어 주책을 부리는 것일지도 모른다.

4

돌이켜보면 그들이 염려할 만도 했다. 테니스 코트에서도 추운 날 얼어붙은 바닥에 넘어져 다친 일도 있다. 특히 꽃 산행은 스스로 생각해도 아찔한 순간이 얼마나 많았는가. 돌무더기가 우르르 무너져 함께 쓸려 내려가며 다리 위로 굴러 떨어지는 바위들에 정강이뼈를 다쳐 몇 주일이나 치료를 받은 적도 있고, 뒤로 물러서면서 시멘트로 만든 큰 구렁으로 나뒹굴어 사방 데 까이면서 삼각대까지 깨뜨린 적도 있지 않은가. 땅벌, 이건 고향말로 '땡삐'라고 해야 실감이 사는데, 그 벌집을 잘못 건드렸다가, 정말 땡삐같이 악착스럽게도, 모자를 휘두르다가 안 돼서 점퍼를 벗어 휘두르며 혼비백산 달아나는 나를 끝까지 따라붙으며 옷 속은 물론 등산화 안 양말 속까지 파고들어 쏘아대던 끔찍한 일은 또 어떤가. 하산 시간을 늦추다가 겨우 이마에 달린 전등에 의지하여 깜깜한 산길을 혼자서 더듬으며 내려온 일도 있고, 어느 해 무덥던 여름날 어떻게 된 영문인지, 그저 숲속이 바람도 없이 너무 무더워 좀 힘겹다는 생각을 한 기억만 있을 뿐인데, 눈을 떠보니 풀숲에 벌렁 누워 있던, 그때 같이 있던 동료도 전혀 눈치를 못 챈 것을 보면, 아마 몇 초간, 길어야 1분여 정도였겠지만 정신을 잃었던 적도 있다.

무슨 일이라도 있었으면 무엇이라고들 했을까. 내가 자주 하는 말이 이

것인데, 내가 사고를 만나는 것은 무섭지 않다. 아무도 모르게 사라질 수 있으면 그게 얼마나 좋은가. 생텍쥐페리의 최후가 늘 부럽다. 그런데 걱정은 그것 보라고, 내가 뭐라고 했어, 나이도 모르고 주책을 떨더니, 그러는 소리라고. 정말 그 소리는 듣기 싫었다.

그런데 그것들이 과연 주책이었을까. 그래 그 시간 집안에 들어앉아 있었으면 무엇을 했을까. 친구들과 어울려 바둑이라도 두는 게 나았을까.

지금 화면을 열면 수많은 꽃들이 환하게 웃으며 먼먼 다른 세계를 보여 준다. 그것을 현장에서 앞에 두고 설레던 기쁨이 꿈처럼 되살아난다. 계방산 나무들이, 언덕들이, 저 아래쪽 산 넘어 산들이 온통 눈으로 덮인 화면은 그야말로 선경이요, 신비의 세계다. 이것을 남이 찍어 온 것으로 보면 전혀 감흥이 다를 것이다. 그때 그 영하 20도의 추위 속에서, 순간순간 꺼져 버리는 배터리를 품속에 녹여서는, 떨어져 나갈 듯 시리던 손으로 몇 커트씩 찍던, 그 기억이 서려 있는 사진을, 그 사진을 주는 희열을 집안에 앉아서 어떻게 얻겠는가. 깜깜한 산길을 내려오던 일도 그렇다. 때로는 이마 전등보다 달빛이 나무숲 사이사이로 더 밝게 쏟아졌다. 달빛으로 숲속을 걸어 본 일이 있는가. 그 맑은 행복감을 느껴 본 일이 있는가. 그날 차를 세워 둔 곳까지 내려와 차를 몰고 계곡을 내려올 때는 더욱이나 달빛이 교교하였다. 시동을 끄고, 전조등도 끄고, 차에서 내린다. 쏟아지는 달빛 속으로 냇물 소리가 또 가득하다. 이런 호사를 어찌 안방에 가부좌를 하고 앉아 얻겠는가.

우리를 움직이는 힘은 무엇일까. 지나온 일을 돌이켜보면 내 의지가 작용한 일은 의외로 드물었던 듯하다. 무엇이 끄는지 나도 모르게 끌려서 여기까지 왔다는 느낌을 자주 받는다. 5년 후, 10년 후는커녕 1년 후부터 이 일을 시작하겠다 해서 이룩한 일은 별로 있는 것 같지 않다. 어떻게 생각지도 않은 계기가 생기고 그리고는 주저도 없이 그 일에 빠지곤 하였던 것이다. 선친은 내 사주를 몇 번이나 떼오시곤 했는데 중학교 3학년 때인가는 꽤 두툼한 사주를 떼 오셔서는 몇 살에는 무슨 좋은 일이 있겠고 또 몇 살에는 무슨 좋은 일이 있겠다고 중요 항목을 짚어 주셨다. 그것이 무엇이었는지, 그 예언이 맞기나 했는지는 전혀 관심을 두지 않아 모르겠다. 그런데 그런 생각이 들 때는 있다. 그래, 결국 그 사주대로 살아 온 거야, 내 의지로 뭘 한 게 아니야.

그것이 주책이든 그 이상이든 끌리면 어쩔 수 없는 것이 아닌가 싶다. 그 끄는 힘이 워낙 커서 우리로서는 거역할 길이 없어 보인다. 무엇에 너무 빠지면 또 저러다 말겠지 하고 집사람은 이제 단념도 할 줄 아는 지혜를 터득하였지만 빠지는 것도, 거기에서 헤어나는 것도 제 힘으로 되는 것으로는 보이지 않는다. 그리고 다 때가 있어서 좀 더 미리 하였더라면 좋았을 걸 하는 일도 때가 되어야 하게 되고, 또 무엇이 계기가 되면 어쩔 수 없이 끌려들어가는 것으로 보인다.

5

나이는 못 속인다고 한다. 근래 그것처럼 실감나는 말도 없다. 그러나 어느 나이가 되면 어느 울타리에 갇히라는 규범은 아무래도 자연스러워 보이지 않는다. 틀에 가둔다는 것은 언제나 세상을 얼마나 삭막하게 만드는가.

정년퇴임을 하고 연구실을 떠나 세상으로 나오니 정말 갑자기 다른 세계, 아주 낯선 세상에 들어온 기분이었다. 자고 깨니 원로(元老)가 되어 있었고, 전철도 무임으로 타라 했다. 무임승차 하나도 얼마나 어색하고 겸연쩍던지, 한동안은 그대로 유임으로 탔는데, 결국은 주춤주춤 가서는 미안합니다 표 한 장 주세요 하면서 쭈뼛거리면, 어디 공손하나 주는가 휙

내던지는 하얀 딱지를 집어 드는 일은 정말 노인을 만드는 절차였고, 그렇게 노인이 되어 갔다. 지하철을 공짜로 타는 거사(居士), 그래 '지공거사'라는 꽤나 자조적(自嘲的)인 타이틀도 생겼다. 그래 무슨 기분 좋은 일로 나갈 때는 유임으로 타곤 했는데, 그리고 경로석은 아예 부근으로도 가지 않았는데 그런다고 달라질 것도 없었다.

퇴임을 하자 스스로도 노인이 되려고, 노인다운 노인이 되려고 꽤나 서둘렀다. 가장 먼저 찾아 읽은 책도 키케로의 『노년에 관하여』따위였으니까. 이제 무엇은 하지 말자, 무엇은 하자 말자, 목록을 만들며, 특히 언제 무슨 일이 있을지 모르는데 몇 년이 소요되는 무슨 대작(大作) 같은 것은 꿈도 꾸지 말자 그러며 움츠러들었다.

그런데 지금 생각하면 그럴 일도 아니었다. 10년이 더 흐른 지금도 정신도 맑고, 눈도 비록 거의 한 눈으로지만 몇 시간 책을 읽을 수 있지 않은가. 책상에 버티고 앉는 시간이 아무래도 전만 못하지만 공무원이 하루 책상에 앉아 있는 시간만큼은 충분이 버티지 않는가. 10년 전에 움츠러들지 말고 무슨 일을 하나 벌였으면 이미 끝을 내고도 남았을 것이다. 논어 중에 좋아하는 말씀 하나가 發憤忘食 樂以忘憂 不知老之將至다. 무엇에 빠져 나이 따위는 잊는 경지. 그렇게 사는 일을 부러워하고 그렇게 살고자 살아 왔으면서 서둘러 나이를 헤아리고 있을 일이 아니었다.

어차피 열정은 점점 식어간다. 올봄부터 오른쪽 무릎이 아프니 이제 높은 산에 올라갈 엄두는 나지 않는다. 작년까지만 해도 대청봉을 다시 한 번 다녀오겠다고 벼르고 있었는데 이제는 어떤 유혹이 와도 전혀 동하지 않을 것이다. 때가 되면 꺼져 줄 것은 꺼져 준다. 미리 서둘러 움츠릴 것이 무에 있겠는가.

근래 건강하시네요 하는 소리도 자주 듣는다. 옛 동료들이나 후배들도 그리고 제자들도 그런다. 건강해서 좋다는 소리일 터인데, 어떻게 들으면 건강하실 나이가 아닌데, 건강하지 않는 것이 정상적인데 이상하다는 소리로도 들린다. 그래도 그만한 꼬투리가 있으니 하는 소리들이 아니겠는가. 정말 지금은 고맙게도 건강한 편이다. 워낙 연세가 있으시지만 씩씩하게 살고자 한다. 이런 소리를 들으면 또 뭐라고들 하겠지. 늙는 일이 참어렵다.

김경동

⁘

KS, TK의 한국사회 Farce

빨리빨리 문화

KS, TK의 한국사회 Farce

"선배님은 몇 회 졸업생이시지요? 저는 55횝니다만." 나의 대학 동기로 경기고등학교를 다닌 친구들이 50회 졸업생이니까, 이 질문을 던진 친구는 경기고를 우리보다 5년쯤 후에 나온 사람임에 틀림없다. 그는 물론 내가 으레 경기고를 다닌 줄로 알고 던진 질문이었다. 이런 때 나는 과연 어떤 반응을 해야 서로 어색하고 쑥스럽지 않게 상황을 마무리할 수 있을까를 고민해야 한다. 나는 경기고와는 인연이 없기 때문이다. 그래도 사실대로 털어놓을 수밖에 없는지라 실은 경기 출신이 아니라는 실토를 하면서 겸연쩍게 실소 한 번 흘리는 걸로 순간 모면은 했다. 당황한 쪽은 상대편이었다. "아, 예, 저는 응당 저희들 선배인 줄로만 알았지요. 아마도 누구나 선생님이라면 당연히 그렇다고 생각하고들 있을 겁니다. 아 뭐, 꼭 같은 학교 동문이라야 선배, 후배 하나요, 선배님은 선배님 아닙니까?" 그나마 넉살이 좋은 편인 상대의 임기응변으로 난처한 처지를 대충 무난히 넘긴 셈이 되었다.

이런 특정 상황을 두고 생각해 보면 그 친구 말대로 남들이 나를 한국 제일의 명문고 출신으로 당연시 해준 것만 해도 감지덕지 몸 둘 바를 몰라야 하는 게 맞을 성 싶다. 하지만 솔직한 심경은 어쩐지 그냥 좀 씁쓸하다는 게 맞다. 이유야 어찌 되었건 나는 그 좋은 학교를 다니지 않았다. 그래서 내 딴에 지어낸 핑계가 하나 있긴 하다. "나도 실은 KS 출신이 맞기는 한데…" 정도가 그것이다. 내가 다닌 대구의 계성학교를 영자로 Keisung이라 표기했고 머리글만 따오면 K가 틀림없으니 말이다. 그리고 이때 S는 물론 서울대학교다. 당시 이런 식 표현으로 경기고—서울대를 KS로 약칭하는 게 유행이었던 데 빗댄 거다. 그래도 이건 진품 KS가 아닌 사이비 KS인지라 씁쓸하긴 마찬가지다.

비슷한 사례가 TK다. 주지하다시피 이 약자는 대구—경북을 가리키는데, 거기에는 두 가지 용법을 함축한다. 하나는 대구시와 경상북도 출신이라는 지역성을 지목하는 것이고, 다른 한 가지는 대구의 경북중고등학교 동문이라는 뜻으로 쓰는 것이다. 기묘한 우연이지만 나는 물론 첫 번째 용법에는 합법적으로 합격하는데, 두 번째는 또 사이비 시비가 발생할여지가 있다. 대구의 계성학교도 역시 TK로 약칭할 수 있으니 처음 보는사람들과 수인사를 나눌 때 대구에서 학교를 다녔다고 하면 응당 "그럼대구 경북고시겠네요"라는 자문자답형 반응이 나오기가 일쑤기 때문이다. 여기에도 "당신 정도면 마땅히 경북고 동문일 거라고들 생각해서 드린 말씀입니다만…" 하는 무언의 변명이 뒤따른다. 이 또한 고마워해야할 일이건만 당혹스럽고 일견 창피스러운 경험인 건 매한가지다. 계성학교는 내가 다닐 때만 해도 한국에서 가장 자랑할 만한 멋진 교육을 받았던 곳이라는 자부심에도 불구하고 세상 사람들의 눈에는 대구를 대표하는 학교는 아니라는 사실이 가슴 아프게 하는 것은 부인할 도리가 없다.

실지로 이런 우스꽝스런 사건도 있었다. 어느 해 연말 동문 송년모임이 한창이던 시기였다. 그 시절에는 타워호텔이라 부르던 곳으로 기억하는데 사람들이 줄지어 볼룸 같은 대형 행사장으로 들어가는 데가 눈에 띄어서 나도 그 행렬에 끼어 방명록에 버젓이 이름을 올리고 졸업회수를 42회라 적었다. 그 순간 마침 평소에 잘 아는 사람으로 나보다는 연하인 친구가 다가와 반가이 인사를 하고나서 내가 적은 졸업회수를 보더니 느닷없이 이상하다는 듯이 "아니 선생님이 저보다 더 후배가 되시네요?"라는 게 아닌가. 그제야 뭔가 심상찮다 싶어 여기가 어느 학교 동문회냐고 물었더니 경북고 송년회라는 것이다. 그 말에 얼른 내 이름과 회수를 두 줄로 긋고 그 자리를 떴다. 그 순간 주위를 둘러보니 바로 옆 또 하나의 커다란 홀 입구에 사람들이 줄서 들어서는 모습이 눈에 들어 왔다. 거기가 계성학교 재경동창회 송년회 모임이 열리는 곳이었다. 지금 생각해보면 경북고 동창회가 그날의 방명록을 얼마나 영구 보존할지는 모르겠으나 아마 먼 훗날 누가 들여다보면 거기에는 '김아무개 42'라는 글자를 두 줄로 벅벅 그어놓은 기록이 분명 남아 있을 것이고 보는 이들은 이게 도대체 무슨 뜻일까 의아해할 수도 있다는 상념이 순간 뇌리를 스쳤다. 어쩌다가 나도 경북고 동문회 역사기록에 이름을 올리게 된 셈이 되었다.

소위 고등학교 평준화라는 '사기(詐欺)'를 친 정부의 정책에 따라 '지역별 등교제'를 시작한 이후 계성학교는 그 위치 탓에 삼류 학교로 전락해야 하는 고배를 마신 역사를 돌이켜 보면 참으로 우리나라 교육이 어처구니없는 구렁텅이로 빠져 들어가고 있었다는 생각을 지울 수가 없다. 우리가 다니던 시절이 바로 6·25 전쟁 중이었다. 그 전시에도 우리는 모르기는 해도 세계에서도 유례없다 할 만큼 값진 교육을 경험할 수 있었다. 이른바 인간성 교육을 중심으로 하는 자유교양교육(liberal education)의 진수를 마음껏 즐길 수 있었기 때문이다. 이런 내용을 나는 "우리는 진짜 멋진 교육을 받았지"라는 제목의 수필로 일찍이 계간지 『철학과 현실』에 소

개한 바 있고 또 숙맥동인지 제3호(2009)에도 옮겨 실었다. 그러던 학교
가 자리한 곳이 시장통 근처 저소득층이 많이 사는 지역이었던 게 내리막
길의 원흉이 된 것이다. 평준화라니, 오히려 학교차별화를 적극 권장한
시책을 해놓고 무슨 대단한 사회정의를 펼친 듯 그 정책을 버리지 못하고
아직도 아웅다웅 싸움질만 하는 정치권이나 교육당국은 정말이지 우리
교육을 망치기로 작정한 정신상태가 정상이 아닌 사람들이다.

진정한 교육평준화는 무엇일까? 원칙은 기회균등에 서야 하지만, 실제
로는 모든 학교의 시설, 교원의 질, 교육내용, 교육방법 등이 균일하게 질
적으로 향상하는 방향으로 정책을 수립시행하고 재정적 뒷받침을 하는
것이 진정한 평준화다. 더구나 평준화는 반드시 모든 학교가 질적 개선을
경험하는 상향평준화라야 한다. 우리나라처럼 사립학교가 다수를 차지하
는 중등교육체제에서는 물론 각개 사학재단이라는 주체와 학교 당국이
책임지고 질을 높이도록 국가는 독려하고 감시하면서 필요하면 지원도
하는 것이 정도(正道)다. 지금의 사기 평준화는 한마디로 주거지역내 등교
제도에 불과하고 그 지역의 사회경제적 계층의 특성에 따라 역내 학교의
질에도 자연스레 차등이 생겨버리도록 하는 제도를 자아낸 것이 고작이
다. 그 거창한 명성의 경기고는 강남 부촌으로 갔고 서울고도 서초지역에
서 떵떵거리며 지역 부동산 가격상승만 부추기고 있다. 그런데다 무슨 특
목고다 자율형 사립고를 자꾸만 세우게 해서 새로운 차등을 창출하는 모
순을 버젓이 저지르면서도 평준화 예찬이 끊이지 않으니 도대체 관련자
들의 머리는 어떻게 움직이며 그 속에는 무슨 생각이 들어 있는지 묻고
싶다. 실제로는 일부 특수한 학교를 제외하면 일반적인 질적 하향평준화
만 결과한 데 대해 무어라 설명할지 궁금할 따름이다. 이제라도 우리 모
두 교육가치관과 정책을 두고 스스로 정직해질 필요가 있다.

이 대목에서 우리는 이제 사이비 KS와 사이비 TK의 설움을 고찰할 차

례가 왔다. 교육평준화를 꿀단지처럼 끌어안고 추진하게 된 배경과도 무관하지 않기 때문이다. 언제부터인지 인명이나 지명 등을 영어로 표기하면서 주요 머리글자만 따로 떼어 대문자로 축약하여 지칭하는 문화가 생겨났다. 가령 YS, DJ, JP 등 소위 정치9단 '삼김'의 약칭이 대표적인 보기라는 것쯤은 삼척동자도 다 안다. MB도 여기에 해당하지만 같은 대통령이라도 나머지는 그런 약칭이 어색해서 아예 쓰지 않는다. 주로 언론계가 시작한 습관으로 가령 인물로 치자면 대통령을 비롯하여 주요 정재계 거물에게 애칭으로 안겨주는 관행이다. 그렇다고 아무 정치인이나 재벌총수를 다 그렇게 부르지 않는 것도 사실이다. 요컨대 우선 약자로 적어 놓으면 읽기가 편해야 하고 동일시가 쉬워야 하며 그냥 입에서 수월하게 발음이 가능한 것이 주요 조건이다. 한 예로 정몽준 의원을 주변에서는 MJ라 부르기도 하는 모양인데, 발음은 별로 부드럽지 않고 애칭다운 끼가 보이지 않아서인지 광범위한 호칭으로 떠오르지 않은 듯하다. 같은 유명인 사라도 박태준 회장(총리?) 같은 이는 TJ라 불러서 별로 어색하지는 않지만 무슨 연유인지 그를 이런 식으로 부르는 예는 자주 들은 기억이 없다.

기업부문에서도 요즘은 걸핏하면 영문으로 회사 이름을 적고 머리글을 따서 약칭하는 버릇이 유행처럼 번지는 추세다. 대중에게 가장 익숙한 예가 SK, LG, GS, KT지만 삼성이나 현대는 그런 애칭을 채택하지 않는다. 발음과도 무관하지 않은 탓일 게다. 물론 POSCO, KEPCO, KAL처럼 반드시 두 글자로만 표기하지 않는 예도 있다. 따지고 보면 아무래도 이런 추세는 미국을 비롯한 서방의 관행을 본뜬 것이라는 게 맞을 것 같다. 이들 나라에선 JFK를 위시하여 GM, GE, AP 등 각종 인명, 기업체나 단체명 줄여 쓰기를 이미 오래전부터 해온 터다.

그런데 우리나라에서는 특정 지역이나 학교 이름을 굳이 영어로 표기하고 그 머리글을 조합하여 꽤 다수의 입에 오르내리게 한 특출한 보기가 있다는 사실이 매우 특이하다. 그 대표적인 보기가 다름 아닌 KS와 TK 다. 이 둘 중에서 KS는 어디서 어떻게 유래했는지 확인할 길이 없고 다만, TK라는 표현은 동아일보 논설위원으로 있던 김진현 씨가 1970년대 어느 날 사설을 쓰면서 창안하여 표기한 것이 처음이라는 본인의 주장이 있다. 당사자가 그렇게 자랑삼아 얘기하는 것을 들은 기억이 어렴풋이 떠오르기 때문이다. 어찌 되었든 이런 여러 부류의 약칭 중에서도 특별히 TK와 KS가 우리 사회에서 널리 회자의 대상이 되었다는 사실 자체는 참으로 특이하달 수밖에 없는 지극히 한국적인 현상이라는 데 주목할 필요가 있다. 거기에는 특정한 역사가 있고 그 이면에는 정치사회학적인 함의가 숨어 있어서 한국사회의 독특한 성격을 설명하고 이해하는 데 매우 큰 유관성이 있다는 점이 중요하기 때문이다.

경기—서울대 조합이 역사로 보면 오래전부터 가장 부러움을 사는 보기가 되지만 1960년대 이래로 경북 정권이 장기화하는 과정에서는 TK가 빛을 발하기 시작하였다. 대구의 경북고 출신이 경기—서울대 출신과 거의 맞먹을 만한 기세로 출세 길에 동참하게 된 것이다. 정부요직의 명단을 발표할 때마다 이 둘이 과연 몇 퍼센트를 차지하느냐를 두고 언론과 여론이 앞다투어 법석을 떠는 형국이었다. 두 말할 나위도 없이 여기에는 그 학교에 입학하기가 어렵다는 초보적인 설명이 따라붙지만 더 자세히 따져 살펴보면 한국사회의 특수한 구조적 특성을 반영한다는 데 눈길을 주지 않을 수 없다.

아주 단적인 예를 하나만 들겠다. 실화를 토대로 한 보기다. 어느 정권 시절인지는 독자의 추측에 맡기기로 하고, 계성학교 출신이 모 부처에서 뼈가 굵어 차관이라는 공무원의 최고 지위까지 실력으로 버텼다. 정권 중반 정례 내각교체를 하게 된 시점에 그는 외청의 청장으로 누가 보아도 다음 장관이 될 인물로 조용히 차례를 기다리고 있었다. 각설하고 신규내

각 명단 발표 전날 초저녁 무렵 그는 청와대 인사 관련 비서관으로부터 한 통의 전화를 받았다. "형님 오늘 저녁은 집에 일찍 가서 형수님께 자랑 좀 하셔도 되겠습니다. 그리고 축배도 함께 드시고요." 그는 그 후배의 말대로 적시에 퇴근해서 부인과 기쁨을 나누었다. 그리고 다음날 아침 신문에는 내각 명단이 등장했을 것은 뻔한 얘기고, 중요한 것은 그이 이름이 거기에 들어 있지 않았다는 사실이다. 후일담은 이러하다. 그 전날 비서관이 전화를 할 때만 해도 그는 이미 장관후보자로 낙점을 받은 상태였던 건 추호도 거짓이 아니었는데, 문제는 그 시점부터 청와대를 중심으로 어떤 특정 세력이 밤을 도와 움직이기 시작했고 마침내 날이 밝았을 때는 예의 TK 출신 인사가 장관자리를 무난히 차지하게 된 것이다.

나는 사회학자로서 이런 현상을 두고 우리 사회의 연고주의 (Connectionism)라 이름 하였다. 요즘은 연줄그물 혹은 연결망(network)이라는 용어로 온갖 통계치와 수식을 가지고 한국사회 구석구석의 연고주의를 분석하는 일로 젊은 사회학자들이 바쁘다. 나도 젊어서는 열심히 통계분석도 했으며 지금도 현상을 파악하는 데 필요한 통계수치는 되도록 자세히 살펴서 보기도 하지만 솔직히 요즘 젊은 학자들처럼 요란한 공식에다 복잡한 도표를 제시하지 않아도 위에서 예시한 보기 하나만 가지고도 우리 사회의 연고주의쯤은 충분히 이해시킬 수 있다고 본다. 여하간, 나 같은 존재도 글자로만 보면 TK가 맞지만 사이비기 때문에 출세를 하기가 어렵다는 사실을 모르는 이는 별로 없다. 부질없는 생각인줄 알지만 나도 가끔 내가 만일 진짜 KS나 진품 TK였다면 지금까지 어떤 삶을 살았을까 상상해볼 때가 없지는 않다.

실은 내가 계성학교를 다니게 된 연유를 더듬어 가면 이런 한국사회의 특이성을 일별하는 단서를 찾을 수도 있다. 결국 6·25사변(우리는 당시 그렇게 불렀다) 시절로 거슬러 올라가는데, 안동사범 병설중학교 2학년이 되자마자 전쟁이 터져서 우리는 김해의 진영까지 고종 사촌네를 찾아 도보로 피난 천리 길에 올랐다. 전선이 역전하면서 귀향을 해보니 우리 집은 폭격으로 잿더미가 되어 있었고 마침 선친의 직업 때문에 대구로 이주를 하였다. 그래서 전학 준비를 하게 되었는데, 말하자면 그때 조금만 경제적 여유가 있었더라면 나도 경북중학교로 전학을 할 수 있는 연줄은 있었지만 여의치가 않아 결국 기독교 계통으로 마침 형님과 친분이 있던 선생님의 도움으로 계성학교에 들어간 것이다. 그리고 내가 고2를 막 마치던 해 또 우리는 선친의 직장을 따라 서울로 이사를 했다. 그래서 나도 친지의 주선으로 서울고등학교에 전학하기 위해 겨울방학 동안 혼자서 편입시험 준비에 몰두하고 있었는데, 서울고 측에서 통보가 왔다. 고3학 생에게는 편입전학을 허용할 수 없다는 전갈이었다. 그래서 하는 수 없이 다시 대구로 돌아가 고3 1년을 역시 친지댁에서 신세를 지며 계성학교를 졸업하게 된 것이다. 그러니까 이때도 지난날 경북중학교 전학 때와 마찬 가지로 우리 집 형편이 조금만 좋았더라면 고3임에도 불구하고 서울고에 옮아갈 수 있었던 시절이었다는 점을 반드시 적시해야 한다는 점이 중요 하다. '사바사바'(고등어 한 손의 일본어 표현)라는 말이 한창 유행하던 시국이었다.

두 번씩이나 소위 일류학교로 옮길 수 있는 기회를 제대로 쓰지 못한 사회경제적 약자에게는 선택의 여지가 없는 진로였다. 그래도 계성학교 의 생활이 얼마나 행복했는지는 여기서 다시 논하고 싶지 않고, 다만 요 점은 TK는 물론이고 비록 KS는 아니더라도 서울고—서울대 정도의 특혜 를 누릴 기회는 나에게는 일단 막혀 있었다는 말을 하는 것이다. 그리고 나서 내 일생에 크게 헛디딘 선택이 서울대학교 총장선거에서 적나라하 게 드러나고 말았다. 당시 약 1,300여 명의 교수 중에서 정확한 숫자는 아 니지만 가령 경기 출신이 약 250명, 서울고가 약 150명, 그 외에 경복, 경동, 보성, 중앙 등 서울의 공사립 명문고들이 줄줄이 뒤를 이었고, TK 출신만 해도 80명은 초과한다는 풍문이었던 것으로 기억한다. 그리고 경남, 대전, 전남 등 주요 지방 명문고가 자리하고 있었다. 이런 전쟁터에서 계성고 출신 교수 전수가 13명이었다. 이런 판국에 무슨 전투가 가능하리라고 보았는지 지금도 생각하면 참으로 어처구니없는 허세였다. 우리나라에서 선거라는 것이 녹녹하지 않은 게임이라는 사실은 세상이 다 아는 일이지만 정말 무서운 게 학연이고 학벌이 아닌가 말이다.

잠시 나 자신의 개인적인 얘기를 한 까닭은 보통 수필 같은 글을 써서 사람들의 이목을 끌려면 때로는 부끄러운 자화상 같은 요소를 끼워 넣어야 한다는 각성에서다. 하지만 중요한 논지는 그게 아니라는 것쯤은 해명이 불필요한 줄 안다. 고등학교 차등화가 의미하는 바를 잠시 성찰하려는데 양념으로 맛을 낸 것에 지나지 않는다. 앞에서 잠시 언급한 것처럼 아무리 학교의 모든 부문에서 질적 수준을 전부 똑같이 한다 해도 교육이라는 현상 자체는 결국 본성이 경쟁과 선택의 과정이라는 사실은 부인할 수가 없다. 그러다 보면 학교에 따라 우열이 생기게 마련이고 그것이 대학진학에서 비롯하여 사회진출과 사회적 지위 향상 과정에로 이어지면서 사회계층적 차별이 발생하는 것은 거의 자연스러운 사회적 현상이다.

그나마 상대적으로 공정한 경쟁을 중시하는 구미 선진국에서도 아이비리그(Ivy League), 옥스브리지(Oxbridge), 에나(École Nationale d'Administration) 등 그랑제콜(Grandes écoles)과 같은 유수한 고등교육 기관 출신의 엘리트층이 사회의 각 분야에서 두각을 나타내는 현상은 불가피하다. 거기에는 그런대로 일정한 수준의 정당성을 인정받을만한 경쟁의 공정성과 수월성의 인증이 정착했다는 전통이 이어지고 있기 때문이다. 이런 서방사회에서도 그와 같은 차별적 독점현상에 대한 비판적 시각이 없다고 할 수는 없지만 학력이나 학연을 배제하지는 않더라도 기본적으로는 적어도 정의에 어긋나지 않고 공정한 기준에 의거해서 인간성과 자질과 능력과 실력을 기초로 인재를 등용하고 우대하는 관행과 제도가 합리적으로 이루어져 있으므로 사회가 이를 대강 수용하는 것이다.

결국 어떤 사회적 자원이든 몇몇 한정된 집단이 독점하는 것은 부당하고 정의롭지 못하다. 어떤 부문, 어느 생애 단계에서 이루어지든 모든 경쟁은 규칙에 맞게 이루어져야 하고 그 규칙은 공정성을 확보해야 정당성을 담보할 수 있다. 그렇다면 굳이 KS냐 TK냐를 따질 까닭이 없게 된다. 요컨대 한국사회의 지독하게 뿌리가 깊고 끈질긴 연고주의가 이러한 공정사회, 정의사회 실현을 방해하고 있다는 것이 문제다. 그리고 교육의 질적 향상을 추구하는 상향평준화를 하루 속히 실현하고자 하는 전사회적인 노력이 이루어져야 한다.

나 자신의 삶을 하나의 보기로 들었지만 이미 일어나 버린 지나간 역사를 바꿀 수도 없는 터이고 본인의 힘이나 노력으로 어찌할 수 없는 사회경제적 배경 조건의 제약으로 생긴 일을 두고 허허 웃음으로 달관하고 말아야지만 우리 사회가 진정한 선진사회, 문화적 교양으로 정화(精華)한 사회로 제대로 발돋움하려면 이 불합리한 연고주의를 하루 속히 극복하고 합리적이고 공정한 경쟁의 과정을 보장하고 정의로운 기준에 기초한 인재 발탁과 우대의 문화를 뿌리내려야 할 것이다. 나도 분명 KS요 TK인데 그 대접을 받지 못하면 이름값이 아깝다 싶어서 한마디 우스갯소리 해본 거다.

빨리빨리 문화

외국학생들을 가르치다 보면 아주 흥미 있는 현상을 발견한다. 학교에서 우리말 초보 훈련을 받게 하는데, 이들이 가장 먼저 배워서 자주 쓰는 단어 중 하나가 '빨리빨리(ppalli ppalli)'다. 짐작컨대 정식 교과목에서 배우기보다는 한국학생들과 교류하면서 자연스레 습득하는 것 같다. 말하자면 한국의 빨리빨리 문화에 접하여 일단 문화적 충격(culture shock)을 받고난 다음 그에 대한 한국학생들의 설명을 듣는 과정에 알게 된 것이 아닌가 싶다. 내가 가르치는 과목이 한국의 사회와 문화라서 강의 도중 학생들에게 자신이 느낀 한국의 인상을 말하라면 바로 이 빨리빨리라는 대답이 나오는 데서 추측한 것이다.

우선 한국은 제2차 세계대전 종전 이후 독립한 신생국 가운데서 세계적으로 두드러진 성공사례를 세 가지나 기록하였다. 그중 첫째가 물론 고속도 경제성장이다. 둘째는 권위주의 정치에서 탈피하여 민주적 정치제도를 채택한 민주적 이행 혹은 전환(democratic transition)을 성취한 것이다. 그리고 세 번째 성공사례로는 최근에 우리나라가 그 많은 신생국들 중에서 남의 나라 원조를 받던 원조수혜국(aid receiving nation)에서 원조공여국(aid giving nation)으로 전환한 첫 번째 나라가 된 것을 친다. 나는 여기에 한 가지 더 추가하여 네 번째 성공사례를 드는데, 그것은 인구성장억제다. 1960년대까지 인구폭증 탓에 경제성장의 열매를 제대로 향유하지 못하던 시대에 가족계획 정책을 성공적으로 시행한 덕분에 인구억제를 이룩할 수 있었던 것이다. 실은 여기서 너무 성공함으로써 이제는 세계 제일의 저출산율을 기록하는 나라가 된 점은 한편으로는 씁쓸한 기록이라 해도 좋다.

그런데 여기서 한 가지 부연할 내용이 있다. 우리나라에서 1987년의 변화를 일컬어 흔히 민주화(democratization)라 하거니와 나는 이 표현이 적정하지 않다고 본다. 민주화라는 말을 제대로 쓰자면 단순히 정치 분야의 몇 가지 제도적 변용에서 민주정치의 원칙을 따르게 된 결과만을 가리키는 걸 의미한다고 해서는 매우 부족하기 때문이다. 정치사회 전반에서 국민의 의식과 가치관, 시민적 행태와 관행, 그리고 각종 제도와 사회구조에 이르는 모든 영역에서 진정으로 민주적인 특성을 올바로 구현하는 사회로 변모했을 때를 '민주화'라 지칭해야 옳다고 보는 것이다. 기실 1987년의 변화는 우리 사회에서 획기적인 변화를 가져다 준 것임에는 틀림없으나 내용을 자세히 살펴보면 그저 직선제 개헌 정도를 채택한 정치의 민주적 이행에 불과하고 더 중요하고 역사적인 변동은 그에 수반한 '사회적 자유화(societal liberalization)'라 보는 것이 더 적절하다. 인권존중을 비롯한 언론, 집회, 조직 등의 기본 권리는 이미 헌법에 담고 있었던 것인데 이를 실질적으로 이행하지 않은 권위주의적 전제정체만 바꾼 것이 아니라 그 과정에서 그러한 권리를 자유로이 실현할 수 있는 사회적 자유화 내지 시민적 자율성 확보(autonomy of citizenry)를 되찾은 것이 더 의미가 크기 때문이다.

실은 그것조차 그만큼 빨리빨리 성취한 것 자체만으로도 우리 사회는 역시 속도에서는 탁월한 특성을 자랑할 만하다 해야 할 것이다. 하지만 그 민주주의 전환이 일어난 지도 어언 반세기를 훌쩍 넘긴 현재의 시점에서 우리 사회 전반의 '민주화'는 일단 차치하고 정치의 현 상태를 두고 보면 과연 우리의 정치가 민주화를 제대로 한 정치인지를 물어야 마땅한 모습임을 누구도 부인하지 못한다. 그렇게 피를 흘리고 세상을 시끄럽게 하면서 간신히 이룩한 민주적 이행의 결과 우리가 얻은 것이 과연 무엇인지를 되묻지 않을 수 없다. 이 대목에서 우리는 어찌하여 그 특유의 빨리빨리 문화가 어디로 숨어 버렸는지 의아하기만 하니 그 조화는 또 무엇이란 말인가? 진정으로 빨리빨리 이룩해야 할 것은 저리로 미뤄두고 엉뚱한 데서 빨리빨리만 추구하는 연유는 무엇일까?

무엇인가 빠른 속도로 이룩하는 것도 대단히 중요한 강점임은 두말할 나위도 없다. 기왕이면 무슨 일이나 빠르게 끝냄으로써 얻을 수 있는 효과는 실로 클 것이기 때문이다. 우선 현대사회에서 시간과 비용의 절감이라는 효율성의 가치는 누구도 무시할 수 없다. 그런데 인간사 모든 게 반드시 효율만으로 판단할 수 있느냐를 물어야 한다. 조금은 느리고 비용도 들어서 효율은 떨어질지 모르지만 결과적으로는 훨씬 더 훌륭한 성과를 내는 일도 허다하다. 더구나 전지구화(globalization)가 급격하게 진행하는 현금의 세계에서 경쟁에서 생존하려면 효율성에서 앞서야 하는 것은 필수다. 하지만 그것만이 아니다.

미국에 살 때 워싱턴 같은 큰 도시의 거리를 지나다 보면 대형 건물 공사가 진행 중인 현상을 목격하게 되는데, 몇 달이 지나 다시 지나다 봐도 외형상으로는 별반 진척도 없이 공사장 인부들이 느릿느릿 왔다갔다 하고 있는 모습이 참으로 답답하다는 느낌을 받곤 했었던 기억이 되살아난다. 저런 식으로 일해서 언제 공사가 끝나나 하는 의구심마저 들었던 것이다. 그런데 우리는 지금도 '선진국' 진입을 눈앞에 둔 한국인가를 의심하게 하는 사건들이 연일 터져 나오고 있다. 최근 호우가 쏟아지는 장마철에 한강변의 수도관 공사를 하던 중 일어난 붕괴로 인한 인명 피해 사고에 이어 며칠이나 되었다고 그 사이 방화대교 연결 공사에서 상판이 무너져 인명을 앗아간 또 한 번의 사고를 보면서 우리는 20년 가까운 과거에 일어난 대형 붕괴사건을 떠올리지 않을 수 없다. 이른바 성수대교 및 삼풍백화점 붕괴라는 실로 대형사고 말이다. 이런 문제의 이면에는 무의식중에 우리가 흔히 저지르는 과오와 우리 사회가 지닌 후진적인 취약점의 흔적이 도사리고 있기 때문이다. 그리고 거기에는 빨리빨리의 문화가 작동한 것도 문제의 근원으로 작용했다는 점 또한 부인할 수 없다.

우선, 미국에서 교편을 잡고 있을 때 한국인 부인을 두고 일본역사를 가르치는 체코출신 미국인 교수가 던진 말을 지금도 잊지 않는다. "한국 사람들은 무슨 일이든 끝마치기는 빨리 하는데 끝마무리를 제대로 못한다(Koreans complete things fast, but they can't finish them well)." 이때 finish는 그냥 일을 마친다는 뜻이 아니고 마무리하는 마지막 손질이라는 말인데, 아무리 빨리 일을 마친 들 깔끔하게 마무리하지 못한다면 그 물건은 하자품에 불과하다는 점을 지적한 거다. 프랑스의 백화점 사장이 한국에 와서 상담을 마치고 돌아가는 기자회견에서 자기는 "손 안에 쥘 수 있는 제품을 눈을 감고 만져보기만 해도 그것이 한국산인지 일본 제품인지를 분간할 수 있다. 아마 한국 사람들은 국민성에 문제가 있는 것 같다"는 말을 남긴 일화도 있다. 영국 방문 시 이홍구 당시 주영대사와 가진 오찬에서 영국 주요 기업인 중에 자기 친구가 아주 강력한 성능을 가진 접착제를 생산하는데 아마도 한국에서 그 회사 제품을 수입해서 쓰는 게 도움이 될 것 같다는 말을 하더라는 얘기를 전해 들었다. 이유인즉 한국에서 자기가 수입해오는 장식품 같은 소형제품들이 상자를 여러 보는 순간 주룩주룩 떨어져 버리는 불량률이 매우 높기 때문이라 했다. 이 모두 제품의 마무리 얘기다. 한 가지 보기만 더 들자. 재료공학 전문가의 증언이다. 남대문 시장 같은 데서 양주나 와인 등 주류를 파는데 진품여부를 따지는 가장 확실한 조건은 병뚜껑을 완벽하게 봉쇄하는 마지막 마무리라고 했다.

여기서 제품의 마무리라는 과정이 함축하는 요소에 주목해야 한다. 첫째는 기술이다. 우리는 아직도 병마개 마무리 금형제작 기술을 일본에 의지하고 있다. 내 친구 중에도 삼성전자에 컴퓨터나 TV의 외형틀을 납품한 사업을 한 사례가 있는데 그 친구도 그런 틀상자의 금형은 한국제로 쓰면 거칠어서 납품에 실격이 되므로 반드시 일본 금형을 쓴다고 하면서 그 때문에 일본에 보내야 하는 로열티가 비싸서 결국 외환위기를 넘기지 못하고 문을 닫았다. 다음은 기술 못지않게 디자인이다. 이 또한 우리가 일본 등에는 미치지 못한 예가 많았다. 다행이 요즘은 휴대전화 같은 정교한 제품의 디자인과 기술에서 우리나라가 세계를 제패하다시피 하게 된 것만 해도 큰 성과다.

그런데 기술과 디자인도 사람의 창의에서 나오지만, 두 번째로 중요한 요소로서 창의보다 더 심각한 것은 일하는 사람의 태도와 마음가짐이다. 한마디로 도덕성 혹은 기업윤리, 직업윤리의 문제다. 우선 대형 붕괴사고의 이면에는 이런 종류의 비리와 부정이 도사린다. 공기를 앞당기고 비용을 줄이면서 빨리 끝내려고 뇌물을 바치고 적당히 마칠 수 있도록 허가를 받는다. 부정부패와 적당주의가 거기 자리한다. 그리고 영국에 수출하는 장식품 같은 것은 일하는 작업자들의 성의와 진심어린 직업의식의 결여를 반영한다. 그것을 부추기는 경영자의 적당주의가 빨리빨리 문화와 어울려 줄줄이 흩어져 내리는 부실물건이 나온다.

더구나 대형 사고의 배경에는 항상 안전 불감증이 꿈틀거린다. 참으로 이해하기 어려운 것이 한국 사람들의 안전의식이다. 일상적으로 이런 안전의식 부족으로 얼마나 숱한 크고 작은 사고가 일어나는 지를 조사해보면 아마 놀랄 것이다. 일상생활에서조차도 운전을 하다보면 자동차가 바로 뒤나 옆까지 와 있어도 모른 체 길 한가운데를 어슬렁어슬렁 걸어가는 "나는 갈 길 갈 테니 네가 알아서 가라"는 식의 안전 불감증 내지 무관심이나 주위에서 누가 뭘 하든 내 알 바 아니니 내 할 일만 하면 그만이라는 식의 타인의식 결핍증 같은 문제도 있다.

　한가지만 더 언급한다. 빨리빨리 성취해서 얻는 결과를 거시적 사회변동의 측면에서 되돌아보면 인구문제를 주요 보기로 들 수 있다. 앞서 잠시 지적한대로 우리나라는 일찍이 가족계획 사업을 경제개발과 동시에 시작하여 이제는 세계 제일의 출산율 최저국의 명예(?)를 얻었다. 인구억제에 이처럼 속히 성공한 나라가 없다는 말이다. 하지만 여기에도 이면의 부정적 과정과 결과가 수반함을 잊어서는 곤란하다. 실은 가족계획의 실천이 적어도 보편적인 예방법에 의존하는 것이 원칙이지만 우리나라에서는 임신중절이라는 사후 출산억제를 가장 널리 시행한 결과로 인구억제에 성공한 것이다. 그것도 대개 불법으로 실시한 것이다. 그렇게 출산억제를 잘 해내다 보니 이제는 출산율이 세계에서 가장 낮은 나라로 전락을 하게 된 것도 큰 걱정거리다. 출산이 줄어들면 앞으로 경제활동 인구가 감소할 것이고 경제활력에 타격이 올 수밖에 없다.

　게다가 우리는 또 세계에서 가장 빠른 속도로 인구고령화가 일어난 사회로도 이름을 날리고 있다. 여기에 저출산을 대입하면 문제가 심각해진다. 경제활동인구는 줄어드는데 부양해야 할 고령자는 증가하니 앞으로 금세기 중엽이 되면 두 명의 청장년 취업자가 한 사람의 노인을 부양해야 하는 실로 과중한 부담이 생긴다는 예측이 나와 있다. 이 말은 우선 고령

인구를 부양할 비용이 늘어난다는 걸 의미하고 또 고령자의 건강을 지키기 위한 사회적 부담이 급증함을 뜻한다. 그리고 홀로 사는 노인이 늘어나면서 고독사(孤獨死) 문제가 발생하고 있고 고령자 자살도 증가하는 등 온갖 사회문제가 새로이 나타나는 추세가 뚜렷하다.

빨리빨리는 참 좋다. 하지만 무작정 빨리빨리만을 고집하고 그 뒤에 숨어 있는 각종 암적 요소를 무시한다면 우리 사회의 선진국 진입의 길에는 무서운 지뢰가 곳곳에 묻혀 있다는 사실을 직시하지 못하는 오류를 범할 소지도 만만치 않다.

(2013. 8. 2)

김명렬

∶

종이 사람

어느 혼란스런 아침

미국의 헌책방들

"나보기가 역겨워 가실 때에는"

종이 사람

젊었을 때는 등산하기로 정한 날이면 일기를 불문하고 산에 올랐다. 가령 추운 날에도 산에 오르면 땀이 날 정도로 몸이 더워지니까 추위 때문에 등산을 미룬 적이 없었다. 추운 날이면 그 추위를 땀 흘려 극복하는 쾌감이 더 있을 뿐이었다. 실은 추울수록 그것을 극복하고 싶은 욕망은 더 치솟아 올랐고, 극복하고 나면 그것은 더 큰 기쁨을 안겨 주었기 때문에 추위가 등산을 포기할 이유가 될 수 없었다.

또 날이 아무리 덥다 하더라도 등산 일정을 취소하지 않았다. 산은 평지보다 기온이 몇 도 낮은데다가 정상에 오르면 으레 시원한 바람이 부니까 더위가 문제되지도 않았다. 추위와 마찬가지로 실은 더워야 더 큰 즐거움이 있었다. 여름에는 단열되는 용기에다 냉각한 맥주를 몇 캔 넣고 그 위에 얼음 팩을 얹어 가지고 올라갔다. 그 맥주 맛을 극대화하기 위해서 일부러 중도에 물도 되도록 안 마시고 땀을 흘리며 산을 올라갔다. 숨이 턱에 차 정상에 오르고 나면 맨 먼저 하는 일이 그늘진 곳에 자리를 잡고 앉자 맥주를 마시는 것이었다. 아직도 성에가 허연 맥주 캔의 뚜껑을 따고 마시는 맥주의 처음 서너 모금은 세상의 무엇과도 비길 수 없는 쾌락을 안겨 주었다. 그것은 사실은 맛만이 아니라 시원함과 맛과 극적인 반전(反轉)이 어우러진 쾌감이었다. 그 찬 맥주를 단내가 날 정도로 덥고 마른 목 속으로 벌컥벌컥 마셔 넣은 것만도 통쾌한 즐거움인데, 혀끝을 짜르르하게 자극하는 탄산수가 몸 안에 들어가면 즉시 뜨거운 몸 구석구석으로 쫙 빨려 들어가는 것 같은 짜릿한 느낌을 주었다. 그리고 그렇게 빨려 들어간 맥주 분자가 수많은 세포 속에서 차가운 기포를 톡톡 터뜨리며 열기를 꺼버리는 것 같은 쾌감으로 진저리가 쳐졌던 것이다.

그런 쾌감이 온몸에 퍼질 때 쯤이면 입안에 쌉쌀한 호프 맛이 돌면서 안주가 당겼다. 고추장을 찍은 날 멸치나 소금 간한 견과류가 제격이었다. 그렇게 급한 불을 끄고 나서 천천히 나머지 맥주를 마시며 발아래 연봉을 내려다보고 있노라면 천하에 부러울 것이 없었다.

"이 아무개도 이 맛은 모를 걸!"

"그럼. 이렇게 땀 흘리고 올라와야 이 맛을 아는데, 그렇게 돈 많은 사람이 그 고생을 하겠어?"

우리는 이렇게 우리나라에서 제일가는 부자의 이름을 들먹이며 기고만장해 하였다. 그러니 남들이 덥다고 등산을 기피하는 것을 우습게 여기지 않을 수 없었다.

눈이 온다는 예보는 오히려 낭보였다. 등산 도중에 눈을 만나는 것은 축복이었기 때문이다. 눈이 온다는 날에는 등산하러 오는 사람도 적지만, 산에 왔던 사람들도 눈발이 날리기 시작하면 서둘러 하산해 버려서 눈이 내리는 산에는 사람이 별로 없었다. 그래서 하늘 가득히 눈이 내려오며 산을 덮기 시작하면 정적도 함께 내려와 쌓였다. 바닥에는 금세 눈이 하얗게 쌓이면서 나무줄기는 그 흰빛과 대조되어 더욱 검게 보였다. 그 검은 나무 등걸을 배경으로 빗겨 치는 눈발은 그대로 수묵화였다. 시시로 변하는 이 수묵화를 보며 걷노라면 마음에도 적요(寂寥)가 내려앉았다. 이럴 때는 동행이 있어도 서로 말이 없었다. 여럿이 걸어도 각자 자기의 사색 속에 침잠하여 묵묵히 고개 숙이고 혼자만의 산길을 걷기 때문이었다.

소리 없이 눈 내리는 빈산의 적막감－나는 그것이 좋았다. 그 정막감은 온몸을 통해 내게 스며들었다. 마침내 그것이 나를 온전히 채우고 나면 내가 걸치고 있던 세속적인 옷들은 하나둘 벗겨져 없어졌다. 그리하여 내가 자연과 단 둘이 적나라한 상태로 대면하는 엄숙한 순간에 이르게 되었다. 그럴 때면 얽혀있던 삶에 대한 상념들이 한결 간명하게 정리되었다. 눈 내리는 산속을 걷는 것은 그처럼 심오한 종교적 체험 같은 것을 느낄 수 있는 귀한 기회였다.

눈은 오고 난 다음도 좋았다. 눈이 내린 후면 서둘러 등산을 갔다. 남이 밟지 않은 산길을 걸으며 때 묻지 않은 순백색 세상의 아름다움에 마음껏 도취해보기 위해서였다. 태초에 천지가 창조되고 삼라만상이 생길 때는 모든 것이 기적이었을 것이다. 그러나 우리는 이 기적의 자연을 당연한 것으로 여기고 늘 무심히 보아왔던 것이다. 그러다가 온 천하가 흰 눈으로 뒤덮인 광경을 볼 때, 우리는 자연에 대해 새삼 신비감과 경이감을 느끼게 된다. 눈 내린 산속은 창조가 다시 이루어진 세상이기 때문이다. 세상은 여러 가지 색이 어우러져야만 아름다운 것이 아니다. 간간이 보이는 검은 나무 등걸과 바위를 빼 놓고는 전부가 흰색뿐인데도 하늘에서 햇빛만 비치면 세상은 눈부시게 아름다웠다.

그리고 그 아름다운 세상은 얼마나 평화로웠던가? 삐죽삐죽하고 모졌던 것들은 모두 부드러운 곡선으로 가려지고 딱딱하고 굳은 것은 포근한 눈으로 덮여 있었다. 그 무한히 안온하고 평화로운 세상에서는 아무도 감히 앙칼지고 사나운 얼굴을 할 수 없었으며, 그 고요하고 숙연한 세상에서 아무도 증오와 악의에 찬 소리를 낼 수 없었다. 무한한 신의 사랑같이 온 지상을 덮은 순백의 평화를 보며 우리는 아름다움과 평화가 같은 뿌리에서 나오는 것임을 확인할 수 있었다. 눈은 이처럼 올 때나 오고 나서나 귀중한 체험을 할 수 있게 해 주는데 어찌 피할 리 있었겠는가?

또 비가 오는 날도 개의치 않았다. 비가 오더라도 우리나라에서는 장마철의 한고비를 제외하고는 하루 온종일 비가 내리는 법이 없다. 그래서 비 올 때도 우산을 들고 오르다 보면 중도에 비가 그치기가 일쑤였다.

우중등산은 주로 여름철에 있는 일인데, 한여름에 산에서 한줄기 소나기를 만나는 데에는 자못 통쾌한 즐거움이 있었다. 훅훅 열기가 달아오르던 땅 위에 굵은 빗줄기가 때리듯 내려치면 마치 천군(天軍)이 마군(魔軍)을 순식간에 섬멸하듯이 지열은 거짓말같이 사라지고 어디선가 서늘한 바람이 불어와서 공기도 청신해졌다. 그러고 나서 비가 걷히면 운무에 잠긴 봉우리들을 내려다보는 맛이 또 일품이었다. 어디 그뿐인가. 햇빛이 다시 나면 깨끗이 씻긴 이파리들은 또 얼마나 영롱하게 빛났으며, 계곡으로 쏟아져 내리는 냇물의 소리는 얼마나 장쾌했던가.

이처럼 비는 비대로 즐거움을 줄 뿐만 아니라, 요즘은 장비가 좋아서 방수 겉옷과 신발을 구비하면 우중에도 젖지 않고 등산을 즐길 수 있으니 비 내리는 것이 등산을 막을 이유가 없었다. 그래서 아내가 비가 오니 산에 가지 말라고 말려도, "종이 사람인가? 비 온다고 못 나가게." 하며 귓등으로도 듣지 않았다.

이리하여 더우나 추우나, 비가 오나 눈이 내리나 배낭 하나 둘러메고 줄기차게 산을 올랐다.

> 五岳尋仙不辭遠　오악의 신선을 찾아다니기 멀다고 마다 않았고
> 一生好入名山遊　평생 명산에 들어 놀기를 좋아하였노라.

이태백의 이 시구가 마치 나를 위한 것인 양 국내는 물론이고 외국의 명산까지 찾아 산길을 헤맨 지 30년이 되었다. 체력이 좋은 편은 못 됐지만, 몸이 가벼운 덕택에 산을 오르는 것이 별로 힘이 들지도 않았고 고소증(高所症)도 타지 않았다. 그래서 이것은 내가 평생 즐길 수 있는 도락이려니 여겼었다.

그러나 나이가 칠십 줄에 들어서자 사정이 바뀌었다. 심폐기능도 쇠퇴하고 관절도 문제가 생겼다. 특히 노인에게는 낙상이 제일 위험하다는데, 평형감각이 저하되고 반사동작이 느려져서 넘어지면 크게 다칠 위험이 커졌다. 이래서 이제는 자연히 눈, 비오는 날에는 등산을 삼가게 되었다.

오늘도 등산을 할 날인데 비가 내린다. 창밖을 내다보니 좀처럼 그칠 기미가 보이지 않아서 나는 혼잣말처럼 "오늘은 등산을 접어야겠네."라고 하였더니 이 소리를 들은 아내가 "왜, 종이 사람이 되셨우?" 하고 오금을 박는다. "예끼." 하고 큰소리는 쳤지만, 그러고 보니 지금 내 처지가 갈 데 없는 "종이 사람"이다. 더구나 이제는 이렇게 종이 위에 적는 글로써나 옛날의 사람다운 모습을 되찾을 수 있으니 그런 면에서도 "종이 사람"이 맞는 말이다.

그러나 또 한끝으로는, "종이 아냐, 아무러면 어떠랴. 아직도 무엇으로나 사람인 것만도 다행이 아닌가?" 하는 생각이 든다. 그렇게 마음을 돌리고 혼자 껄껄 웃는다.

(2013. 6)

어느 혼란스런 아침

　며칠 전 좌석 버스를 타고 용인에서 서울로 들어가는 길이었다. 출근시간대를 조금 지난 때였지만 차타는 사람들이 꽤 많았다. 나는 창가에 자리를 잡고 앉아 있었는데 곧 젊은 여성이 타더니 내 옆자리에 앉았다. 이 여성은 앉자마자 핸드백에서 콤팩트를 꺼내 들고 화장을 하기 시작했다. 음식을 먹고 난 후 이 사이를 살핀다든지, 입술연지를 바르거나 바람에 흩날린 머리모양을 가다듬는 정도의 간단한 손질이 아니라 본격적인 화장을 하는 것이었다. 나는 민망해서 창문 쪽으로 고개를 돌리고 화장이 끝나기를 기다렸지만 화장을 시작한 지 십 분정도가 지나도 끝날 기색이 없었다.

　고루한 생각인지 모르지만, 여자가 화장을 하려면 남이 안 보는 데에서 하는 것이고, 특히 외간 남자에게는 화장하는 모습을 보이지 않는 것이라고 나는 알고 있다. 따라서 점잖은 남자는 혹 여자가 화장하는 모습을 보더라도 못 본 척하거나 얼른 자리를 피해야 한다는 것이 내가 아는 예법이다. 그런데 내 자리가 통로 측이라면 몸을 조금 돌려서 돌아앉은 시늉이라도 하겠지만 안쪽 자리여서 고개를 외로 꼬고 앉아 있는 수밖에 없었다.

이런 불편한 자세로 십여 분을 버티다 보니까 슬그머니 부아가 났다. '내가 이렇게 곤욕을 치러야 하는 것이 아니라, 이 여자가 내 옆에서 화장을 하지 않아야 옳은 것 아닌가? 외간 남자가 있는 데서는 화장을 하지 않아야 하는 것인데, 이렇게 나와 같이 앉아서 화장을 해대는 것은 곁에 사람이 없는 것처럼 행동하는 것이 아닌가? 그렇다면 이것이야말로 문자 그대로 방약무인(傍若無人)한 태도가 아닌가?' 이렇게 혼자 추론을 하다보니까 적이 불쾌해졌다.

그래서 옆에 사람이 있으며, 또 상당히 심기가 불편하다는 뜻을 알리기 위해서, "음"하고 목청을 긁어 소리를 내 보았다. 전혀 반응이 없었다. 내 존재를 알리려고 해 본 시도가 무시만 당한 꼴이었다. 할 수 없이 불편한 자세를 계속 유지할 수밖에 없었다. 그 여인은 그후로도 한 오 분간 더 바르고, 그리고, 두드리고 하더니 드디어 끝났는지 화장품 곽을 딱딱 닫아서 핸드백에 집어넣었다. 그리고 이번에는 휴대전화를 꺼내 들고 들여다보기 시작했다.

그제야 고개를 자유롭게 돌릴 수 있게 된 나는 도대체 어떤 여자인지가 궁금해졌다. 옛날에는 남성을 위한 유흥업에 종사하는 여자 중에서나 그런 행동을 하는 사람이 있다고 알았는데, 아침서부터 그런 여자가 버스 안에서 직업적 호객행위를 하고 있을 것 같지는 않았기 때문이다. 그래서 주위를 둘러보는 척하고 그 여자의 옆모습을 슬쩍 훔쳐보았다. 그런 유흥업소 여인들의 일반적인 인상과는 너무나 다른, 똑 떨어지게 단정하고 예쁜 젊은 아가씨였다. 얼마 안 가서 차가 시내로 들어가자 나도 그 아가씨와 같은 정거장에서 내리게 되어 더 자세히 보아도 역시 어느 모로나 반

듯해 보이는 여인이었다.

버스에서 내려 사무실과 상가가 밀집한 지역으로 또박또박 걸어가는 그 여인을 바라보며 나는 상당히 혼란스러웠다. 필경은 좀 늦게 출근하는 회사 사원이거나 상점의 점원일 터인데, 또 교육도 최소 고등학교는 졸업했을 것 같은데, 저런 행동을 하는 것을 어떻게 설명할 수 있을까?

아마도 아침에 바빠서 얼굴 손질을 못하고 나와서 버스 타고 가는 시간을 이용했을 것이다. 그런 경우라면 옆에 앉은 사람과 주위의 상황을 고려해서 간단히 최소한의 손질만 하고 말았어야 했다는 것이 나의 상식이다. 꼭 그렇게 꽃단장을 해야 할 경우라도 역시 주위 상황을 고려해서 다소곳이 소리 안 나게 했어야 옳다고 본다. 그러나 이 여자는 조심성을 보이기는커녕 여봐란 듯이 머리를 꼿꼿이 들고 화장품 곽을 부산히 여닫으며 얼굴단장을 하였다. 이로 보아 분명한 것은 공중 앞에서 화장을 하는 것이 그 여자에게는 전혀 금기시되고 있지 않다는 것이다.

한때 여자는 언제나 예쁘게 보여야 하고, 특히 남자에게 고운 모습을 보여야 한다는 것이 사회통념으로 받아들여졌었다. 그때 여인들은 남자를 위하여 화장하는 것을 의무같이 여겼고, 그래서, 심한 경우, 화장 안 한 얼굴은 남편에게까지 보이기를 거부한 여인들도 있었다. 이때는 화장하는 모습을 보이는 것은 일종의 터부였다. 이처럼 화장하는 것을 남에게 보이지 않은 데에는 몇 가지 이유를 상정해 볼 수 있다.

첫째는 화장하기 전의 얼굴은 제대로 갖추지 못한 얼굴이라고 생각했기 때문일 것이다. 즉, 화장하기 전 또는 화장하는 도중의 얼굴은 완성된 모습이 아니기 때문에, 늘 어여뻐야 할 여자로서 남에게, 특히 남자에게는 보일 수 없다고 생각했을 것이다.

둘째로는 화장이 일종의 조작이라는 자의식 때문이었을 것이다. 사회적 요구에 따라 얼굴에 화장을 하지만 그 얼굴이 자신의 참 모습은 아님을 부정할 수는 없었을 것이다. 즉, 진실은 민얼굴인데, 그것을 가리고 꾸미는 화장은 조작이며 진실을 은폐하는 것이라는 자의식을 갖게 했을 것이고, 따라서 그런 은폐, 조작과정은 별로 떳떳한 것이 아니어서 남에게 내보이고 싶지 않았을 것이다.

이제는 남녀가 평등할 뿐만 아니라 여성우위라는 말을 심심치 않게 들을 정도로 여권이 신장된 세상이니까 여성들이 남성을 즐겁게 하기 위해 화장을 한다는 의식은 없을 것이다. 오늘날 여성들은 자기만족, 자기성취를 위해 얼굴을 아름답게 가꾼다고 말할 것이다. 이렇게 남성과 무관한 것이니까 남성이 화장하는 것을 보건 안 보건 개의치 않을 것이다. 그래서 위에 든 첫 번째 이유는 더 이상 유효하지 않다.

그러나 두 번째 이유는 시효가 있을 것 같지 않다. 여성들이 자기만족, 자기성취를 위해 화장을 한다고 해도 그것이 가령 화가가 흰 종이 위에 아름다운 얼굴을 그리는 것하고는 다르기 때문이다. 여자 화가가 미인도를 그렸을 때, 우리는 그 그림을 화가와는 별개로 생각하고, 화가 자신도 그 그림하고 자기 얼굴을 동일시하지 않는다. 그러나 화장한 사람은 화장하기 전의 사람과 별개의 사람이 아니다. 모든 화장한 여인은 화장한 얼굴을 자기 얼굴로 행세하지 않는가. 그렇다면 화장하는 것은 자기의 얼굴을 본래의 모습보다 더 아름답게 만든다는 면에서 아직도 일종의 조작임에 틀림없고, 그렇기 때문에 여전히 모든 사람 앞에 드러내고 할 일은 못 되지 않나?

그렇다면 어떻게 해서 그런 행동을 할까? 아름다워지고 싶은 욕망이 하도 강하기 때문에 그것을 달성하기 위해서는 남의 눈치도 아랑곳하지 않고 모든 수단을 다 동원하는 것일까? 그렇게 얌전해 보이는 여인이 그렇게 염치없고 당돌한 생각을 가지고 있을 것 같지 않았다. 그러면 이제는 조작이 부끄러워할 것이 아닌 것이 되었나? 세상이 아무리 변했기로 설마 그럴 리야! 그 여인은 그렇게 전도된 가치관을 가지고 있을 것 같이 이상해 보이지도 않았다.

나로서는 설명이 안 되었다. 나는 혼란스러워서 걸으면서 자꾸 고개를 가로 저었다. 이런 내 모습을 눈여겨본 사람이 있다면 그는 '저 영감 뭔가 중요한 것을 잃어버린 모양이구먼.' 했을 것이다.

(2013. 2)

미국의 헌책방들

　미국에 가면 좋은 책방들을 찾아 가는 것이 한 큰 재미이다. 가령 뉴욕에 가면 반드시 맨해튼에 있는 "스트랜드(Strand)"라는 책방을 들른다. 이 책방은 주로 헌책을 파는 곳인데, 선반의 길이를 합하면 무려 8마일이나 된다고 광고를 하고 있다. 설마 그러랴 하던 사람도 실제로 들어가서 그 규모를 보면 그것이 허언이 아님을 알 수 있다. 지하실을 포함한 광대한 매장에 두 사람이 겨우 교행할 수 있을 정도의 간격으로 서가가 꽉 들어차 있는데, 꼭대기 선반은 하도 높아서 사다리를 타고 올라가야 제목을 읽을 수 있다. 이렇게 책이 많기 때문에 한두 분야만 둘러보더라도 상당한 시간이 걸리므로 나는 이 책방에 갈 때면 언제나 최소한 두세 시간의 여유를 갖고 들른다. 또 그렇게 느긋이 이것저것을 들쳐 보다보면 반드시 사고 싶은 것이 생겨서 이 책방에 갔다가 빈손으로 나오는 경우는 없었다.

　몇 년 전에 관광차 오리건주의 포틀랜드(Portland)에 간 적이 있다. 그곳에도 "파우얼(Powell's)"이라는 큰 책방이 있다는 소문을 듣고 찾아갔었다. 이곳은 새 책과 헌책을 함께 취급하는 곳이었다. 규모는 스트랜드만 못했지만 역시 대단히 컸고, 무엇보다 밝고 깨끗한 실내가 인상적이었다. 저절로 책을 뽑아 읽고 싶을 정도로 분위기가 쾌적해서 그만큼 책을 사고 싶은 마음도 자연히 우러나오는 곳이었다.

이만은 못하더라도 이에 비견할만한 좋은 책방들이 미국에는 도처에 산재해 있다. 1980년대 말에 방문 연구원 자격으로 미국에 가 있게 되었었다. 내가 가 있던 대학은 럿거스(Rutgers) 대학이었지만, 그곳에서 프린스턴(Princeton) 대학이 가까워서 프린스턴을 자주 갔었다. 프린스턴은 "왕자의 도시(prince와 town의 합성어)"라는 이름에 걸맞게 캠퍼스와 주위의 상가들이 모두 고급스럽고 정갈해서 관광지로서도 손색이 없는 곳이었다. 그래 그런지 헌책방은 찾아볼 수 없었다. 대학 구내서점에서 물어 한곳을 찾아갔더니 역시 프린스턴답게 하드커버만 파는 곳이어서 책도 많지 않고 값은 비쌌다. 그곳에서 책을 고르고 있던 사람과 이야기가 되어 헌책방을 물었더니, 그곳에서 15~6마일 떨어진 크랜베리(Cranbury)라는 곳에 좋은 헌책방이 있다고 알려주었다. 그길로 나와 주유소마다 들러 물어 가며 크랜베리를 찾아갔다.

동네로 들어가 보니 명색이 중앙대로라는 곳에 식당 한 두 곳과 우체국 하나 덩그러니 있을 뿐인 한적한 시골인데 그곳에 이름 하여 "크랜베리 책벌레(Cranbury Bookworm)"라고 하는 헌책방이 있었다. 건물은 보통 가정집인데 지하실에서 삼층까지 벽면은 물론이고 나머지 공간도 모두 서가가 들어서 있고 거기에 헌책이 분야별로 정리되어 있었다. 군데군데 의자가 있어 앉아서 책을 보거나 푹신한 양탄자 위에 퍼져 앉아 마냥 볼 수 있었다. 거기에다 책값은 시내의 헌책방보다 더 헐했다. 내게는 이보다 더 좋은 곳이 있을 수 없었다. 그날 이후 나는 시간만 나면 아예 점심을 싸갖고 한 시간을 드라이브해 이곳에 가서 하루해를 보내곤 했다. 교환 프로그램으로 미국에 가 있는 동안 아마도 그때가 내게 제일 행복한 시간이었을 것이다. 나뿐만 아니라 한국에서 휴가나 출장 온 동료교수들에까지 그곳을 소개하고 데려가서 그 즐거움을 나누었다. 그리고 갈 때마다, 그렇게 한적한 시골에 그렇게 큰 책방이 잘 운영되고 있는 것을 보고 미국사람들의 대단한 독서열에 새삼 감탄하곤 했다.

그러나 이런 책방들은 좀 특별한 곳으로서 아무 곳에나 있는 것이 아니다. 그래도 미국의 유명 대학 근처에 가면 이들에 비견될 만큼 좋은 책방이 하나쯤은 있고 그 외에도 찾아가 볼만한 곳이 여럿 있는 것이 상례이다.

근래에는 버클리 대학에서 가르치는 친구의 집에 자주 가서 함께 지내다 오는데, 그 대학 근처에도 내가 아는 곳만도 한 열 군데의 책방이 있다. 안타까운 것은 여기도 책방들이 전보다 줄어들고 있다는 점이다. "샴발라(Shambala)"라는 묘한 책방이 있었는데, 티베트 전설 속의 낙원을 뜻하는 옥호에 걸맞게 심령학 같은 신비학 계통의 책들을 주로 취급하는 곳이었다. 버클리 대학 주변은 한때 히피문화의 중심지였다. 근래에 그 히피문화가 사그라지면서 그런 계통의 책을 찾는 사람도 줄어서 장사가 안되었는지 그 근방에서 제일 먼저 문을 닫고 말았다. 그곳에는 불교와 도교에 관한 서적들도 있어서 그 근방에 가면 늘 들르던 곳이었는데 없어져서 아쉽다.

거기서 몇 집 떨어진 곳에 "카테지안(Cartesian Books)"이라는 헌책방이 있었다. 그곳의 늙은 책방 주인과는 상당히 친숙해져서 만나면 반갑게 인사를 나눌 정도였는데, 책이 점점 줄더니 한 삼 년 전에 폐업하고 말았다.

또 "코디(Cody's)"라는 상당히 큰 책방은 신간만 취급하는 곳으로 그때그때의 문제작, 베스트셀러 등을 잘 뽑아 놓아서 미국인의 독서경향을 한

눈에 볼 수 있는 곳이었다. 이곳은 무슨 연유엔지 바닷가에 새로 생긴 상업지구로 자리를 옮겼다. 가보니까 매장도 넓어지고 실내장치도 더 좋아진 것으로 보아 줄여간 것이 아닌 것 같아 마음이 놓였지만, 손님의 수는 역시 대학 근처에 있을 때만 못해 보였다. 내 경우도 걸어서 다닐 수 있게 책방들이 모여 있는 대학 근처의 옛날 위치가 좋지, 일부러 멀리 차를 몰고 가야 하고 또 주차 공간 찾느라고 고생하면서까지 찾아가고 싶지 않아 요즘은 이 책방은 별로 가지 않는다.

캠퍼스에서는 좀 떨어진 버클리 중심가에 "블랙 오크(Black Oak)"라는 책방은 새 책과 헌책을 함께 파는 곳이었다. 규모도 상당히 크고 책도 많았으며, 때로 저자들을 불러 강연회도 여는 등, 여러 가지로 갖춘 좋은 책방이었는데, 몇 해 전에 문을 닫고 이주해 버렸다. 주소를 알아내어 찾아가보았더니, 목도 전만 아주 못한 곳이었고 책의 양도 줄어 앞으로 잘 부지할지 걱정이 되었다.

"반즈 앤드 노블(Barnes & Noble)"도 비교적 대학과 가까운 곳에 있었는데 이제는 먼 쇼핑몰로 자리를 옮겨서 잘 안 가게 되었다.

이처럼 많은 책방들이 폐업을 하거나 떠나버렸지만, 버클리 대학 근처에는 아직도 남아 있는 책방들이 많다. 신간서적을 보려면, 우선 학생회관에 있는 구내서점을 이용할 수 있다. 일반도서가 아니라 학술서적을 원하면 역시 학생회관 지하실에 교재 파는 곳으로 가면 된다. 그곳에는 각 과목마다 담당교수가 지정한 교재들이 비치되어 있기 때문이다. 자기 전공과 관련된 과목들의 교재를 보면, 버클리에서 무엇을 가르치며 어떤 접근법을 택하고 있는지를 짐작할 수 있다. 정년하기 전에는 이런 정보가 내 강의를 계획하는 데에 참고가 되기도 했다.

학술서적은 대학출판사에서 나오는 경우가 많은데, "UPB(University Press Books)"는 그런 대학출판물만 파는 곳이다. 그래서 작아도 알찬 책방이다. 찾는 책이 없을 때는 우편주문을 통하여 신속히 받아볼 수 있도록 도와주어서 편리한 곳이다.

그러나 나는 요즘 학문의 새로운 동향을 추구하기 보다는 옛날에 못 읽은 고전이나 명저를 찾아 읽는 데에 마음이 기울어 있으므로 새 책방보다는 헌책방을 주로 찾아다닌다. "셰익스피어(Shakespeare)"라고 커다란 간판을 단 책방은 헌책방답게 좀 어두컴컴하고 후줄구레한 분위기이다. 간판같이 셰익스피어에 관한 책들을 전문으로 취급하는 곳은 아니고, 문학 책들이 많기는 하지만 그 외에 모든 종류의 책을 다 취급하는 곳이다. 심심할 때 둘러보기 안성맞춤인 책방이다.

"페가수스(Pegasus Books)"라는 책방은 연쇄점인지 반경 3~4마일 안에 세 군데나 있다. 그러나 헌책방이기 때문에 꽂혀 있는 책들이 제각각이다. 부촌에 위치한 곳에는 하드커버들이 많이 나와 있고, 그렇지 못한 곳에는 페이퍼백들이 많이 꽂혀 있다. 이렇게 책이 다르기 때문에 책방을 돌 때는 결국 세 곳을 다 들르게 된다.

버클리 대학 앞 큰길에서 좀 벗어나 건물 속으로 난 작은 통로가 있는데 그 안에 재미난 헌책방이 둘 있다. 처음에는 그런 데가 있는지도 모르다가 그 골목에 구두 고치는 교포가 있다는 말을 듣고 찾아갔다가 발견한 곳이다. 하나는 "혁명서적(Revolution Books)"이라는 간판을 달고 있는 허름한 헌책방인데 간판에 명시되어 있는 바와 같이 좌파계통의 책을 파는 곳이다. 두어 번 들어가서 내가 관심 있는 저자들의 책이 있나하고 훑어보았으나 모두 허탕 쳤다. 이렇게 책방은 부실했지만, 책방을 지키고 있는 사람은 상당히 열성적인 좌파인사였다. 그는 자기네 활동을 열심히 선전하면서 내게 은근히 후원자가 되기를 권유하였다. 책도 별로 없고 진열해 놓은 것도 엉성한 그 책방이 주인의 열정만으로 얼마를 더 버틸지 걱정이 되는 곳이다.

바로 그 맞은편에 "버클리 공공도서관의 친구들(Friends of the Berkeley Public Library)"이라는 헌책방이 있다. 이곳은 기증받은 도서를 자원봉사자들이 정리하고 팔아 그 수익금으로 버클리 공공도서관을 후원하는 곳이다. 이곳의 최대 장점은 책값이 대단히 싸다는 것이다. 페이퍼백은 보통 50전이고 하드커버도 2~3불 한다. 참고서적은 대개 크고 두껍게 마련인데 그런 책도 값이 마찬가지니까 나같이 사전류에 관심이 많은 자는 운좋으면 귀한 책을 생각할 수 없는 싼값에 살 수 있는 곳이다. 그래서 그곳에 갈 때는 "오늘은 무슨 횡재를 할까?"하고 언제나 마음이 설렌다.

그러나 거기서 귀한 책을 얻기는 쉽지 않다. 대개 쓸만한 것은 필요한 사람들에게 미리 주거나 아니면 헌책방에 팔고 난 다음 남은 것들을 그곳에 기증하는 경우가 많기 때문일 것이다. 그러므로 좋은 책을 싼값에 사려면 "반값 서점(Half Price Books)"으로 가는 편이 좋다. 이곳은 버클리 중심가에 있는 번듯한 서점인데 새 책과 헌책을 함께 염가에 파는 곳이다. 반값이라고 했지만 새 책도 대개 오분의 일 내지 십분의 일 값으로 팔기 때문에 그곳에 가면 꼭 필요하지 않은 책도 충동구매를 하기도 하고, 페이퍼백으로 갖고 있는 책을 하드커버로 개비하느라고 사는 경우도 있다.

그러나 내가 제일 좋아하고 자주 가는 책방은 "모우(Moe's)"라는 책방이다. 이곳은 버클리에서 여러 모로 다른 책방의 추종을 불허하는 제일가는 책방이기 때문이다. 우선 그곳에는 책이 많다. 4층이나 되는 넓은 매장에 책이 꽉 차 있는데, 그것도 모자라서 책이 가득 찬 트럭(책을 싣고 다니는 이동 선반)들이 곳곳에 놓여 있다. 그리고 꼭대기 층에는 사서(司書) 겸 점원이 한 명 따로 상주하는 유리 칸막이가 된 방이 있는데 이곳은 "모우의 미술 및 고서적 별실(More Moe's Art and Antiquarian Shop)"로서, 마치 도서관의 귀중도서실 같이 희귀도서를 진열해 놓고 사고파는 곳이다. 책을 사지 않더라도 들어가서 눈요기만 하더라도 마음이 즐거운 곳이다. 또 신간 철학 서적이나 문학비평 이론서만 할인해 파는 코너가 따로 있는데 이곳에는 의자까지 비치되어 있어서 거기에 앉아 책 내용을 느긋이 검토해 볼 수 있다. 한편 카운터에는 새로 구입한 책들이 항상 높이 쌓여 있으며, 그것들이 창고로 들어가서 분류되고 값이 매겨져서 매일 새로 꽂힌다. 그만큼 책의 순환이 빠르고, 그만큼 고객이 새로운 책을 접할 기회가 많다는 것이다.

둘째로 환경이 쾌적하다. 그곳은 어느 새 책방 못지않게 실내도 깨끗하고 조명도 밝다. 이 책방은 새 책에 못지않게 깨끗하고 좋은 상태의 헌책만 취급한다는 점도 실내의 쾌적함을 유지하는 데에 한몫을 하고 있다.

셋째는 고객에 대한 서비스가 좋다는 점이다. 그곳의 직원들은 카운터에 있는 사람이건 트럭을 밀며 선반에 책을 꽂는 사람이건 내가 찾는 책에 관해 물어보면 친절하게 대답해 줄 뿐만 아니라 전반적으로 도서에 대해 해박한 지식을 가지고 있었다. 그러니까 그곳의 직원들은 전부 사서 출신이거나, 대단한 독서가 아니면 높은 학문과 문화의 배경을 갖고 있는 사람들 같았다. 어떻든 나는 그들로부터 늘 만족스런 대답을 받았는데, 이점은 헌책방이 손님에게 베풀 수 있는 가장 중요한 서비스라고 생각한다.

이와 관련해서 또 한 가지 언급하고 싶은 것은 일 년 365일 문을 연다는 것이다. 우리네 같이 공휴일이나 일요일에 심심해서 책방을 들르는 자들에게는 이 또한 대단히 큰 서비스가 아닐 수 없다. 이래서 나는 빈 시간만 나면 이곳에 가고, 때로는 누구와 만날 때도 이곳을 약속장소로 이용하기도 한다.

한 나라의 학문적, 문화적 수준은 그 나라 국민의 독서량과 비례한다고 말할 수 있다. 그 독서량은 책방의 수로써 가늠할 수 있을 것이다. 책방은 새 책방과 헌책방이 다 있어야 하지만, 나는 헌책방에 더 큰 비중을 둔다.

헌책은 누군가가 수많은 새 책 중에서 골라 샀던 것이다. 즉, 그것은 독자에 의해 한번 선택된 것이고 그만큼 가치가 인정된 것이다. 그것이 다시 헌책방으로 나온 것은 헌책방 주인이 또 다른 사람에 의해 그것이 구매될 것이라고 판단해 산 것이므로 또 한 번 선택된 것이다. 이렇게 두 번 선택됐다는 것은 그 책이 그만큼 공인된 양서(良書)임을 말해 준다. 헌책방이 잘 된다는 것은 그런 양서를 읽는 사람이 많다는 것이므로 그것은 그만큼 두터운 건전한 독자층이 있음을 뜻한다.

새 책은 학생들이 교과서를 사는 것같이 필요에 의해 사는 경우가 많다. 필요에 의해 책을 샀던 사람들이 그 필요가 충족되고 난 다음에도 자발적으로 책을 더 살는지는 미지수이다. 그러나 헌책을 사는 사람들은 대부분 자발적인 욕구를 충족하기 위해서 책을 사는 사람들이다. 이들은 진정으로 책을 사랑하고 독서를 즐기는 사람들이기 때문에 헌책뿐만 아니라 새 책도 물론 사서 읽는 사람들이다. 그러므로 헌책을 사는 사람들이 정말 지적인 호기심을 갖고 있는 진짜 독서가들이라고 볼 수 있는 것이다. 이런 사람들이 한 사회의 중추를 이루는 사람들이다. 헌책방이 잘 된다는 것은 바로 이런 사람들이 많기 때문이므로 나는 새 책방보다 헌책방을 더 중요시한다고 주장한 것이다.

그래서 미국의 유명 대학 근처에 좋은 헌책방이 있는 것이 부럽다. 그곳을 드나드는 사람이 많다는 것은 미국사회가 그만큼 건전하다는 것을 증명한다. 그것이 바로 미국의 힘의 확실한 징표이기도 한 것이다.

우리도 학문을 숭상하고 책을 중시하였던 민족인데 요즘은 그런 기풍이 많이 사라진 것 같아 우려되는 바 크다. 주로 술집, 음식점, 옷가게가 즐비한 우리의 대학가에도 가볼만한 헌책방이 생기기를 기대해 본다.

(2013. 5)

"나보기가 역겨워 가실 때에는"

    소월의 「진달래꽃」은 지난 근 일 세기 동안 우리나라에서 가장 애송되어 온 시였고, 앞으로도 계속 그러하리라고 예상된다. 설혹 시를 모른다고 공언하는 사람일지라도 중학과정만 마쳤으면 이 시의 몇 구절은 왼다. 그러니 이 시는, 시쳇말로 하면, 가히 "국민 시"라고 부를 만하다. 이 시가 이렇게 사랑을 받는 이유는 무엇보다도 흔히 우리 민족의 독특한 정서라고 일컫는 한을 잘 구현하고 있기 때문일 것이다.

    그 한은 떠나는 임을 보내는 자의 애틋한 마음으로 나타나 있다. 그런데 누가 누구를 떠나보내는지 그 구체적인 관계는 확실치 않다. 두 명의 작중인물의 성(性)을 확언하기 어렵기 때문이다. 화자(話者)를 여성으로 보면, 이 시는 모든 고통을 혼자 지고 묵묵히 인종으로 일관한 과거 우리 여성의 전통적인 한을 표출한 시가 된다.

    그런가하면, 임에게 진달래꽃을 "사뿐히 즈려밟고" 가라는 것으로 보아 떠나는 사람을 여성으로 볼 수 있으며, 그렇다면 보내는 사람은 자연히 남성이 된다. 반대로 생각할 경우, 남성에게 꽃을 밟고 가라는 것부터가 잘 맞지 않을뿐더러 "사뿐히"는 더더구나 어울리지 않아서 필자는 화자를 남성으로 본다.

이렇게 화자를 남성으로 보더라도 그의 행동을 보면 그는 남성성이 의심이 갈 정도로 약화돼 있는 남성이다. 떠나는 임에게 항변 한마디 못하고 "말없이 고이 보내드리오리다"고 하는 것이나, 가는 임을 붙잡지 않고 꽃을 따다 길에 뿌린다는 것이나, "죽어도 아니 눈물 흘리오리다"라고 하는 발언 등은 남성으로서는 너무나 소극적 태도이기 때문이다. 그러므로 작중 화자는 남성이라도 남성성을 태반 상실한, 여성화한 남성인데 바로 이런 점이 이 시에서 한의 정서를 효과적으로 발현하는 데에 기여하고 있다.

역사적으로 우리나라에서 여성들은 사회적 약자로서 언제나 고통을 당하는 쪽이었다. 또 고통을 당해도 항거할 처지도 못되었고 항거할 방도도 없었다. 그래서 슬픔을 안으로 삭이는 것만이 이들이 고통에 대처할 수 있는 유일한 방법이었고, 그 슬픔이 속으로 맺혀서 한이 되었던 것이다.

남성으로 생각되는 이 시의 화자는 이런 전통적 여인의 태도를 답습하고 있다. 떠나는 임을 "말없이 고이 보내드리오리다"라는 발언에서 볼 수 있듯이, 고통의 원인을 혁파하여 문제를 타개하려는 적극성을 보이는 것이 아니라, 상황에 순응하려는 태도가 그렇다. 또 끝없는 자기희생을 운명으로 받아들였던 옛날 우리 여성들처럼 사랑을 위한 그의 헌신은 철저히 자기희생적이며, 임을 위한 그의 사랑도 지극히 순종적이고 그의 감각또한 여성처럼 섬세하다. 이런 전통적 약자인 여성의 면모를 차용함으로써 화자는 한의 정서를 한층 고조시키고 있는 것이다.

그러나 그가 이처럼 소극적인 것이 임에 대한 사랑이 부족하기 때문은 결코 아니다. 다음에 이어지는 구절 "영변의 약산/진달래꽃/아름 따다 가실 길에 뿌리오리다"가 이를 증명한다. 약산을 온통 붉게 물들인 진달래꽃은 임에 대한 그의 사랑의 상징이다. 그의 사랑은 산을 뒤덮을 만큼 가없고 산을 벌겋게 달굴 정도로 뜨거운 사랑이다. 그렇건만 그것은 임의 뜻을 손톱만큼이라도 거스르는 것을 용납할 수 없을 정도로 순수하고 갸륵한 사랑이기에 그는 원망 한마디 없이 보내는 것이다.

　그 꽃을 한 아름 따온다는 것은 여러 가지 함의를 가진다. 아름은 양팔로 감싸 가슴에 안는 것을 연상시킨다. 이제 임을 품을 수 없는 그는 꽃을 대신 안는다. 그 가슴은 견디기 어렵게 아프리라. 그 아픔을 꽃다발을 끌어안음으로써, 얼마쯤 억누를 수 있을 것이다. 그러나 이 눈물겨운 위안마저도, 임을 위해 버려야 한다. 자기를 버리고 가더라도 임은 발에 흙한 점 묻어서도 안 되며 아름답게 가야하기에 그의 사랑의 징표인 진달래꽃은 임의 발밑에 놓이는 마지막 헌신적 희생으로 받쳐지는 것이다. 흙 위에 뿌려진 꽃은 임의 발은 깨끗이 보존하겠지만 그 발에 즈려밟혀 으츠러지고 말 것이다. "사뿐히 즈려밟고 가시옵소서."라는 것은 약간의 동정심을 발휘할 것을 간청하는 말이므로 그 안에는 밟히는 자의 고통이 숨어 있다. 이때에 우리는 임의 신발에 묻을 피 같은 붉은 꽃물을 상상하게 되고, 발과 신발의 무감각성과 부서져 피 흘리는 사랑의 아픔의 극명한 대조에서 그의 마지막 희생의 처절함을 실감한다. 이때에 한은 한껏 고조된다.

　이처럼 이 시는 한의 정서를 잘 구현하고 있는 것으로 정평이 나 있는데, 정작 첫 연을 읽어보면 이런 정서와 잘 맞지 않는 대목이 발견된다.

　　　나 보기가 역겨워
　　　가실 때에는
　　　말없이 고이 보내드리오리다.

그것은 "역겹다"는 말의 뜻 때문이다. "역겹다"는 국립 국어원 편 『표준 국어대사전』은 "역정이 나거나 속에 거슬리게 싫다", 금성사 판, 『국어대 사전』은 "몹시 역하다", 한글 학회 지음, 『우리말 큰 사전』은 "역정이 나 게 싫다", 남영신의 『우리말 분류사전』은 "역정이 날만큼 지겹다" 등 한 결같이 극심한 혐오감을 나타내는 말로 풀이되어 있다.

"역겹다"가 이런 뜻이라면(실제로 『우리말 큰사전』은 "진달래꽃"의 마지막 연을 예문으로 들고 있다) 화자는 임이 떠나는 것에 대해 간접적으로라도 고까움을 토로할 입지를 잃고 만다. 자기가 임에게 참을 수 없을 정도의 불쾌감을 주어서 임이 떠난다는 데 무슨 할 말이 있겠는가? 이들 사이가 이런 것이라면 상황을 거기서 끝난 것이고 거기에 시가 들어설 자리는 없다.

우리가 어떤 사람에게 역겨움을 느끼는 것은 그 사람에게 참을 수 없는 결함이 있기 때문인데, 임과 화자의 관계가 그런 것이라면 거기에서 한의 정서가 생겨날 수도 없다. 한은 고통이 부당하게 주어졌을 때에 그 부당성이 응어리가 되어 원망과 억울함이 맺히는 것인데, 화자에게 그토록 혐오스런 결함이 있다면 임이 그를 버리고 떠나는 것이 너무나 당연하여 그것에 대한 원망과 억울함을 느낄 여지가 없는 것이다.

그뿐만 아니라 "역겹다"가 그렇게 강한 혐오감을 나타낸다면 그 다음에 오는 구절들과도 아귀가 맞지 않는다. "말없이 고이 보내드리오리다." 라는 구절도 할 말이 없어서가 아니라, 임의 마음에 짐을 지우지 않기 위해서 하고 싶은 말을 안 하고 속으로 삭이겠다는 뜻일 때 한을 담을 수 있는 것이다. 그러나 화자가 임에게 그렇게 못 참을 정도로 혐오스런 존재라면 그는 임의 마음에 불편을 준 죄인이므로 오직 부끄럽고 죄스러운 마음뿐일 것이고 그래서 당연히 아무 말 없이 어서 보내드려야지, "말없이 고이 보내드리오리다."라고 선심 쓰듯 생색을 낼 수는 없는 것이다. 더구나 임에게 역겨움을 주었으면 임의 마음에 상처를 준 것이고, 그것에 대한 아무 변명이나 해명 없이("말없이") 임을 보내면 그 마음의 상처를 그대로 안고 가게 하는 것이므로 "고이" 보낸다는 말도 맞지 않는다.

"역겹다"를 그렇게 새기면 그 다음 연에서도 뜻이 앞서 우리가 본 것과 어그러진다. 진달래꽃을 뿌려 임에게 밟고 가라고 하는 것도 표면적으로는 임을 위하여 그의 발까지도 깨끗이 지켜드리고자 함이나 앞서 언급했듯이, 심층적으로는 자기가 겪고 있는 사랑의 고통을 호소하고 있는 것이며, 그럼으로써 거기에는 자기의 진실되고 순수한 사랑을 임에게 알리고자 하는 의도가 숨어 있다. 그러나 화자가 역할 정도로 혐오스런 결함을 가진 사람이라면, 그리고 그가 임을 진정으로 사랑한다면, 그는 임의 앞에서 한시 바삐 사라져야 옳고 임이 자기 존재를 되도록 의식하지 않게 해야 마땅하지, 무슨 염치로 자기 사랑의 상징을 길에 뿌려서 임에게 자신의 존재를 상기시킨단 말인가? 그것은 잊고 떠나려는 임에게 고통을 한 번 더 주는 해코지가 될 뿐이다.

오직 "나보기가 역겨워/가실 때에는/죽어도 아니 눈물 흘리오리다."만이 이 경우에 타당한 발언이 될 수 있다. 그러나 임에게 괴로움을 준 화자는 임이 떠나는 것을 억울해 할 처지가 못 되므로 이제는 이 말도 억울함을 끝내 속으로 삭이겠다는 한의 표현은 될 수 없다. 그보다는 죄인으로서 그 죗값을 달게 받겠다는 뜻으로 보는 것이 더 타당해 진다.

이처럼 "역겹다"를 지금 사전에 정의된 뜻으로 새기면 화자가 고통을 당해야 할 이유가 너무나 분명하고 타당하기 때문에 그 고통이 한으로 승화될 여지가 없어질 뿐만 아니라, 전술한 바와 같이 시의 결구(結構)가 와해되어 시가 성립하지 못한다.

필자는 이런 연유로 "진달래꽃"의 "역겹다"가 지금의 사전적 의미와는 다른 뜻이 있다고 생각한다. 즉, 그렇게 격한 혐오가 아니라, "무단히 싫어지다" 또는 "(어떤 싫은 일을) 더 이상 견디지 못하게 되다" 정도의 뜻이 있다고 보는 것이다. 이것은 필자만의 생각이 아니라 이 시를 영역한 많은 역자들의 의견이기도 하다. 왜냐하면 이 부분을 "싫증이 난다"는 뜻의 "weary of me"로 번역한 역자가 가장 많기 때문이다. 반면에 그것을 심한 혐오감을 나타내는 "abominable", "nauseated", "disgusted" 등의 단어를 사용해 번역한 예는 보이지 않는다. 이것은 역자들도 그런 극렬한 혐오감은 이 시의 정조(情調)와 맞지 않는다고 판단했기 때문일 것이다.

열렬히 사랑하던 사람들도 얼마 후 사랑에 지치면 열기가 식으면서 상대방을 시들하게 보게 된다. 그런 변화가 더 진행되면 상대가 특별히 잘못한 것이 없더라도 또는 특별한 흠이 없더라도 싫어지고, 나아가 보기조차 싫어질 수 있다. "진달래꽃"의 임과 화자와의 관계는 이런 것이라야 잘 맞는다. 즉, 화자에게 잘못이 없는데도 임이 마음이 변해서 버리고 떠나야 화자는 임의 행동에 대해 억울함과 원망을 느끼게 되고 그것이 한으로 발전할 수 있기 때문이다.

사전에는 없는 이런 "역겹다"의 내력을 필자 나름으로는 이렇게 가정해 본다.

'지금의 "역겹다"에서와 같이 "역"을 짧게 발음하여 역(逆)한 느낌을 강조하고 그 다음에 경음화(硬音化)를 가져와서 "역껍다"로 발음되는 말이 아닌, "여겹다"라는 말이 있었다. 이 말은 "감당하기 힘들다"라든지 "참지 못 하겠다"는 뜻의 "겹다"에서 시작된 말인데, 거기에 "여"가 덧붙여진 것이다. "여"는 "여돌차다", "여살피다"에서와 같이 우리말에서 강조를 나타내는 접두사로서 자주 쓰이는 말이다. 그러나 이 "여"는 다음에 오는 자음을 경음화하지 않는다. 그래서 원래는 "여겹다"였는데, "역겹다"가 많이 쓰이면서 발음이 그것에 동화하여 "여껍다"로 경음화되었고, 나중에는 철자까지 동화하여 "역겹다"가 되었다.'

이것은 물론 국어학의 문외한인 자의 추측에 불과하다. 그래서 위의 가설은 학문적으로 일고의 가치가 없는 억측일지 모르지만, 지금의 사전적 뜻과는 다른 "역겹다"가 있었다는 것에는 필자 나름으로 꽤 강한 믿음을 갖고 있다. 또 과문한 탓에 그런 예문을 제시할 수 없지만 20~30년대 우리 소설에 밝은 분은 그런 예를 찾을 수도 있으리라고 생각한다. 그래서 필자는 이제 이 문제를 공론에 부치면서 강호 제현의 고견과 질정(質正)을 구하는 바이다.

(2013. 7)

김상태

·

오바마의 춤

서양 선교사들이 한국에 와서 야구하는 것을 보고 한국의 양반네들이 이렇게 말했단다. "저렇게 힘든 일을 하인들에게 시키지 않고 왜 자청해서 하느라고 땀을 뻘뻘 흘리고 있는고." 당시는 양반네들의 하는 말에 맞장구를 쳤을 사람들이 많았을 것이다. 시대와 문화가 다르면 같은 사물을 보면서도 천양지차(天壤之差)로 다르게 판단할 수 있다. 하기야 야구하는 것을 본 적이 없는 한국의 양반네들이 이리 뛰고 저리 뛰고 있는 서양 선교사들의 모습을 보고 가관이라고 생각하지 않았을 리 없다.

미국 대통령 오바마가 취임식장에서 그 부인과 춤을 추고 있는 장면을 보여주었다. 전 세계에 생중계되고 있는 그 모습을 보았을 때 나도 그 참, 재미있는 광경이네, 하며 고개를 갸웃거렸다. 반쯤은 재미있다고 생각했지만, 반쯤은 껄끄러움을 느끼기도 했다. 미국 문화와는 아직도 거리가 있긴 있군, 하고 혼자 소리로 중얼거렸다. 대통령 취임식에서 부인과 춤을 춘다는 것은 아직 한국에서는 파격임에 틀림없다. 선진국의 표본인 미국에서 그러고 있는데, 껄끄러움을 느낀다는 것은 아무래도 내가 아직 세계화가 덜 된 모양이다. 그 광경을 개화기의 선비들이 보았다면 아마 기겁을 했을 것이다. 이방의 오랑캐들이나 하는 짓을 당연하다는 듯이 보고 있다니… 별천지가 따로 없다. 시대만 조금 늦추면 다 그런 사람이 된다.

조선 왕조가 아직도 한반도를 통치하고 있을 때를 상상해 보자. 왕의 즉위식에 무희가 아니라, 임금이 신하들 앞에서 왕후와 친히 춤을 추었다고 하면 대체 어떤 일이 벌어졌을까. 도무지 상상도 할 수 없는 일이니, 얘기할 가치도 없는 일이다. 나라가 망했다고 대성통곡을 할 백성들이 수없이 나왔을 것이다. 동방예의지국을 자랑으로 삼던 미풍양속은 지금은 다 어찌 되었나. 불과 백 년도 지나지 않아서 세상이 이렇게 바뀌어 갈 줄 누가 상상이나 했을까.

개화기도 한참 지나고 나서의 일이다. 단발령이 나라에서 공포되었을 때 "내 목을 쳤으면 쳤지, 부모에게 받은 이 머리털을 누가 감히 훼손할 수 있겠는가." 하고 종로에서 통곡한 사람들이 많았다고 한다. 다른 분이 아니라 김구 선생도 그중의 한 분이라고 한다. 그렇게 완고하게 지키던 전통을 버리고 이 민족이 새로운 문화에 대한 적응력을 이만치 키운 것은 참으로 놀라운 일이 아닐 수 없다. 꼴찌에서 맴돌던 국가의 경제 수준이 오늘날 세계 몇 위 안 되는 국가로 부상했다는 것은 바로 그런 저력이 있었기 때문이다.

다시 오바마의 춤으로 화제를 돌려 보자. 미국인 모두가 즐거워했다니 취임식에서의 춤은 성공이라고 볼 수 있다. 아직은 그 문화에 다소 낯설지만 한국에서도 불원 자연스럽게 볼 수 있을 것으로 믿는다. 좋든 나쁘든 문화도 세계화되고 있는 것임에 틀림없다. 어느 문화가 퇴출되고 어느 문화가 득세하는지 사회학자들이나 예단하겠지만, 그보다 대중이 선호하면 그것으로 판단은 끝난다. 문화라고 하면 다 좋은 것으로 알지만 고약한 문화도 더러 있다. 좋다 나쁘다 한참 의논이 분분하다가도 마침내 어느 쪽으로 대세가 기울어진다. 모든 사람들에게 해가 되지 않고, 편안한 생활을 누리는 쪽으로 문화는 쏠린다.

어떤 것까지 말해야 문화가 함축하고 있는 의민지 모르지만, 그중에서 종교가 가장 으뜸의 자리를 차지하고 있지 않나 생각한다. 대체로 문화를 선도하고 있는 것은 종교이기 때문이다. 개인의 신념에 따라 받아들일 수 없는 종교도 있고, 도저히 받아들일 수 없는 문화도 있다. 법에 저촉되는 암흑세계의 문화(라고 할 수 있을지 모르지만), 사이비 종교집단에서 통용되는 문화 같은 것도 있다. 그러나 사회를 어지럽게 하거나 타인에게 해를 주지 않는 한에서는 용인되는 사회가 민주사회다. 타 종교를 억압하거나 다른 문화를 핍박했던 사례도 지난 역사에는 참 많이 있었다. 그래서 종교적 박해가 있었고, 박해를 피해서 다른 지역으로 이주한 예도 얼마든지 있었다. 종교의 자유를 누리고 있는 미합중국조차도 그 자유를 향유하기 시작한 지는 그리 오래 되지 않았다.

얼마 전에 계룡산 어느 마을에서 아직도 조선시대의 풍습 그대로를 지키고 있는 마을이 있다고 보도된 적이 있다. 총각들은 머리를 땋고, 서당에 다니면서 신학문을 받아들일 생각을 하지 않고 옛 풍습 그대로 지키겠다는 사람들이었다. 어른들이야 그런 방식대로 산다고 해도 큰 탈이야 없겠지만 자라는 애들에게 그대로 지키라고 고집한다면 훗날 어떤 일이 벌어질지 심히 걱정이 되었다. 그 후 그 일은 어떻게 되었는지 모르지만 아마도 정부에서 그대로 두지는 않을 것이라는 생각이 든다.

문화는 시대에 따라 변한다. 변하지 않으면 퇴출될 수밖에 없다. 그런데 종교에 있어서만은 이 변화의 속도가 아주 느리다. 아예 변화를 거부하고 옛 모습 그대로를 지키겠다는 종교들이 있다. 이슬람에서는 몇 백 년 전에 썼던 언어 그대로를 암송하면서 기도를 드린다고 한다. 그 언어를 지금 사람이 이해하기도 어렵거니와 이해한다고 해도 그 시대의 정서를 어찌 담고 있겠는가. 이해되지 않는 부분 때문에 오히려 종교적 신비를 더해 주는지도 모르지만 현대인의 종교로서는 자격미달이다. 애매모호한 다의적인 말이 종교에서는 더 신비한 힘을 발휘하고 있다는 사실은 이미 잘 알려진 사실이다. 그러나 그런 종교일수록 신도들을 속이는 수가 많다.

그런 점에서 기독교는 초대 교회보다 많이 발전한 셈이다. 독실한 교인들은 옛것을 그대로 지키기를 좋아한다. 아무리 원래대로 지킨다고 해도 시대에 따라 변하는 경배의 패션이 달라지지 않을 수 없다. 로마 가톨릭의 경배 패션을 거부하고 새로운 신앙의 방식이 나타난 것도 그 변화의 일종이다. 개신교의 출현이 바로 그렇게 해서 나타난 것이다. 라틴어로 쓰인 성경만을 읽어야 한다고 고집하던 로마 교황청에 반기를 들고 마르틴 루터가 성경 번역에 착수한 것이야말로 개혁의 시작이다. 번역한 성경을 읽었다고 해서 분형에 처해지는 「바비도」가 비록 소설이라고는 하지만 그 시절에는 응당 받아야 할 대가 중의 하나였다.

지구상에서 문명국의 예로 흔히 우리는 서유럽을 든다. 하지만 몇 백 년 전만 해도 종교전쟁으로 희생된 사람들이 얼마나 많았던가. 종교로 인해서 희생된 사람들을 기리기 위해서 각자의 교파에서는 성자로 추앙하는 성인들이 많다. 사실은 죽고 죽이는 잔치에 휘말린 사람들이다. 사람을 죽이고도 떳떳할 수 있는 것이 바로 종교다. 물론 종교의 힘이 위대하다는 것을 나는 잘 알고 있다. 독실한 신자는 그런 희생을 치르고도 그보다 더 훌륭한 일을 할 수 있다고 생각한다. 종교로 인해서 희생되는 사람이 지금은 극히 적으니 성자가 되는 사람도 적을 수밖에 없을 것이다.

오늘날도 종교는 다른 모든 문화를 거느리고 있다. 세력 있는 종교에서 내리는 교유(敎諭)가 그 문화 전체에 햇살처럼 퍼지는 수가 많기 때문이다. 영향력이 줄어들었다고 해도 다른 어떤 영향력이 이를 따를 수가 없다. 이즈음 들어서는 종교 간의 화해가 썩 잘 이루어지고 있다. 종교 간의 다툼은 백해무익이라는 것을 깨닫기 때문일까. 종교 지도자들이 가끔 만나서 좋은 말을 주고받으며 화합하는 분위기를 보여주고 있다. 뜻깊은 일이다. 다른 종교의 지도자를 만나는 것이 못마땅한 사람이 있을지 모르겠다. 자기 종교의 권위가 그만큼 떨어진다고 생각하기 때문일 것이다.

미국의 대통령이라면 전 세계에서 가장 막강한 권력을 갖고 있는 대통령이다. 그럼에도 불구하고 아세아의 한 소국을 통치하던 임금만큼 근엄하지 못하다는 것은 옛날 같으면 웃을 일이다. 하기야 통치자는 근엄해야 한다는 그 문화와는 달라졌기 때문에 견줄 것이 못된다. 현대의 집권자는 근엄하다고 해서 그 가치가 올라가는 것이 아니다. 어떤 일을 수행하는가에 따라 그의 값이 달려 있는 것이다. 그가 맡은 직책이 중요하고 그것을 얼마만큼 훌륭하게 수행하는가에 따라서 그의 인간적 가치가 결정되는 것이다.

오바마의 춤이야 내일이면 잊어버리겠지만 취임식에서 추었다는 그 사실만은 내 뇌리에서 쉽게 지워지지 않는다. 왜냐하면 그 작은 사실도 한국의 문화에서는 그냥 보아 넘기기 어려운 장면이기 때문이다. 나에게만 그럴까. 어떤 사람에게는 쉽게 지워지는 기억이 다른 사람에게는 오래도록 남는 기억이 될 수 있다. 이 작은 기억이 문화에 있어서는 하나의 파장이 되어 점점 커갈 수 있다. 나비의 작은 날갯짓이 태평양 건너에서는 폭풍이 될 수 있다고 했듯이 훗날 한국의 문화에 어떤 파장이 될지 누가 알겠는가. 나의 지나친 상상일까. 그러나 문화의 발단은 지극히 사소한 것으로부터 시작한다는 것을 우리는 보아 왔다. 나의 터무니없는 공상이 타박을 받을 수도 있지만, 적중해서 어―그 말 맞네, 할 수도 있지 않은가. 산타클로스도 사실은 4세기경에 소아시아에 살고 있었던 러시아의 대승

정 센트 니콜라스였다고 하지 않던가. 세월이 지나면서 그에게는 아름답고 재미있는 전설이 주렁주렁 열려서 크리스마스 저녁마다 우리에게 찾아오지 않는가. 오바마의 춤도 그렇게 해서 우리 마음속에 남을 전설이 되고 신화가 될지 누가 알겠는가.

(2013. 2. 27)

의식을 바꾸는 일

인종차별이 극심했던 미국에서조차 흑인 대통령이 나왔으니 이젠 피부의 색깔로 차별하던 시대는 지나가는 듯이 보인다. 그렇지만 사람들의 의식이 완전히 바뀐 것은 아니다. 우선 나부터 흑인보다는 백인에게 더 친근감을 갖고 있다. 사실이 어쩐지는 잘 모르면서 백인 친구는 있지만, 흑인 친구는 없기 때문일 것이다. 우선 흑인을 배우자로 선택하라고 한다면 아직도 뜨악하다. 매력적인 흑인 여인도 많지만(미스 유니버스로 선출된 예도 더러 있지 않는가) 평생의 배필로는 단 한 번도 생각해 본 적이 없다. 같이 사는 것은 어쩔 수 없는 사정이 되면 그렇다 치더라도 자식을 갖는다는 것은 아무래도 상상할 수 없다. 하긴 흑인 미녀들과 사랑에 빠져 본 적이 없으니까 이런 말을 한다고 할지 모르겠다. 하지만 역시 뜨악한 것은 사실이다.

교환 교수로 하와이에서 6개월쯤 산 적이 있다. 미국 본토에서보다는 유색 인종에 대한 편견이 훨씬 적다. 사실이 그런지 어쩐지 모르지만 우선 내가 그랬다. 황인종이 많아서 그렇기도 했지만 하와이에 사는 사람들은 모두 피부색이 비슷했다. 뜨거운 태양 아래에 오래 살다 보면 백인들도 유색 인종과 비슷하게 되는 모양이다. 모두 누르스름하고 거무스름했다. 이전에는 백인과 흑인은 아예 다른 인종이거니 생각했었던 적이 있었다. 하지만 조상 누대에 걸쳐 태양에 심하게 노출된 사람과 그렇지 아니한 사람의 차이쯤으로 생각할 수밖에 없었다. 인종학적으로는 과연 내 생각이 맞는지 어쩐지는 잘 모른다.

텔레비전 프로 중에 〈러브 인 아시아(Love in Asia)〉를 자주 시청한다. 외국인과 결혼한 부부들의 이야기다. 그들의 생활을 보여주고, 상대의 나라에까지 가서 며칠을 지내며 그 나라의 풍습도 보여준다. 대개는 한국인 남자와 결혼한 여인들의 친정집 가족들을 만나는 경우가 많았다. 다문화 가정이 점차 늘어나고 있는 한국 실정에서 관광을 겸한 교양 프로라고 생각된다. 다른 한편으로는 인종에 대해 편견이 심한 한국 사람들의 눈을 뜨게 하는 프로인지도 모른다. 재미도 있지만 확실히 소기의 목적을 거두고 있다. 우리와는 다른 문화를 가진 나라에서 시집온 여인들의 이야기인지라 호기심을 끄는 면도 적지 않다. 서구 문화에만 익숙했던 한국인에게는 참으로 좋은 프로다. 지난주에는 아프리카의 가나 색시를 얻어 온 사람의 얘기를 보여 주었다. 뭐라고 해도 그 사내가 대단해 보였다.

이지(理智)보다는 감정, 감정보다는 본능에 근거한 작품이 보다 영원성을 가진다고 최재서는 『문학원론』에서 역설하고 있다. 하도 오래전에 읽었던 책이라 왜 그런지에 대해서는 자세한 설명이 생각나지도 않지만, 그땐 그 말에 한참이나 끄떡인 기억이 난다. 그러나 감정과 본능도 장구한 시일을 통하여 훈련시키면, 바꿀 수 있다고 생각한다. 인간이기 때문에 그것이 가능하다. 독재국가나 공산국가에서 그러한 사례를 얼마든지 보아 왔다. 비근한 예로 북한이 그러한 나라다. 김일성이나, 김정일이 죽고 나서 미친 듯이 울부짖으며 통곡하던 북한 사람들의 모습을 보면서 과연 속마음도 저럴까 하는 의구심을 가졌던 적이 있다. 하지만 보이는 모습 그대로 애통하는 심정이 되어 있는지도 모른다는 생각이 든다. 오랜동안의 의식화 작업으로 그렇게 세뇌되어 있을 것이라는 생각이다.

피부의 색깔이 아무리 다르더라도 같은 인간이라는 것, 같은 인격으로 존중받아야 한다는 생각이 보편화된 것은 금세기에 와서의 일이다. 피부의 색깔은 인간의 본질과는 아무 상관없는 다만 외양의 다름일 뿐이라는 주장이 개인적인 감정을 누르고 보편적인 정의처럼 등장한 것이다. 같은 인종도 각기 다르듯이 익숙해지면 피부색에 대한 편견도 그와 마찬가지로 사라질 수 있다.

이지보다는 감정, 감정보다는 본능이 우선한다고 말했지만, 이는 인간을 동물과 같은 차원에서 한 말이다. 인간은 적어도 이념을 갖고 있다. 감정과 본능을 따라 인간은 생활하고 있지만 생활 너머에 있는 기대, 즉 이념이 인간이 지향하는 바를 조타(操舵)하고 있다. 나라의 국시도, 정책도 이념에 의하여 결정된다. 겪어보지 않은 어떤 것이기 때문에 오류를 범할 확률이 높은 것도 사실이다. 하지만 옳고 바른 길이 무엇인가에 대해서 부단히 추구하고 있는 것이 인간이기 때문에 언제나 목표로 설정한 이념이 있기 마련이다. 아마도 인류 전체가 암묵적으로 추구해 가는 목표일 것이다. 그러나 그 이념이 그릇되게 설정될 수 있다. 대중이 바라던 바와는 다른 길을 제시할 수도 있다. 그 이념에 권력이 붙으면 틀린 길이라는 것을 대중이 알아도 어쩔 수 없이 따라야 한다. 소수의 무리가 자기들의 안위와 이익만을 위해서 대중들에게 사술(詐術)로 이념을 제시해서 그릇된 길을 갈 수 있다. 바로 북한과 같은 나라를 두고 하는 말이다. 인류 전체가 미래를 향해 추구하는 목표, 그것은 개인적인 감정이나 본능보다는 훨씬 윗자리에 있다. 이성이 바탕이 되어 판단하고 주도하는 목표인 것이다.

이따금 소문으로만 듣고 있었지만 그렇게 많은 한국인들이 저개발국에 나가 있는 줄을 몰랐다. 이들은 고생을 사서 하면서 가난한 나라에 가서 봉사 활동을 하고 있다. 온갖 어려운 여건을 감내하면서 자신을 그 지역에, 혹은 그 주민들에게 헌신하고 있다. 결코 본능에 충실한 사람들은 아니다. 이들은 이념을 갖고 있기 때문에 자신을 헌신할 수 있다. 자연스러운 감정이야 어쩔 수 없는 것이지만 감정도 이념에 따라 통제될 수 있다고 생각된다. 이들은 사랑을 가지고 지역과 주민에 봉사하고 있다.

그렇다면 사랑도 이념에 따라 좌우된다는 말인가. 흔히 사랑은 감정이 주도한다고 믿고 있다. 본능에 근거한 사랑도 있다. 육욕으로 시작해서 사랑으로 발전할 수 있으니까 말이다. 이런 사랑은 본능에서 시작해서 감정이 첨가되는 사랑이라고 할 수 있을지 모르겠다. 육욕에 근거한 사랑이라면 별로 좋게는 받아들이지 않는다. 욕망이 해소되면 사랑도 끝난다는 뜻이 내포되어 있기 때문이다. 그 반대로 된 사랑을 우리는 플라톤적 사랑이라고 한다. 하지만 이 역시 정상적인 사랑의 형태는 아니다. 이와는 달리 감정이 아니라 이성에 근거한 사랑을 하고 있다고 하면 자칫 계산된 사랑이라고 해서 매도당할 수도 있다. 특히 남녀 간의 사랑일 경우.

'사랑'에는 여러 가지 의미를 내포하고 있다. 이미 희랍인들에 의해서 여러 형태로 구분되어진 바도 있지만 역시 남녀의 사랑만큼 뜨거운 것은 없다. 그래서 '사랑'이라고 하면 으레 남녀의 사랑을 염두에 두고 말한다. 그러나 이념에 의한 사랑만큼 숭고한 것은 없다. 우리가 흔히 애국자라고 말하는 사람들은 모두 이념에 의한 사랑을 뜨겁게 한 사람들이다. 저개발국에서 가난한 사람들에게 봉사하고 있는 이들도 모두 이념에 의한 사랑을 하고 있는 사람들이다.

에리히 프롬은 'passion'의 의한 사랑은 해서는 안 된다고 말하고 있다. 'passion'은 'passive'와 어원을 같이 하듯이 그런 사랑은 수동적인 사랑이라는 것이다. 흔히 "사랑에 빠진다(fall in love)."라고 말하는 데 이렇게 어떤 대상에 빠지는 사랑은 결코 오래갈 수 없다고 한다. 환상에서 깨어나면 사랑을 거두어들이기 때문이다. 그렇다면 프롬이 말하는 사랑은 어떤 사랑일까. '행동(action)'에 의한 사랑이 되어야 한다는 것이다. 'action'은 'active'와 어원을 같이 하듯이 능동적이며 이성에 근거한 사랑이다. 따라서 '정열(passion)'에 의한 사랑을 할 것이 아니라, 능동적인 사랑을 해야 한다는 것이다. 그래야만 오래 지속될 수 있는 사랑이 된다고 주장한다. 그 사랑에는 판단과 지식이 필요하다고 말하고 있다.

저개발국에 나가 고생하며 봉사하고 있는 이들 또한 이성과 판단에 의한 사랑으로 무장한 사람들이다. 인종에 대한 편견을 불식시킬 수 있는 요건은 이런 사랑이 내부에서 여물어져야 한다. 그리고 그것이 확고한 의식이 되어 쉽게 흔들리지 않는 모습을 보여 주어야 한다. 결국 이성의 판단에 근거한 사랑이야말로 오래 지속되고 훌륭한 일을 할 수 있다.

의식의 변화는 오랜 시간이 필요하다. 교육도 중요하지만 문화의 주류가 어느 쪽을 향하여 진행되는가도 큰 영향을 미친다. 물론 개개인의 가치 판단이 그 방향을 결정하겠지만 이번에는 그렇게 형성된 의식이 사회 전체의 문화로 형성된다. 맹목적인 사랑은 위험하다. 맹목적인 증오가 그러하듯이, 민주 사회가 된 이후 맹목적인 증오가 난무하는 것이 가장 두렵다. 저개발국에서 사랑의 봉사 활동을 펼치고 있는 이는 의식이 전 인류의 나아갈 길에 청신호가 되어야 할 것이다.

흑인을 대하면 아직도 뜨악하게 생각하는 나의 감정은 인류애 정신과는 아직도 거리가 있다. 우선 나의 의식부터 바꾸어야 한다고 생각된다. 하지만 그건 쉬운 일이 아니다. 다행히 한국도 다문화 가정이 점점 늘어나고 있다. 문화는 어떠한 교육보다 인간을 바른 의식화에 효과적이다. 말로만 의식의 변화를 외쳐 보았자 소용없는 일이지만 이들과 자주 어울리고 또 이들의 문화를 공유할 때 자연스러운 변화가 일어날 것이라고 생각한다.

　기독교의 십계명 중에 '네 이웃을 네 몸과 같이 사랑하라' 는 계명이 으뜸이라고 예수는 설파했다. 인종에 대한 편견도 사실은 네 이웃을 네 몸과 같이 사랑하라는 그 정신에서 출발하는 것이다.

(2012. 2)

집단의 힘

　내 어릴 때 저녁 무렵이면 으레 동네의 어느 집에서 굿을 하고 있는 것을 보았다. 보았다기보다 들었다는 말이 옳을지 모른다. 왜냐하면 굿을 하는 그 집안으로 들어가는 일은 극히 드물었고 북치고 꽹과리 치는 소리를 들으며 지금 어떻게 하고 있는지 상상할 뿐이었다. 큰 무당은 따로 있어 굿판을 크게 벌렸지만 작은 무당들은 동네의 이런 저런 푸닥거리를 하면서 동네의 안위를 맡아 해주는 역할을 했다. 집안에 우환이 있거나 병자가 있으면 별로 큰 음식상을 차리지 않고, 작은 무당들이 소박하게 굿을 하는 것이다. 그렇게 해서 우환이 들어졌다든지 병자가 낳았다든지 하는 그 후문에 대해서는 잘 모른다. 그런데 이렇게 소박하게 동네의 굿을 하는 사람은 특별한 사람이라기보다 대개는 이웃집 아주머니다. 평상시에는 굿을 하는 사람 같지 않게 이웃과 사이좋게 지내면서 극히 정상적인 생활을 한다.

　그로부터 삼사십 년쯤 지나고 나서 학생들과 학술 답사를 한다는 핑계로 지방의 마을에서 무당들을 만나보는 프로그램을 가졌다. 그런데 그렇게 흔했던 무당들을 만나보기가 참으로 어려웠다. 삼십 년의 세월이 흐르는 동안 세상도 참 많이 바뀌었다는 것을 알았다. 물론 철저한 조사를 하지 아니했기 때문이기도 하지만 시골에서는 무당의 일을 하는 사람이 없는 모양이다. 찾아보면 굿을 할 때 굿거리 일을 도운 사람이라도 있겠거니 했는데, 굿하는 것을 본 사람도 별로 없다는 것이다. 그 마을에 오래 살았던 한 노파가 지나가는 말처럼 안동네의 아무개가 옛날 무당 일을 좀 했지, 했다. 그 말을 듣고 찾아갔더니 그 안노인은 펄쩍 뛰면서 누가 그런 말을 했느냐고 화를 있는 대로 내면서 우리에게 야단을 쳤다. 나오면서 이웃집 아주머니에게 우리가 온 뜻을 전했더니 그분이 옛날에는 분명히 무당 일을 했다는 것이다. 그러나 지금은 자식들 위신을 깎는다고 펄쩍 뛰면서 부인한다고 했다. 이웃 사람들 말에 의하면 돈을 벌 수 있으면, 지금도 하고 싶은 내색을 은근히 비치기도 한다고 했다. 여기서도 자본주의 원리가 작용하고 있는 셈이다.

사실 가만히 살펴보면 우리네 살림살이 곳곳에 샤머니즘이 도사리고 있는 것을 본다. 그 전통은 하 오래된 것이라서 쉽사리 뿌리칠 수 없었을 것이다. 모든 종교에 양지와 음지가 있다면 음지쪽에서는 샤머니즘이 기생하고 있는 것을 본다. 어느 절이나 산신각이 있는 것도 그 때문이다. 유교 역시 제례의식이 분명하고 행동 철학이 명확하지만, 촌부들의 집 구석구석에 조앙신(조상신)을 모시거나 초하룻날 용왕에게 소지를 올리는 전통이 있었다. 초승달이 뜨거나 밝은 보름달이 뜨면 소원을 비는 것도 그 일종이다. 요즈음 젊은이들이 새해 첫날 동해로 가서 해맞이하는 것도 샤머니즘 발로의 변형이라고 봐도 좋다.

해맞이 의식이야 재미로 하는 것이니까 굳이 샤머니즘이라고까지 말할 필요도 없을지 모르지만 개화기까지만 해도 무속인의 작폐가 심해서 신

소설에도 자주 등장하는 소재다. 내가 대학생일 때만 해도 남산 북편에는 크고 작은 점치는 집으로 줄을 잇고 있었다. 언제쯤부터 그 점집들이 없어졌는지 모르지만 문명의 교체가 눈으로 보는 것 같아서 재미있다. 그러나 그 흔적이 우리들 몸속에 그대로 남아 있어서 변형된 모습으로 나타나고 있지 않나 하는 생각을 한다.

며칠 전 텔레비전에서 브라질 오지에서 원시인 그대로의 생활을 하고 있는 부족을 보여준 적이 있다. 경작을 해서 양식을 구하는 것이 아니라, 자연에서 채취한 식물, 야생의 짐승을 잡아서 생활하고 있었다. 모든 성인들은 턱 밑에 막대기 같은 것을 달고 있어서 그것이 무엇인가 하고 매우 궁금하게 생각했는데, 그 부족의 일원이 되려면 누구나 꼭 그렇게 해야 하는 전통이었던 모양이다. 어떻게 해서 그런 막대를 박고 있는지 보았더니, 입술을 뚫어서 그렇게 하고 있었다. 문명 세계에서는 도저히 이해를 할 수 없는 풍습이었다. 그렇게 하고 있는 모양도 좋지 않을 뿐 아니라, 멀쩡한 입술을 뚫자면 오죽이나 아팠을까 하는 생각도 들었다.

최첨단의 과학이 지배하는 21세기지만 가끔 터무니없는 짓을 하거나 터무니없는 믿음을 가진 사람들을 본다. 휴거(携擧) 사건도 바로 그런 엉터리 믿음으로 인해서 생긴 소동이다. 워낙 매스컴에서 떠들어대어 누구나 그 사건을 알게 되었지만, 사실 그 비슷한 크고 작은 일들이 종교라는 이름을 빌려 비일비재하게 일어나고 있다. 그런데 그 집단이 워낙 어마어마하게 커져버리면 비판도 할 수 없게 된다. 아니 그 집단의 일원이 되면 비판은커녕 맹신하게 되는 것이다.

남미의 원주민들이 병이 들면 주술사들에 의해서 치료를 받고 있는 것을 보았다. 그들에게는 그것이 병을 낫게 하는 가장 확실한 방법이다. 문명인들이 그런 치료법으로는 안 된다고 한들 소용 있겠는가. 현대의학으로 고칠 수 있다고 아무리 설명해도 소용없을 것이다. 우리가 그들의 행동이 해괴하다고 생각하는 이상으로 그들은 별 해괴한 말을 듣는다고 생각할지 모른다. 이념이나 신념은 한 개인이나 한 무리의 독창적인 아이디어에 의해서 생기는 것으로 알지만 사실은 그렇지 않다. 집단의 일원으로 생활하면서 암묵적인 동의에 의해서 생성되는 것이다. 그렇게 생겨난 이념에 한 개인이 잘 적응하지 못하면 퇴출당하거나 희생된다. 물론 이념의 선구자가 되어 추앙을 받는 수도 있지만 그와는 반대로 대개는 낙오자로 분류된다. 요컨대 그 타임이 매우 중요하다는 뜻이다.

이번 대선을 보면서 집단의 쏠림이 무엇 때문에 일어나는가를 다시 한 번 실감했다. 사실 후보자의 정책 정강을 꼼꼼히 따져보고 선택해야 한다는 것은 입으로 하는 말이고, 그 이전에 어떤 특정한 후보에게 쏠려 버리면 꼭 그 사람이 되어야겠다는, 그 사람이 아니면 안 되겠다는 고집이 마음속에 단단히 자리 잡고 있는 것을 발견했다.

나는 어떤 종교나 이념에 대해서 투철한 신념을 가진 적이 없다. 비교적 유연한 태도로 대한다고 자부해 왔다. 확고한 신념을 갖고 있지 못해서 그렇다고 해도 할 말은 없다. 그러나 너무나 확고한 신념이나 종교를 갖고 있어서 그 집단의 사람 아니면 믿으려 하지 않는 것도 문제라고 생각한다. 가끔 자기가 속한 집단의 말 외에는 귀담아 들으려고도 하지 않는 사람들을 자주 만나는데 그것도 보통 문제가 아니다. 이런 확고한 신념의 사람들이 때로는 사회에 큰 해악을 저지르는 수가 많기 때문이다. 유럽에서 겪은 길고 긴 종교전쟁도 그 때문에 일어났다. 다른 종파의 사람을 무자비하게 죽이고도 오히려 떳떳하고 당당했다.

조선조에는 사화(士禍)가 심해서 훌륭한 선비들이 많이 유배를 당하거나 처형되었다. 이 사람들 대부분이 집단의 결속에 가담해 있었기 때문이다. 이들에게는 어쩔 수 없는 사정도 있었겠지만, 집단에 소속되지 않으면 공무도 제대로 수행할 수 없었을지 모른다. 물론 그 이전에 승진도 할 수 없고 명예도 얻지 못했을지 모른다. 뿐만 아니라 뜻하는 일도 소신껏 펼칠 수 없었을 것이다. 조선조에서 과거에 급제한 인재들이라고 해서 어느 집단에 소속되어 있지 못하면 현달(顯達)할 수 없었다고 한다. 본인의 의사에 의해서 관직을 버리고 낙향해서 유유자적(悠悠自適)하는 선비들도 있지만, 원하는 집단에서 받아주지 않아서 그렇게 된 사람도 있을 것이다. 어쨌든 집단에 소속되어 있지 못하면 뜻을 펼 수 없었다는 것은 확실하다.

이제 내 나이 고희를 지나고도 한참 되었으니, 어느 집단에 들어가 일하기에는 너무 늦었다. 하긴 젊었다고 한들 나 같은 위인을 어느 집단에서 반기겠는가. 그래서 스스로 자유인이라고 자위한다. 그러나 이 지상에 사는 한 절대적인 자유인은 존재할 수 없다. 그것을 이번 대선을 통해서 깨달았다. 내가 지지하는 그 사람이 대선에서 승리했으면 하는 마음이 간절했기 때문이다. 그것은 어느 집단에 마음으로 이미 소속되어 있다는 말 아닌가.

"저 창공에 나는 새를 보라"고 예수께서 말씀하셨다. 그 자유로움을 말하기 위함이다. 그러나 그 새를 소리개는 어느 순간에 채 갈지 모르는 일이다. 그렇다. 내 뒤에서 어느 순간에 채 갈지 모르는 죽음이 노리고 있다. 그 녀석을 비켜갈 수 있을까.

(2012. 12. 29)

건전한 사회

미국에서는 최근 총기 사고가 유난히도 잦다. ABC 방송 보도에 의하면 수백 명이 영화를 관람하고 있는 중에 갑자기 총기를 든 자가 나타나 집단 살육을 시작했다는 것이다. 콜로라도주의 한 도시에서 일어난 일이다. 그런데 범인을 잡고 보니 대학의 박사과정에 재학 중인 학생이었다고 한다. 범인의 집에서도 여러 가지 총기와 탄약이 발견되었다고 한다.

이 사건을 계기로 시민들이 쉽게 총기를 구입할 수 있는 일이 과연 옳은 일인가에 대해서 여론이 분분했다. 특히 대통령 선거를 앞두고 있어서 이 문제가 큰 이슈가 될 수 있지 않을까 하고 매스컴은 보도하고 있다. 공화당의 대통령 후보인 롬니나 현 대통령인 민주당의 오바마 모두 총기 규제에 대한 주장에는 별로 반응을 보이지 않고 있다. 여론을 거슬리는 주장에 섣불리 의견을 개진하고 싶지 않다는 뜻이다. 동성애 결혼에 대해서는 민주당 후보와 공화당 후보의 의견이 판이하게 달라지는 데 비해 이 문제만은 의견이 같거나 애매하다고 볼 수 있다. 총기를 엄격히 규제하는

데 찬성할 수 없다는 것이 일반적인 여론인 모양이다. 얼마 전에도 모여 있는 사람에게 무차별 공격을 가한 범인이 있어 여러 사람이 죽고 다치고 했다. 현직 하의원 의원이 머리에 치명상을 입고 오랫동안 병원에 입원했다가 겨우 목숨을 건지고는 살아난 적이 있었다.

미국은 아무 이유도 없는 총격 사건이 잦다. 그렇지만 그때만 잠시 총기를 좀 더 엄격히 규제해야 된다는 주장이 나오다가 곧 잠잠해진다. 미국의 총기 상점은 맥도널드 지점만큼이나 많고 총기 구입 역시 라이터를 사기만큼이나 아주 쉽다고 한다.

그렇다면 총기 사고가 그렇게 자주 일어나는데도 총기 규제를 반대하는 사람이 많은 이유는 어디에 있을까. 도둑과 강도는 쉽게 무장할 수 있는데 일반 시민은 무장할 수 없다면 강도나 도둑이 더 날뛸 것이라는 추단이다. 범인은 어떤 방법으로든 쉽게 무장할 수 있는데, 건전한 시민이 무장하지 못하고 있다면 공평한 게임이 아니라는 생각에서이다.

문제는 도둑이나 강도가 무기를 소지하고 있는 것은 그런대로 괜찮다. 녀석들은 돈을 뺏기 위해서 총기를 사용할 뿐이니까 돈만 포기하면 집단 학살은 일어나지 않는다고 볼 수 있다. 설사 증거를 인멸하기 위하여 사람을 죽인다고 해도 몇 사람에 불과하다. 그러나 이번의 콜로라도 사건처럼 아무 이유 없이 다수의 사람에게 총격을 가하는 사람이 있다면 그것은 어떻게 대처할 것인가. 대개 이런 자들은 정신적으로 이상이 있는 인물이다.

한국은 미국에 비해 총기 소지의 규제가 엄격하다. 따라서 이와 같은 불상사는 거의 일어나지 않고 있다. 어느 쪽이 더 옳은 판단인지 단정하기는 어렵지만 적어도 이유 없는 집단 학살은 일어나지 않고 있다. 총기 규제에 대한 판단의 근거가 되는 것은 시민을 보는 눈이다. 미국은 선량한 시민이 더 많아 바른 판단이 지배하는 사회라고 생각하는 쪽이라면,

한국은 불량한 시민이 더 많아 기회가 주어진다면 나쁜 짓을 언제든지 저지를 수 있다는 가정이 그 의식의 저변에 깔려 있다고 생각된다. 시민 스스로가 판단해서 행동하는 사회라는 가정이 우세한 반면에 한국은 법으로 강제하지 않으면 불상사가 더 많을 것이라는 추단이다.

프로이트에 의하면 인간에게는 성충동을 일으키는 근원적인 힘을 갖고 있다고 했다. 그것을 '리비도(libido)'라고 불렀다. 이 리비도는 옳고 그름을 분간 못하는 것은 물론 자신에게 해가 되는지 이가 되는지도 알지 못한다는 것이다. 일종의 맹목적(盲目的)인 생명력이다. 이 리비도를 자신의 생명에 순응하도록 다스리는 것이 '자아(ego)'라고 한다. 자아의 제어를 받지 못하면 리비도는 언제든지 파괴적인 힘을 발휘해서 남은 물론 자신에게조차 위험한 상태를 만들어 낸다. 리비도를 사회에 적응하도록 만드는 것은 초자아(super—ego)의 통제를 받아서 이루어진다. 프로이트의 제자 융은 이 리비도를 보다 넓은 의미로 생명의 에너지로 보고 있다. 어쨌든 리비도는 생명의 근원이면서 생명을 파괴하는 힘을 동시에 갖고 있다고 볼 수 있다. 그러니까 우리의 내부에 도사리고 있는 힘은 생명을 부지하겠다는 힘과 파괴하려는 힘이 공존하고 있다는 말이 된다.

지나온 역사를 보면 양의 동서를 막론하고 종족 간에, 혹은 국가 간에 수없는 투쟁을 겪으며 살아왔다. 아마도 처음은 먹이를 차지하기 위해서이거나 후손을 남길 여인을 쟁취하기 위하여 그랬을 것이다. 그러나 인간이 문명화되어 가면서 먹이만을 위해서 싸우지 않았다. 그 가장 대표적인 것이 신앙의 다름에 의해서 싸우는 일이다. 근대에 올수록 이 점은 더욱 뚜렷해졌다. 십자군 원정이나 몇 백 년에 걸쳐 다투었던 종교전쟁이 그러한 예다. 먹이를 위한 전쟁은 물론 지금도 계속 중이다. 한 종족이 다른 종족을 지배하기 위하여 인간을 학살하는 경우도 있었다. 나치의 살육이 바로 그러한 경우다. 그 외에 구구한 이유가 있을 수 있다. 그렇지만 나는 인간의 내부에 도사리고 있는 싸움 본능, 파괴 본능이 발동한 것이라고 보고 싶다. 그런 의미에서 여러 가지 경기는 인간의 싸움 본능을 순화하는 데 일조하고 있다. 칼 대신에 테니스 라켓을, 총알 대신에 축구, 농구, 배구공을 대신해서 그 본능을 정화(淨化)시키고 있으니 말이다.

에리히 프롬은 『건전한 사회(The Sane Society)』라는 저서 첫머리에서 "우리는 멀쩡한 정신을 갖고 있는가."라고 묻고 있다. 이렇게 묻는 이유는 지금까지 멀쩡한 정신을 갖고 있지 못했다는 것을 의미한다. 어떤 특정한 종교에 미쳐서 수많은 사람을 살육한 것도 그 한 예지만, 히틀러에 미쳐서 수많은 유대인을 학살한 것도 그 때문이다. 당시 나치에 미쳐서 수많은 유태인을 학살한 일은 멀쩡한 정신을 가진 독일인이면 어찌할 수 있는 일이겠는가 하고 의문을 가질 수도 있다. 그러나 그때는 그것이 정상인 것처럼 보였다.

인류의 역사는 인간의 자유를 쟁취하기 위한 투쟁이라고 에리히 프롬은 주장한다. 그런데 그 자유를 일단 쟁취하고 나면 그 자유가 부담스러워 어느 누구에게 송두리째 갖다 바치고 만다는 것이다. 왜냐하면 그 자유를 향유하기가 너무나 버겁기 때문이다. 누군가에 구속되어 있을 때는 그 구속에서 벗어나기 위하여 목숨도 서슴지 않은 투쟁을 하지만 일단 쟁취하고 나면 자유로운 몸이 되는 것이 몹시 불안하고 두렵다는 것이다. 그래서 누구에게 의지하고 누구로부터 구속되어 있을 때 안정된 느낌을 가질 수 있고, 편안하다는 것이다. 프롬이 말하는 이른바 '자유로부터의 도피(Escape from Freedom)'를 시작한다. 프롬은 이 저서에서 바로 이 아이러니를 극명하게 설명하고 있다.

1970년대까지만 해도 우리는 지독한 가난에서 벗어나는 것이 가장 절실한 목표였다. 그 시절에는 굶어 죽는 사람도 많았지만, 스스로 목숨을 끊는 사람은 오히려 드물었다. 그런데 좀 살만 해지니까 자살률이 엄청나게 늘어난 것이다. OECD 국가 중에서 한국이 자살률 1위라고 한다. 2008년부터 작년까지의 통계를 보면 매년 21%씩 증가했다는 것이다. 그러니까 먹이를 위해 상대를 죽이던 일이 이제는 자기를 죽이는 방향으로 나아가고 있는 셈이다.

서양 각국의 통계를 보아도 가난한 나라보다 선진국의 자살률이 훨씬 높게 나타나고 있는 것을 볼 수 있다. 더 아이러니한 것은 남을 죽이는 건수보다 스스로 목숨을 끊는 건수가 훨씬 높다는 점이다. 전쟁으로 대량 학살하는 일이 적어지니까 자살이 이렇게 늘어나는 것은 무엇을 의미하는가. 더구나 잘 사는 사람이 많고, 사회복지가 잘 되어 있는 나라일수록 자살률이 높다는 아이러니는 어떻게 해석해야 할까. 자살이든 타살이든 인간이 인간을 죽이는 파괴적 행위가 늘어나고 있다는 말이다. 물론 전쟁으로 인한 대량 학살에 비할 바는 못 된다. 어쨌든 인간은 자신이든 다른 인간이든 파괴하고 싶은 본능이 인간 내부에서 도사리고 있는 모양이다. 그 본능을 어떻게 순화시켜 평화와 안정이 자리한 사회를 이룩할 수 있느냐 하는 것이 프롬이 『건전한 사회』에서 주장한 요지인 것 같다.

하지만 인간의 심리는 건전한가, 아니한가의 2분법으로 볼 수 없다는 데 문제는 도사리고 있다. 그 사이에 수천수만의 변이가 있다. 다시 말하면 정상과 비정상의 구분은 우리가 쉽게 말하지만 그 구분은 참으로 어려운 작업에 속한다. 우리들 보통 인간은 물론이지만, 전문가들조차 정확하게 구분해낸다는 것은 거의 불가능하다. 설사 구분할 수 있다고 해도 작년과 금년이 다르고, 오늘과 내일이 다르며 이 순간과 저 순간이 다르다.

건전한 사회를 위해서는 개개인이 정상적인 심리를 가지고 있어야 한다고 프롬은 주장한다. 어떤 방법으로 그것을 가질 수 있느냐 하는 것이 문제다. 개개인이 어디에도 얽매이지 않은 독립적인 인격을 유지할 수 있을 때 그것이 가능하다고 말한다. 즉 어디에 기대지 않아도 불안을 느끼지 않는 인격, 진정한 자유를 즐길 수 있는 인격을 가질 수 있을 때 건전한 사람이 된다는 것이다.

글쎄, 그런 심리 상태를 항상 유지할 수 있는 것은 우리가 말하는 성인 반열에나 드는 사람이 유지할 수 있을지 모르지만, 우리 같은 범인이야 가능할 수 있겠는가. 세상에는 온갖 사람이 다 있다. 상식적으로 생각해서는 도저히 있을 수 없는 일이 자꾸 일어나고 있다. 콜로라도의 집단 학살 사건도 우리가 도저히 이해할 수 없지만, 실제로 일어났다. 그리고 앞으로도 유사한 사건이 계속 일어날 것이다. 미디어가 발달하고부터는 옛날 같으면 그냥 묻혀서 넘어갈 일도 동영상까지 찍혀서 우리에게 보여주고 있다.

그렇다. 세상에는 상식으로 납득이 안 되는 일도 많다. 그렇다고 강 건너 불 보듯이 말할 수 있을까. 그렇게 보아 넘기는 것이 편안은 하겠다. 그렇지만 강 건너 불이 아니라 나의 바로 옆집, 아니, 나의 집에서 일어나고 있는 불이라면 어떻게 대처해야 될지 도무지 가늠이 서지 않는다.

(2012. 8. 11)

시간에 대한 명상

아무리 발버둥을 쳐봐도 우리는 시간의 삶에서 벗어날 수 없다. 마치 보이지 않는 그물의 망에 걸려 든 것처럼 우리를 덮고 누르면서 지배하고 있다. 이 그물망에서 빠져나가려고 노력한 사람은 많다. 스스로 빠져나갔다고 선언한 사람들도 더러 있다. 그러나 그 스스로의 선언이지 그물망에서 벗어난 사람은 아무리 둘러보아도 없다.

시간은 전 인류에게 어김없이 공평하다. 억만장자에게 주어지는 시간이나 무일푼의 거지에게 주어지는 시간은 정확하게 같다. 나라의 권력을 한손에 쥐고 천하를 호령하는 권력자에게 주어지는 시간이나 빈둥빈둥 놀면서 할 일 없이 세월을 보내는 무직자에게도 꼭 같은 시간이 주어진다.

대체 시간이란 무엇인가? 무엇을 가리켜 시간이라고 말하는가? 시간을 향유는 하지만 시간을 볼 수는 없다. 보이지 않으면서 분명히 느끼고 있다. 변한 모습을 시간이라고 할 수 있을까? 파랗게 돋아나던 새싹이 자라서 나무가 되고, 그리고 고목이 되어 있는 것을 보고 시간을 느낄 수 있을까. 갓 태어난 아기가 성장해서 어른이 되고 그 어른이 늙어서 노인이 되면 세월이 많이 지났다고 말한다. 그 오랫동안을 겪어온 것을 시간이 많이 지났다고 말한다. 변하지 않는 것은 없다. 변하지 않는다고 말하는 쇠도 세월이 지나면 녹이 슬고 고철이 되어 쓸모없게 된다. 늘 꿋꿋하게 버티고 있는 듯이 보이는 바위도 세월이 지나면 풍화작용으로 쪼개져서 자갈이 된다. 변하지 않는 것은 이 세상에 아무것도 없다. 시간은 볼 수 없지만 그 변한 것을 보고 세월이 많이 흘렀다고 말한다. 볼 수 없으니까 공간으로 확인할 수밖에 없다. 우리 주변의 사물을 통해서, 그 사물의 변화를 통해서 우리는 시간을 의식할 뿐이다.

구약성서 창세기 첫머리는 이렇게 시작된다. "태초에 하나님이 천지를 창조하시니라. 땅이 혼돈하고 공허하며 흑암이 깊음 위에 있고 하나님의 신은 수면에 운행하시니라. 하나님이 가라사대 빛이 있으라 하시매 빛이 있었고 그 빛이 하나님의 보시기에 좋았더라. 하나님이 빛과 어둠을 나누사 빛을 낮이라 칭하시고 어둠을 밤이라 칭하시니라. 저녁이 되며 아침이 되니 이는 첫째 날이라." 그러니까 하나님이 이 우주를 창조하기 전에는 시간도 없었다는 말이다. 빛을 있게 하고 그 빛에 의하여 낮과 밤이 되고, 그 낮과 밤의 교차로 인해서 하루가 되고, 바로 그 하루의 시작이 우주의 첫날이 되면서 시간이 시작된 것이다.

이와는 달리 신약성서 요한복음의 첫머리는 이렇게 시작한다. "태초에 말씀이 계시니라. 이 말씀이 하나님과 함께 계셨으니 이 말씀은 곧 하나님이시라. 그가 태초에 하나님과 함께 계셨고 만물이 그로 말미암아 지은 바 되었으니 지은 것이 하나도 그가 없이는 된 것이 없느니라. 그 안에 생명이 있었으니 이 생명은 사람들의 빛이라." 말씀과 하나님이 동격이고, 그 말씀에 의하여 시간이 시작되었다고 보고 있다. 성경학자들은 이 말씀을 어떻게 해석할 것인가에 대해 의논이 분분하다. 그렇다고 해도 분명한 것은 시간도 말하지 않으면 감지할 수 없다는 사실이다. 창조주에 의해서 시간이 시작되었다는 뜻은 같지만 구약성서는 사실을 서술하는 것에 비하여 신약성서는 비유로 말하고 있다.

시간의 특성은 정지하지 않고 계속 가고 있다는 사실이다. 정지한다면 그것은 곧 공간이 된다. 시간은 정지하지 못할 뿐 아니라 뒤돌아갈 수도 없다. 시간이 지나가고 있는 것을 느낄 수는 있지만 오직 의식에서만 가능하다. 그 의식에 표를 할 수도 없고, 단위를 만들 수도 없다. 지나감의 속도나 길이를 알기 위해서는 우리는 공간의 개념을 빌릴 수밖에 없다. 1분이나 한 시간은 분침이나 시침이 어디에서 어디까지 움직여 간 것을 보고 안다.

시간은 뒤돌릴 수 없다고 했지만 우리들의 기억에 의하여 되돌림이 가능하다. 지나간 시간을 우리들의 기억 속에 재생함으로써 현재화할 수 있는 것이다. 보다 확실하게 하는 길은 문자로 기록함으로써 그 지나간 과거를 현재화시키는 일이다. 몇백 년 전 아니 몇천 년 전의 일도 기록에 의하여 우리는 현재로 환원해서 생각하고 느끼게 된다. 바로 시간을 역전시킬 수 있는 바로 이 점 때문에 인간은 만물의 영장이 될 수 있었던 것이다.

시간은 개인적인 시간과 사회적인 시간으로 구분해서 말할 수 있다. 전자는 개인이 느끼는 지속의 시간인 반면에, 후자는 사회 구성원 전체가 암묵적으로 인정하는 시간이다. 물론 전자나 후자 모두 개인차가 있고, 사회차가 있다. 같은 시간을 개인에 따라 길게 느낄 수도 있고 짧게 느낄 수도 있다. 마찬가지로 사회에 따라 긴 시간이 될 수 있고, 짧은 시간이 될 수 있다. 그러나 개인이나 사회나 되돌릴 수 없는 것은 시간의 숙명이다. 기억이나 기록에 의해서 더듬어갈 수는 있지마는 그것은 실재성을 가진 것은 아니다.

개인적인 시간은 개인에 따라 편차가 많고, 상황에 따라 다르기 때문에 일률적으로 말하기는 곤란하다. 또 그것은 개인의 심리와 연관되어 있기 때문에 먼저 심리 상태에 대해서 말해야 할 것 같다. 그와는 달리 사회적 시간은 인류가 발전하면서 그 사회의 저변에 형성되어 있는 시간이다. 이 시간은 그 사회 구성원의 사고와 감정을 암암리에 지배한다.

이 사회적 시간을 극명하게 분석한 노작이 철학자이면서 문학자인 G. 뽈레(Georges Poulet)의 『인간의 시간 연구((Stuudies in Human Time)』다. 기독교 사상이 완전히 지배하던 중세로부터 르네상스, 17~18세기 그리고 현대에 이르기까지 그 시대의 지배적인 사상이 어떠했는가를 그 시대를 지배했던 시간을 통해서 분석하고 있다. 대체로 그 시대의 탁월한 철학자의 저서나 문학자의 작품을 통해서 시간 의식을 분석하고 있다. 그 의식 속에 잠재해 있는 시간의 관념을 통찰함으로써 그가 속한 시대의 정신이 무엇인가를 지적하고 있다. 탁월한 통찰이기는 하지만 역시 서양을 지배했던 시간관념이다. 그 통찰을 읽으면서 우리 문화에 있어서 시간에 대한 관념은 어떠했는지를 돌아보고 싶은 충동을 느낀다.

시간의 관념은 인간의 존재와 밀접한 관련을 맺고 있다. 뽈레의 이 저서도 바로 이 관점에서 서술된 것이다. '창세기'의 창조 설화가 서구 문화의 시간관념을 이루고 있는 것도 그 때문이다. 앞서 인용한 야훼 신에 의한 천지 창조 설화가 서구 문화의 기초를 이루고 있고, 그 관점이 시대에 따라 어떻게 변천되어 왔으며, 인간 존재에 대해 인식이 어떻게 변천되어 왔는가를 살펴본 것이 뽈레 저서의 핵심이다.

그의 시간에 대한 관점을 명심하면서 우리의 문화를 뒤돌아볼 필요가 있다. 우리 문화란 중국을 중심으로 한 동양 문화권의 일원이다. 동양문화에 있어서는 창조 설화가 있기는 하지만 문화의 근간을 이루는 중추적역할을 하지 못하고 있다. 따라서 시간관의 차이에 의해서 문화도 형성되지 않았을 뿐 아니라, 인간의 존재도 시간과 밀접한 관련을 맺고 있지 못하고 있다. 그렇지만 동양도 인간의 정신세계를 지배하는 종교가 있고, 그 종교에 의해서 시간과 존재에 대한 인식을 갖고 있었다고 생각된다.

서양 문화의 두 주류는 헬레니즘과 헤브라이즘이라고 말한다. 전자는 그리스 로마의 문화 전통이라고 할 수 있고, 후자는 기독교가 유럽 전체의 국교처럼 전파되어 그 사회의 문화를 지배했던 전통을 말한다. 르네상스를 맞이하기 전까지는 대체로 유럽은 기독교 문화의 지배를 받았다. 그 기간 약 천 년을 중세의 암흑시대라고 한다. 이 시기에는 기독교와 어긋나는 어떤 교리나 문화도 단죄받아서 생존이 불가능하던 시기였다. 따라서 유럽의 문화는 중세의 암흑기에서 벗어나 인간 본연의 모습을 찾아가는 과정이라고 할 수 있다. 물론 이 과정에서 헬레니즘 문화가 르네상스를 이룩하는 데 큰 공훈을 했다는 것은 말할 필요도 없다. 그럼에도 불구하고 야훼 신에 의한 창조 신화는 유럽 시간관의 근본을 이루고 있다는 점은 부인할 수 없다. 뿔레의 본 저서도 야훼 신의 창조 신화에 의거한 시간관념이 현대까지 어떻게 변천해 왔는가에 초점을 맞추고 있다.

반면에 동양은(한, 중, 일을 염두에 두고 하는 말이지만) 그와는 전혀 다른 종교와 문화에 의해서 시간의 관념이 형성되어 왔다. 그 문화의 저층을 이루고 있는 종교를 든다면 불교, 유교, 샤먼 사상이라고 할 수 있을 것이다. 서양 종교의 관점에서 말한다면 이들은 종교가 아니라고 말할지도 모른다. 구세주가 없기 때문이다. 그러나 서양과는 다른 형태지만 분명히 종교의 역할을 해 왔다. 사람들의 정신세계를 지배해 왔을 뿐 아니라, 사회 문화도 지배를 받아 왔기 때문이다.

한국 문화에 한해서 말한다면 신라에서 고려까지는 불교, 조선조는 유교, 그리고 민간 문화의 저변에 흐르고 있는 샤머니즘이 복합적으로 작용하고 있다고 생각된다. 나는 이들 종교들이 우리 조상들의 시간관념에 어떻게 작용하고 있었는가를 말하려고 하는 것은 아니다. 다만 그 종교적 특성에 따라 존재와 시간관념을 어떻게 표현하고 있었을까 하는 점에 관심이 가 있다.

에리히 프롬은 인간의 삶에서 취하고 있는 두 가지 양식을 존재(to be)와 소유(to have)로 구분하고 있다. 존재하기 위하여 소유한다. 그러나 소유해야만 존재가 안전하기 때문에 존재보다는 소유에 더 힘써 왔다. 오랫동안 이 양식을 채택하다 보니 존재보다는 소유에 중심의 무게를 두었다. 가령 꽃을 보고 즐기는 양식이 존재의 양태라면, 그 꽃을 꺾어서 나의 화병에 꽂아두는 것은 소유의 양태이다. 그래서 프롬은 소유의 양태에서 빨리 존재의 양태로 바꾸라고 권고한다.

나는 삶을 존재(sein)의 양태와 당위(sollen)의 양태로 구분하고 싶다. 괄호 안에다 영어로 표기하지 않고 독일어로 표기한 것은 독일어의 그 표현이 보다 실감나기 때문이다. 특히 한국 문화에 있어서는 이 양태의 구분이 아주 적절한 것처럼 보인다. 있는 그대로의 삶과 마땅히 해야 할 삶이 그것이다. 이 두 삶의 양태가 손의 안팎처럼 매사에 영향을 끼쳐 왔기 때문에 우리 사회는 그 문화도 그에 따라 형성되었다고 생각된다. 존재의 삶은 무엇 때문에 태어났으며, 가치 있는 삶이란 무엇인가에 관심이 있다면, 당위의 삶은 이 지상에 태어났으면 마땅히 해야 할 일이 무엇인가를 추구하는 삶이다.

우리 종교의 근간을 이루고 있는 두 종교, 곧 불교와 유교를 생각해 보자. 불교는 존재의 의미와 가치를 중시하는 종교다. 이에 비해 유교는 인간된 삶의 실천 윤리를 더 중시하고 있다. 따라서 불교는 자기 존재의 의미를 규명하려고 명상하고 수도하는 시간을 많이 갖는 반면에 유교는 인간으로서 마땅히 지켜야 할 윤리와 도덕을 중시하고 있다. 불교가 인간의 삶을 ‘Sein’으로 파악하려고 한다면, 유교는 ‘Sollen’으로서 파악하려고 한다는 사실이다. 불교는 명상(瞑想)을 통해서 존재의 본질에 도달하려고 한다면, 유교는 면학(勉學)을 통하여 인간됨을 깨닫고 윤리와 도덕을 몸소 실천하려고 한다.

명상과 실천이 이 두 종교가 표방하고 있는 근본적 이념이다. 다시 말하면 불교는 삶을 영원성에 초점을 맞추고 명상을 통해서 의미를 찾고 있다면 유교는 당장 실천해야 할 윤리와 도덕을 통하여 인간된 가치를 증명해야 하는 삶을 찾고 있다. 두 종교 다 우주의 창조를 전제한 신은 존재하지 않는다. 샤머니즘은 아득한 그 옛날부터 우리들의 정신 속에 깃들어 있어서 이 두 종교의 주변에서 얼쩡거리면서 항상 그늘처럼 드리우고 있다.

따라서 우리 조상들은 시간에 대해서 서양처럼 두 공간 사이를 가리키는 정확한 표지로서 알지 않았다. 관념 속에 존재하는 시간이었다. 현재와 영원이 공존하는 시간이었다. 빛과 어둠에 의하여 구별되는 시간이었고, 계절의 변화에 의한 시간이었다. 서양처럼 단일 신이 창조한 그때부터 존재와 시간이 시작되는 것은 아니다. 언제 어느 때나 현재가 될 수 있고, 언제 어느 때나 영원이 될 수 있다. 우리의 고소설이 전부 무시제로 되어 있는 것도 그 때문이다. 초시간(超時間) 속에서 사건이 전개되고 있는 것이다. 현재에서 영원으로 가는 무시제고 초시제다. 마침표가 없는 문장, 단락이 지지 않는 문장도 바로 이런 연유에서 이루어진 것이다.

개화기 이후 서양 문물을 받아들이면서, 아니 서양의 과학사상을 받아들이면서 시제의 관념이 생기기 시작했다. 문장의 표현에도 현재, 과거, 미래가 형성되기 시작한 것이다. 그러나 정확하지는 않다. 그 전통이 짧기 때문이다. 서양처럼 신이 창조한 그 순간부터 시간을 느끼기 시작한 것이 아니라, 누구도 인식하지 못했던 아득한 그 옛날부터 존재한 시간처럼, 처음부터 우리를 둘러싸고 있는 자연처럼, 그렇게 시간은 우리와 더불어 존재한 것이다.

흔히 "덧없이 보낸 세월"이라고 말한다. 돌이켜보니, 나름대로 희노애

락(喜怒哀樂)에 젖어 칠십 수년을 보냈건만 덧없이 보낸 한순간 같다. 나 개인에게는 절대로 되돌릴 수 없는 시간이다. 자연에 순응하면서 '덧없이' 살고 갈 수밖에 없다. 지금 이 순간도 시간은 강물처럼 나를 둘러싸고 잠시도 쉬지 않고 흘러가고 있다.

(2012. 8)

김학주

⦿
·
⦿

사랑을 모르던 사람들

버드나무와 오동나무

「조선아가(朝鮮兒歌)」를 읽고

사랑을 모르던 사람들

1

중국에는 본시 '사랑'이란 말이 없었다. '애(愛)'는 사랑의 뜻이 아니라 일반적으로는 '아낀다' '좋아한다'는 뜻으로 쓰였다. 현대 중국문학의 개척자이며 대문호인 루신(魯迅, 1881~1936)은 그의 잡문집 『열풍(熱風)』에 실린 「수감록(隨感錄) 40」에 누구인지도 모르는 한 젊은이가 써 보내주었다는 다음과 같은 「애정(愛情)」이란 제목의 시를 한 수 인용하고 있다.

나는 한 가엾은 중국인이다.
애정이여! 나는 네가 무엇인지도 알지 못한다.
내게는 부모가 계시어 나를 가르쳐주고 길러주셨으며 나를 잘 대하여
　주셨다.
나도 그분들을 대함에 역시 잘못됨이 없었다.
내게는 형제와 자매들도 있어서 어릴 적에는 나와 함께 놀았고

커가면서는 나와 함께 공부도 하면서 나를 매우 잘 대하여 주었다.
나도 그들을 대함에 역시 잘못 됨이 없었다.
그러나 일찍이 나를 '사랑' 해준 사람은 하나도 없었고
나도 전혀 그분들을 '사랑' 한 일이 없었다.
내 나이 열아홉 때 부모님께서는 내게 처를 구해주셨다.
지금까지 여러 해 동안 우리 두 사람은 그래도 사이좋게 지내고 있다.
그러나 이 혼인은 완전히 다른 사람들이 주관한 것이며 다른 사람들이
　　짝 지어준 것이다.
그들이 어느 날 농담으로 한 말이 우리에게는 평생의 맹약이 된 것이다.
마치 두 마리의 가축이 주인의 명령을 따른 것이나 같은 일이다.
"자! 네놈들은 함께 잘 살아가거라!"
애정이어! 가엾게도 나는 네가 무엇인지 알지도 못하고 있다!

我是一个可憐的中國人. 愛情! 我不知道你是什麼!
我有父母, 敎我育我, 待我很好; 我待他們, 也還不差.
我有兄弟姊妹, 幼時共我玩耍, 長來同我切磋, 待我很好; 我待他們, 也
　　還不差.
但是沒有人曾經 '愛' 過我, 我也不曾 '愛' 過他.
我年十九, 父母給我討老婆. 於今數年, 我們兩个, 也還和睦.
可是這婚姻, 是全憑別人主張, 別人撮合; 把他們一日戲言, 當我們百年
　　的盟約.
彷佛兩个牲口聽着主人的命令, "咄! 你們好好的住在一塊兒罷!"
愛情! 可憐我不知道你是什麼!

　　그는 이제껏 '사랑' 이 무엇인지도 모르고 살았다는 것이다. 루신 자신
도 "애정은 어떤 물건인가? 나도 모른다."고 말하고 있다. 그리고 "우리
는 또한 사랑이 없는 슬픔을 크게 소리쳐야 한다. 사랑할만한 상대가 없
는 슬픔도 크게 소리쳐야 한다"는 말로 글을 끝맺고 있다.

2

『논어(論語)』 안연(顔淵) 편을 보면 공자의 제자 번지(樊遲)가 스승에게 어 짊(仁)에 대하여 질문하였을 때 공자는 "애인(愛人)"이라 대답하고 있다. 필자는 『논어』를 번역하면서[1] 이 구절을 "남을 사랑하는 것"이라고 옮겨 놓았지만 실은 "남을 아껴주는 것" 또는 "남을 좋아하는 것"이라고 옮기 는 것이 정확하다. 같은 편에 "愛之欲其生(애지욕기생)이라가 惡之欲其 死(오지욕기사)라."는 말이 보이는데 "좋아할 적에는 그가 살기를 바라다 가 미워하게 되면 그가 죽기를 바란다."는 말이다. 헌문(憲問)편에도 "愛 之(애지), 能勿勞乎(능물로호)?"라는 말이 보이는데, 이 말도 "그를 사랑 한다고 해서 수고롭히지 않을 수가 있겠느냐?"하고 옮겨 놓았지만 역시 '애'는 "좋아한다" 또는 "아낀다"가 올바른 번역이다. '어짊(仁)'을 사랑 이란 말뜻에 가까운 인애(仁愛)라고 해석하게 된 것도 후세의 일이다. 이 밖에 『논어』에는 '애(愛)'란 글자가 별로 보이지 않으며 그밖에 유가의 경 전에도 이 글자는 찾아보기 힘들다. 간혹 보인다 하더라도 그것은 '사랑' 의 뜻으로 쓰인 것이 아니다. 만약 중국 옛날 사람들에게 '사랑'의 개념 이 머릿속에 있었더라면 '어짊(仁)'의 덕을 강조하는 그들의 경전에 '애 (愛)'자가 그토록 보이지 않을 까닭이 없다.

옛날 중국의 사상가 중에 '애(愛)'의 철학을 적극적으로 내세웠던 이 로 묵자(墨子, B.C. 479?~B.C. 381?)가 있다. 묵자의 중심사상이 '겸애 (兼愛)'라는 것은 많은 사람들이 이미 알고 있다. 필자 자신도 『묵자』의 번역[2]과 『묵자, 그 생애·사상과 묵가(墨家)』[3]라는 책을 쓰면서 일반적인

*****

1) 서울대 출판부, 2011.
2) 김학주 역저, 『묵자』 상, 명문당, 2003. 10.
3) 김학주, 『묵자, 그 생애·사상과 묵가(墨家)』, 명문당, 2002. 6.

견해를 따라 이 '겸애'라는 말을 '모든 사람들이 다 같이 나와 남의 구별 없이 서로 사랑하는 것'이라 해석하였다. 그러나 실상 『묵자』라는 책을 보면 '애'라는 말 뒤에는 반드시 '모든 사람들이 다 같이 나와 남의 구별 없이 서로 이롭게 해주어야 한다.'는 뜻에서 언제나 '이(利)'란 말이 뒤따르고 있다. 보기를 든다.

"자신만을 사랑하고…… 자신만을 이롭게 하다."(自愛…… 自利.) —『兼愛 上』

"그 자신(집·나라)만을 사랑하고…… 그 자신(집·나라)만을 이롭게 하다."(愛其身(室·家·國)…… 利其身(室·家·國).) —『兼愛 上』

"아울러 서로 사랑하고 모두가 서로 이롭게 한다."(兼相愛, 交相利.) —『兼愛 中·下, 天志 上, 非命 上』

"남을 사랑하고 남을 이롭게 하다."(愛人利人.) —『兼愛 中·下, 法儀, 天志 中』

"남의 어버이를 사랑하고 이롭게 하다."(愛利人之親.) —『兼愛 下』

"아울러 모두가 서로 사랑하고, 아울러 모두가 서로 이롭게 한다.(兼而愛之, 兼而利之.)—『尙賢 中, 天志 上』

"서로 사랑하고 서로 이롭게 한다.(相愛相利.) —『法儀』

"사랑하고 이롭게 한다.(愛利.) —『兼愛 下, 尙同, 非攻 中』

편의상 묵자의 '애(愛)'를 '사랑'이라 옮겼지만 언제나 그 뒤에는 '이롭게 한다'는 '이(利)'가 따르고 있으니 순수한 사랑이 아님이 분명하다. '아껴주다' 또는 '좋아한다'는 정도의 뜻이라고 봄이 옳을 것이다. 때문에 이타주의(利他主義)라는 말은 애타주의(愛他主義)라는 말과 같은 뜻으로 잘못 쓰이고도 있다.

서기 기원전 1,000년 전후의 노래를 모아놓은 중국 최초의 시가집인 『시경』에는 민간에서 부르던 남녀 사이의 사랑의 노래가 많이 실려 있는

데도 '애'자는 거의 보이지 않는다. 패풍(邶風)의 「얌전한 아가씨(靜女)」 시에 "애이불견(愛而不見)"이라는 구절이 있어 필자는 이를 번역하면서 "사랑하면서도 만나지 못한다."고 번역해 두었으나[4] 실은 역시 '좋아한다'는 것이 정확한 뜻일 것이다. 대아(大雅) 「증민(烝民)」 시에 보이는 "애막조지(愛莫助之)"도 "그를 좋아하면서도 도와주지 못한다."로 옮기는 것이 정확한 번역일 것이다. 한 대의 유향(劉向, B.C.77~B.C.6)이 정리한 『전국책(戰國策)』 제책(齊策) 3에 이르러서야 "임금의 부인과 서로 사랑하는 사람이 있었다(有與君之夫人相愛者)."는 남녀 사이의 사랑을 뜻하는 것 같은 용례가 보인다. 그러나 여기에 동한(東漢) 말엽 고유(高誘)는 주(注)에서 "애(愛)는 통(通)했다는 뜻"이라고 설명하고 있다. 어떻든 이 구절은 어떤 친구가 임금의 부인과 서로 사랑한 것을 뜻하는 것으로 보아도 될 것이다.

중국의 고전문학은 『시경』을 뒤이어 3,000년을 이어 서정시를 중심으로 발전하여 왔고 남녀 사이의 사랑을 노래한 작품이 많은데도 '애'자는 시집 속에 별로 보이지 않는다. "하늘에선 나래가 붙어 있는 두 마리 새가 되고, 땅에서는 가지가 연이어진 두 나무가 되자(在天願作比翼鳥, 在地願爲連理枝)."하고 맹세한 당나라 현종(玄宗)과 양귀비(楊貴妃)의 사랑을 노래한 백거이(白居易, 772~846)의 840자로 이루어진 장편의 시 「장한가(長恨歌)」에도 '애'자는 한 자도 보이지 않는다. 명대의 풍몽룡(馮夢龍, 1574~1646)은 그 시대에 유행하는 민가를 모아 『괘지아(掛枝兒)』와 『산가(山歌)』라는 두 가지 민요집을 내놓고 있다. 거의 전편이 남녀 사이의 애정을 노래한 것들인데도 '애'자는 별로 보이지 않는다. 『괘지아』에는 「애(愛)」라는 제목의 노래가 있고, 『산가』에는 「짝사랑(一邊愛)」 한 편만이 있다. 「애」에서는 "네가 나를 꾸짖는 목소리가 좋은 것을 좋아하고, 네가 나를

• • • • •
4) 김학주, 『시경』, 명문당, 2010. 12.

때리는 손놀림이 멋있는 것을 좋아한다(愛你罵我的聲音兒好, 愛你打我的手勢
我嬌)."고 노래하고 있고, 「짝사랑」에서는 "남자는 아가씨를 좋아하지 않
는데, 아가씨는 남자를 좋아하네(郎不愛子姐哩, 姐愛子郎)."라고 노래하고
있다. 이 번역처럼 '애'는 '사랑'이 아닌 '좋아한다'고 옮기는 것이 옳을
것이다. 이 민요집에서 남녀의 사랑 비슷한 관계는 모두 '정(情)'이나 '심
(心)', '사(思)' 같은 말로 표현되고 있다. 남녀가 서로 사랑하는 것은 '상사
(相思)'이다.

중국 최초의 제대로 된 자전이라고 할 수 있는 동한(東漢) 허신(許愼,
58?~147?)의 『설문해자(說文解字)』를 보면 '애(愛)'자는 '편히 걷는다'는
뜻을 지닌 쇠(夊)부에 들어 있고, 본시는 "길을 가는 모습(行貌)"을 뜻하는
글자였는데, '혜(惠)'의 뜻을 지닌 글자로 빌려 쓰게 된 것이라 설명하고
있다. 현대의 대표적인 사전인 『사해(辭海)』[5]에서도 '애(愛)'자를 풀이하여
① 좋아하는 것(喜好也)이라 풀이하고, 『시경(詩經)』 소아(小雅) 隰桑 시와
『논어』 헌문(憲問)편의 한 구절을 용례로 들고 있다. ② 남을 위해주고 은
혜를 베푸는 것(慈惠也)이라 풀이하고, 『좌전(左傳)』 소공(昭公) 20年과 『사기
(史記)』 정세가(鄭世家) 주(注)의 한 구절을 용례로 들고 있다. ③ 아끼는 것
(嗇也)이라 풀이하고, 『맹자(孟子)』 양혜왕(梁惠王) 상편의 한 구절을 용례로
인용하고 있다. 지금 우리가 쓰는 '사랑' 같은 뜻풀이는 보이지 않는다.

3

중국 사람들이라고 해서 사랑의 정이 없었을 리는 없다. 많은 부부들이
아무것도 모른 채 부모들의 주선에 의하여 예의를 따라 결합했다고 하지

*****
5) 臺灣 中華書局 1958年版 참조.

만 '남편과 아내는 분별이 있어야 한다(夫婦有別)'는 '삼강'의 윤리 이외에도 자연이 깊은 정이 쌓이어 사랑의 정을 느끼게 마련이다. 대시인 두보(杜甫, 712~770)가 '안록산(安祿山)의 란'이 일어났을 적에 장안에 반란군에게 잡혀 있으면서 시골에 두고 온 처자를 생각하고 쓴 시 「달밤에(月夜)」를 읽어보자.

> 오늘밤 내 가족들이 있는 부주에서 저 달을
> 처는 방 안에서 다만 홀로 보고 있으리라.
> 멀리 있는 어린 아들 딸들은 가엾기만 하니
> 아직 장안에 있는 아비 생각할 줄도 모르리라.
> 향기로운 안개에 구름 같은 머리 젖어들고
> 맑은 달빛은 옥 같은 팔 싸늘하게 비치고 있으련만!
> 어느 때면 고요히 장막에 기대여
> 둘이 서로 바라보며 눈물 자국 말리게 될까?

> 今夜鄜州月, 閨中只獨看.
> 遙憐小兒女, 未解憶長安.
> 香霧雲鬟濕, 淸輝玉臂寒.
> 何時倚虛幌, 雙照淚痕乾?

'애' 자는 하나도 쓰지 않고 있지만 시인의 아내 '사랑'하는 정이 넘쳐나는 시이다. 이밖에도 자기 아내를 생각하며 사랑의 정을 노래한 시들이 간혹 있기는 하다. 그러나 중국 사람들이 진정한 사랑의 개념을 깨닫고 '애(愛)' 자를 사랑의 뜻으로 쓰기 시작한 것은 아무래도 서양문화가 들어온 뒤, 특히 기독교 선교사들이 중국으로 들어와 중국어로 번역한 『성경』을 널리 퍼뜨린 뒤의 일일 것이다.

"하나님이 세상을 이처럼 사랑하사 독생자를 주셨으니, ······"(上帝愛世人, 甚至將他的獨生子賜給他們, ······) – 「요한복음 3장 16절」

"나는 너희에게 이르노니 너희 원수를 사랑하며 너희를 박해하는 자를 위하여 기도하라.(只是我告訴你們, 要愛你們的仇敵, 爲那逼迫你們的禱告.) – 「마태복음 5장 44절」

"이와 같이 남편들도 자기 아내 사랑하기를 자기 자신과 같이 할지니 자기 아내를 사랑하는 자는 자기를 사랑하는 것이라.(丈夫也當照樣愛妻子, 如同愛自己的身子, 愛妻子便是愛自己了.)" – 「에베소서 제5장 28절」

여기에서 중국 사람들은 진정한 위대한 사랑을 깨달았을 것이다. 남편과 아내도 '분별'이 아니라 '사랑'을 바탕으로 결합되는 것임을 깨달았다. 그래서 중국 사람들은 남편이나 아내를 서로 '아이런(愛人)'이라고도 부르게 되었다.

같은 문화권에 있어온 우리도 그들과 큰 차이가 없다. 이제는 '아이(愛)'나 '사랑'이란 말을 흔히 쓰고 있지만 중국 사람들과 함께 우리는 아직도 참된 '사랑'의 뜻을 깨닫고 그것을 실천하는 데 모자라는 점이 있지 않을까 걱정이 된다. 모든 사람들이 참된 사랑의 뜻을 깨달아 정말로 사람들을 사랑하고 이 세상을 사랑하는 진정한 '사랑의 사람'이 되어주기를 빈다.

(2011. 12)

버드나무와 오동나무

　우리 집에서 동리의 공원으로 나가 불곡산 쪽으로 방향을 틀면 공원 오른편 중간에 커다란 버드나무가 한 그루 서 있다. 공원을 만들기 전부터 그곳에 자라고 있던 것이어서 잘라내기가 아까워 그대로 둔 것이 아닌가 한다. 그러나 내가 보기에는 그 버드나무는 잘라 버렸으면 좋겠다고 느껴진다. 버드나무가 주변 풍경과 잘 어울리지도 않고 그 나무 자체도 그 근처에 자라고 있는 어떤 나무보다도 좋게 보이지 않는다. 나만의 느낌일까 싶어서 여러 사람들에게 물어보았는데 결과는 모두가 잘라 없애는 게 좋겠다는 의견이었다. 분당의 중앙공원 호수 가에도 큰 버드나무가 두세 그루 서 있는데 아무리 보아도 주변의 어떤 나무보다도 보기에 좋지 않다.

　그런데 중국 사람들의 버드나무를 보는 눈은 우리와 전혀 다르다. 여러 해가 지났지만 내가 동부이촌동에 살고 있을 적의 일이다. 그때는 강변북로도 없었고 동부이촌동 한강가의 길은 바로 옆에 아파트도 없고 자동차도 별로 다니지 않는 비교적 한적한 길이었다. 그때 마침 국제학술대회가 있어서 여러 명의 타이완 학자들이 와서 회의에 참가한 일이 있다. 나는 그들이 한가할 적에 우리 집으로 초청하였는데, 한강의 아름다운 풍경을 자랑하려고 그들을 차에 태우고 한강가에 나 있던 한가한 길을 따라 드라이브를 하였다. 그때 그 길가에는 여러 그루의 버드나무가 심기어 있었는데, 이 중국 친구들은 나의 기대와는 달리 한강의 백사장과 파란 물이며 건너편 동작동 쪽의 아름다운 풍경은 제쳐놓고 모두가 길가의 버드나무 몇 그루를 가리키면서 아름답다고 찬탄하는 것이었다. 나홀로 중국 사람이니 어찌하는 수가 없구나 하고 생각하였다.

중국에서 지금으로부터 3,000여 년 전에 부르던 노래인 『시경(詩經)』에도 이미 버드나무를 노래한 시가 있다.

> 옛날 내가 집 떠날 때엔
> 버드나무 가지 푸르렀네.

昔我往矣, 楊柳依依.(小雅 采薇)

'양'은 갯버들이고 '류'는 수양버들인데, 중국 사람들은 별로 구별하지 않는 것 같다. 그리고 거의 모든 시인의 시에서 버드나무를 읊은 작품을 찾을 수 있다. 버들가지로 유지(柳枝)·유조(柳條)·유사(柳絲) 등이, 버들개지로 유서(柳絮)·유화(柳花) 등이 보인다. 그리고 아름다운 여인의 가는 허리를 뜻하는 수양버들 가지 같은 허리인 유요(柳腰), 버들잎처럼 아름다운 눈썹을 가리키는 유미(柳眉) 같은 표현도 보인다. 보기로 당대의 시인 백거이(白居易, 772~846)가 「장한가(長恨歌)」에서 양귀비(楊貴妃)의 얼굴 모습을 읊은 구절을 든다.

연꽃 같은 얼굴에 버들잎 같은 눈썹인데,
이를 대하고 어찌 눈물 흘리지 않겠는가?

芙蓉如面柳如眉, 對此如何不淚垂?

한국 사람 중에는 아름다운 여인의 눈썹을 보고 버드나무 잎새를 떠올릴 사람은 없으리라 생각된다.

한(漢)나라 때부터 떠나가는 사람을 전송할 적에는 장안(長安) 밖의 강가까지 나와 떠나는 사람에게 버들가지를 꺾어주며 작별을 하는 풍습이 있었다. 따라서 버들가지를 꺾는다는 것은 가까운 사람과의 이별을 뜻하게 되어 한 대의 악부(樂府) 횡취곡(橫吹曲)에는 「절양류(折楊柳)」가 있고, 악부의 근대곡사(近代曲辭)에는 「양류지(楊柳枝)」가 있다. 송대 곽무천(郭茂倩, 1084 전후)의 『악부시집(樂府詩集)』에는 「절양류」 시로 양(梁)나라 원제(元帝, 553~554 재위) 이하 20여 시인의 작품이 실려 있고, 「양류지」 시로는 작곡자인 백거이를 비롯하여 10여 명의 작품이 실려 있다. 보기로 유우석(劉禹錫, 772~842)의 작품 한 편을 들어 본다.

성 밖의 봄바람 일어 술집 깃발 날리는 중에,
길 떠나는 사람은 해 저무는데 옷소매 휘저으며 가네.
장안의 밭두둑 길에는 많은 나무가 있건만
오직 수양버들만이 이별을 아껴주네.

城外春風滿酒旗, 行人揮袂日西時.
長安陌上無窮樹, 唯有垂楊管別離.

중국 사람들은 버드나무를 이토록 좋아하는데 우리는 별로 좋아하지 않는다. 옛날에 천안 삼거리에 버드나무를 많이 심었던 것도 중국의 영향일 것 같다. 우리 정원이나 공원에는 버드나무가 극히 드물다.

또 하나 이해하기 힘든 것으로 오동나무가 있다. 옛날부터 중국에서는 오동나무가 일반 나무와는 격이 다른 고상한 나무라 여겨져 왔다. 중국에는 전설적인 태평성세를 상징하는 신성한 새로 봉황(鳳凰)이 있는데, 이 새는 오동나무가 아니면 깃들지 아니하고 대나무 열매가 아니면 먹지 않는다고 알려져 있다. 그것은 『시경』 대아(大雅) 권아(卷阿) 시의 다음과 같은 노래에서 발전한 전설일 것이다.

> 봉황새가 울면서,
> 저 높은 산등성이에 있네.
> 오동나무가 자라나
> 산 동쪽 기슭에 자랐네.

> 鳳凰鳴矣, 于彼高岡. 梧桐生矣, 于彼朝陽.

한 대의 정현(鄭玄, 127~200)이 『전(箋)』에서 이 대목에 "봉황새의 성질은 오동나무가 아니면 깃들지 않는다."는 해설을 하고 있다. 두보(杜甫, 712~770)가 「송가각로출여주(送賈閣老出汝州)」 시에서 "중서성의 오동나무는, 공연히 뜰 가득 그늘만 남기게 되었네(西掖梧桐樹, 空留一院陰)."하고 읊은 오동나무는 봉황새와의 연관 아래 정치가 잘 되는 것을 상징하고 있는 것이다. '가각로'는 두보의 친구인 가지(賈至, 718~772), 그가 중서성에서 일을 못하고 시골로 떠나가게 되었으니 나라의 정치는 "공연히 뜰 가득 그늘만 남기게" 되듯 잘되지 않을 것이라는 뜻을 담고 있다. 그러니 중국 사람들은 옛날부터 오동나무는 각별한 눈으로 대하는 수밖에 없었을 것이다.

무엇보다도 오동나무의 특징은 잎이 큰 것이다. 중국의 시인들은 특히 가을에 오동잎이 마른 뒤 비가 내리면 오동나무 잎에 빗방울 떨어지는 소리가 크므로 사랑하는 님을 떠나보내고 잠 못 이루는 여인을 노래할 적에 많이 인용하고 있다. 당나라 현종(玄宗)이 죽은 양귀비(楊貴妃)를 그리는 정경이지만 시인 백거이는 「장한가(長恨歌)」에서 이렇게 읊었다.

봄바람에 복숭아꽃 오야꽃 핀 밤이나,
가을비에 오동잎 지는 때면 그리움 더욱 사무쳤네.

春風桃李花開夜, 秋雨梧桐葉落時.

원나라 때 백박(白樸, 1226~1285?)이 「장한가」를 바탕으로 하여 현종과 양귀비의 사랑 얘기를 연극으로 만든 잡극(雜劇) 제목을 『오동우(梧桐雨)』라 한 것도 그 때문이다.

오동나무는 장롱 같은 가구를 만드는 재료로도 높은 평가를 받고 있지만 특히 중국의 대표적인 옛날의 현악기 금(琴)의 몸통 재료로서 유명하다. 전설적인 명금을 읊은 남조(南朝) 제(齊)나라의 사조(謝朓, 464~499)의 시 「여럿이 함께 악기를 읊음, 금(同詠樂器, 琴)」을 아래에 소개한다.

동정호 가에 비바람 맞고 자란 오동나무 줄기와
용문산에 살다 죽었다 하던 오동나무 가지 재목에다,
조각을 빈틈 없이 널리 하였는데
잘 어울리는 울림이 맑은 술잔에 서리네.
봄바람이 난초를 흔드는 것 같고
가을 달이 아름다운 연못 가득히 비치는 듯.
때마침 별학곡(別鶴曲)이 들려오니
줄줄 나그네는 눈물을 흘리네.

洞庭風雨幹, 龍門生死枝.
彫刻紛布護, 沖響鬱淸巵.
春風搖蕙草, 秋月滿華池.

是時操別鶴, 淫淫客淚垂.

    옛날부터 후난(湖南)성 동정호(洞庭湖) 가에 자라는 오동나무는 금을 만드는 데 가장 좋은 재목이라고 알려졌다. 그리고 샨시(山西)성의 용문산(龍門山)에는 높이가 백 척(尺)이나 되도록 자란 가지도 없는 오동나무가 있었다. 그 뿌리는 반쯤은 살아있고 반쯤은 죽어 있었는데, 뒤에 그 오동나무를 잘라서 금을 만들었다는 얘기가 전한다(漢 枚乘 「七發」 의거). 사조가 읊은 금은 재목도 매우 훌륭하고 거기에 조각도 뛰어나게 잘 되어 있으며, 거기서 나는 소리도 무척 아름답다. 이런 악기로 봄바람과 난초를 떠올리게 하고 맑은 연못에 비친 가을 달을 생각나게 하는 음악이 연주되고 있다. 이때 연주된 금곡 「별학(別鶴)」은 옛날 목자(牧子)라는 사람과 관련이 있는 음악이다. 목자는 결혼한 지 5년이 되어도 그의 처가 아이를 낳지 못하자 부모들이 또 다른 여자를 아내로 얻어주려고 하였다. 그 사실을 안 목자의 처가 슬퍼서 울자 목자도 크게 슬퍼하면서 이 「별학」이란 곡을 만들어 연주하였다 한다.

    분당의 우리 집 쪽 작은 공원에서 중앙공원으로 가다 보면 중앙공원 초입의 산기슭에 꽤 큰 오동나무가 서너 그루 자라 있다. 그런데 아무리 쳐다보아도 주변의 어떤 나무보다도 더 좋게 보이지 않는다. 그런데도 중국 시인들 시 속에는 오동나무가 노래된 아름다운 작품이 많다. 특히 사랑하던 임과 헤어진 여인이 비가 내리는 쓸쓸한 가을밤 오동잎에 떨어지는 빗소리에 잠을 이루지 못하고 애태우는 정경을 읊은 애절한 시들이 많다. 온정균(溫庭筠, 812~870?)의 사(詞) 「경루자(更漏子)」를 한 수 소개한다.

    옥 향로에선 향내 피어오르고
    밝은 촛불은 눈물 흘리며

화려한 방안 두루 비치어 가을 시름 자아내네.
눈썹 화장 엷어지고
구름 같은 머리는 헝클어 뜨리고 있는데,
밤은 길기만 하고 이불과 베개는 싸늘하네.

오동나무에
한밤중 비가 내리는데,
임 떠나보낸 정 무척 괴롭다고 하지 않던가?
한 잎 한 잎마다
후두둑 후두둑,
빈 섬돌 위에 밤새도록 떨어지네.

玉爐香, 明燭淚, 偏照畫堂秋思.
眉翠薄, 鬢雲殘, 夜長衾枕寒.

梧桐樹, 三更雨, 不道離情正苦?
一葉葉, 一聲聲, 空階滴到明.

송 대의 철학적인 시를 많이 읊은 소옹(邵雍, 1011~1077)은 「수미음(首尾吟)」에서 이 오동나무와 버드나무를 한꺼번에 다음과 같이 읊고 있다.

오동나무에 걸린 달빛은 내 품속으로 파고 들고,
버드나무 가지 흔들며 온 바람은 내 얼굴 위에 불고 있네.

梧桐月向懷中照, 楊柳風來面上吹.

이처럼 중국 사람들은 버드나무와 오동나무를 좋아하여 옛날부터 그들의 시나 문학작품 속에 무척 많이 보인다. 어째서 중국 사람들이 그토록 버드나무와 오동나무를 좋아하게 되었는지 정말 이해하기 어려운 일이다.

(2013. 4)

「조선아가(朝鮮兒歌)」를 읽고

　　필자가 번역 편집한 『명대시선(明代詩選)』(명문당, 2012)을 수정하면서 다시 명나라 초기의 시인 고계(高啓, 1336~1374)의 「조선아가」를 읽게 되었다. 조국의 소중함을 다시 한 번 가슴 깊이 느끼게 하는 시이다. 작자는 시의 제목 밑에 "내가 주 검교(周檢校) 댁에서 술을 마실 적에 고려(高麗)의 두 아이가 춤을 추었다."고 주를 달고 있다. 시인은 '아이(兒)'라는 말로 춤추고 노래한 이들을 표현하고 있지만 20세는 가까이 되었을 젊은이가 아니었을까 짐작을 해본다. 여하튼 시인이 술자리에서 두 명의 고려에서 온 아이들이 춤추고 노래하는 것을 보고 읊은 것이 이 시이다. '검교'는 벼슬 이름인데, '주 검교'가 어떤 사람인지는 잘 알 수가 없다. 1368년 시인이 33살 때 명 태조(太祖) 주원장(朱元璋)이 명나라를 세우고 1374년에 시인이 죽었으니 이 시는 그 사이에 명나라 도읍인 금릉(金陵, 지금의 南京) 근처에서 지은 시일 것이다. 시 제목에 "조선 아이"라는 말을 쓰고 있지만 이때는 아직 조선왕조가 서지 않은 고려시대이다. 조선이란 나라가 선

것은 1392년이니 시인이 시 제목 밑에 단 주에서 말한 것처럼 여기에서 노래하고 춤춘 두 젊은이는 '고려'로부터 온 친구들이다.

고계 시인은 이 시의 앞머리에서 두 명의 조선 젊은이의 모습과 그들이 술자리에서 노래를 부른 정경을 다음과 같이 읊고 있다.

조선의 아이는,
검은 머리 막 잘라 두 눈썹 위에 가지런하고
잔치자리에 밤에 불려나와 둘이서 노래하며 춤을 추는데,
무명 겉옷 부드럽고 구리 고리 늘어뜨리고 있네.
몸 가벼이 빙빙 돌며 가는 목소리로 노래하니,
달 출렁이고 꽃 흔들리는 것을 술 취한 중에 보는 듯하네.
오랑캐 말 노래지만 어찌 통역을 필요로 하랴?
깊은 정 실린 고향 떠나온 한을 호소한다는 것 알겠네.
노래 끝마치고는 무릎 꿇고 손님들 앞에 절하는데.
까마귀 우물가 나무에서 울고 촛불만이 타고 있네.

朝鮮兒! 髮綠初剪齊雙眉,
芳筵夜出對歌舞(방연야출대가무),
木棉裘軟銅鐶垂(목면구연동환수).
輕身回旋細喉轉(경신회선세후전),
蕩月搖花醉中見(탕월요화취중견).
夷語何須問譯人(이어하수문역인)?
深情知訴離鄕怨(심정지소이향원).
曲終拳足拜客前(곡종권족배객전),
烏啼井樹蠟燈然(오제정수납등연).

시인은 고려 아이의 춤과 노래를 보고 들으면서 즐거움이 아니라 오히려 큰 충격을 받고 있다. 그날 저녁엔 둥근 달이 떠 있고 술자리를 벌인 주 검교의 집 정원에는 나무와 꽃이 아름다웠다. 여기에서 친구들과 술을

마시면서 고려 아이가 춤추고 노래하는 것을 감상한 시인은 술 취한 중에 "달이 출렁이고 꽃이 흔들리고 있는" 것 같은 느낌을 받는다. 노래의 가사 뜻을 알아들을 수는 없지만 그 아이들의 노래가 멀리 고국을 떠나와 돌아가기 어렵게 된 깊은 정을 호소하고 있다고 느꼈기 때문이다. 그리고 뒤에 시인은 이 고려 아이들의 처지에 아울러 그때의 시국 사정을 생각하면서 "술잔 앞에 흘린 눈물이 마신 술보다 많은 지경이네(尊前淚瀉多於酒(존전루사다어주))."라는 말로 이 시를 끝맺고 있다.

앞에 인용한 시 대목에 이어 시인은 술을 대접하는 주인에게서 들은 이들의 신원에 대하여 읊고 있다. 이 젊은이들은 고려로부터 원(元)나라에 보낸 사신을 따라 배를 타고 바다를 건너 왔던 것 같다. 아마도 원나라 임금이 1968년 원나라의 도읍이었던 대도(大都) 곧 지금의 베이징(北京)을 버리고 개평(開平)이라고도 부르던 네이멍구(內蒙古)의 상도(上都, 지금의 多倫)로 도망칠 무렵에 고려의 사신 일행이 중국 땅에 도착했던 것 같다. 1367년에도 고려는 원나라에 사은사(謝恩使)와 성절사(聖節使)를 보내고 있으니 이 두 명의 예능인은 이들을 따라 왔다가 그들만이 따로 쳐지게 된 것인지도 모른다. 원나라 순제(順帝, 1333~1368)의 기황후(奇皇后)는 고려에서 간 여인이었고, 그 아들이 태자였으니 이 노래하고 춤추는 아이들은 기황후를 위하여 갔을 가능성도 있다. 원나라의 도읍에는 주인이 없어지고 대혼란이 일어나 고려로부터 온 사람들은 발붙일 곳조차도 없었다. 아마도 이 노래 부르는 두 아이들은 사신 일행으로부터 따로 떨어졌던 것 같다. 길거리에서는 먹을 것조차도 구하기 어려워 이들은 굶주리며 울고 지냈다. 그리고 그때 중국의 북쪽 지방은 전쟁으로 혼란하고도 더욱 위험한 상태가 되었을 것이다. 이에 이들은 지닌 것을 다 팔아 배를 채우면서 여비도 마련하여 배를 얻어 타고 좀 더 안정된 남쪽으로 왔었을 것이다. 그러나 명나라에 사신을 따라 온 자들이 아니기 때문에 이들은 명나라에 의지할 수도 없었다. 1368년 명나라가 서면서 고려는 바로 그해부터 거의 해마다 사신을 주고받고 하면서 친교를 맺고 있다. 그러니 이들은 명나라에 간 사신을 따라간 예능인이 아닐 것이다.

근거가 없어진 고려로부터 간 이 두 아이는 낯선 외국 땅에서 자신의 장기인 춤을 추고 노래를 부르면서 돈을 몇 푼 받아 목숨을 부지하게 된 것이다. 외국 땅에서 조국과의 연줄이 끊어지니 대신 일행을 따라 왔음에도 불구하고 이들은 바로 거지나 다름없는 처지가 된 것이다.

이들은 그래도 특기가 있어서 구차하기는 해도 입에 풀칠은 하고 있다. 고려도 이 시기는 몹시 어지러운 상태라서 외국의 동포들을 적극적으로 돌보아줄 여력이 없었을 것이다. 이 두 명의 아이들은 어지러운 외국에 와서 가을에 바람 따라 날려 다니는 나뭇잎 같은 신세가 된 것이다. 고향 조국으로 돌아가고 싶지만 돌아갈 길이 없다. 무엇보다도 우리의 나라가 든든해야 함을 절실히 깨닫게 하는 시이다. 중국의 시인 고계가 친구들과 어울리어 이들이 노래하고 춤추는 것을 보면서 즐기지는 못하고 "술잔 앞에 흘린 눈물이 술보다 많았다."고 읊고 있으니, 우리 동포가 그 자리에 있었다면 통곡을 하였을 것이다. 조국이 건전하면 이런 친구들이 외국에 나가서 노래 부르고 춤추는 것이 '한류'가 되고, 조국이 무너지면 이런 친구들이 외국에 가서 연출하는 예능도 사람들의 눈물만 자아내는 것이 되고 만다. 밥을 빌어먹기 위하여 외국에 가서 노래하고 춤추는 '조선아'는 절대로 다시 나와서는 안 된다.

(2013. 5)

김용직

∙

6 · 25와 북침(北侵), 남침(南侵)

그해 여름의 일들

연구발표회장의 흰 마스크
— 녹촌(鹿村) 고병익(高柄翊) 선생을 그리며

6·25와 북침(北侵), 남침(南侵)

1

　올해는 6·25가 발발하고 나서 60주년이 되는 해다. 동족상잔의 슬픈 비극이 빚어진 그해로부터 문자 그대로 강산이 여섯 번이나 바뀌는 세월이 흘러가 버린 것이다. 6·25가 발발했을 당시 우리 또래의 나이는 미처 10대의 테두리를 벗어나지 못한 채였다. 속절없는 시간이 아득히 흘러가 버렸으므로 당시의 일로 우리가 뚜렷이 기억할 수 있는 것은 많지 못하다. 그럼에도 6·25란 말이 나오기만 하면 거의 조건반사 격으로 내 머리에는 몇 가지 영상이 고개를 쳐든다. 여기저기 나뒹군 사람과 말들의 시체, 어느 마을 거리를 지나도 우리 길을 가로막던 포탄 소리와 장갑차, 전차, 군용트럭들의 잔해, 하늘에서는 무시로 요란한 굉음을 내며 전폭기가 지나갔다. 허기진 몸, 지친 다리를 끌면서 택한 남쪽 길에서 적과 우군의 총탄이 쏟아지는 전투 현장에 휘말려 든 것도 한두 번이 아니었다. 한마디로 6·25는 우리 또래에게 아직도 생생하게 떠오르는 아비규환의 전장 그 자체인 것이다.

2

거의 모두가 6·25 증후군을 앓고 있는 우리 세대에게 요즘 세대는 참으로 복 받은 사람들이라고 생각될 때가 있다. 우리 세대와 달리 그들은 6·25가 그저 지나가버린 우리 현대사의 한 토막일 수 있을 것이다. 그들은 6·25가 갖는 여러 사실과 의미에 대해서도 별로 관심을 갖지 않는다. 그 한 보기가 되는 것이 이 며칠 동안 일간지에 실린 한 기사이다. 그 가운데 특히 주목된 것이 유력 일간지들에 실린 설문조사의 결과 보도다. 거기에 6·25를 북침(北侵)이라고 응답한 숫자가 과반수를 넘겼다는 내용이 실려 있었다. 이런 응답을 한 연령층이 10대와 20대라는 기사를 읽고 '어떻게 이런 일이!' 하는 생각을 가진 것은 나 혼자만이 아니었을 것이다.

그 직후 새 세대의 6·25에 대한 무신경경향 치유책으로 제시된 것 가운데 하나가 국사교육, 특히 근·현대사교육의 강화하자는 의견이었다. 구체적으로 6·25가 북의 적화통일 야욕에 의해 야기된 것이며 그것을 교과서에 명시하여 의무교육 과정부터 가르쳐야 할 것이라는 생각들이 6·25 불감증의 치유책으로 제시된 것이다.

내 전공분야는 아니지만 나는 의무교육 기간에 국사교육을 강화시킬 필요가 있다는 주장에는 전폭적으로 동의한다. 그러면서도 마음 한구석에서는 아무리 교육현실이 파행적으로 흐르고 있다고 해도 어떻게 우리 사회의 청소년들 과반수 이상이 6·25를 남쪽의 도발로 일어난 것이라고 알고 있을까 하는 의문이 일어나는 것을 막을 길이 없었다. 이런 내 의문은 뜻밖에도 오늘 아침에 배달된 일간지의 「6·25 정전 60년」 특집 기사에 접하자 그 수수께끼의 일단이 풀리게 되었다. 참고로 밝히면 특집의 큰 제목은 「북(北)이 침공했으니 북침이 아닌가요. 용어 헷갈리는 청소년」으로 되어 있다.

> "얼마 전 언론에서 실시한 청소년 역사인식 조사 결과를 보면 고교생 응답자의 69%가 6·25를 북침이라고 응답한 충격적인 결과가 나왔다. 역사는 민족의 혼이라고 할 수 있는데 정말 문제가 심각하다."
> 박근혜 대통령은 17일 청와대 수석비서관 회의를 주재하며 이같이 말했다. 박 대통령의 말을 전해들은 국민도 북한의 주장과 궤를 같이하는 청소년들의 역사인식에 충격을 금치 못했다. 고교생 3명 중 2명꼴로 6·25전쟁을 '남한이 일으킨 전쟁'으로 알고 있다면 2013년 대한민국은 왜곡된 역사관 속에 젊은이를 방치하는 한심한 국가라는 의미가 된다.
> 본보 취재팀은 6·25전쟁 발발 63년을 맞아 24일 전국의 10대와 20대 초반 청소년 200명을 무작위로 추출해 심층 설문조사를 실시했다. 취재팀은 또 이와 별개로 해양경찰청 관현악단 소속 20대 전경 20명에게 설문조사를 하고, 대학생 100명에게는 단체 카카오톡을 통해 6·25전쟁 발발 원인을 물어봤다.
> 그 결과는 '놀라웠다'. 응답자 전원이 '6·25전쟁은 북한이 남한을 침공해서 일어난 전쟁'이라는 역사적 사실을 정확히 알고 있었다.
> 다만 '남침이냐 북침이냐'고 물었을 때는 '북침'이라고 대답한 청소년이 3명 중 1명꼴로 나왔다. 그렇게 대답한 청소년에게 북침의 의미를 묻자 이들은 "북한이 남한을 침략했으니 북침이라고 표현하는 게 맞지 않느냐"고 했다.
>
> —『동아일보』, 2013. 6. 25.

이상 기사를 피상적으로 받아들이면 우리 사회의 내일을 담당할 청소년들의 6·25에 대한 인식 착오가 전화의 혼선 현상 같은 것으로 해석될 여지가 생긴다. 구체적으로 그것은 북침(北侵)와 남침(南侵)의 말뜻을 엇바

꿈데 그치는 것으로 평가될 수 있는 것이다. 그러나 나는 여기에서 제기된 문제가 그처럼 단순한 것이라고 생각하지 않는다.

3

그동안 우리 사회 일각에서는 6·25의 성격을 규정하는 말로 북침(北侵)이라는 말을 써왔다. 그리고 거의 조건반사식으로 그 반대개념을 가진 말로 남침(南侵)으로 잡아 온 것 같다. 특히 주목되어야 할 것이 이 경우 남침(南侵)이 북에 의한 대한민국의 침략이라는 생각을 바탕에 깔고 있다는 점이다. 그와 반대로 북침(北侵)은 남쪽에 의한 전쟁, 곧 북진통일(北進統一)의 형태로 이루어진 전쟁이란 선입견이 은연중 형성된 것이다.

이렇게 이루어진 말의 해석 자체가 한자어와 한문의 이치에 비추어 보면 잘못되어 있는 것이다. 여기서 주의해야 할 것이 침(侵)의 속뜻이다. 전쟁을 가리키는 경우 침(侵)은 침략(侵略), 침탈(侵奪)과 같이 부정적인 뜻을 내포하고 있다. 우리 역사를 보면 우리가 주체가 되어 벌린 싸움에 침(侵)자를 붙인 예는 전혀 발견되지 않는다. 고려시대의 글안정벌(契丹征伐)이나 조선왕조 때의 여진정벌(女眞征伐), 대마도정벌(對馬島征伐)이 구체적 보기가 될 것이다. 그리고 끝내 미수로 끝났지만 삼전도(三田渡)의 치욕을 씻기 위해 효종(孝宗)이 기도한 북벌(北伐)도 그 한 예가 된다. 이것은 무엇을 말해 주는가. 이렇게 제기되는 의문에 대해 해답의 열쇠가 되는 것이 정사(正邪)의 개념이다. 모든 전역(戰役)에서 옳은 것, 곧 정(正)의 편인 것은 우리 자신이다. 그에 대해서 우리 강토를 넘어 들어와 노략질을 일삼은 적은 말할 것도 없이 악(惡)이며 사(邪)의 갈래에 속한다. 악한 것, 사(邪)의 무리들이기 때문에 그들이 일으킨 싸움에는 침략(侵略)을 뜻하는 침(侵)이나 난(亂)의 꼬리가 붙는다. 당연히 우리가 주체가 되어 일어난 싸움에는 그런 글자가 사용되지 않았다. 그 대신 진공(進攻)을 뜻하는 진(進)이나 정벌(征伐)을 가리키는 정(征)이나 벌(伐)이 쓰인 것이다. 이런 한자문화의 원칙에 비추어보면 당연히 6·25의 경우에도 우리 군의 작전을 북침(北侵)이라고 할 수가 없다.

이야기가 여기에 이르렀으니 잠깐 잠정적인 결론 하나를 말할 단계가 되었다. 그동안 6·25를 두고 써온 북침(北侵)이나 남침(南侵) 등의 말은 그 어법 자체에 문제가 있다. 6·25를 말할 때 쓰이는 남침(南侵)이 북에 의한 도발이라면 우리가 시도한 통일 시도는 당연히 북벌(北伐)이라고 고쳐 써야 한다. 그런 말의 감각에 구태의연한 느낌이 든다면 적어도 북진통일(北進統一)을 줄여서 북진(北進)이라고 고치는 것이 마땅하다.

여기에 이르러 우리는 위와 같은 혼선이 일어난 첫째 원인을 그동안 우리 교육 현장에서 빚어진 한자교육의 부재에서 찾을 수 있다. 비슷한 사례가 앞서 제시한 예문의 '청소년 200명을 무작위로 추출해'에도 나온다. 주어가 청소년이라면 그것은 엄연하게 인격적 실체인 사람이다. 추출(抽出)이라는 말은 사물의 경우에 쓰이는 것이지 사람을 두고 쓸 수 있는 말이 아니다. 사람이 주체가 될 때 이 말은 마땅히 차출(差出)로 고쳐야 한다. 이와 꼭 같은 사례가 같은 날 기사에 되풀이되어 나왔다. 그것이 '압도적 열세의 화포와 병력'이라고 한 기사다. 새삼스레 밝힐 것도 없이 '열세'는 '우세'라는 말과 대가 되는 한자다. 그리고 '압도적'이라는 한정어가 앞에 붙으면 열세라는 말은 쓰일 수가 없다. 정상적인 문장에는 '압도적 우세'라고 말이 쓰여야 한다. 당연히 '열세'의 앞에는 '현적(懸隔)한' 정도의 말이 사용되어야 한다. 그리고 순수한 우리말로는 '엄청난'이 있는데 나는 이 말이 더욱 자연스럽고 적절하다고 생각한다.

이제 이런 사실들에서 유추될 수 있는 결론은 명백하게 된다. 6·25에 곁들인 우리 주변의 언어 사용 혼선 현상은 물론 1차적으로 그 빌미가 역사교육 부실이라고 지적될 수 있을 것이다. 그러나 그 지양, 극복책으로 국사교육의 강화만이 기능적 처방이라고 생각되지는 않는다. 지금 우리는 전자 산업 체제를 구축하는 데 급급한 나머지 인간과 세계의 기능적 인식에 필수요건인 기초과목교육을 망각하고 있다. 그 결과 우리 사회의 주역이 될 청소년들이 국어사전에 나오는 말들도 제대로 알지 못하는 현상이 나타나는 것이다. 이제 우리는 초등교육에서부터 기초교양과 종합적인 인문교육 체제를 구축해 나가야 한다. 그를 통해서 한자교육과 아울러 동서양의 고전교육이 실시되어야 한다. 나아가 문(文), 사(史), 철(哲) 등 종합적 인문교육이 이루어져야만 우리 주변의 갖가지 지적인 맹점이 지양, 극복될 수 있을 것이다.

그해 여름의 일들

이것은 내가 정년퇴직을 한 다음 해부터 쓰기 시작한 내 일기 가운데 일부다. 이 무렵에 나는 다시 전공 관계 논문을 써 보려고 안간힘을 쓰고 있었다. 그쪽에 신경을 쓰다가 보니 일상 겪은 일들은 며칠이 지나면 잊어버리게 되었다. 그 보완책으로 나는 일기를 쓰기 시작했다. 일기라는 것이 대개 그런 것이지만 나는 여기서 신변잡사를 적었다. 그러니까 자연 글로서의 격이 떨어지고 쓸만한 내용도 담겨 있지 않다. 쓰레기 봉투 속에 넣어 폐기 처분해 버리는 것이 마땅할 이런 글들을 그럼에도 이렇게 공개하는 것은 오로지 깔끔하지 못한 내 성격에 빌미가 있을 뿐이다.

○월 ○일

오늘은 어머님의 기일(忌日)이다. 제수를 장만하고 영정을 꺼내어 닦고 나니 새삼 살아생전 당신이 그렇게 지극 정성으로 섬기신 아버님 생각도 났다. 한참 우두커니 앉아서 두 분이 살아계시던 때를 그려보았다. 그리고 몇 번 망설이다가 아버님의 민족운동을 제재로 한 절구 한 수를 지었다.

〈삼가 권오설 선생과 선친이 주고 받은 옥중 서간을 읽다〉

　　　한마음 목숨 바쳐 적의 소굴 무찌를 제
　　　형이요 아우하며 나눈 정 사무쳤다
　　　나라 위해 바친 마음 몸이 먼저 가시다니
　　　느껍구나 평생 두고 못 다하신 일들이여

　　　戮力同心突賊城　　呼兄呼弟藺廉情
　　　盡忠爲國身先死　　痛恨平生事不成

　　　　　　　　　　　　　　　－ 敬閱權五卨先生與先親獄中書簡

　　여기 나오는 권오설 선생은 6 · 10 만세를 주동하여 투옥된 다음 법정
에서조차 일제의 국권 침탈을 타매하고 민족해방을 외쳐 마지않은 일세
의 혁명가였다. 그와 우리 아버님은 고향이 다같은 안동으로 10대 막바지
부터 손을 잡고 국권회복, 민족해방투쟁을 지향한 사이였다. 권오설 선생
이 6 · 10 만세를 주동하여 서대문 형무소에 수감되자 아버님은 제2선을
담당 그의 후원 조직을 만들고 구원작전을 폈다. 권오설 선생이 서대문
감옥에 수감되자 두분 사이는 몇 통의 옥중서간이 오고갔다 그 가운데 한
통은 철창 밖에 된 무궁화를 매개체로 시작된다. 나는 아버님 자료집에
수록된 그 글을 꺼내어 읽었다. 그러다가 목울대에 치미는 통한의 정을
억누를 길이 없었다. 내 글 솜씨가 시원치 않아 오늘 내 시에는 그런 정이
열에 하나도 담기지 못했다.

　　○월 ○일
　　북상 중이던 태풍 도라지가 중국 동남쪽에서 소멸되었다고 한다. 오랜

만에 하늘이 맑고 햇볕이 나타났다. 아침에 아내가 자라 한 마리를 들고 왔다. 중앙공원에 산책을 나갔다가 길섶에 웅크리고 있는 것을 보고 혹 사람이나 다른 짐승이 해치지나 않을까 걱정되어 쓰고 다니던 모자에 녀석을 담아 가져온 것이라고 한다. 큰 대야에 물을 가득 담아 그 속에 넣어 보니 사지가 듬직하고 생기도 있어 보였다. 눈빛이 뚜렷하고 등에는 붉은 빛이 보였으며 몸집이 거의 대접만 했다. 모양도 어렸을 때 내가 시골 개울가에서 본 녀석보다는 한결 튼실했다. 아내가 생선살과 내장들을 잘게 저미면서 주니까 신기하게 잘 먹는 것 같았다. 얼마 동안 돌본 다음 주말에 지방대학에서 근무중인 아들이 귀가하면 함께 중앙공원가서 큰 연못에라 놓아주기로 했다.

○월 ○일

날씨 여전히 무덥고 간간 비가 뿌린다.

인사동 '예인'에 가서 아버님 항일투쟁 자료집 입력(人力)시킨 것 교정쇄를 받아왔다. 여러 사진자료와 기타 서간문, 제문들은 모두 원색으로 뜬 것이며 기타 신문, 잡지에 오른 기록들은 흑백으로 처리했다. 총 면수가 220면에 가깝다. 그래도 아버지의 항일투쟁은 비밀유지가 최우선이 된 지하운동 형태여서 전하는 자취가 절반 정도도 수록되지 못할 것 같다. 옥중 사진과 심문 조서, 판결문들을 다시 정리하면서 참으로 많이 내 나름의 감회를 가졌다.

집으로 돌아오는 길에 인사동의 한국서원과 종각 쪽의 영풍문고에 들렀다. 한국서원에서는 관동군 참모본부에서 발간한 『적비(赤匪) 토벌 자료집』 복사본이 보이길래 샀다. 접두에서 그 내용을 넘겨 보았더니 그 한 갈피에서 희귀하게 김일성이 주보중(周保中) 휘하 동북항일연군(東北抗日聯軍) 지대장으로 이름이 올라 있는 것이 보였다. 영풍문고에는 볼만한 책이 없었다.

집에 돌아와 보니 아내가 주말에 귀가한 큰 아이와 함께 이 며칠 기르던 자라를 중앙공원에 가서 잘 살아가라고 말하면서 놓아주었다고 한다. 수고했다. 잘한 일이라고 화답했다. 그러면서 내 마음 한구석에는 서운하다는 생각이 생기는 것을 어이할 길이 없었다.

미물인 자라에 그동안 우리 식구가 한가닥 정을 붙인 것이다.

○월 ○일(월)

오늘부터 아버님의 『투쟁자료집』 발간 업무를 맡은 '예인'이 하계휴가에 들어간다. 일주일간 쉰다고 하니 다시 일을 시작하는 그 다음 주에 맞추어 내 교정 보는 일을 다 끝내기로 했다. 10여 면이 조금 넘는 『자료집』 머리에 붙일 해제를 오늘은 끝냈다.

오후에 불곡산(佛谷山)을 종주했다. 주말이 아닌 주초가 되어서인지 싱그러운 녹음으로 덮인 산은 인적이 드물어 참으로 고즈넉하고 푸근했다. 오랜만에 나는 서쪽에 보이는 광교산을 향해서 크게 가슴을 펴고 심호흡을 한 다음 야호도 외쳤다. 얼마동안 가슴에 서린 울분 같은 것이 시원하게 해소되는 것 같았다.

집으로 돌아오는 길에 중앙공원 연못으로 가 보았다. 장마가 지나간 다음이어서 그런지 연못물은 넘쳐날 정도로 불어나 있었다. 내가 들고 간 먹이들을 뿌려주자 한 무리의 오리들과 함께 잉어들이 모여들어 야단들이었으나 아내와 유중이가 방생한 자라는 눈에 띄지 않았다. 아쉽다는 생각을 하면서 눈길을 돌렸다.

동남쪽 기슭을 보았더니 거기 보이는 물 속 바위 위에 여러 마리의 자라들이 거짓말처럼 모여 있었다. 그 가운데 우리가 방생한 녀석이 어느 것인지는 물론 가늠이 되지 않았다. 그러나 우리가 해치지만 않으면 한갓

미물인 녀석들도 모두가 제자리를 차지하고 저렇게 저희들 나름의 생을 누리고 있구나 하는 생각이 들어 마음이 적이 흐뭇했다. 우리가 사흘 동안 길러준 자라는 머리 부분에 채색이 없는 것으로 보아서 암자라였을 것이다. 이왕 암컷이니 알을 많이 낳아 자손 번창하고 천지의 조화·번영에 넉넉히 참여하여 제 나름대로 기여보비했으면 하는 이야기를 아내와 나누고 웃었다.

연구발표회장의 흰 마스크

✳

녹촌(鹿村) 고병익(高柄翊) 선생을 그리며

1

鹿村 高柄翊 선생의 이름 석 자가 나오는 자리라면 아직도 내 머리에는 원색 동영상의 한 장면과 같은 그림이 떠오른다. 그것은 선생님이 여든한 해로 생을 마감한 바로 한 해 전의 일이었다. 그날 나는 연례행사의 하나로 열리는 학술원의 추계연구발표대회에 참석하기 위해 집을 나선 참이었다. 발표회의 대주제는 「대한민국 학술연구의 역사와 개혁 방안」으로 기억되는데 그 기조강연의 담당자가 바로 선생님이었다.

당시 선생님의 건강상태는 상당히 좋지 않았다. 우리가 자리를 같이 한 한시 동호인 모임 蘭社에서도 몇 번인가 선생님의 건강이 화제가 되었다. 그 몇 해 전부터 선생님은 혈소판의 재생조직에 이상이 생긴 터였다. 옆자리에 앉는 경우 고르지 못한 선생님의 숨소리가 들렸다. 외출 때도 보행에 지장이 있는 듯 휠체어가 이용되었다. 그런 사실들을 떠올리면서 나는 발표회장으로 가는 길에서 선생님이 어떻게 발표논문을 만드셨을까 하는 생각을 해 보았다. 그런데 막상 발표회가 시작되자 단상에 서울대학교의 金容德 교수가 올라섰다.

그것으로 나는 건강문제로 선생님이 발표논문 작성을 그와 合作으로 만든 것인가 생각했다. 김용덕 선생의 모두 발언이 내 그런 생각을 깨끗이 씻어버렸다. 김용덕 교수는 그날 발표하는 논문 작성의 전 과정이 고병익 선생 단독으로 이루어졌다고 밝혔다. 그러면서 그는 회의장 일각을 가리켰다. 나는 거의 조건반사 격으로 김용덕 교수가 가리키는 방향으로 눈길을 돌렸다. 그러자 거기에 털모자를 눌러쓰고 휠체어에 앉아 있는 선생님의 모습이 눈에 들어왔다. 뿐만 아니라 선생님의 입에는 유난히 희게 느껴진 마스크까지 씌어 있었다. 그런 선생님의 모습을 보는 순간 나는 80노경의 병약한 몸을 무릅쓰고 연구과제 수행에 신명을 바치기로 한 선생님의 정신자세에 접한 것 같아 저절로 옷깃이 여미어졌다.

2

이력서 사항을 보면 高柄翊 선생은 경상도의 聞慶, 鹿門의 선비집안 출신이다. 1923년 출생으로 일제 식민지 체제하에서 휘문고보를 마치고 일본으로 건너가 그곳의 고등학교를 거친 다음 명문인 동경대학에 입학했다. 당시 일제는 그들이 도발해서 일으킨 전쟁에서 전력이 바닥나 대륙과 태평양의 여러 지역에서 패퇴를 거듭했다. 전세를 만회해 보려고 그들 군부는 학부 학생들에게까지 동원령을 내렸다. 그런 서슬로 하여 고병익 선생은 학병징집 대상자가 되었다. 그리하여 선생님의 학부생활은 중도하차가 되었다. 8 · 15 후 선생님은 새로 발족한 서울대학교 문리과대학 사학과에 재입학하여 학부생활을 마쳤다.

일반적으로 일제강점기에 고등교육을 받은 사람들에게는 두 가지 특징 같은 것이 있다. 좋은 쪽으로 보면 그들은 사실이나 상황분석에서 객관적인 입장을 취할 줄 안다. 분석대상을 어느 정도 합리적으로 검토할 줄 알고 그것들을 논리화시키는 경우에도 서당교육 이수자에 비해서 기능적인 단면을 드러낸다. 그러나 일제강점기에 제도교육만을 이수한 사람들에게는 그들 나름의 한계 같은 것도 내포된다. 널리 알려진 대로 일제가 우리 민족에게 실시한 교육의 잠재 목표, 또는 근본 목적은 식민지 정책 수행에 요구되는 기능인 양성에 있었다. 뿐만 아니라 그 바닥에 皇民化 정책이 있었음은 새삼 밝힐 필요가 없는 일이다.

고등교육 과정에서 일제의 그런 식민통치 교육 목표가 어느 정도 완화되기는 했다. 그러나 피교육자의 심성 형성에서 가장 강하게 지렛대 작용을 하는 것은 기초교육과정의 교육내용이며 그 질일 것이다. 이런 교육상황이 일제치하에서 제도교육을 받은 거의 대부분의 피교육자에게 하나의 특징적 단면을 가지게 했다. 그 하나가 일제에 의해 만들어진 공적 규제를 민감하게 의식하게 된 성향이다. 또한 그들은 전통사회에서 존중된 인간적 여유나 행동양태를 객기, 또는 낭비로 생각한 단면도 드러낸다. 이런 이야기는 고병익 선생이 식민지시대에 교육을 받은 지식인의 예외에 속하는 분임을 말하기 위해 붙인 것이다. 그 각명한 보기로 들 수 있는 것이 선생님의 사화집 『眺山觀水集』에 포함된 「憶四十年前德女」 한 편이다.

아물댄 두 눈동자 희미하게 떠오른다
귓가에는 상기도 시를 읊던 그 목소리
쓸쓸한 가을비 속 애끓던 이별의 밤
어깨 걸고 우산 쓴 채 밤을 도와 걸었었지

靉靉玲眸想不成

耳邊尙聽誦詩聲
凄凄秋雨難離夜
張傘聯襟步到明

　연보를 통해 나타나는 바와 같이 고병익 선생이 독일유학길에 오른 것
은 1950년대 중반기경이었다. 당시 그는 이미 결혼한 몸이었고 따님 가운
데 하나가 소학교에 다니고 있었다. 이 작품에 등장하는 여성은 그동안
우리 주변에서 두루 알려진 Bauer 부인이다. 그와 고병익 선생 사이에 오
고간 감정은 이 시의 둘째 줄이나 넷째 줄에 뚜렷한 윤곽을 띠고 드러난
다. 그와 고병익 선생은 비가 내리는 타향의 거리를 시를 읊조리고 걸었
으며 한 우산 속에서 체온까지를 나누었을 것으로 추정된다. 당시 선생님
은 명백한 기혼자의 신분이었다. 어엿이 본국에 부인이 있었으며 자녀까
지를 거느린 몸이었다. 지금 같은 세태라면 그런 일들은 명백히 덮어버려
야 할 스캔들이며 이혼소송감이 되고도 남을 탈선행위다. 그럼에도 고병
익 선생은 그 나이가 일흔을 넘긴 시기에 이때의 일을 제재로 한 작품을
썼다. 뿐만 아니라 그 가락에는 면면하며 애틋하다고 생각되는 그리움 같
은 것이 내포되어 있는 것이다.

　참고로 밝히면 우리 선인들은 독서와 수도의 겨를에 생기는 여유를 때
로 풍류의 형태로 바꿀 줄 알았다. 그런 자리에서 여성은 단순한 이성에 그
치지 않았다. 우리 선인들은 그런 자리에서 술을 권할 줄 알고 가야금을
타며 춤사위를 펼치는 여성을 그 자체로 潛心察物의 매개항이 되게 했다.
그런 차원에서 우리 선인들은 바로 하늘과 땅의 뜻을 가늠하게 되고 物外
閑人의 경지에 이를 수 있었던 것이다. 이런 사실들에 비추어 나는 고병익
선생이 여느 식민지 시대의 제도교육 이수자와 달리 세속의 좁은 틀을 벗
어난 차원에 이르렀고 선비의 풍모도 지닌 분으로 보고자 하는 것이다.

3

고병익 선생이 독일 유학을 마치고 귀국한 것은 1950년대가 막바지에 이른 때였다. 귀국과 함께 선생님은 그 무렵까지 재직한 동국대학을 떠나 모교인 서울대학교 문리과대학으로 복귀하였다. 당시 나는 아직 대학원에 적을 둔 수학과정의 학구에 지나지 않았다. 그런 여건으로 하여 30대 중반기를 넘기기까지 나는 선생님과 제대로 자리를 같이 할 기회를 갖지 못했다. 1960년대 후반기에 이르러 나는 새로 발족한 서울대학교 교양과정부에 자리를 얻을 수 있었다. 발족 직후의 교양과정부에 선생님이 출강을 하였는데 그 무렵 우리 대학의 교양과정부 교사는 공과대학 구내에 있었다. 시내와는 거리가 있었으므로 본부에서 공릉동까지 교내 버스가 운영되었다. 그 갈피에서 나는 몇 번인가 선생님의 옆자리에 앉을 기회를 얻을 수 있었다.

1960년대의 막바지에 나는 신입생 입시문제 출제위원으로 차출이 되었다. 지금과 달리 당시 대학의 신입생 선발은 중앙전형 체제가 아니라 각 대학의 개별 출제, 독자 관리 형태로 시행되었다. 구체적으로 1969년도의 국어시험 문제 출제위원의 한 사람으로 내가 차출되었다. 그때 우리가 모이게 된 장소는 의과대학 구내에 있는 正英社였다. 지정된 장소에 각 대학의 출제위원들이 모이자 각자가 쓸 방이 배정되고 출제작업이 시작되었다. 그때 고병익 선생이 다른 젊은 교수와 함께 역사시험문제 출전위원을 맡게 되었는데 그 방이 내가 속한 국어과 방과 같은 층이었다.

완전히 감금상태로 이루어진 입시문제 출제는 아침, 점심, 저녁의 식사 시간을 제외하면 새벽부터 저녁까지 강행군에 강행군으로 진행되었다. 그렇게 몇 주가 지난 다음 시험문제가 완성되어 인쇄가 끝나고 각 고사장에 배포가 되자 우리는 마침내 촉박한 시간의 굴레에서 벗어났다. 그와 함께 우리는 곧 일종의 정신적 무중력 상태에 빠졌다. 거기서 빚어진 무료를 달래기 위해 일부 위원들은 바둑이나 장기를 두었다. 또한 입심이 좋은 분을 에워싼 객담 자리가 벌어지기도 했다. 그러나 고병익 선생을 포함한 상당수의 위원들은 그 어느 편에도 서지 못하는 부동층이 되었다. 그런 부동층 사이에 여가 선용의 방안이 논의되었다. 그 가운데 하나가 우리 자신이 만든 문제를 우리가 풀어 보자는 의견이었다. 그 자리에는 서로를 발가벗기는 식의 농담이 오고갔다. 지금 우리가 출제를 한 문제를 우리 자신이 풀면 몇 점을 받을 수 있을까? 아마도 거의 모두가 낙제생이 될 것이라는 말이 오고갔다. 이야기 방향이 이런 쪽으로 쏠리자 고병익 선생이 팔을 걷고 나섰다.

그때 선생님이 택한 것이 영어시험 문제였다. '어디 내가 신입생이 되어 올해의 영어시험 문제를 풀어보기로 할까!' 그런 선생님의 선언성 발언이 있자 곧 당신 앞에 검토용으로 쓰인 영어시험지 한 장이 준비되었다. 그와 함께 시험 실시의 엄정성을 기하기 위해 관계 참고서와 사전이 멀찌감치 치워졌다. 우리가 부린 그런 객기를 선생님은 너털웃음과 함께 받아들이셨다. 선생님의 답안 작성은 소정 시간을 상당히 단축시킨 가운데 끝이 났다. 그 채점이 매사에 公正無私의 상징격으로 평가된 L교수에게 맡겨졌다. 그 결과는 놀라웠다. 출제자 자신들이 풀어도 80점대가 고작일 것이라고 평가된 시험문제 풀기에서 선생님은 거의 만점에 가까운 성적을 올렸다. 그때의 일로 선생님에게 명과 실이 상부한 우리 대학의 선배교수라는 평이 돌아갔다.

4

선생님이 蘭社에 처음 참여한 것은 1992년의 일이었다. 애초부터 한시 창작 동호인 모임을 지향한 蘭社가 발족을 본 것은 1983년도 10월 초순경이다. 그러니까 선생님은 나와는 10년의 상거를 두고 蘭社에 참여하여 후기동인이 된 것이다.

한시 창작 모임이었으므로 蘭社가 열리는 날 동인들 각자는 今體詩라고 통칭되는 絕句나 律詩를 지어가지고 약정된 장소에 모였다. 이때 만들어야 하는 絕句나 律詩는 단순하게 각 행의 자수를 지키고 韻字만 쓰면 되는 양식이 아니었다. 古詩가 아닌 今體詩는 그 法式에 따라 각 행에 일정한 平仄을 지켜야 하는 양식이었다. 뿐만 아니라 四律이라고 통칭되는 律詩는 일정 부분이 對仗으로 이루어져야 한다. 今體詩를 지을 때 요구되는 이런 法式은 처음 한시 창작을 시도하는 初心者에게 상당한 부담으로 작용했다. 李佑成 선생을 제외한 초기의 蘭社 동인들은 모두가 예외없이 이 今體詩 짓기에 익숙하지 못했다.

고병익 선생님도 蘭社에 참여한 직후에는 한시 창작의 기본 요건인 平仄 맞추기에 생소한 것 같았다. 난사 참여 초기에는 선생님의 작품에도 두어 번은 李佑成 선생의 朱筆이 가해졌다. 그런데 그로부터 몇 달이 지난 다음 선생님 작품은 적어도 平仄 맞추기에서는 완전한 것이 되었다. 이미 드러난바 당시 나는 선생님보다 10년의 고참자였다. 그럼에도 그 무렵에 이르기까지 매 회 내 시에는 몇 군데 빨간 글자가 들어갔다. 그런 나에게 선생님의 재빠른 한시 창작 法式 익히기가 대체 어떻게 가능한 것인지 궁금한 일이 아닐 수 없었다. 하루는 合評 모임이 시작되기 전에 선생님이 만들어 온 작품을 훔쳐보았다. 내가 본 선생님의 한시 원고에는 모든 글자 옆에 반드시 平上去入의 표시가 붙어 있었다. 그것을 보는 순간 나는 선생님이 한시 창작에서 나이와 연구경력, 사회적 지위를 백지화시키고 기본 바탕부터 새롭게 공부하는 정신적 자세를 느끼게 되어 절로 숙연한 마음이 되었다.

고병익 선생의 蘭社 참석은 2004년 2월 5일에 열린 151회 모임 자리가 마지막이었다. 『蘭社詩集』 제3집을 보면 그때 선생님은 「李敎授抱蘭來拜新歲斯行十年無闕」과 또 다른 작품을 가지고 나와 우리와 자리를 같이 한 것으로 나타난다. 선생님의 서거는 그해 5월 20일에 있었다. 당일 내 비망록에는 '아침부터 간간 빗방울이 떨어졌다. 전 서울대학교 총장이었고 蘭社 同人인 高柄翊 선생이 작고했다. 10시 반 동인들 일동이 서울대학교병원 영안실로 갔다. 李佑成, 金東漢, 金宗吉, 李憲祖, 李宗勳 등이 동행이었고 趙淳 선생과 李龍兒 형은 지방에 내려가서 같이 못 갔다.'라고 되어 있다. 내가 빈소에 들어섰을 때 검은 테를 두른 사진 속에서 선생님은 여느 때와 다름없이 부드러운 눈길을 던지고 있었다. 그 앞에서 나는 흰 국화를 바치고 무릎을 꿇은 다음 엎드려 절을 드렸다. 다음 세 마리는 내가 선생님의 영전에 분양, 재배하고 귀가한 다음 만들어 본 만사의 전문이다. 시집을 낼 때 쓴 우리말 번역을 그대로 다시 붙여본다.

삼가 녹촌 고병익 총장 영전에

一.
뒤따르기 몇몇 해를, 꿈결처럼 흐른 세월
불시의 타계 소식 이 무슨 변곱니까?
상도노래 한 자락에 천대(泉坮)는 저리 멀고
갈라진 이승저승 통한이 서립니다.

拜輓鹿邨高柄翊總長

承誨長年若夢過
山頹不日訃音何
薤歌一曲泉坮遠
忽隔幽明痛恨多

二.
일깨우고 갈고 닦아 공경으로 사시었고
빼어난 말과 글들 보람에 넘치셨다
모시고 노닌 난사(蘭社) 차마 어이 잊을 줄이
역력한 모습일래 그리움이 넘칩니다

敎學生平持敬過
不群論著意如何
從遊蘭社那能忘
歷歷遺眞感慨多

三.
학을 타고 구름 속을 가뭇없이 떠나시니
불러 백천 번에 돌아올 줄 모르시네
허위허위 명정 가는 산길은 허랑한데
바라보는 서녘 하늘 노을이 불탑니다.

喚鶴乘雲渺渺過
千呼其奈不歸何
遲遲丹旌空山路
瞻望西天夕照多

김재은

⊙
●
⊙

커튼을 제끼면서

변영태 장관을 기억하는가?

캐주얼이 어떤데?

커튼을 제끼면서

나는 매일 아침 눈을 뜨자마자 커튼을 먼저 제끼고 창문을 연다. 그리고 아침을 맞는다. 침대에 앉아서 15분 정도 요가 호흡을 한다. 40년이 넘은 일과이다. 1968년 동국대학교에서 인도철학을 가르치던 정 모 교수의 제자의 지도로 요가를 배웠다. 그 후 한국요가협회의 유명한 지도자의 한 분이시고 우리나라 특수교육의 권위자인 김동극 선생(그의 마지막 직장은 수원에 있는 이방자 여사가 세운 수봉재활원 원장)의 지도로 계속 요가와 단식을 해온 터여서 그렇게 요가 호흡을 해 오고 있다.

그날 내가 가장 먼저 하는 일이 커튼을 제끼고 창문을 여는 일인 까닭은, 다른 모든 사람들도 비슷하겠지만, 커튼을 제껴야 아침이 와 있는 것이 보이기 때문이고, 창문을 열어야 아침 새 공기를 마실 수 있기 때문이다. 커튼을 안 연다면 어떻게 하겠다는건가? 컴컴한 아침을 맞이할건가?

간단한 요가 스트레칭을 하고, 세수를 하고, 청소를 하고, 아내와 둘이서 아침밥을 들고, 끝나면 설거지는 내가 한다. 30년 된 습관이다. 내가 만일 안 도와주면 나는 나쁜 남편이지. 그렇지 않아도 퇴행성 관절염으로 10여 년째 고생하는 아내를 가사노동으로 혹사하는 나쁜 남편이 되고 말 것이 아닌가. 물론 아내는 그럼에도 여전히 설거지를 자기가 하겠노라고 우긴다. 부엌은 자기의 영토니까. 설거지가 끝나면 TV 앞에 앉아 재미있는 프로가 있는지 신문을 들춰본다. 뉴스도 보고, 교양프로도 보고, 가끔 오락프로도 본다. 그리고 머뭇머뭇하다 보면 점심 끼니 때가 된다. 점심만은 새로 밥을 지어 먹자고 약속이 되어 있어서 하루 한 끼는 새 밥을 지어 먹는다. 점심을 먹고 난 후에 가끔 한 3~40분간 낮잠을 자기도 하고, 아파트 단지 안을 2~30분정도 산책을 하기도 한다. 여기저기 아는 가게를 기웃거리기도 하고, 아는 사람 만나면 벤치에 앉아서 "아파트 재건축 문제는 도대체 어떻게 돌아가는 겁니까? 벌써 이야기 시작한지가 10년이 넘었잖습니까?" "노인들이 많이 살아서 영 사업이 진척이 잘 안 돼요" 등 불평 반 걱정 반의 푸념을 털어놓고 일어선다.

몇 년째 계속 먹고 있는 약을 먹기 위해 집으로 돌아와서 약을 챙겨먹고 그날 신문을 정독한다. 써 오던 원고 워드 몇 장 치고, 신문이나 TV 광고 보고, 새로 산 책 여기 저기 몇 장 읽고, 조금씩 책 정리를 하다보면 5시 뉴스 시간이 다가온다. '벌써 5시야?!' TV 앞에 앉아 있다가 보면 가끔은 저녁 식사도 생략한 채 앉은 자리에서 바로 잠자리로 직행하는 경우도 있다. 나만 그런 것 같지 않고 친구들 중에는 자기도 그렇다고 하는 사람이 더러 있다.

이틀에 한 번씩은 외출을 한다. 친구와 점심 약속도 하고, 제자가 점심 대접하겠다고 해서 나서기도 하고, '교보'나 '영풍서점'으로 책 구경하러도 간다. 대뇌의 전두엽을 고장 나지 않게 하려는 속셈도 있어서 가끔 신간도 산다. 며칠 전에는 미국의 아주 젊은 아티스트 오스틴 클레온이라는 사람이 쓴 재미있는 책 『훔쳐라, 아티스트처럼』이란 책을 제호에 끌려서 샀다. 그의 첫 외침은 "세상에 오리지널은 없다"였다. 나는 그 캡션을 읽고 섬찟했다. 내가 40여 년 동안 대학교수 노릇을 했는데, 과연 나는 "오리지널"을 얼마나 생산해 냈을까? 요즘 젊은 친구들의 용감한 외침에 나는 주눅이 들었다. 머리를 한방 얻어맞은 기분으로 책을 읽고 난 후 머리가 상쾌해졌음을 느꼈다. 때로는 노인들에게 전두엽을 자극하는 이런 정신적 충격요법도 나쁘지 않겠구나 하고 생각했다.

책 가게에 가면 잡지 코너에는 반드시 들른다. 이것저것 뒤지다 보면 머리가 좀 신선해지는 듯한 느낌을 받는다. 거기에는 백화점처럼 세상의 온갖 것들이 다 진열되어 있기 때문이다. 낚시, 등산, 요리, 의상, 육아, 오토, 디자인, 여행 뭐 세상에 있는 것은 다 있다. 거기서 일본의 국보 화보를 한 권 샀다. 일본의 국보에는 우리 것과 닮은 꼴이 왜 그리 많은지? 그래서 더 호기심이 간다. 책 읽기가 왜 이렇게도 재미있을까 하고 느낄 정도로 요즘 책은 확실히 문장이 신선하고 논리가 명쾌하다. 그래서 더 좋다.

나의 대학교수 생활 40년, 그동안 내가 다루어 온 교육 내용들을 보면 진리, 관념, 개념, 논리, 사상, 원리, 법칙, 이론, 이념, 이상, 엄정, 정확, 추론, 사실, 일반화 뭐 이런 것들이 대부분이었다. 매우 고상한 것들처럼 보인다. 그리고 대부분 추상적인 것들이다. 그야말로 상아로 만든 탑에서 놀던 사람들이 좋아하는 말들이다.

가끔은 특강이라는 이름으로 대학원생들이나 전문가 집단에서 강연도 하고, 여기저기 기업이나 사회단체에 불려가서 강연도 하고, 신문이나 잡지에 기고도 하고, 그리고 거기서 나는 내 사상을 마케팅해왔다. 그동안 저술이라는 것도 적지 않게 해서 인세도 제법 얻어 썼다. 그러나 그 모든 것들이 지금 내 머릿속에서만 살아 있지 나의 일상적인 삶 속에서는 맥을 못 춘다. 지금의 나에게 있어서는 아침에 일어나서 커튼을 제끼는 일이 무엇보다도 중요한 일과가 되었다. 왜냐하면 매일, 아침이 나를 맞이해

주기에 내가 살아 있고 새날이 탄생하기 때문이다.

우연히 영국 여류 소설가 조지 엘리엇이 쓴 글에서 이런 말을 발견했다. "The years seem to rush by now, and I think of death as a fast-approaching end of a journey. Double and treble reason for loving as well as working while it is day." 새겨보자면 이런 뜻일 게다. "지난 얼마 동안의 세월이란 것이 지금껏 쏜살같이 지나온 듯이 보인다. 죽음이란, 빨리도 접근해 오는 여정의 끝자락처럼 생각된다. 그래서 낮 동안(일할 수 있는 시간)에, 일을 할 뿐 아니라 사랑하기를 두 배 세 배 더 해야 할 중요한 이유가 된다." 엘리엇은 평론가 루이스와 살다가 그가 죽자 은행가와 두 번째 결혼을 하던 해, 예순한 살에 죽었다. 엘리엇이 자기의 죽음을 미리 예측했던 것일까? 이 글은 그녀가 죽은 해에 쓴 글이다. 나에게는 사랑하고 일할 수 있는 낮 시간은 이미 많이 소진되었다. 그래서 나는 새 아침 맞기를 무척 기대하면서 산다. 아침에 커튼을 제끼면 그날의 날씨도 점검하게 된다. 날씨는 내 건강과 활동에 영향을 크게 미치기 때문이다. 특히 노인들은 날씨에 민감하기 때문에도 더 그렇다.

내 일상에서 절실한 것은, 아침에 일어나서 화장실엘 가고, TV를 보고, 신문 스크랩을 하고, 아이들에게 전화하고, 손녀 잘 있는지 안부 묻고, 산책하고, 동네 노인들 만나서 노닥거리는 일이다. 그동안 나는 일상을 외면하다시피 살아온 것 같다. 대학 선생을 한답시고 일상적인 것에는 별 관심이 없었던 것이다. 그런 것들은 하찮은 것이란 생각을 했을 수도 있다.

장자(莊子)가 말했듯이 "소변에도 도(道)가 있다"는 말은 진실이다. 만일 청소를 안 하면 어쩔 것인가? 설거지를 안 하면 어쩔 것인가? 쓰레기를 안 버리면 어쩔 것인가? 먼지 구덩이에서 살아야 하나? 시쿰한 음식 냄새를 맡으면서 살아야 하나? 집안을 온통 쓰레기 더미로 남겨 놓을 것인가? 청소와 설겆이에도 도가 있다. 그것이 우리의 생존을 보장해 주고, 건강을 유지하게 만들고, 상쾌하게 살도록 해주기 때문에 중요하지 않는가? 소소한 일상, 하찮아 보이는 트리비아(trivia-煩事)가 우리의 삶에서 얼마나 크게 말하는지 나는 요즘 아주 절실하게 느끼면서 살고 있다. 내가 40여 년 동안 해온 일과 아내가 50년 동안 해온 일들을 비교해서도 내가 한 일이 더 가치 있다고 말할 자신이 없다. 왜냐하면 그런 트리비아를 내가 잘못 다루어서 아내와 가족에게 끼친 폐를 생각하면 그렇다. 아내가 그 일상적 번거로움을 참고 되풀이해오고 지금도 하고 있는 일에 나는 경의를 표한다. 나는 그런 일을 소홀히하고 또 그런 일에 서툴러서 실수를 너무도 많이 한 것이 후회스럽다.

지난겨울 동안 나는 비교적 건강하게 살았다. 지난해는 감기도 안 걸리고 무사히 겨울을 났다. 그런데 4월 중순 어느 날 새벽, 큰 일교차로 인해서 새벽 기온이 많이 떨어진 것을 무시하고 현관 앞에 놓인 신문 가지러 팬티 바람으로 나갔다가 감기에 걸려서 두 달을 고생했다. 체중도 2kg 가까이 빠졌다. 나는 그날그날의 날씨가 나의 일상과 이렇게도 관계가 깊다는 사실을 까맣게 무시해 버렸던 것이다. 지난겨울을 잘 났다 싶었는데, 의사선생들이 늘 말하듯이 "환절기 감기 조심하세요. 특히 노약자들은요"를 내가 무시한 탓에 그만 큰 대가를 치른 것이다. 병원엘 다녀야 하고, 약국에 가서 약 타야 하고, 침 맞아야 하고, 목 양치해야 하고, 기침해야 되고, 입맛 잃어야 되고, 잠 설쳐야 되고 이것 보통 성가신 것이 아니다.

요즘 나는 이렇게 일상의 트리비아가 우리의 삶에서 얼마나 끔찍한 재앙을 가져 오고, 또 때로는 예기치 않던 행복을 가져다주는지도 되씹으면서 살고 있다. 그래서 아침에 일어나서 커튼을 제끼고 창문을 여는 일에도 가치를 부여하고 싶다. '친구들한테서 걸려오는 전화 한 통화에도 성심성의로 응대하고, 아내의 잔소리에도 귀를 기울여 들어주고, 음식쓰레기도 열심히 치우자'가 내 모토가 되었다.

변영태 장관을 기억하는가?

새 정부가 들어서면서 고위직 인사의 국회청문회가 있었다. 이번 새 정부에서는 14명이란 많은 숫자가 낙마를 했다. 그 주된 이유를 보면 이렇다.

아이 학교 때문에 위장 전입을 했다.

투기성 부동산 거래를 했다.

자신과 아들의 병역 면제에 문제가 있었다.

세금 줄이기 위해서 부동산의 가짜 매매계약서를 작성했다.

세금을 탈루했다.

세금을 체납했다.

학위논문을 표절했거나 대필했다.

대개 그 사람들은 뭐 이런 일로 걸려든 것이다. 이런 일과 관련해서 우려되는 문제는 "세상에 안 그런 사람 어디 있나 길 막고 물어 봐"하는 세태이다. 우리의 지도자에 대한 도덕적 기준이 크게 훼손되어 있다는 것을 절실히 느낀다.

그분들이 그런 일로 국회의원들로부터 질타를 당하고 있을 때 하는 변명을 들어 보면 분통이 터진다. "제가 관여 안 해서 잘 모른다"거나, "부동산 사무실에서 그렇게 해서 그런 줄 알았다"라거나, "법적으로 아무런 하자가 없다"라거나 혹은 "죄송합니다" 정도로 얼버무리려고 하는 경우들이다. 어쩐지 개운치가 않다.

옛날 조선조 때의 淸白吏는 正二品 이상의 당상관들과 司諫院과 司憲府의 우두머리가 추천해서 결정하게 되어있는데, 여기서 추천된 청백리야말로 가문의 영광이다. 그런 청백리를 이 시대에도 보고 싶은 것이다. 그런데 대통령이 내세웠다는 나라의 대표적 지도자급 인사들이 이렇게 문제가 있어야 어디 가문의 영광은커녕 도리어 문중의 불명예로 기록될 듯싶다.

그래서 나는 다음 두 분을 외람되지만 현대의 청백리로 거명하고 싶다. 변영태 전 외무부장관과 정근모 전 과학기술부장관이다. 청백리란 청렴결백하고, 공사지간의 구별이 분명하고, 부하들에게도 당당하고 떳떳한 지도자를 말한다. 우리들은 우리 시대에도 이런 지도자를 보고 싶은 것이다. 이밖에 드러나지 않는 진정한 현대적 청백리도 많이 있을 터이지만, 내가 조사를 충분히 못했기 때문에 이 두 분만 거론하겠다.

청문회 중계방송을 볼 때마다 분통이 터질 지경이지만, 그런데 시민들 사이에는 '그 정도도 못하는 사람은 무능한 사람 아니겠오?' 하는 냉소적 분위기도 있고, '국회의원 저들은 뭐 다 깨끗한가?' 하는 푸념이 있는 것도 사실이어서 우리의 지도자상은 망가질 대로 망가져 있는 것에 비애를 느낀다. 조선조 때 辭疎明訴 라는 상소형식이 있었는데, 이것은 임금이 불러서 높은 관직을 내렸는데도 본인이 그것을 감당하기에 능력과 덕이 부족하니 사양하겠다는 상소를 말한다. 이와 비슷한 것으로는 致仕訴 라는 것도 있는데, 퇴계 李滉 선생도 여러 번 이 치사소를 올린 경력이 있다. 즉 나라님이 내리신 명이니 따라야 하겠지만 도저히 본인은 그 자리에 합당하지 않다고 사양하는 상소이다. 그런데 지금도 대통령이 삼고초려해서 불러냈으니까 안 하겠다고 하기는 어렵겠지만 능력과 경륜과 덕이 부족하면 그 자리를 사양해야 옳다.

변영태 장관은 이승만 대통령시절, 1950년대 초 제3대 외무부장관과 제5대 국무총리를 지낸 분이다. 왜 내가 여기에 새삼 이분을 거론하게 되었는지는 뒤에 가서 이야기하기로 하고, 이분에 관한 일화 한 토막을 소개한다. 이분은 한국정부 대표로 유엔총회에 옵서버로 참석하고 귀국해서는 공무출장 중 지불한 비용을 영수증 떼서 내고 남은 돈은 국고에 되돌려 보낸 분이다. 그때만 해도 헬스클럽 같은 것이 없었기 때문에 운동할 시설이 마땅찮을 때였다. 그래서 이분은 국내외를 막론하고 출장을 갈 때에는 가방에 2.5kg짜리 아령 두 개를 꼭 넣어가지고 다니면서 비용나간다고 호텔 시설을 이용하지 않고 호텔 방 안에서 아령운동을 하신 분이다. 이야기는 더 있으나 이 정도로 해 두자.

여담이지만 그분의 아우 되시는 樹州 변영로 선생은 1961년에 작고하신 시인으로서 「논개」와 「봄비」 등의 시로 유명한 분이고, 그의 장형인 변영만 선생은 법률가, 학자, 문필가, 한학자였다. 성균관대학에서도 가르쳤다. 시인인 樹州 선생은 백씨인 장관과는 달리 우리나라의 10대 기인으로 통하는 괴짜였다. 춘원 이광수 선생의 결혼식 날 신혼부부가 자는 신방에 술 먹고 들어가서 같이 잤다든가, 여름에 성북동 골짜기 개울가에서 멱을 감고는 홀랑 벗은 몸으로 곁에 매어놓은 남의 황소 등을 타고 혜화동 로터리까지 진출했다가 경찰에 연행되었다든가 하는 등의 일화는 많다.

내가 변장관과 함께 높이 올려놓고 싶은 또한 분은 1990년대 초에 과학기술부장관을 지낸 정근모 박사이다. 한국 유니세프 일로 내가 이분과 몇 번 같이 회동한 일이 있는데, 그때 들은 이야기다. 이분은 장관직에 있으면서도 퇴근 후나 공휴일에는 자기용 차를 자가 운전하였다고 한다. 어떤 일요일 오후 당시 출시된 지 얼마 안 된 소형차를 몰고 잠실의 롯데 호텔에서 있을 한 모임에 참석하기 위해서 갔는데 현관에서 주차 안내원이 아예 현관에 정차조차 하지 못하게 하더라고 했다. 그러면서 한국의 물신주의와 권위적 차별의식을 나무라는 것을 들었다. 우리에게 이렇게 깨끗하고 공사가 분명한 장관들도 있었다는 것이 자랑스럽다.

지도자의 격을 나눈다면 크게 둘로 나눌 수가 있을 것이다. 인재(人材)와 인물(人物)이다. "인재"는 전문가그룹이다. 기능적으로 중요한 인사들이다. 사회나 국가가 요긴하게 써야 할 때, 요긴한 곳에 써야 할 때, 그 사람이 아니면 안 되는, 달리 바꿔치기하기가 어려운 사람을 말한다. 고시출신의 고급공무원을 비롯해서 법관, 의사, 과학자, 외교관, 군장성 등이 그런 카테고리에 든다.

그리고 "인물"이란 그런 능력 외에도 도덕성, 지도력, 품격을 갖춘 사람을 말한다. 앞에 든 두 분은 바로 "인물"에 속하는 분들이다. 그런데 '우리나라에는 인재는 많은데 인물이 없다'고 한탄하는 소리가 여기저기서 들려온다. 이 말은 고위직 임명을 위한 국회청문회가 열릴 때마다 들린다. 왜 우리나라 대통령들은 그렇게도 人福이 없나? 총리로 지목받은 사람부터 시작해서 국방부장관, 법무부장관, 대법관 후보까지도 스크린작업에 걸릴 정도니까 한심하기 짝이 없는 노릇이다. 곰곰이 생각해보니 거기에는 몇 가지 이유가 있는 것 같다. 그 이야기를 해보자.

첫째는, 우리 사회가 성공지상주의 수렁에 깊이 빠져 있어서 성공만 하면 되고 성공에 이르는 과정에 대해서는 왈가왈부하지 않는 관념이 팽배해 있다는 점이다. 말하자면 성공에 이르는 수단—방법은 문제시하지 않는다는 말이다. 예를 들면, 돈 주고 박사학위 대필시키고, 아이들의 성공을 위해서 위장전입시키고, 외국인 학교에 들여보내기 위해서 서류 위조하고, 군대 안 보내기 위해서 이중국적 갖게 하고, 돈 주고 매표행위를 해서라도 국회의원이 되고, 고위 공직에 오래 있었으면서도 또다시 정부 산하단체 기관장으로 줄타고 내려가는 등 출세를 위해서라면 무슨 일을 못하랴하는 배짱으로 일반적 규칙과 법, 그리고 양식을 무시한 것은 별 문제시하지 않는 것 같다. 어떻게 해서라도 성공만 하면 그 과정은 묻지 않는데 우리의 문제가 있다.

둘째는, 우리의 '성공한 사람들' 중에는 이른바 공부란 것을 새벽 두세 시까지 하고, 그것도 이 학원에서 저 학원으로 빈틈없는 스케줄에 따라 이동하면서, 아주 비싼 과외비 주고 공부한 사람들이 많다. 그러니 봉사니 배려니 협력이니 사랑이니 지도력이니 관용이니 정직성이니 책임감이니 공동체의식이니 다양한 취미활동이니 도덕성과 같은 이른바 인간성을 풍부하게 해주는 교육을 받을 겨를이 거의 없었을 것이다. 그저 치열한 경쟁의식 속에서 이기는 방법만 배운 것이다. 좋은 대학 들어가기 위해서 전력투구한다. 그렇게 해서 대학을 나와 승승장구 출세가도를 달린 사람들이 이른바 지도층에는 많다.

한국의 특목고를 수석으로 나왔어도 미국 하버드대학에 못 들어간 사람들의 이야기를 들어보면, 그 학교는 공부 이외에도 특기 취미활동, 봉사활동, 사회적 이슈의 캠페인, 교내 서클 활동 등으로 폭넓고 다양한 체험을 한 경력을 가진 학생을 원한다는 것이다. 즉 공부 이외의 그런 활동을 통해서 창의성과 성숙된 인성과 리더십이 길러지기 때문이란다. 우리나라의 학원에서는 인성교육 따위는 도리어 공부에 장애가 된다고 생각할 것이다. "그런 것 하다가는 공부는 언제 해" 할 것이다. 이와 같이 공부밖에 모르는 학생을 기르게 된 데에는 고등학교와 대학이 공동책임을 져야하지만 그중에서도 서울대학교가 큰 몫으로 책임을 져야 한다. 왜냐하면 서울대학교의 입시정책과 교육방침이 중·고등학교 교육의 방향타를 쥐고 있기 때문이다.

왜 서울대학교가 책임을 더 많이 져야 하느냐 하면, 우리나라에서 단일 대학으로서는 가장 많은 고위직 공무원과 법관과 국회의원, 의사, 대학교수, 대기업 CEO를 배출해왔기 때문이다. 그들은 한국의 지도급 인사들이다. 그런데 이들 중 역시 인재는 많은데 인물은 많지 않다는 것이 일반의 소견이다. 세계가 하버드대학이나 동경대학이나 옥스퍼드대학을 나온 사람들을 신뢰하는 것은 그들의 실력만이 아니라 인격과 리더십을 신뢰하기 때문이다. 서울대학교는 좀 더 윤리의식이 투철한 글로벌 지도자를 길러내는 데 힘써야 될 것이다.

셋째로는, 인물에게는 인류의 보편적 가치에 대한 인문학적 식견과 신념이 있다. 부산의 의사 장기려 박사, WHO의 전 사무총장 이종욱 박사, '울지마라 톤즈'의 주인공 이태식 신부, 월남 이상재 선생, 오산학교 설립자 남강 이상훈 선생, 조선의 간디로 불린 고당 조만식 선생, 씨알 함석헌 선생, 도산 안창호 선생, 천원 오천석 선생 등 해방 전후의 선각자이자, 독립운동가이자, 교육자, 사회운동가, 이 시대의 정신적 지도자들. 이들은 모두 '인물들'이다. 인재가 아니다. 그들의 사상과 생애와 지도력은 지금까지도 후학들이나 후손들, 많은 추종자들에게 큰 영향을 미치고 있지 않는가? 그들은 일신상의 안위를 위해서 사신 분들이 아니고 대의를 위해 사신 분들이다. 국가나 민족, 민중, 백성 혹은 세계의 평화를 위해서 사신 분들이다. 이런 인물들이 왜 지금은 잘 안 나오는지? 지금의 지도자들이란 사람들 중에는 小利에 목매는 사람들이 너무도 많다. 그래서 밤낮 부동산 투기 운운하지 않는가? 농사를 안 지으면서 경작 보조금을 받는 사람도 있었다. 돈 몇 푼 된다고 법을 어겨가면서 돈 챙기느냐 말이다. 大義니 公義니 하는 개념이 서 있지 않는 것이다.

넷째로 창의성과 상상력이 부족하다. 공부만 열심히 한 사람, 시험만 잘 친 사람, 그것도 4선지나 5선지 객관식 선택형 시험 문제에 답하는 식의 시험을 치루고 성장한 사람들에게 창의성이나 상상력은 기대하기가 어렵다. 미래의 지도자에게는 장기적인 미래전망성(long term perspectives), 창의성(creativity), 기민성(alertness)이 요구된다고 어느 미래학자가 말한 적이 있다. 나는 이 중에서 특히 우리나라 지도자에게 창의성이 얼마나 부족한지를 절실히 느끼곤 한다. 우선 우리나라 지도급 인사들의 교육적 배경을 보면 창의성과는 거리가 먼 그런 분위기에서 공부한 사람들이 대부분이라는 점, 이분들 중에는 고시를 통해서 올라 온 사람들이 많다는 점, 우리나라 정부나 행정기관, 기업의 내부조직이 권위주의적이란 점, 문제가 발생했을 때 해결하는 방식이, 원인규명보다 책임추궁식으로 대처한다는 점, 문제의 해결보다는 문제확대방지 쪽으로 생각을 몰고 간다는 점, 걸핏하면 제도와 법규와 관행을 들먹이지 그것을 고칠 생각을 안 한다는 점 등을 들 수가 있겠다.

지도자는 새로운 발상과 문제해결방식으로 개혁하고 재조직하고 한계를 타파하고 생각의 폭을 넓혀가야 이 나라가 더 발전할 수가 있다. 무엇이 더 가치 있는지 어떻게 하는 것이 더 정교한 해결책이 될 것인지를 늘 생각하면서 고민하는 지도자가 많이 나타나야 된다. 한수원의 원자로 발전중단 사태는 앞에서 든 그 모든 조건의 전형이다.

이와 같이 앞으로 지도자 반열에 들고 싶은 사람, 자녀를 지도자로 키우고 싶은 부모, 그런 지도자를 배출하고 싶은 교육기관은 학생들로 하여금 조그만 규칙이라도 어릴 때부터 충실히 지키도록 가르쳐야 하고, 개인의 입신출세에만 목을 매는 소인배가 되지 말고, 보편적 가치에 더 많은 관심을 갖도록 길러야 하고, 호연지기와 글로벌 마인드도 길러서 세계를 무대로 인류를 위해서 활동하고 봉사할 수 있는 인물로도 키우는 것에 관심을 가져야 한다고 생각한다. 더 많은 변영태 장관을, 더 많은 정근모 장관을 길러내야 이 나라가 더 튼튼해질 수 있다.

캐주얼이 어떤데?

　지금 세계에서 일어나고 있는 熱戰은 대개 자국 내의 정치적 소요성격
이 많고, 국가 간 열전은 별로 보이지 않는다. 유엔이란 국제기구가 있어
서 조정하는 것도 한 이유이다. 그런데 글로벌한 冷戰이 한 가지 있다. 그
것은 IT전쟁이다. 이 전쟁은 분초를 다투는 정쟁이다. 특히 삼성과 애플
사이의 熱戰에 가까운 冷戰은 전 세계로 확전되어가고 있다. 국지전 성격
도 띠고 있어 보이나 전면전에 가깝다. 미국에서의 전쟁이 미국만의 전쟁
이 아니고 그 파급효과는 글로벌하기 때문에 전면전 성격을 띠고 있다고
해도 좋을 것이다. 어느 쪽이 먼저 쓰러지느냐가 지구촌 사람들의 관심사
가 되었다.

　세계의 IT업계를 대표하는 거인 마이크로소프트의 빌 게이츠, 애플의
스티브 잡스, 공동 창업자 스티브 워즈니악, 그리고 우리나라의 삼성전자
의 이건희, 일본의 소프트 뱅크의 손정의, 구글의 에릭 슈미트 등의 인사
들의 공통점은 무엇일까? 사석은 물론 공식 석상에까지 터틀넥에다가 청

바지를 입고 나타나는 사람들이다. 겨우 차려 입었다는 것도 보면 유행이
좀 지난 듯한 디자인과 색조의 넥타이나 재킷을 걸치고 나온다. 물론 멋
있어 보이는 것이 사실이다.

빌 게이츠나 스티브 잡스가 정장을 하고, 그것도 아주 패셔너블한 디자
인의 슈트를 갖추어 입고 체크무늬 넥타이를 매고 나왔다면 아주 어색할
것 같지 않는가? 그들은 "캐주얼(casual)" 그룹이다. 캐주얼이란 의상계
에서 사용하는 뜻으로 읽으면 "평상복"이다. 그런데 사전을 찾아보면
"자유 노동자"니 "부랑자"니 "대기자"니 하는 뜻도 들어 있어서 실소를
하게 된다. 이들의 캐주얼은 그런대로 그냥 멋 부리려고 입는 것도 아니
고, 옷 입기 귀찮아서 그렇게 하는 것도 아닌 것 같다. 더욱이 옷이 없다
거나 옷 살 돈이 없어서 그러는 것은 틀림없이 아닐 것이다. 이런 캐주얼
의 뒤에는 어떤 "정신"이 숨어 있는 것이다. 그것은 단순히 패션의 문제
가 아니다.

우리나라나 혹은 다른 나라도 비슷하지만, 나랏일을 본다는 장관회의
때 테이블에 앉아있는 사람들을 보면 한결같이 검은색 정장에 줄무늬의
넥타이를 매고 나온다. 거기에 구두도 한결같이 검은색 신사 구두이다.
프랑스의 미테랑 대통령이 당선되면서 문화부장관에 작가 출신의 자크
랑을 임명했다. 랑은 취임 첫날 내각 사진촬영에 콤비 차림에 랜드로버를
신고 나타났다. 우리 눈에는 이상하게 보였다. '저 사람, 장관이 저렇게
입어도 돼? 예를 갖추어야지!' 하는 느낌이었다.

그러나 다른 한편 '과연 프랑스의 자유정신이 엿보이는 문화부장관답
군' 하는 생각도 들었다. 그런 예는 한국에도 있었다. 이창동 문화부장관
이야기다. 그는 세상이 다 아는 영화감독이다. 소설가에다가 칸 영화제에
서 감독상을 받을 정도로 유명한 세계적 영화감독이지 않은가? 그가 노
무현 대통령시절 첫 문화부장관으로 임명받았는데, 첫 출근 날 노타이 차

림에 자가운전하고 등청을 했다. 며칠 동안 언론에서 시끄러웠다. 정례 기자 회견도 없었다. 몇 가지 파격을 했다. 가십기사의 보도가 한동안 이어졌다.

자크 랑이나 이창동이나 앞에서 든 IT황제들에게 공통된 정신은 무엇일까? 자크 랑은 파리 국립도서관에 소장되어 있던 우리의 '외규장각도서'를 반환해 주어야 한다고 내각에 있을 때나 국회의원이 되어서도 계속 주장한 사람이다. 아주 너그럽고 세련된 사람이다.

이런 IT계의 빅샷이나 랑 같은 지도자들의 변칙, 반칙, 일탈에는 무엇인가가 있는 것이다. 이들의 가슴과 머릿속에는 창조에 대한 끊임없는 열정과 새로운 문제의식과 도전정신, 그리고 인류의 복지와 행복에 대한 관심이 숨겨져 있는 것이다. 그런 것들이 그들의 캐주얼에 나타난다고 보아야 한다. 이런 새로운 창조에 대한 열망은 자유정신이 뒷받침되어야 현실화된다. 캐주얼의 영어 단어의 뜻처럼 그들은 "자유노동자"가 아니라 "자유 뇌동(腦動)자"이고, 새로운 노마드(유목민)이고, 대기자이다. 말하자면 자유롭게 생각하고, 표현하는 것, 누구에게도 구애받지 않고 유목민처럼 지식과 기술의 사막을 종횡무진으로 실험하면서 일하고, 또 대기자처럼 세계를 한눈으로 크게 보고, 우주적이고 인류 보편적인 문제에 관심을 가지고 도전하는 사람들의 모습임을 알 수가 있다.

이 중 잡스는 1980년에 개인용 애플 컴퓨터를 만들어 전 세계의 수억 명 사용자에게 봉사해 왔으며, 게이츠는 컴퓨터의 운영체제인 MS Window를 만들어 역시 몇십억 명에게 봉사하고 있으며, 구글의 슈미드는 정보를 받고 내보내는 장치인 검색엔진을 만들어서 역시 수십억 명에게 봉사하고 있으니 이들이야말로 지구적인 인물들이다. 정치가란 4~5년마다 선거로 바뀌고 경제계도 부침이 심해서 세계적 대기업도 쓰러지곤 하는데, 이들은 여전히 40년 동안 경쟁 속에서 버티고 있지 않는가?

네오 노마드인 이들은 양들을 위한 좋은 초원을 찾아서 모험을 한다. 그들의 모험정신과 상상력이 오늘의 그들을 있게 했다. 이상하게도 이 세 사람은 모두 55년생이고 양띠이다. 올해 한국 나이로 58세 동갑내기다. 이 세 동갑내기 양 세 마리가 세계를 쥐고 흔들고 있다.

캐주얼은 단순히 옷의 문제가 아니다. 한번은 KBS TV가 미국 워싱턴 주의 레드먼드에 있는 MS의 본사 사무실과 연구실 풍경을 방송한 적이 있다. 한마디로 거기는 자유 천지고, 상상력 공장이고, 바깥 세계와는 크게 다른 별천지였다. 직원들의 행동은 완전히 자유이다. 출퇴근도 자유요, 일하고 노는 시간배정도 자유다. 그 안에는 수영장, 농구코트 등 운동시설도 완벽하다. "창조를 위한 것이면 뭐든 허용한다"이다. 옷도 자유요, 일하는 자세도 자유다. 보수는 연말에 개별적으로 성과를 계산해서 연봉으로 지급한다. 그 전에 개인의 필요에 따라 얼마든지 가불이 가능하다.

우리나라에도 별난 기업인이 있다. 주식회사 세모의 유 모 회장이다. 이 분은 1980년대 초 전두환 대통령에게 한강 정비사업을 권고하는 아이디어를 내서 성공시켰다. 그는 1980년대 초에 한강유람선 사업을 시작해서 오늘에 이르렀고, 우리나라에서 최초로 9인치짜리 소형 텔레비전을 만들어 보급했다. 필자도 한 대 사서 사용했다. 세모 스쿠알렌, 세모 종이비누 등등 여러 발명품을 만들어서 보급했다. 이 회사 창업자인 유 사장은 그 당시에 이미 창의성의 중요성을 깨닫고 직원들에게 창의성을 길러 주려면 자유로워야 된다고 생각하고 회사 근무 분위기를 완전히 "자유"라는 개념으로 바꾼 사람이다. 그리고 보수도 MS처럼, 자기 필요만큼 가불해서 쓰고 원말에 정산을 하게 했다. 그랬더니 대개는 자기 능력을 비교적 공정하게 평가해서 적정수준에서 가불을 해 가더라는 것이다.

캐주얼은 단순히 옷의 자유만을 의미하지 않는다. 의식의 자유, 사고의 자유, 행동과 표현의 자유, 그리고 창작의 자유까지도 의미한다. 예컨대

2013년 5월 말에 있었던 미국 오바마 대통령과 중국 시진핑 주석의 캘리포니아 별장회담은 첫날의 공식적 회담 외에 윗저고리 벗고 넥타이 풀고 와이셔츠 소매 걷어붙이고 걸어가면서 회담을 하지 않았던가? 옷이란 정장을 하게 되면 일단 우리들이 하는 말의 내용과 형식이 극히 제약을 받게 된다. 그래서 "우리 넥타이 풀고 이야기해"라든가 "우리 윗저고리 벗고 이야기 해" 하고 말하는 경우가 있지 않는가? 어떤 경우에는 아예 "사우나 가서 이야기해" 하면 가장 자유스러운 대화가 가능해진다. 그렇듯이 두 정상이 세계문제를 다루면서 서로 껄끄러운 문제에 가서는 허심탄회하게 흉금을 털어놓고 이야기를 하면 어려운 문제도 쉽게 풀리게 된다.

반대로 상상해보자. 국무회의에서 정장을 하고 회의를 하면 극히 공식적인 절차로, 공식적인 방식으로 발언하고 기록하게 될 것이다. 그런데 점퍼에 노타이 차림으로 회의를 하다 보면 발상이 훨씬 자유로워지고 아이디어가 풍부해진다. 바로 이 원리이다. 우리는 정장족에 속한다. 이웃에 사는 친구 집에 놀러갈 때에도 정장에 넥타이 매고 간다. 이유는 衣冠을 整齊하고 가야 대접을 제대로 받는다고 생각하기 때문이다. 그러나 우리 사회는 사고가 너무 경직되어 있다. 그래서 캐주얼문화를 좀 더 펼쳐나가야 한다. 상상의 벽을 넘어서서 한계를 타파하고 자기혁신으로 나가야 개인도 발전하고 이 사회도 다양성을 가지고 발전할 수가 있다. 캐주얼의 매력은 이런 데 있는 것이다.

김창진

＊
●
＊

돌아선 대로의 이유

그 탱자 냄새

그 올챙이는 다들 어디로 갔을까

돌아선 대로의 이유

1

나는 가끔 어떤 한 기억이, 그 기억의 장면이, 그 장면의 빛깔이며 공기며 햇살이며 물살이며, 그 물살의 여울이며, 여울의 소리며가 아주 생생히 한순간에 눈에 코에 귀에 떠오르는 경우를 경험한다.

누가 미국에 체재 중 장난삼아 마리화나류 한 대를 처음 피우며, 마침 라디오에서 흘러나오는 오케스트라의 연주를 들었더니, 그게 자기 몸의 온갖 살갗에 생음악으로 다가오는 신선한 감각에 놀랐다는 얘기를 들은 바 있는데—두 번째부터는 어느새 무뎌졌을 거야—내 경험도 그런 신선한 감각일까.

지리산(智異山) 자락 동·서·남·북에서 만난 감각들은 특이했다.

겨울 쪽의 심원 계곡의 적막(寂寞)이며, 그 적막을 바람이 쩡 한순간에 갈라 버리는 비수 같은 거.

남북 횡단의 관광로로 해서 얼굴을 내밀기 전의, 이름 그대로 숨어 있던 시절의 고찰(古刹) 천은사(泉隱寺), 그 일박(一泊)에 내 베개를 흠뻑 적시던 계곡의 물소리. 새벽 뜰에서 만난 극락보전 섬돌가의 동백(冬柏), 새댁 늦잠 같은 그 풍요한 입술.

북두칠성의 한 별이 가뭇없이 계곡에 발이 빠져 안 보이던, 천왕봉(天王峯)에서 제일 가까운 인가(人家)동네 중산리에서 만난 수묵(水墨)의 칠흑, 그 어둠의 거대한 숨결 같은 침묵.

　　그때 막
　　저녁 예불
　　큰 종이 울리고 있었다.

　　산사(山寺) 후원(後院)에서
　　스님 두 분이
　　빗줄기를
　　보고 있었다.

　　섬진강
　　강길의 질펀한
　　빗줄기

　　여인숙
　　장독 새의
　　달빛이 나를
　　보고 있었다.
　　　　　　　　　　　— 무연(無緣)

지리산 서남 자락의 두 가람, 천은사는 숨었어도, 화엄사(華嚴寺)는 연화(蓮華) 장엄(莊嚴)하여라.

거기서 비를 만나다.

쏟아지던 빗줄기 끝의, 이 무슨 요염처럼 장독대에 비친 월광(月光)이 나를 보고 있던 화개(花開)마을 여인숙.

새벽과 아침의 사이, 쌍계(雙磎) 계곡에 막 펼치는 햇빛의 빛살에 드러나던 향 푸른 연하(烟霞) — 는 언제나 지리산 자락을 생각할 때마다 내 마음에 걷혀지지 않는 환(幻) 같은 거.

아니야, 내 눈의 분명한 실측(實測), 카메라에도 잡힐 거야. 마음 안개는 물안개로 바뀔지라도.

그러니까 화개에서 한 오 리쯤 지리산 모체(母體) 품으로 안겨 가면 바른 쪽에서 만나는 대가람(大伽藍) 쌍계사(雙磎寺) 입구 마을, 그 아래 둔덕에 패기 시작하는 벼 이삭과 즐비한 벼 잎들에는 그때 막 시작하는 햇살의 사열(査閱)에 조응(照應)하는 듯 이슬들이 역광(逆光)으로 빛난다. 오지(奧地)행 신작로의 길섶에서 이 신비한 아침의 자연을 바라면, 발밑을 휘적시는 간단없는 물소리는 세사(世事)의 모두를 삼켜 버리며 우리의 감탄사까지 앗아가느니,

산신령(山神靈)들이 늦잠 자다 이 물소리에 넋 잃어 회귀(回歸)해 가지 못한 그들 아침 정령(精靈),

그건 실측(實測)이요, 아니, 분명 환(幻)이어라.

쌍계사 입구에서 만난 이 향 푸른빛의 내, 연하(烟霞)는 내가 이리 실측한 바이지만, 그 실측이 믿어지지 않는 환(幻)으로 남아, 언제나 내 마음에 살아있다는 얘길 여태 더듬거렸다.

무릇 큰 산은 그 밑에 내와 강을 거느린다. 지리산의 서쪽을 흐르는 강이 섬진강이라면 동쪽을 굽이치는 강은 경호강이다. 경호강은 뱀사골, 마천, 한신 등 여러 계곡과 남원, 인월 등 여러 마을의 사연을 안고 흘러선 남강으로 합류하게 된다.

남강의 풍광을 한마디로 표현하라 하면 대밭을 흔들며 흐르는 강이라고 하고 싶다. 김해평야를 만든 낙동강처럼 장중한 힘은 없으나 그 대신 수줍은 여성스러움의 서정이 대 그림자와 어울려 아리아리하다. 경호강으로 거슬러오르면 물은 더욱 맑아지고 고운 자갈이 드러나면서 여울이 찰랑거리는 소리와 함께 풍광은 갑자기 경쾌해진다.

— 황인; 적막한 내와 골짝들

함양(咸陽) 쪽에서 지리산의 동편 자락을 휘돌며 남하하는 계천 경호강이 원지(院旨) 고을을 지나면서 남강 상류로 접어들면, 아니 그러기 이전에 벌써 생초(生草)나 산청(山淸)읍쯤에서부터 그 푸른 환(幻)의 망(網)에 나는 걸려드는 것인데, 동행하는 이는 나의 이 실측을 그저 건성으로 들어준다.

사람들 사이에 띠집을 짓고 살아도
수레 시끄러움 들리지 않네.
어찌 그럴 수 있을까 스스로 물으니
마음이 머니 땅 절로 외지구나.

이 도연명의 시처럼, 또 '한갓진 곳에 끝내 찾아오는 이 적으니/서울에도 은자(隱者)가 사는 곳 있다네(長安亦有隱人居)'라는 서거정(徐居正)의 시처럼 속세에서 마음이 멀어져, 사는 곳이 절로 외져질 때, 나는 한순간에 지리산 자락의 푸른 연하, 그 환의 최면(催眠)에 걸려드는

환상(幻想) 감각의 고성능 수신자(受信者)가 된다.

환상감각이라, 그건 환(幻)인데─아니야, 나에겐 실측이지─그 환으로

서가 아니라, 실재(實在)로서 감각기관에 그대로 재현된다는 뜻이다.

사실, 실제로 겪었던 일도 시간이 지나면, 과거의 기억에서만 남게 되는데, 그건 시간이 흐를수록 막연히, 또는 추상으로 떠오른다. 그런데 어떤 기억들은 그것이 일어났을 때의 현상(現象) 그대로 냄새는 냄새로, 소리는 소리로, 촉각은 촉각으로, 눈은 그 눈 그대로 그 감각들이 그대로 복원(復元)되어 한순간에, 그 감각에 사로잡히게 하는 것이다.

2

이런 영화가 있었지,

여기 적힌 먹빛이 희미해짐을 따라
그대 사랑하는 마음 희미해진다면
여기 적힌 먹빛이 마름해 버리는 날
나 그대를 잊을 수 있을 것입니다.

초원의 빛이여!
꽃의 영광이여!

그것이 돌아오지 않음을 서러워 말아라
그 속에 간직된 오묘한 힘을 찾을지라
초원의 빛이여! 그 빛이 빛날 때
그때 영광 찬란한 빛을 얻으소서.

이 워즈워드의 시 「초원의 빛」이 주제적 빛깔이었던, 같은 이름의 작품, 나탈리 우드의 여주인공이었고 남 주연은 워렌 비티, 두 배우 다 그 연기가 신선했고 인상적이었지. 잘은 기억은 되지 않으나 여주인공은 젊은 날 특유의 갈등, 그리고 자기에게 한껏 빠지지 않는 남자에게서 느끼는 채워지지 않는 사랑, 그런 것 때문에 방황 끝에 정신병원에서 요양하게 되고 나중, 그러니까 영화의 끝 얘기는 오랜 병원 생활을 끝낸 나탈리 우드가 옛날에 그리 사랑했던 남자 워렌 비티의 집을 담담(?)히 찾아오는 것이었는데, 나는 이 마지막 장면이 가장 잊혀지지 않을 뿐 아니라, 그 장면의 모든 것이 그야말로 살아 있는 감각으로 저장되어 있어, 언제든 불러내기의 엔터를 치면 바로 그것들이 내 마음의 모니터에 그대로 재생된다.

그것들이란 오랜 병원의 백색 생활에서 피부가 더욱 하얗게 되고, 그 애타고 고뇌에 차고 설레고 벅차서 미치지 않고는 못 견뎠던 젊음의 뒤안에서, 이제는 말갛게 바래 돌아온 여주인공이 남자가 있는 목장 초여름 날의 햇살에 놓여져도, 그녀가 쓰고 있었던 모자였던가 아니면 파라솔이 용하게도 그 하얀 그리고 바랜 담담한 마음의 평정(平靜)을 지켜주고 있는 것 같은 거,

그리고 언제나 감격한 듯, 거의 반만 뜨는 그래서 눈가에 잔주름이 모이는 가늘은 시선의 워렌 비티 특유의 눈부심의 표정은, '아무렇지도 않고 예쁠 것도 없는 사철 발 벗은 아내'와 살고 있는 농부의 그저 담담한 마음으로 젊은 날의 그리움을 감추려 한다. 이처럼 그의 농장의 초여름 햇살은 그리 빛난다. 그러나 그의 삶을 축하해 주고 있는 나탈리 우드의 말간 웃음에는 영화를 보는 우리 눈까지도 감지 않고는 시릴 것 같았던, 그런 마음 부심이,

그런 것들이 있었지.

나탈리 우드가 농장의 그를 찾아왔을 때, 워렌 비티가 쇠스랑 같은 농기구로 집 바깥마당에서 뭣을 치우는 작업을 하고 있다가 그녀를 느닷없이 아니 그저 그렇게 만나게 된다.

나는 이 장면, 쇠스랑으로 뭣을 뒤집고 있었던 이 부분은 내 다른 장면

의 감각적인 기억의 확실성과는 달리 그 디테일한 묘사가 불가능한데, 그 이유는 이러하다.

나는 워렌 비티처럼 우리 집 농가, 그 농가의 뜰에서 이 또한 아마 초여름께 쇠스랑을 들고는 뭣을 하고 있었다. 그런데 내 경우의 이 뭣이란 분명하다. 그건 풀이나 짚을 썩혀서 만드는 두엄의 더미를 뒤집는 일이었다. 나는 이 어려운 일의 주역이 아니고 어른들의 그것을 돕는 조역이었는데, 썩히는 데 가세한 쇠똥 등이 이 뒤집기로 해서 바깥에 드러남으로써 그 냄새가 너무 짙어 옆에서 거두는 척하는 것도 그리 쉽지 않다. 소가 매여 있는 시골집의 마당귀에는 그런 냄새가 예사롭지만 이에 익숙지 않는 사람에게는 역겨운 것이다. 내가 한 이 작업의 기억 때문에 아까의 영화에서의 워렌 비티의 그의 마당에서의 그것이 이 내 경험과 뒤범벅이 되어 확실치 않다는 것이다.

이 확실치 않음은 내 경험의 그것에도 많이 있다. 고등학교 2학년 즈음이었는데, 그 여학생이 어째서 이 시골구석까지, 그리고 그 냄새 나는 두엄 뒤집기의 우리 집 마당 앞에 느닷없이 나타났는지.

그래서 내가 어떻게 했는지?

이야기를 했는지, 했으면 어디 가서 했는지, 예컨대 물이 흐르는 도랑가에서였는지, 아니면 그 위의 돌다리 위에서였는지, 그걸 지나서 뚝 길에서였는지,

그렇다면 거길 흐르고 있는 물길을 바라보고서였는지, 마음이 아파 우리가 앉았던 길섶의 풀을 따서 그 흘러가는 물결에 던졌는지,

아, 그리고 무슨 얘기를 했는지, 전혀 기억이 없다. 그러니 우리 집이 있는 시골에서 그 애네 집은 강을 건너고 기차를 타고 두서너 정거장을 가야 할 만큼 멀었는데 그 애를 어떻게 보냈는지 이 또한 전혀 기억이 없다. 기억에 없다지만 그래도 사실은 있었다는 게 전제되는데, 그야말로

내 작업의 그 현장에 그녀가 불쑥―아니야 불쑥이 아니고 그냥 지나가 듯이었을 거야―나타난 그래서 내가 눈부신(!) 그 사실의 감각만 여태껏 선명하고 이 앞뒤의 사건은 있었는지 없었는지조차 확실치 않을 정도로 지금에는 너무 아득하다.

그 아득함은 여기서 끝나지 않는다. 그 여학생과 내가 어떻게 해서 친해졌는지 그 기억도 확실치 않으니, 말도 안 되는 것 같다. 나는 그즈음에 기차통학생이었고 그 여학생도 그랬으니, 아마 그게 인연이었겠지 싶다. 그게 인연이었다면 등교하는 또는 하학하는 기차 칸 안에서 만났다는 말인가. 그래서 중학교 4학년, 요새의 고등학교 1학년짜리의 내가 수작을 피웠다는 말인가, 그때의 나에게 그런 용기가 있었을까 싶지 않다면, 도대체 어떻게 전혀 모르던 이 여학생하고 어떻게 말을 하고 가끔(?) 만나게 되었을까.

그 만남의 기억도 두 번의 그것만이 기억될 뿐인데, 그 하나는 낙동강 기슭에서 갈 숲을 뒤로 하고 모래바닥에 물결이 왔다갔다 하는 것을 내내 둘이서 보았다는 것, 그리고 나머지 하나도 이날에 이어진 것일 텐데, 그런 그 애를 바래주기 위해서 기차역까지 데려다(?) 주는데 저쯤에서 기차는 오고 있었고 우리는 그걸 놓치지 않기 위해서 역으로 가는 산모퉁이 길을 열심히 뛰었던―그런 것뿐이다. 물론 이 두 번이란 우리들의 우정이 정상적일 때에 한한 것이고, 그 애가 나에게서 멀어지면서 내가 미행(?) 끝에 그 애 앞에서 한마디도 못하고 그냥 서 있었던 일의 만남은 이 계산에서 제외된다.

이 제외된 만남에 대해서 얘기하고픈 충동에서 이 이야기가 시작된 듯하다. 그러나 이런 이야기는 하기 힘들다. 왜냐하면, 우선 조그마한 것들이 연애를 하고 따위의 지레 짐작에 꼼짝달싹하기 힘들기 때문이다.

글쎄 그런 게 연애일까,

그게 아니라면 그러면 친구인가.

친구라면 나중의 멀어짐에 그리 긴 여운의 꼬리가 이어졌을까.

황순원 소설의 「소나기」에 나오는 그 애들 관계 이상이었을까. 그건 소학교 다니는 유년들이었지 않는가—라고 반문하면 할 말이 또 없어진다. 그러면 김유정의 「동백꽃」은 어떠한가. 그러나 우리들에게는 그 소설의 마지막 장면 같은 동백꽃의 알싸한 향내가 꽃 숲 속에서 느껴지던 그런 극적이던 것도 없었으니, 그저 길에서 우연히 만난 남녀 학생이 이유 없이 얼굴을 붉히며 서 있는 데생화(畵)적 한 컷이라고 일단 생각해 주면 좋을 텐데, 허지만 이 뒤의 일들에 너무 심각(?)함이 있어 이 그림 또한 멋쩍어 질 가능성이 많으니, 여하튼 덮어두기로 해야겠다. 그리고 이런 이야기하기의 또 다른 어려움은, 비오는 날 학생들의 성화에 못 이겨 이야기를 끄집어 내려 하면 느닷없는 한 학생의 항의, '공부합시다'에 부딪쳤을 때의 암담함, 아 그것보다는 얘기를 다 끝내고 교실 문을 나서면서 느끼는 그 뒤통수의 한없는 부끄러움 같은 것이, 이제는 충분히 예상되기까지 하니.

그건 어떻든 그때 가서 부딪칠 일이고, 그 여학생은 고등학교 2학년의 가을쯤에서였던가 해서 나에게서 멀어져 가기 시작했다는 얘기는 우선은 해야겠지.

그런데 왜 멀어져 갔는지 나는 모른다. 이 이유 때문에 다음의 사건들은 연속되는 것인데, 그 나이의 그때로서는 이건 대단한 안타까움이었다.

지금 생각하면 내가 싫어졌으니 멀어지겠지, 이리 생각했으면 간단할 게 아닌가. 묘하게도 그때로는 그러질 못했다. 그건 묘한 게 아니라, 지금 생각하면, 대단한 답답이고 성격상 크나큰 못난이다. 그렇지만 그때는 그러질 않았다는 데 문제가 있었으니, 지금 그걸 후회한다는 건 말도 안 되겠다.

'차라리 돌아섰으면, 돌아선 대로의 이유를 다오.
그러면 나도 돌아설 수 있을 것이니…'

하도 답답해서 이리 마지막 편지를 썼다.

나에게 이 문장이 여태 고스란히 기억되고 있는 것은 그때로선 이 이야기가 대단히 절실해서였겠지.

그러나 그 애는 아무 '이유'도 주지 않았다.

그 후 나는 오랫동안 이 이유에 매달리게 된다.

'사랑(?)은 논리의 차원이 아니라 감정의 세계'라고 내가 그때 깨달았든지 아니면 그 애가 나에게 깨우쳐 주었더라면 내 이 일 ― 한 여학생과의 인연 ― 의 여운은 길게 계속되지는 않았을 것이다. 처음에 그 애와 내가 '무엇' 때문에 시작하지 않았던 것처럼 싫어지는데 굳이 '왜'가 있을리 없다. 그러나 나는 그때 이 '이유' 때문에 몇 년 동안 어지러웠던 것이다.

여하튼 그 애는 이유를 보내오지 않았다. 그래서 다음의 이야기들은 내가 그 이유찾기(?)에 매달렸던 것들이다. 지금 생각하면 너무 우습다. 그러나 그때는 그때였으니 나는 진중히 얘기해야겠지.

그 하나는 이러하다.

그 마지막 편지를 보낸 우울한 봄날이 지나고 여름이 되었다. 나는 어느 날 그 애가 타고 가는 기차를 탔다. 그즈음의 그 애는 주말이면 으레히 학교가 있는 P시에서 자기 집이 있는 M읍으로 가는 기차를 탄다. 낙동강을 끼고 돌아가는 이 기찻길의 연변 어느 곳도 그 애와 내가 주고받은 얘기로 물들지 않는 곳이 없는 것처럼 보였다. 그러니까 우리는 통학용 기차를 타고 다니면서 많은 애기를 했던 모양이다. 저 산모퉁이 길이며, 저 붉게 짙어 오는 노을이며, 그리고 되돌아갔다가는 다시 밀려오는 강물의 이랑이며, 그리고 서걱이는 갈잎들의 속삭임이 그러할 것이다.

바깥에 비가 오고 있었다. 기차 속의 희미한 불빛은 그 애를 덮고 있었다. 그러나 나는 그 애에게 가서 한 마디 말도 건네지 못했다.

그 애 뒤를 따라 조그마한 한역(寒驛) M에 내렸을 땐 빗줄기가 억세지고 있었다. 그 애는 갔고, 그래서 나는 빗속의 플랫폼에 혼자 남겨진다. 거기서 내 시골집까지는 강나루를 건너야 하고 낙동강 뚝길을 40리나 걸어가야 한다.

어둠의 강을 건너면서, 강줄기에 휘 뿌렸던 빗소리를 들으면서, 나는 그때 헤르만 헤세의 '싯달다'가 강을 건너며 깨닫는 인생의 오묘한 뜻을, 그 언저리에서라도 생각했어야 했을 것이다. 그러기에는 고등학교 3학년 이라는 내 나이는 어렸던 것인가. 다섯 시간 여의 귀로는 그야말로 장대같이 퍼붓는 빗속이었다. 끝없이 '왜'에 사로잡힌 칠흑의 어둠이었다. 모두 잠든 내 집에 돌아와서 내 골방에 불을 밝혔을 때, 온통 일그러진 낯선 얼굴이 거울 속에 있었다.

우산을 받쳤고 레인코트를 덮었고, 그리고 바깥옷과 속옷의 그 안 살갗에까지 묻고 왔던 그 두꺼운 책, 톨스토이의 『인생독본』은 한 갈피도 남음이 없이 빗물과 땀으로 속속들이 젖어 있었다.

그 둘은 이러하다.

대학생이 된 후에도, 나는 역시 '왜'에 사로잡혔던 모양이다.

그 애가 대학 2학년에 올라가면서 휴학했다는 소식이 들려 왔다. 그리고는 자기 아버지의 전근 길을 따라가서 지리산 자락의 어느 중·고등학교 선생이 되고 있다는 것이었는데, 이 소식들이 나를 견딜 수 없게 하였던 듯하다.

겨울방학이 되어 고향에 내려갔다. 수십 년만의 기록을 갱신하는 대단한 폭설이 온 산하를 누르고 휘덮었다. 전봇대가 곳곳에 쓰러지고 도로는 들판과 산자락에 파묻혀버렸다. 내 고향에서 지리산 자락의 그녀를 찾아가는 대장정(大長征)을 시도했으니, 이 대목의 나의 행동은 지금껏 참 위대하기도 하고 잘 이해되지 않는다. 지금은 교통망이 거미줄처럼 얽혀 어디든 그 연결이 잘 되어 어떤 오지라도 쉬 갈 수 있지만 그때는 전혀 그렇질 못했고, 더욱이나 폭설 끝이어서 곳곳에 도로가 파묻혀 때론 동서남북 행방이 묘연했고, 더더욱이나 내가 찾아가는 그 지리산 자락은 공비출몰이 극심해서, 낮에는 태극기가 밤에는 인공기가 펄럭인다는 곳이었다. 그래서 그때에는, P시의 경찰서 수위 근무가 그곳 지리산 자락의 경찰서장 자리보다 낫다는, 그럴싸한 유행어가 있을 정도였으니 말이다.

몇 번이나 시외버스를 기다리며 바꿔 타서 진주까지는 그런대로 왔으나, 거기서부터 그 지리산 자락까지는 진주 남강의 원류(源流)로 거슬러 올라가는 협곡(峽谷)을 눈길에서 헤매는 그야말로 대장정, 몇 번이나 군경초소에서 다른 승객들과 함께 검문을 받아야 했다. 굽이를 돌 때마다 온 산하를 뒤덮은 백설로 해서 보이는 것이라곤 대포와 같은 장신포(長身砲)의 포구(砲口)의 위협이었다.

나는 그때 지리산을 처음 보았다. 산과, 더욱이나 지리산과 같은 영산(靈山)을 처음 만난다는 것은 여간한 느낌이 아니다. 물론 산속이 아니고 그 신비의 위용을 그저 바라만 보는 자락에서였으나, 그리고 그 자락에 있는, 그 자락을 적시며 흐르는 남강 원류의 흐름에 산영(山影)처럼 비치듯 있는 어느 학교에 찾아갔으니 그 감회는 그저 한 여자를 만나러 온 그런 것 이상이었겠지.

그것 때문이었을까, 내가 그 학교 교정 한가운데서, 잔설(殘雪)이 흩날리고 있는 그 방학 동안의 조용한 텅 빈 뜰에서 그녀를 만났을 때 내가 아무 말도 못한 것은, 그리고 그게 전혀 억울하지도 않았던 것은.

까만 비로드의 스카프를 쓰고 있었다. 아무 말도 없이 서 있는 그 여자의 큰 눈동자의 속눈썹에도 눈이 내려앉는 것이 보였다.

나는 아무 말도 못했지,

내가 무어라고 할 수 있었겠어,

그래서 돌아섰다.

그 깊은 산협(山峽)에 어둠이 빨리 오기 시작했다. 찻길은 어둠과 함께 끊어진다. 그때만 해도 그 고요한 산촌 읍내에서 밤을 지낸다는 것이 너무 적막해서, 내 아픈(?) 심장 소리가 들릴 것 같아서 두려웠지만, 어둠에 그냥 갇혀버렸다.

남포불로 방을 밝히고 방마다의 아궁이에 지핀 장작의 불꽃이 널름거리는, 그래서 여창(旅窓)에서 객창(客窓)에서 여수(旅愁)에 객수(客愁)에 절로 젖게 하는, 그러나 나는 그것이 갑자기 겁이 났다. 때마침 방을 찾는 과객(過客)이 있어 불러들였다. 산사람이었다. 그는 산에서 숯 굽는 얘기, 화전(火田)을 일구는 얘기, 그런데 그런 터전을 빨치산과 군경토벌대의 밀고당김 때문에 떠났다는, 그래서 이리 떠돌이 일꾼이 되었다는 그런 얘기를 나에게 들려주고는 젊은이는 이 눈 속 길에 어떤 일로 나섰느냐는 것이다. 나는 이 과객에게도 아무 말도 못했지.

내가 무슨 말을 할 수 있었겠어.

그리고 다음날 돌아오는 길에 원경(遠景)으로 아침 설산(雪山)을 보았다. 그러자 내 안타까운, 사람의 일과는 무연(無緣)한 자연의 신비에 대해서만 내 생각이 모아지고 있음을 다행으로 느꼈지.

이리 이 이야기는 끝났어야 했겠지.

그런데 그만 다음과 같은 사족(蛇足)이 붙어버렸다.

세 번째 이야기는 간단하다.

지리산의 설경을 보고 온 것이 대학 2학년 겨울이었고, 다음 해의 봄학기가 있고 그 다음, 그러니까 3학년의 여름방학이 지나면 가을학기가 된다. 나는 이 3학년 가을학기를 남산의 서쪽 자락 후암동에 있는 한국은행 독신요(獨身寮)에서 보낸다. 내 사촌누이의 아들이 나보다 대학을 먼저 졸업하고 한은(韓銀) 행원이 되면서, 이 독신요에 있게 되어, 나는 비공식적으로 거기 얹히게 된 것이다.

다들 아침 일찍 정시에 빠져나가면 이 큰 건물은 온통 텅 비고 한껏 조용해진다. 여기서 계절병을 한 사흘 동안 호되게 앓았다. 물을 마시러 갈 힘도 없는 것 같았다. 아래위로 교차하면서 열리고 닫히는 그런 창문에 종일 큰 후박나무 잎이 흔들리고 있는 것만이 유일한 움직임의 흔적이었으니, 너무 고요했다.

나는 이때 바람결이 햇볕이 얼마나 삶을 새롭게 감각시키는지 이 계절병을 한 사흘 앓고 난 후에, 그러니까 가을 하늘과 햇살과 바람을 맞으면서 느꼈다. 오후였지만 오랜만에 학교에 나가고 싶었다. 서울역 앞에서 탄 버스에 흔들리며, 세종로의 노랗게 물든 은행잎에 빗긴 가을 햇살을 차창 밖에 얼굴을 내밀어 담뿍 받으려 했다. 그런데 지금은 없어졌으나 빨간 벽돌의, 그때로선 인상적인 경기도청 건물을 돌아가자마자 있는 횡단보도 앞에서 내가 탄 버스가 잠깐 머물 때였다. 거기를 한 쌍의 남녀가 여유롭게 건너고 있었는데, 어깨 넓적한 사내와 함께 가고 있는, 아 여인의 뒷모습이 낯익었다.

나는 다음 정류장에서 내렸다. 나는 서둘러 거슬러 갔다. 그들은 연인들처럼의 모습으로 경복궁 담 모퉁이를 끼고 걸어가고 있었다. 그때 그 길은 한가했고 대개의 경우 북문으로 들어가는 가을 국전(國展)의 전시장으로 가는 사람들의 발길이었다. 그들은 속삭이며 가고 있었다. 나는 얼마 뒤 내가 그들의 바로 뒤를 미행하고 있음을 알고는 내 신사답지 못한 행동에 그때서야 어쩔 줄 몰랐다. 그때 군복의 한 사병이 총총히 막 나를 앞지르고 있었다. 나는 마치 그와 동행인 것처럼 해서 이들 연인들 곁을 자연스럽게 스쳐가게 된다.

남자가 무엇을 묻는다.
그녀의 목소리가 들린다.

아, 그것은 그녀만의 목소리가 아니었다.
놀랍게도 그 속에는 내 목소리가 젖어 있었다.

나는 이리하여 한 여자 친구가 나에게서 멀어져 간 것 때문에 오랫동안 느꼈던, 슬픔이랄까 패배, 좌절 그런 것에서 서서히 극복될 수 있었던 것 같다. 그리고 이런 것들이 주는 기억들은 옛날에 읽었던 소설의 한 장(章)처럼 어렴풋이 남아 있다.

그러나 그 영화 〈초원의 빛〉은 잘 잊혀지지 않는다.
그 마지막 장면, 여주인공이 쇠스랑으로 거름(?)을 뒤집고 있는 남주인공을 찾아와서 주고받는 말로써 이 영화가 끝나듯이, 내 시골집 농가(農家)의 쇠똥 냄새, 건초(乾草)의 진한 시듦 냄새, 쇠오줌에 젖은 짚뭇에 쓸은 곰팡이 향에 이르기까지, 그건 아직은 소녀인 그 애의 후각에는 너무 역겨웠을 걸, 그래서 그 애와 나와의 만남이 끝난 것을,
그래, 그 이유를 여기다 두고,
기찻길에서, 장대같이 퍼붓는 빗길에서, 그리고 지리산 자락의 눈길에

서, 또 고궁의 담모롱길에서 찾으려 했구나-싶은 깨달음은 놀라웁게도 그 길들에서도 떠난 지 아득한 지금에야 떠오르니,

그래서 그 길은 맹목(盲目)이라 했던가-모르겠다.

(1996년 탈고, 미발표)

그 탱자 냄새

내 어릴 때의 고향 쪽의 가을 익음은 벌판에서 왔다. 벼들이 고개를 숙이고 누렇게 익으면 가을걷이의 베기를 시작한다. 품팔이의 삯일이나, 아니면 동네 일군들의 두레에 의해서, 들판의 황금물결이 베어져 나가는데, 그건 바리캉으로 머리털을 깎는 듯하는 요새의 기계화의 추수광경과는 달랐다. 몇 사람이 달겨들어도 하루에 겨우 한 도가리—900평 정도의 한 구역—정도밖에 못 거둔다. 베어진 그것은 그냥 그 자리에 누이어서 말려지기도 하지만, 대개는 다발의 묶음들이 되어, 논두렁이나 도랑둑이나 신작로가에 세워서 줄지어진다. 그 위에 뛰어드는 메뚜기 떼들은 가을 햇살을 받아 발갛게 익어간다. 바쁜 농부들이 이 가을걷이 벌판에서 가장 가을을 느끼는 건, 점심때가 되어 일하는 집에서 널따란 함지박에 가득 담아 이고 온 점심밥을 논두렁에 앉아 펼칠 때이다. 갈치 생선에 듬성듬성 익힌 호박에서 느끼는 누런 빛깔의 그 싱싱한 냄새와 푸짐함, 그들은 왕성한 식욕을 느끼면서, 그들이 가을의 한가운데에 와 있음을 새삼

깨친다.

"참 하늘 조오타! 날씨 조옷네."
"입맛 더럽게 괜찮네."

그래서 온 벌판에 가을이 왔음을 실감하는 것이다.

어린 날의 가을을 벌판에서 이리 만나고 지낸 내가, 서울에 와서는 이 가을이 옴을, 애들이 교실의 화병에 꽂아 놓는 국화꽃이나, 아니면 노오란 탱자에서나 겨우 느끼곤 했으니,

국화 꽃잎을 따서 코끝에 문지르면, 그 짙은 냄새가 가을이 깊었음을 자극했다. 탱자는 그 노오란 빛깔에서부터 그러했다.

어느 가을의 수업시간ー어느 고등학교에 있을 때였다ー에 교과서를 선생인 내가 읽으면서 학생들의 책상 줄의 사이 골목을 오가고 있었는데, 얼핏 어느 학생의 책상 위에 탱자 한 알이 필통 위에 놓여 있음이 눈에 들어왔다. 나는 슬쩍ー그러고 싶어서가 아니라 나는 계속해서 소리 내어 책을 읽고 있는 중이어서 그 애에게 양해의 말을 던질 수 없었으니ー집어 들고는 매만지다가 코끝에 갖다 대었다. 그건 언제나 맡아도 그 내음에는 낯선 싱그러움이 있어 자극적이다.

그런데 학생들 틈에서 소리 내어 책을 읽고 있는 와중(?)인데도 이날의 내음은, 물론 그 가을에 들어서 처음이어서 그렇겠지만, 묘하게 맡는 순간부터 특이하게 날 자극했다. 그 자극은 그날의 수업이 끝나고 교무실에 멍하니 앉아 있을 때도 계속되었다. 나중엔 나를 못 견디게까지 했다. 그건, 그 탱자 냄새를 맡자마자 무슨 생각이, 기억이 떠오를 것 같은, 좀 심하게 말하면 재채기 직전에 느끼는 모든 감각의 멈춤 상태의 연출 같은, 날 못 견디게 하는 그런 간지러움이었다.

그날 밤 하숙방에서도 내내 그랬다. 그 하나의 탱자를 코끝에 갖다 대곤 문지르면서 냄새를 맡았다. 잠자리에 들어서는, 온갖 기억들을 떠올리며 탱자 냄새와의 연관을 생각해 보았으나, 그 간지러움의 정체를 찾지 못했다.

이튿날, 학교가 파하자 곧바로 시청 앞 소공동 길에 갔다. 요샌 거기가 어슬렁거릴 만한 여유의 길목이 아니지만, 그때만 해도 가을이 되면 리어카에 탱자들을 가득 싣고는 지나가는 사람들에게 팔곤 했다. 서울 사람들은 덕수궁 속의 가을이 어디쯤 와 있는지 잘 알지 못하나, 이 소공동에서 만나는 노오란 탱자 빛깔을 보고는 그걸 짐작할 수 있었다. 서울의 계절은 그때쯤만 해도 그래도 괜찮았다.

나는 그날 거기서 탱자를 잔뜩 샀다. 그리고는 바로 하숙방에 돌아와서 내내 그 많은 것의 낱개들을 번갈아 코끝에 문지르며, 내 안타까움의 정체를 찾으려고 했다. 어지간히 할 일이 없었던 모양이라고 할는지 모르나, 그 간질음이 주는 안타까움에 내가 그냥 무감각하기 힘들었기 때문이었으니, 나로서는 어쩔 수 없었다.

그러나 그 많은 것들이 다 말랑말랑해질 때까지 내 코끝에 문지르면서, 어떤 생각을 찾아내려고 그날 밤도 애썼으나, 나의 안타까움은 배가될 뿐 성공하지 못했다.

내가 어떤 생각, 기억을 찾아내려고 했다는 것은 지금에 와서의 표현이고, 그때는 무언가 떠오를 듯 떠오를 듯, 그러나 전혀 떠오르지 않는 그런 것이었다.

이틀 밤을 그러고 난 뒤 나는 이 일에 지쳐버렸다. 이제 그런 것들—탱자—은 하숙방 책상 위의 장식용으로만 그냥 쌓여 있게 될 것이었다. 사흘째 되던 날의 오후 중간쯤의 시간, 그러니까 두세 시경이었을 게다. 그 시간에 수업이 비어 있었다. 나는 그즈음, 난생 처음 내 돈으로 커다란 전축(요새말로 하면 오디오 시스템)을 들여놓고 음악을 듣는 데 빠져 있었다. 내 하숙집이 학교 바로 근처께여서 빈 시간만 생기면 중간에라도 나와서 4악장의 심포니 한 곡 정도를 듣곤 했다. 이날도 그럴 양으로 하숙집에 갔다. 그리고 내 방의 문을 밀쳤다.

아, 그랬더니 그 방─조그만─ 가득히 가을날 대낮에 잠겨 있던 그 많은 탱자의 냄새들이, 음악 듣기로만 골몰했고, 그것에는 잠깐 무심했던 나에게 그야말로 한껏 끼얹히는 것이었다.

그러자 며칠 동안 오랜, 이틀 밤이나 간질였던, 그 떠오르지 않아 안타까웠던 그것이 그 순간의 탱자 냄새와 함께 했으니,

참 그건 아무것도 아니었다.

중학교 2학년 땐가의 일이었으니, 무려 14~5년 전의, 그리고 그 조그만 일은, 내 일상에서 그냥 지나갔고, 이후 한 번도 기억되지, 아니 기억할 만한 것도 아니었다. 그만큼 대수롭지 않은 일이었다. 그게 내 기억의 저 심층의 밑바닥의 어느 한구석에서 비집고 올라오느라고 그리 날 간지르고, 올라오다간 끊기고 또 헤매고 해서 날 안타깝게 한 모양이다.

그건 P중학 2학년 때의 가을날 오후, 학교가 파하고 J라는 반 친구의 하숙집에 그를 따라 들렀을 때의 일이다. 그 집은 일본식 가옥이었는데 다다미가 깔린 널찍한 방이었다. 그 애가 앞서서 방문을 열었다. 그때 내 코에 방안에 갇혀 있던 탱자 냄새가 맡아졌다. 한두 개의 탱자였고 방이 넓고 해서, 그것은 그리 강한 자극은 아니었고 오히려 그 특유의 은은한 내음─의 기억이 모두다. J와의 교유(交遊)가 그 뒤 그리 계속되지도 않았고, 그래서 나에게 이 일은 한 번도 떠올리지 않았다.

이후, 가을이 되면 수많은 탱자를 보았고 맡고 했을 텐데, 그것들로 또는 그런 일들로 해서 내 기억이 간질음을 타서 내가 그리 안타까워해 본 일은 없었다.

내 이런 일이 만약에 마르셀 프루스트보다 먼저 있었고, 그리고 그것, 그러니까 하찮은 감각들로 해서 과거의 기억이 되살아나는, 그것에 주목했으면, 내가 프루스트보다 먼저 그 유명한 대하소설 『잃어버린 시간을 찾아서』를 쓸 뻔했을지도 모르지 않느냐─싶다.

허기야, 프루스트는 나보다 훨씬 먼저 때의 사람이고, 어릴 때부터의 지병인 천식으로 해서 그가 즐기던 파리의 사교계를 떠나, 교외(郊外)의 자기 방─아, 나는 지난 여름방학 때 일주일 동안이나 파리를 구경할 수 있었는데, 여기를 찾을 염을 내지 못했으니─의 사방을 코르크 벽으로 바깥 자극을 차단하고, 또 두꺼운 커튼을 드리우고는 그런 방법으로, 나처럼 탱자 냄새 같은 걸로 해서 그의 '잃어버린 시간'으로 돌아갔다고 하지.

(1996년 탈고, 미발표)

그 올챙이는 다들 어디로 갔을까

지금 나에게 아물아물 멀어지면서 다가오는 것은 소학교―지금의 초등학교―2학년 때의 여름이었든지, 아니면 1학년 때의 기억일 것이다.

우리들이 사는 마을은 오래된 집들이 없었다. 우리들에게 아직 기억이란 게 없을 때, 낙동강의 홍수는 대단했고, 그래서 그 물길은 범람(氾濫)해서 마을을 삽시간에 삼켰다고 했다. 마을 사람들은 아무것도 가진 것 없이 빈손으로 무너져 내리는 둑의 저만치에서 그 사나운 물길을 보며 하늘을 보며 발을 동동 굴렀겠지.

지금도 절간의 뒤뜰 같은 데서 짜구(자귀)와 대패로 새로 지을 당우(堂宇)들의 목재를 다루는 불사(佛事) 현장을 지나면서 그 생나무의 살결 냄새를 맡으면, 아주 어릴 때의 새로 짓던 우리 집 기둥이며 그런 것에서 나던 나무들의 생채기들의, 그 싱싱한 내음에 나 또한 생생해 지는 것이다.

이 우리 마을의 뒷마을, 둑에서 오리 너머나 떨어진 곳에 우리 학교가 있었는데, 이 마을에는 오래된 집들이 많아서, 지금의 내 기억엔 가장 아득한 전설처럼 남아 있는 그런 곳이다. 그 마을 서편에 있었던 학교의 마당 끝에는 고목들이 울울한 숲을 이루고 있어 그 아래 그늘들이 어두워 보일 때도 있었다.

우리는 1, 2학년 때였으니까 공부가 빨리 끝났겠지, 여름날 햇볕이 쨍쨍한 대낮에 집으로 돌아온다. 그 오래된 마을의 골목들을 지나면 곧 만나는 공동묘지 언덕의 길을 걷는다. 묘와 묘들 사이의, 굉장히 싱싱하고 짙은 잔디 풀밭 사이에 오솔길이 있었는데, 모랫길이었다. 땀에 젖어 오는 우리들의 맨발과 신발 사이에 이 모래알들이 채이고, 그래서 우리는 검정 고무의 신발을 벗어든다.

그런데 그 대낮의 햇살에 한껏 달구어져 있던 모래흙은 우리들의 무던 발바닥에도 너무 뜨거웠다. 우리는 견디기 힘들어 이 오솔길의 길섶인 묘지 언저리의 잔디밭에 오른다. 그러나 그 잔디들도 우리를 우리의 발바닥을 순하게 받아들이지 않는다. 묘지의 잔디들이 너무 억세였기에서이다. 다시 모래밭 오솔길로, 또 잔디의 길섶으로 부지런히 바꾸며 들락거렸다. 그 고통스런, 그러나 묘지 길인데도 전혀 무섭진 않았다. 그 어린 나이에도 죽음의 집들에 익숙해졌었는가 모르겠다. 다만 묘지 아래쪽에 있었던 삼대밭의 무성함은 비오는 날 같은 땐 좀 이상한 느낌을 주었다. 우리들 키에 두서너 길이 넘어 그 꼿꼿이 그리고 촘촘히 뻗어 올라, 밋밋한 들판에 한 준수(?)한 세계를 이루고 있던 이 삼대밭—우리는 그걸 삼밭(麻田)이라고 불렀다—에선 비오는 날이라든지 그런 때는 그 속에서 이상한 짐승의 소리가 묘하게 어렴풋이 들렸는데, 그걸 우리는 하늘 송아지의 울음소리라고 생각했으니 조금은 무서웠던 모양이다.

등허리에 책보를 짊어지고 양손엔 땀으로 모래가 채인 신발을 한 짝씩 들고, 뜨거운 모래밭 길과 억센 잔디밭—어느 곳도 편안치 않던 꼬마들의 여름 대낮의 그 고통이 끝나면 우리들 세계의 천국이 꼭 기다리고 있었다.

묘지의 언덕이 끝난 곳이었는데, 거기에는 우리 마을의 뒤 들판의 끝자락이 조그마한 시냇물에 젖어 있던 물가였다. 다리가 필요 없을 정도의 얕은 곳이어서 그냥 물속을 걸어 다녔는데, 한 번도 그냥 곧장 거길 지나가 본 일이 없다. 더욱이 여름날에는 우리들의 세계였으니까.

조금 깊은 곳에서는 멱도 감고 물장난도 쳤으나, 얕은 곳에 있는 수없이 많은 올챙이들과 송사리 떼 그것이 그쯤 우리들의 세계의 중심이었다.

> 잠시를 가만 있지 않는다. 저물도록 움직인다. 대략 같은 동기와, 같은 모양으로들 그러는 것 같다. 동기! 역시 송사리의 세계에도 시급한 목적이 있는 모양이다.
>
> — 이상(李箱), 「권태(倦怠)」

이건 이상이 권태에 빠졌을 때, 자기와는 달리 삶에 동기와 목적을 갖고 바삐 움직이는 것처럼 보이는 송사리 떼의 생태를 묘사한 부분이다.

나는 어릴 때 송사리 떼의 이런 '군중적(群衆的)으로 이동(移動)'하는 것이 참 이상했다. 여러 수십 마리가 언제나 함께 상류로 또는 하류로 함께 움직이는데, 내가 이상해 했던 것은 그들의 방향선회의 순간 때문이었다. 그 수십 마리가 전혀 한 마리의 낙오자나 비틀거림(?)이 없이 오던 길을 한 순간에 되돌아서선 곧바로 전진하는 것이다. 그 모든 성원의 일호(一毫)의 차착(差錯)이 없는 민첩함이란, 이상은 이를 두고 '시급한 목적'이라고 부러워한 것이다. 나는 그 개울가에서 이들의 이런 집단적인 행동의 비밀을 알기 위해서 귀 기울였는지 모른다. 아무래도 그 수십 마리 가운데 대장이 있어 한 놈이 한순간에 방향전환의 명령이나 신호를 한다고 생각해서—그러질 않곤 어떻게 그리 일사분란(一絲不亂)할 수 있지?—그걸 듣기 위해 내 한 쪽 귀를 그들 가까이의 수면에 닿게 대고 있었던 것이다.

그 개울에서 얼마나 많이 놀았을까. 배가 고프기 시작하면 우리들도 군중적으로 이동하기 시작했는데, 두 손은 여전히 고무신 한 짝씩을 들고 집으로 돌아가는 것이다. 다만 그걸 휘두를 수 없었다.

몸뚱어리보다 꽁지가 긴 올챙이들을 담은 고무신 속의 물이 넘치지 않게 조심해야 했기 때문이다.

삽짝에서 마당에 들어선다. 여전히 우리들의 눈길은 그 올챙이들의 유영(游永)에서 떠날 수 없다.

"이 새(혀)빠질 놈들아!"

아, 그때 할머니의 고함 소리가 아래채의, 쇠죽 끓이는 가마솥의 아궁이 앞에서 느닷없이 뛰쳐나오는 것이다. 할머니는 일렁거리는 불이 붙은 나무 부지깽이를 휘두르면서 우리에게 퍼붓는(?) 것이었으니, 우리는 다시 삽짝 밖으로 쫓기어 가면서 왜 그러는지 처음에는 알 수 없었다.

올챙이는 어디 떨어졌을까.

우리는 달아나면서 그 결에 얼핏얼핏 들었다.

"야 이 새끼들아,
책들을 다 어떡하고 빈 보자기만
너덜거리노, 이 철없는 것들아!"

그때서야 우리들의 손이 고무신에서 벗어나서, 처음으로 딴 데로, 먼저 등허리로 가보는 것이다. 책이며 공책이며 필통이며 아무것도 잡히지 않는, 빈손이었다.

그 다음에 우리의 손은, 정말로 오래간만에, 매달고 내내 다녔을 그 허연(?) 콧물의 긴 훌쩍거림을 처리하는 데 쓰이었겠지.

우리는 다시 마을 뒷들판의 끝자락에서 공동묘지 언덕 자락을 적시는 그 개울에 간다.

또 송사리를 만났고, 그래서 수면(水面)에 귀를 댔고, 또 콧물 줄기를 코 끝에 길게 매달았고, 그 검정 고무신 속에는, 콩나물시루에서 막 발을 내미는, 물 먹은 콩들 마냥의 올챙이들이 또 가득 넘실거렸겠지.

책이, 공책이, 필통이ー그때 우리들은 그런 것에 대해서는 용하게도 그리 매달리지 않았다.

(1996년 탈고, 미발표)

이상옥

∴

네 번 U턴하던 날

'명반'은 없다

세 분 은사의 건강비법
— 마로니에 그림자 (4)

어린 시절, 그 아련한 기억들

1945년 8월 15일 전후

네 번 U턴하던 날

2012년 7월 2일 월요일−그날은 기온이 무척 높았지만 여느 여름날과는 달리 연무가 별로 끼지 않은 맑은 날이었다. 집에서 점심을 먹는데 문득 용유도의 해변에 나가 보고 싶은 충동을 느꼈다. 무엇보다 그 모래밭에 모래지치며 더부살이 식물 초종용이 아직도 남아 있을까가 궁금했기 때문이었다.

인천대교가 개통한 후에 나는 영종도 쪽으로 갈 때면 안현분기점에서 제2경인고속도로로 갈아타곤 했다. 그러다 근년에 도리분기점에서 인천송도 쪽으로 330번 도로가 새로 나자 나는 그 길을 지름길로 이용하기 시작했다. 하지만 그날은 오랜만에 제2경인고속도로 쪽으로 가보고 싶다는 생각이 들었고, 그것 때문에 그날 나는 일련의 실수를 하면서 꽤나 당혹스럽고 신기한 체험을 했다.

첫 번째 실수는 안현분기점에서 길을 갈아 탈 때 저질렀다. 교차방식이 세칭 네잎클로버 꼴로 되어 있을 것이라고 지레짐작한 것이 잘못이었다.

갈림길을 놓치자 나는 시흥 출구에서 나와 U턴을 한 후 왔던 길을 되 내려갈 수밖에 없었다.

제2경인고속도로 들어선 차가 문학경기장을 지나 학익분기점에 이르렀을 때 나는 두 번째 실수를 했다. 오른쪽으로 나와서 인천대교로 가는 도로로 갈아타야 하는데, 이따금 다녔던 길이라 도로 표지 읽기를 소홀히 했던 나는 그만 그 갈림길을 놓치고 말았던 것이다. 별 수 없이 고속도로에서 내려온 나는 연안부두 어디쯤에서 다시 U턴을 한 후 평소 좀처럼 이용하지 않던 내비게이션까지 끄집어내야 했다. 그 일대의 지리가 나에게는 전적으로 생소했기 때문이었다.

세 번째 U턴을 한 것은 그 후 몇 분 되지 않아서였다. 네비게이터를 장착할 때마다, 그러면 안 되는 줄 알면서도, 나는 여성 목소리 기계음의 지시를 분별없이 따르는 편인데, 그 버릇이 말썽이었다. "잠시 후 우회전 하세요"라는 지시에 따라 도로표지는 쳐다보지도 않고 우회전한 것이 잘못이었던 것이다. 네비게이터에서는 이내 U턴 지시가 나왔다. 불과 10여 분 사이에 이렇게 세 번이나 U턴을 한 후 나는 가까스로 인천대교에 오를 수가 있었다.

긴 다리를 건넌 차가 영종도에 들어서서 톨게이트를 지나자마자 휴대 전화가 울렸다. 송화자는 내 대학 동기생 김상무였다. 그 이름을 보는 순간 가슴이 덜컥 내려앉는 것 같았다. "김상무 선생 아들입니다"라는 귀에 익지 않은 목소리가 부친의 별세를 알려 왔다.

나는 비교적 침착하게 그 부음을 접할 수 있었는데, 그것은 그 며칠간 언제든 그런 전화가 올 수 있을 것이라 여기고 있었기 때문이다. 그 여드레 전에 나는 대구로 내려가서 한 대학병원 중환자실에 폐렴으로 입원하고 있던 친구를 만나 보았다. 그 후 그의 가족들은 병세의 진전에 따라 일희일비하고 있는 듯했고, 나는 그가 하루 속히 병상을 털고 일어서기를 간절히 바라고 있었다.

중환자실에서 인공호흡 보조장치 때문에 말을 전혀 하지 못하던 친구는 내 손을 꼭 잡았다. 거기에는 여러 가지 의미가 있었겠지만, 적어도 나에게는, 한 가지 뜻이 분명했다. 그는 서울대학교 출판문화원에 『예이츠 서정시 전집』의 번역원고를 제출해 놓고 한 해가 넘도록 초교지가 나오기를 기다리고 있었던 것이다. 그간 그는 전화 및 이메일을 통해 여러 차례 독촉을 했고 나와 함께 출판원을 찾아가서 출간이 지연되는 이유를 따져 묻기도 했다. 그는 여든이 다 된 나이에 몇 년간 폐기능이 떨어지는 만성중세까지 앓고 있었으니 그 출판지연이 그를 얼마나 초조하게 했을까 싶다. 그러므로 그날 응급실에서 자기 병의 예후를 낙관하지 않던 그는 내 손을 꼭 잡으면서 출판원 일을 잘 부탁한다는 뜻을 전하고 있었을 것이라는 생각이 든다.

전화를 받자마자 나는 차를 돌려 다시 인천대교로 올라섰다. 물론 집으로 돌아가서 옷을 갈아입고 동대구행 KTX 열차에 오르기 위해서였다.

그렇게 해서 그날 나는 거의 연거푸 네 번이나 U턴을 했다. 기왕에 길을 잘못 들어 U턴을 했던 적은 여러 번 있었지만, 연거푸 두 차례 차를 돌렸던 기억도 별로 나지 않는다. 그래서 그렇겠지만 세 번째 차를 돌리면서 나는 '오늘 내가 왜 이러지?' 하는 생각까지 하며 무척 당혹스러웠다. 하지만 집으로 돌아오는 도중에 이내 그 U턴들의 의미가 분명해졌다. 그 어떤 신비한 의지가 지켜보면서 내 용유도 나들이를 거듭 말리고 있었을 거라는 느낌이 들었던 것이다. "지금이 어느 땐데 너는 이렇게 노닥거리고 다니느냐? 어서 차를 돌리지 못하겠느냐"며 나무라고 있었을 거라는 생각이 들었다는 뜻이다.

이제 『예이츠 서정시 전집』은 두툼한 세 권의 책으로 편찬 중이다. 워낙 고인이 심혈을 기울여서 번역하고 주해를 단 텍스트이기 때문에 원고는 이미 깔끔하게 다듬어져 있었다. 게다가 그의 대학 후배들 중에서 전공분야가 같은 몇 사람의 중견 학자들이 교정을 돕고 있으니 미구한 장래에 반듯한 한 질의 번역시집이 나올 것이다.

그 책이 햇빛을 보게 되는 날 한 질을 손에 들고 고인의 유택을 찾아가 볼 일이다.

'명반'은 없다

1965년 봄철이었다고 기억됩니다. 런던 시내 템즈강 남안에 있는 로열 페스티벌 홀에서 나탄 밀슈타인의 바이올린 연주회가 있었지요. 이미 반세기 가까운 세월이 흐른 옛날이야기라 그날 밀슈타인과 함께 브람스의 협주곡을 연주한 교향악단과 지휘자의 이름이나 그날 프로그램에 포함되었던 다른 곡목이 거의 생각나지 않습니다. 그날 나는 독일서 유학 온 어느 영문학도와 함께 비교적 앞자리에 앉아 있었는데 그 덕에 바이올리니스트의 손놀림이나 표정을 또렷이 볼 수가 있었습니다. 3악장에 이르러 보잉이 빨라지자 활에 매어져 있던 많은 줄 중의 한 가닥이 끊어지더군요. 그 줄이 출렁이면서 더러 그의 얼굴에 스치기도 했기에 독주 파트가 잠깐 쉬는 대목에 이르러 밀스타인이 손으로 그 줄을 끊어 버릴 때까지 우리는 아슬아슬하게 지켜보며 가슴을 졸여야 했습니다.

그런 기억 때문이겠지만 나는 브람스의 협주곡은 나탄 밀슈타인이 협연한 것을 즐겨 듣습니다. 나에게는 하이페츠, 오이스트라흐, 정경화, 주

커만 등의 CD가 있지만, 밀슈타인이 1955년에 윌리엄 스타인버그의 시카고 심포니와 협연한 모노판 CD와 피에르 몽퇴의 암스테르담 콘체르트헤보우 오케스트라와 협연한 역시 모노판 CD를 자주 돌립니다. 뿐만 아니라 지금은 퇴장(退藏)되었지만 밀슈타인이 오이겐 요흠의 비엔나 필하모니커와 협연한 카세트 테이프도 한때는 즐겨 듣곤 했습니다. 그러니 밀슈타인에 대한 나의 애착은 꽤나 뿌리 깊다고 할 수 있겠습니다.

나에게는 베토벤의 바이올린 협주곡도 밀슈타인이 연주한 것이 두 가지나 있습니다. 스타인버그의 피츠버그 심포니와 협연한 모노 판도 아주 좋지만, 1959년 6월에 로린 마젤의 ORTF 오케스트라와 협연한 실황방송 녹음판을 나는 특히 사랑합니다. 하지만 베토벤의 경우에는 나의 선호를 두고 밀슈타인이 예후디 메누힌과 경합한다고 해야겠습니다. 왜냐하면 한창때의 메누힌이 베토벤의 협주곡을 연주하는 것을 직접 들은 적이 있기 때문이지요. 1964년 9월께 런던의 로열 앨버트 홀에서 메누힌은 레오폴드 스토코브스키가 객원 지휘한 런던의 한 교향악단과 그 곡을 협연했는데, 그날 나는 고령의 지휘자와 정력적으로 협연하는 그의 모습에 큰 감명을 받았습니다. 그래서 그렇겠지만 나에게는 하이페츠, 슈나이더한, 크레머, 정경화, 펄만, 무터 등의 음반도 있지만, 오래전에 메누힌이 푸르트벵글러의 루체른 페스티발 오케스트라와, 그리고 클렘퍼러의 뉴 필하모니아 오케스트라와 각각 협연한 오래된 음반들에 대해 질긴 집착을 보여 온 편입니다. 그리고 이 협주곡을 두고 항간에서는 어느 CD를 명반으로 꼽는지 나는 여전히 모르고 있습니다.

한편, 몇몇 바흐 곡의 경우는 나에게 각별한 선호가 없는 편입니다. 이를테면 요즘도 이따금 듣는 〈골드베르크 변주곡〉에 대한 나의 애착은 오래전인 1970년쯤 미국의 어느 대학에서 공부하던 시절에 우연히 시작되었습니다. 어느 날 그 대학 음대의 하프시코드 교수가 학생회관에서 그

전곡을 연주한 적이 있는데 그걸 듣고 나는 이내 구스타브 레온하르트의 텔레푼켄 판 LP를 사서 듣기 시작했지요. 그러다 CD 시대가 다가왔을 때 나는 누군가로부터 글렌 굴드의 판을 선물로 받게 되었고 그게 내가 가지게 된 최초의 피아노 판 〈골드베르크 변주곡〉이었습니다. 나는 오랫동안 그 판 하나로 만족하고 있었지만, 10여 년 전에 주변의 동료들이 굴드의 연주를 너무 헐뜯는 통에, 그리고 그들이 이구동성으로 로살린 투렉의 CD 판이야말로 '명반'이라며 떠드는 통에, 나는 두 번째의 CD를 가지게 되었습니다. 그 후 나는 순전히 호기심 때문에 머리 페라이아, 안드라시 쉬프, 예노 얀도 등의 피아노 판과 크리스티안느 자코테의 하프시코드 판을 구입하게 되었고 최근에는 슈투트가르트 실내악단이 연주한 관현악 버전까지도 사서 듣고 있습니다. 하지만 내 귀가 섬세하지 못한 탓인지 다들 들음직하다고 여길 뿐, 투렉이나 그 밖의 어느 한 음반에 대해 특별한 애호나 거부감을 느끼지는 않습니다.

한편 '첼로 모음곡'에 대한 내 애착은 좀 별났다고 할 수 있겠습니다. 나는 미국 유학 시절 미처 전축을 장만하기도 전에 LP판 수집부터 시작했는데 맨 처음 산 것이 피에르 후르니에 연주의 DG 아르히브 판이었고 이내 추가해서 구입한 모리스 장드롱의 필립스 판 염가 앨범이었습니다. 항간에 나도는 평판만을 가지고 따질 때는 장드롱의 명성이 후르니에를 도저히 따르지 못할 테지만, 웬일인지 나는 장드롱에게 애착을 느끼게 되었습니다. 첼로의 연주기법을 두고 나 같은 문외한이 왈가왈부할 일은 아니겠고, 오직 악기가 빚어내는 음색과 진동에 있어서 장드롱은 후르니에보다 윗길에 있다고 여겨졌을 뿐입니다. 이런 말을 듣는다면 많은 애호가들이 펄쩍 뛸 것이고 나의 '취향'을 너무 저급하다고 나무랄지 모르나 어쩔 수 없는 일입니다.

어쩌다 보니 나는 '첼로 모음곡'을 열네 가지 다른 판으로 가지게 되었습니다만, 솔직히 말해, 그중에서 어느 하나에 대한 각별한 애착을 느끼지는 않습니다. 카잘스의 음반은, 잘 알려져 있는 대로, 이 지난 세기의 전설적 첼리스트가 바흐의 무반주 모음곡을 새로 발굴하다시피한 후 그 존재가치를 드높였다고 해서 오래 전에 특별히 구해서 들어보게 되었지요. 또 몇 가지는 내 나름의 사연이 있어서 구했고, 나머지는 대체로 궁금해서 샀습니다. 이를테면 나는 1965년에 영국의 한 연주회장에서 폴 토르틀리에가 연주하는 〈로코코변주곡〉을 들은 적이 있기 때문에, 그리고 1970년대 초엽에는 소련에서 처음으로 미국 나들이를 나온 로스트로포비치의 연주를 링컨 센터에서 들은 적이 있고, 또 근년에 안드라시 쉬프가 서울의 예술의 전당에서 베토벤의 소나타를 연주하는 것을 들어보았기에, 그런 기억들 때문에 세 연주가들의 '첼로 모음곡'을 사 들이게 되었습니다. 그런가 하면 비스펠베이는 바로크 시대의 악기로 연주했다고 해서, 그리고 빌스마는 스미소니안 박물관에 소장되어 있는 한 특별한 스트라스바리우스 첼로로 연주했다고 해서, 일부러 구해서 들어 보았지요. 그런가 하면 루딘이니, 클리겔이니 쉬펜이니 하는 비교적 젊고 덜 알려진 첼리스트의 음반들은 아주 저렴했기에 사들였고, 양성원은 우리나라 연주가가 EMI판으로 음반으로 냈다기에 사서 들어 보았습니다. 그밖에도, 순전한 궁금증 때문에, 요요마니 키르쉬바움이니 하는 첼리스트의 음반도 사게 되었습니다.

이 많은 음반 중에서 몇 가지는 별로 마음에 들지 않았고 몇 가지는 아주 좋구나 싶기도 했지만, 대체로는 그게 그것일 뿐 대동소이하다는 게 내 솔직한 심경입니다. 더러는 여섯 곡 중에서도 제6번 D장조의 두 번째 부분 Allemande만 청취한 후 그 감흥을 가지고서 전 6곡에 대한 나의 호불호 판정을 내리기도 했으니 이를 어찌 어이없고도 어리석은 짓이라 하지 않을 수 있겠습니까. 그러니 지금까지 열네 가지나 되는 '첼로 모음곡'을 사들인 것은 진정한 선별적 음악 감상을 위한 것이었다기보다 순전히 내 아둔한 집착의 소치가 아니었을까 싶습니다.

이래저래 나는 아직도 바흐, 베토벤, 브람스 같은 위대한 작곡가들의 명곡들을 두고 항간에서 명반으로 꼽는 CD가 무엇인지를 전혀 모르고 있을 뿐만 아니라, 솔직히 그걸 그리 알고 싶어 하지도 않답니다. 내 주변에는 베토벤의 〈합창〉 교향곡은 푸르트벵글러가 지휘한 것이 아니면 절대로 듣지 않는다는 분이 있는가 하면, 한 장의 CD를 살 때에 항간의 평판을 통해 '명반'이라는 반열에 올라 있는 것이 아니면 절대로 거들떠보지 않는 분도 있고, 또 '죽기 전에 꼭 들어 봐야 한다'는 음반 리스트 같은 것을 무조건 존중하는 분도 있습니다. 나는 그런 분들의 취향을 속물적이라든가 뭐 그런 말로 폄하할 생각이 없습니다. 오히려 나는 그들을 존경하고 싶지만, 그렇다고 그들의 취향을 그대로 답습할 생각 또한 없습니다. 다만 한 가지, 여기서 다짐해 두고 싶은 것이 있다면, 그것은 어떤 곡이 마음에 든다고 해서 여남은 가지나 되는 CD를 사들이는 등의 어리석은 짓은 더 이상 저지르지 않도록 내 자신을 닦달해야겠다는 것입니다.

세 분 은사의 건강비법

✳

마로니에 그림자 (4)

1990년엔가 서울대학교 인문대학 영어영문학과는 뒤늦게 동창회라는 것을 결성했다. 그 첫 행사는 은퇴한 은사들을 만찬에 모시는 일이었다. 압구정동의 어느 한식집으로 나온 분은 박충집(1897~1990) 선생, 권중휘 (1905~2003) 선생 그리고 전제옥(1918~2006) 선생이었고, 예닐곱 명의 동창회 임원들이 합석했다.

여러 가지 옛이야기들이 꽃을 피우며 화기애애한 분위기가 무르익자 누군가가 은사들의 건강비법을 들어보자는 제안을 했다. 세 분 모두 특별한 비법은 없다고 하면서 차례로 입을 열었다.

맨 먼저 연세가 아흔을 훌쩍 넘긴 박충집 선생이 말했다. "맨손체조를 해 왔을 뿐이야. 예전에 문리과대학에서 체육을 가르치던 문영현 선생이 건강에 좋다면서 권하기에 국민보건체조를 시작했지. 매일 아침 약 10분간 굴신운동을 하는 게 다야."

이어서 이미 여든여섯인가 되어 있던 권중휘 선생 왈, "나는 아무 운동도 안 하네. 다만 내 체질이 병에 잘 걸리지 않아. 바이러스라는 게 내 몸에 들어와서는 전혀 힘을 못 쓰거든. 그래서 그런지 좀처럼 감기도 걸리지 않는 편일세."

끝으로 일흔이 갓 넘은 전제옥 선생은 "수영 등의 운동을 하지. 그리고 일단 몸에 해롭다고 알려진 것이라면 절대로 먹지도 않고 하지도 않아"라고 말했다.

세 분 모두 지금은 이 세상에 계시지 않지만 요즘의 평균수명 연령을 훨씬 상회하는 장수를 누렸다. 세 분은 출생 순으로 세상을 떠났지만 누린 세수에 있어서는 서로 상당한 차이를 보인다. 가령 몸에 해롭다는 것은 모조리 피하고 운동까지 겸해서 몸 관리를 철저히 한 전제옥 선생이 89세로 별세했는데 비해, 맨손체조만 했다는 박충집 선생은 94년을 살았고, 아무 건강 비법도 없이 평생 담배를 피운 권중휘 선생은 99세 때 이 세상을 하직했다.

이 세 분의 말씀 중에서 내 귀에 가장 솔깃했던 것은 박충집 선생의 국민보건체조 설이었다. 나는 권중휘 선생처럼 무슨 병원성 바이러스건 모두 이겨내는 타고난 건강체질과는 거리가 먼 사람이다. 뿐만 아니라 전제옥 선생이 찾았다는 수영장이나 헬스클럽이라는 곳은 그 문전에도 얼씬거려 본 적이 없다. 젊은 시절 영국에서 공부할 때 담배를 끊었지만 건강을 위해서가 아니라 내 주머니가 감당할 수 없었을 정도로 담뱃값이 비쌌기 때문이었다. 그러니 몸에 해롭다는 것을 애써 피하거나 몸에 좋다는 것을 각별히 밝힌 적이 없는 셈이다. 다만 매일 아침 일어나자마자 중학교 때 배운 국민보건체조는 '둘둘셋넷'까지만이라도 해 보려고 애를 써 온 편이지만, 그것마저 귀찮아서 며칠씩 거르기 일쑤다. 어쨌든 나는 그날 저녁 박 선생의 말씀에서 아주 커다란 위안을 받았다.

지금 돌이켜 생각건대 흥미로운 것은 세 분이 각각 누린 수명의 길이가 건강관리 비방의 유무와 관계없어 보인다는 사실이다. 세 분의 사례만 가지고 일반적 결론을 내린다면 물론 무모하겠지만, 적어도 장수를 누리는 데는 좋은 건강관리 비방이나 이름난 보약의 복용도 타고난 건강 체질만큼 도움이 되지는 않을 거라는 항간의 믿음이 그리 근거 없지 않음을 재확인할 수는 있지 않을까 싶다.

어린 시절, 그 아련한 기억들

나는 지금의 김천시 문당(文唐)동, 일제강점기시대의 김천군 금릉(金陵) 면에서 태어났고 이웃에는 외가가 있었지만 그곳에서 살았던 어린 시절 기억은 전혀 없다. 몇 살 때 이사 왔는지는 알 수 없으나 나는 야마도마찌 (大和町)-지금의 평화동-에 있던 어느 기와집에서 살고 있었다. 내 생애 최초의 기억들도 물론 거기서 시작된다.

1. 야마도마찌 시절

생가가 있던 구읍 동네와는 달리, 야마도마찌에는 이미 전기와 수도가 들어와 있었다. 길쭉한 마당 끝 쪽의 허름한 별채에서는 우리 집 일을 도 와주던 가족이 살고 있었다. 그 당시 10대였던 그 집 큰아들 용덕이가 어 디선가 뱀을 잡아 와서 마당 구석에 있던 돼지우리 속으로 던져 주면 돼 지가 허겁지겁 뱀을 씹어 먹는 것을 지켜보던 일이 기억난다.

내가 국민학교에 입학했을 때 우리 가족은 난산쪼(南山町)에서 살고 있었으니까 야마도마찌에서 산 기간은 그리 길지 않았을 것이다. 그래서 그 시절에 대한 기억은 많이 남아 있지 않다. 이웃에 살던 고모네 큰아들이요 나와 동갑이던 김대겸은 훗날 숙희라는 계집애와 소꿉놀이 하던 일을 회고하곤 했지만, 나에게는 그 동네 애들과 놀던 기억이 별로 없다.

다만 몇 가지 것들이 지금까지도 내 기억 속에 또렷하게 남아 있다. 그 중의 하나는 당시 '요깡(羊羹)'이라고 부르던 양갱이와 바나나를 먹던 일이다. 아직 태평양전쟁이 시작되기 전이어서 아마도 일본 치하의 대만에서 바나나가 들어오고 있었을 테고, 설탕도 아직은 품귀상태에 들어가기 전이라 일본 사람들이 '젠자이(善哉)'라고 부르던 단팥죽과 '요깡'을 쉽게 사먹을 수 있었던 것 같다. 나는 참으로 오랫동안 양갱을 볼 때마다 먹고 싶은 충동을 강하게 느꼈고 또 지금까지도 단팥빵을 볼 때면 으레 사 들고 온다. 아마 내 첫 기억 속에 남아 있던 그 달콤한 팥 앙금 맛을 내가 평생 잊지 못하기 때문이 아닐까 싶다. 하지만 바나나에 대해서는 각별한 구미를 느끼지 않는 편인데 이는 아마도 해방 후에 너무 오랫동안 바나나를 가까이하지 못하고 살아온 탓일 것이다.

그 시절에 나는 아래 장터에 있는 이발관에서 머리를 깎았다. 성인용 이발의자의 팔걸이에 임시로 얹어 놓은 빨래판에 걸터앉아 이발을 했다. 어느 해 한여름 저녁에 그 이발관에서 내가 마룻바닥에 놓여 있던 전선에 걸려 넘어지면서 검은색 선풍기를 쓰러뜨리는 통에 조그마한 소동이 벌어지던 일이 아직도 생각난다.

그리고 또 한 가지 기억은 엄마하고 외가에 가던 일이다. 집에서 구읍에 있는 외가까지는 십 리 길이었지만 인력거를 타고 다녔던 것 같다. 대부분의 길이 신작로였으나 도중에 건너야 했던 직지천(直指川)에 아직도 다리가 없던 시절이어서 겨울철에는 섶다리가 놓이곤 했는데 인력거가 어떻게 건너다녔는지는 생각나지 않는다. 다만 아직도 분명히 떠오르는 것은 일본 노동자 차림의 일꾼이 끄는 인력거 좌석에서 엄마에게 안기다시피 걸터앉아 있던 일이다.

어느덧 70여 년의 세월이 흘렀으니 참으로 먼 옛날인데도 떠오는 몇 가지 심상들은 하나같이 선명하고 애틋하기만 하다.

2. 국민학교 입학 무렵

나는 1942년에 당시 '국민학교'라고 부르던 초등학교에 들어갔다. 새 학년이 4월에 시작되던 시절이므로 1936년 3월에 태어났던 나는 만 6세가 되자마자 취학했던 셈이다. 그래서 내 동급생들은 모두 나보다 나이가 한두 살 또는 세 살까지도 더 많았다. 그 또래 아이들에게는 한두 살의 차이가 정신적으로나 육체적으로 많은 격차를 빚을 수 있었기 때문이겠지만, 처음 몇 해 동안 나는 학교에서 동무들과 잘 어울리지 못했던 것으로 기억된다.

그 당시에는 적령기의 아동들이 모두 입학한 것이 아니고 일종의 입학시험을 치렀고 낙방하면 이듬해까지 기다려야 했다. 시험 바로 전날 우리 집에 들렀던 선친의 친구 한 분이 시험 이야기를 하다가 문득 나를 쳐다보며 일본 말로 "긴쬬 수루나"라고 했다. 그게 무슨 뜻이냐고 물으니 그분은 종이 위에 '긴쬬(緊張)'를 써 놓고 "시험 볼 때 겁먹지 말고 잘 보라"는 뜻이라고 풀이해 주었다.

시험이래야 서너 개 교실을 차례로 들어가서 그림 맞추기 같은 간단한 지능 테스트와 평균대 위를 걷는 등의 체능검사를 치르는 일이었다. 시험을 마치고 나오니까 운동장 한쪽 구석에서 기다리던 아버지는 '아메'(엿)를 사 주었고 친구 분은 가느다란 나뭇가지를 내밀며 운동장 흙바닥에 전날 배운 '긴쪼'를 써 보라고 했다. 그러니 '緊張'은 내가 익힌 최초의 어려운 한자 낱말이었다고 할 수 있다.

우리 학교는 공식 명칭이 김천 남산 정공립 국민학교(金泉南山町公立國民學校)였고, 해방 후에는 김천국민학교로 개칭되었다. 교장은 노무라(野村)라는 땅딸막한 체격의 '내지(內地)' 출신 중늙은이로 반백이었다. 그는 매일 오전 조회시간에 연단에 올라가서 뭐라고 훈화(訓話)를 하고 나서 국민체조를 선도했다. 교사들 중에 몇 명의 일본인이 섞여 있었는지는 기억나지 않는다. 다만 4학년 여름철에 해방을 맞을 때까지 우리 반을 맡은 몇 분의 교사들은 모두 조선 사람들로, '가네자와(金澤)'니 '아라이(新井)'니 '리노이에(李家)'니 하는 창씨 성을 쓰고 있었다.

그 당시에 이미 40년쯤 되는 역사를 가지고 있던 그 학교 경내에는 세 채의 건물이 있었는데 내가 공부한 남학생 교사는 이층 목조건물이었다. 서쪽으로 난 교문 옆에는 천황의 교육 '조꾸고(勅語)'를 모신다는 '호안덴(奉安殿)'이 있었고, 일본에서 근로와 면학의 화신(化身)으로 추앙받는다던 소년 '니노미야 긴지로(二宮金次郎)'가 나무 짐을 진 채 책을 읽는 모습의 조상도 서 있었던 것으로 기억된다.

또 교문 곁에는 수령이 400년쯤 된다는 거대한 팽나무가 서 있었는데 우리는 그 나무를 '패구나무'라고 불렀다. 교문 앞길은 비포장이었지만 김천신사(金泉神社)로 가는 길이었기 때문에 '산도(參道)'답게 깔끔하게 정비되어 있었다. 호안덴은 해방 후 신사가 파괴될 때 함께 헐렸고, 팽나무와 세 채의 교사는 6·25 때 폭격으로 모두 소실되었다.

그 학교에서 보낸 저학년 시절을 돌이켜 볼 때 기억나는 것이 별로 없다. 입학하기 몇 달 전에 일본은 이미 태평양전쟁을 일으켰고, 학교 당국에서는 겨울철에도 '닌꾸단렌(忍苦鍛鍊)'이라는 모토를 내세우며 학생들에게 내복을 입지 못하게 했다. 그 통에 1학년 겨울철에 홑바지만 입고 등교했다가 운동장에서 노무라 교장의 훈화를 듣는 동안 너무 추워서 그만 울음을 터뜨리고 말았던 일이 생각난다.

조회 때마다 천황의 궁성이 있는 동경 쪽을 향해 '요우하이(遙拜)'를 한 후 '고우고꾸신민노지까이(皇國臣民の誓い)'를 외치던 일이라든지, 2학년 때 구구단을 다 외우지 못해 방과 후에 교실에 남아서 이른바 '노꼬리벤꾜(殘り勉强)'를 해야 하는 동무들을 측은히 여기던 일, 그리고 '긴로호시(勤勞奉仕)'라는 미명 아래 솔방울을 줍거나 관솔을 따라 야산을 헤매던 일 등이 생각난다.

4학년 여름방학 때 해방이 된 후에도 졸업할 때까지 그 학교를 다녔으므로 나는 6년 내내 한 학교를 다닌 셈이다. 그러나 그 시절을 돌이켜 생각할 때 그 짧지 않은 세월이 기껏 한두 장의 A4 용지에 압축될 수 있을 것처럼 얄팍하게만 느껴지니 웬일인지 모르겠다.

3. '난산쪼'에서 살던 집

내가 초등학교에 입학했을 때 우리 가족은 이미 '난산쪼(南山町)' 집으로 이사와 있었다. 100평쯤 되는 대지에 세 채의 기와집이 ㄷ자로 서 있었는데 안채와 바깥채 사이에 동향으로 서 있던 집은 일본식 가옥이었다. 그 집은 '도꼬노마(床の間)'와 '오시이레(押し入れ)'까지 갖춘 6조 다다미방과 두 개의 온돌방 및 일본식 화장실 등으로 되어 있었다. '로까(廊下)' 쪽에서 골목으로 통하는 별도의 대문까지 있었지만 그 문은 늘 잠겨 있었다.

그 문 옆에 작은 방공호를 팠으나 너무 허술해서 공습경보 때 아무도 그 속으로 들어가려 하지 않았다. 그 방공호 옆에는 키가 큰 무궁화나무가 한 그루 서 있었는데 선친은 무궁화를 우리 민족의 꽃이라고 했다. 해마다 여름 내내 그 나무는 줄기차게 꽃을 피웠고 꽃이 달린 가지들을 담

너머로 내밀고 있었지만 일제 당국은 그 꽃의 정체를 아는지 모르는지 한 번도 문제 삼지 않았다.

우리 이웃에는 지붕에 바위솔이 자라는 큰 고가(古家)가 몇 채 있었다. 사람들은 그 마당이 넓은 집을 '여 부자집'이라고 불렀는데 훗날 알고 보니 여석기(呂石基) 선생의 집이었다. 그 집을 제외하고는 대체로 새로 지은 지 그리 오래되지 않는 골기와집들이 여기저기 산재해 있었고, 조금 떨어진 곳에는 초가들도 많았다. 그런 동네에 일본식 가옥이 한 채 서 있었다는 것이 잘 납득되지 않아 훗날 선친에게 그 의문을 제기했더니 선친은 그 집을 지은 사람은 국문학자 김사엽(金思燁) 선생의 부친이며 그분에게서 집을 매입했다고 했다. 훗날 어느 국어학자에게 들으니 그분은 일제의 관리였다지만 그 사실여부를 확인해 보지는 못했다.

처음부터 그 집에는 수도가 들어와 있었으나, 샘물도 마실 수 있었기 때문에 몇 년에 한 차례씩 우물치기를 했다. 마당에 있던 손바닥만한 연못은 가꾸지 않은 채 방치되어 있어서 나는 심심풀이로 논에서 잡아 온 우렁이─우리는 그걸 '골뱅이'라 불렀다─를 길러 보기도 했다. 매화나무와 단풍나무가 각각 한 그루씩 서 있던 마당에 선친은 여러 그루의 장미를 심었고, 몇 포기의 원추리와 달맞이꽃─'쓰기미소우(月見草)'라고 불렀다─도 화초로 심어져 있었다. 뒤안에는 해묵은 감나무와 가죽나무가 있었고 해마다 방아풀과 결명자가 몇 포기씩 자라고 있었던 것 같다.

그 세 채의 집은 6·25 때 폭격으로 반파되었는데 두 채는 고쳐서 입주했지만 그 예전 모습은 되찾지 못하고 말았다. 그곳을 아주 떠난 지 어언 50년이 가까워 오지만 지금까지도 내가 고향을 생각할 때면 으레 그 집이 가장 먼저 떠오른다. 그래서 그런지 나는 아직도 이따금 꿈속에서 그 집을 본다.

4. 가갸거겨 배우기

국민학교 2학년 때였다고 기억된다. 어느 날 저녁 엄마가 나를 안방으로 부르더니 네모난 창호지 한 장을 내밀었다. 펼쳐 보니 그 당시 언문(諺文)이라고 부르던 한글이 가득히 적혀 있었다. 나는 그때까지 언문을 배우지 않았지만 그것이 조선 민족의 문자라는 것은 알고 있었다.

엄마는 나에게 그날 저녁부터 한글을 가르치겠다고 했다. 내가 장차 객지로 공부하러 나가면 집으로 편지를 써야할 텐데, 엄마가 일본말을 모르니 곤란하지 않겠느냐. 그러니 "니가 언문을 배우도록 해라"는 것이었다. 일제의 신교육을 전혀 받지 못했던 엄마는 일어를 하지 못했기 때문에 그 당시 매주 몇 시간씩 군청으로 가서 직원 가족 일어 강습을 받고 있었다.

창호지에는 엄마가 손수 먹을 갈아 종서(縱書)로 쓴 글자가 여남은 줄 쓰여 있었다.

> 가갸거겨고교구규그기ㄱ
> 나냐너녀노뇨누뉴느니ㄴ
> ⋯⋯⋯⋯⋯⋯⋯⋯⋯⋯⋯⋯⋯⋯
> 하햐허혀호효후휴흐히ㅎ

엄마는 중모음을 만드는 'ㅣ'를 '떼이'라고 불렀고 "'갸'자 떼이하면 '개'하고, '뇨'자 떼이하면 '뇌'한다…"라는 식으로 소리 내며 가르쳤던 것 같다. 하지만 나는 '다'와 'ㄷ'가 어떻게 다른지, 그리고 '러'와 '르'사이에 무슨 차이가 있는지 또 '매'와 '메'를 구별하는 법 등을 배우지 못했고, 가르치는 쪽이나 배우는 쪽에서 모두 그런 구별을 해야 할 필요를 전혀 느끼지도 않았다. 그런 허술한 첫 교육만을 탓할 수야 없겠지만, 오늘날까지도 나는 '바'와 'ㅂ'의 차이가 무엇인지 모르며, 대체 무엇 때문에 세종대왕은 'ㅓ'라는 모음 한 자지에 만족하지 못하고 'ㅡ'음까지 만들어서 이렇게 골치 아프게 했을까 원망하곤 한다.

아무튼 엄마 덕분에 나는 시쳇말대로 '하루 아침거리'로 한글을 익힐 수 있었다.

1945년 8월 15일 전후

일제로부터 해방되던 해 그러니까 1945년 초여름 밤낮없이 공습경보 사이렌 소리가 울렸지만 읍민들은 너무 빈번한 경보에 익숙해진 듯 별로 경계의 빛을 보이지도 않았다. 대낮에 B-29폭격기가 은빛 날개를 보이며 아주 고공을 날아가는 것이 더러 목격되기도 했으나 그 정도 높이는 고사포의 유효사거리를 넘어서기 때문에 일본군의 고사포는 침묵할 수밖에 없다는 설이 있었다. 그래서 그런지 폭격기들은 마치 산책이라도 다니듯이 유유히 창공을 날아다녔다. 종전이 가까워질 무렵이라 일본공군이 자랑하던 '하야부사(隼)' 전투기들은 씨가 말랐는지 한 대도 나타나지 않았다.

1. 공습에 혼비백산하던 날

그러던 중 7월 어느 날 내 고향 김천읍은 미국공군의 폭격을 당했다.

오후에 공습경보가 울렸지만 나는 방공호에 들어갈 생각은 아예 하지도 않았다. 골목에 나와 보니 어른들이 하늘을 쳐다보고 있었다. 이윽고 두 대의 B-29가 그리 높지 않은 고도로 날아오더니 시커멓게 생긴 물체 두 개를 떨어뜨렸다. 그 순간 곁에 서 있던 한 군청직원이 "'바쿠단(爆彈)'이다!"하며 고함을 질렀다. 그 소리에 놀란 나는 집을 향해 뛰기 시작했다. 대문을 밀치고 마당으로 들어서는데 잇달아 폭음이 들리더니 조금 후에 모래 먼지를 실은 바람이 휘몰아쳐 왔다.

우리 집 창고 속의 지하실은 이내 동네 사람들도 가득 찼다. 그 네모반듯한 콘크리트 지하실은 공습대피시설로 지정되어 있었으나 여름철에는 바닥에 물이 질퍽했기 때문에 아무도 거기로 내려가려 하지 않았다. 하지만 그날만은 달랐다. 그곳을 빼곡히 채운 사람들은 모두들 웅크린 채 요란한 총성을 들으며 새파랗게 질려 있었다. 어른들은 그것을 기총소사 소리일 거라고 했다.

그날 처음으로 전쟁을 실감한 우리 가족은 봇짐을 싸고 구읍에 있는 외가로 피난을 갔는데 그 시절에는 그것을 '소까이(疏開)'라고 했다. 김천역 조차장(操車場) 곁으로 난 신작로와 철길 사이의 빈터에 폭탄이 떨어진 곳이 보였다. 지름이 10미터쯤 되게 파인 웅덩이를 바라보면서 어른들은 적어도 1톤짜리 폭탄은 떨어졌을 거라고 했다. 그 당시 군사훈련의 일환으로 학교 운동장마다 '엔수이고(圓錘壕)'라는 것을 파 두었는데 나는 그 웅덩이를 보며 대형 엔수이고 같다고 생각했다.

몇 주일 만에 외가에서 집으로 돌아와 보니 그 사이에 마당에 심은 여러 포기의 옥수수가 부쩍 자라 있어서 집이 낯설어 보이기까지 했다. 8월 초순에는 히로시마(廣島)에 '겐시바쿠단(原子爆彈)'이라는 무서운 폭탄이 떨어졌다는 흉흉한 소문이 돌았다. 그 무렵 대낮에 미 해군의 '간사이끼(艦載機)'가 나타나서 저공비행을 하는 통에 우리는 굉음에 놀라 혼비백산

한 채 이불을 뒤집어쓴 적도 있다. 어른들은 미군의 '고오꾸우보깡(航空母艦)'이 조선 근해까지 들어왔을 거라고 하면서 종전이 임박했음을 예감하는 듯한 눈치였다.

2. 일제가 항복하던 날

1945년 여름―마침 방학이었기에 우리 동네 아이들은 급변하는 전황을 아랑곳하지 않고 여전히 바쁘게 쏘다녔다. 8월 15일에도 나는 낮에 두세 명의 4학년 급우들과 직지천 냇가에서 물장난을 하는 둥 빈둥거리며 놀았다. 집으로 돌아오는 길에 철길 옆의 농업창고들을 지나는데, 그 거대한 목조건물 중의 하나에는 육중한 문이 열려 있었다. 주위에 인기척이 전혀 없기에 우리는 안으로 들어가 보았다. 곡식을 담은 듯한 마대가 산더미처럼 쌓여 있었고, 한 찢어진 자루에서는 콩이 새어나와 흩어져 있었다. 우리는 말없이 주머니에 콩을 가득 채웠다. 농사를 지어도 일제가 공출이라는 이름으로 수확물을 모두 수탈해 가던 시절이었다. 특히 그 무렵에는 일제가 만주서 가져온 고량국수와 콩깻묵을 식량이랍시고 배급하고 있었기 때문에 끼니때마다 주부들은 난감해 했다. 아무튼 우리는 거의 본능적으로 콩에 손을 대면서 누가 보지 않나 조마조마했다.

창고에서 빠져나와서 의기양양하게 집으로 가고 있는데 저만치 앞에서 일본군 헌병 두 명이 오고 있지 않은가. '닛뽄도(日本刀)'를 철걱거리면서 다가오는 그 오만한 모습 앞에서 잔뜩 겁을 먹고 고개도 들지 못한 채 걸어가는데 당장에 그들이 우리를 불러 세울 것 같아 가슴을 조이던 일이 아직껏 선명히 기억된다.

집에 돌아오니 왠지 온 동네의 분위기가 심상치 않았다. 일본이 전쟁에 지고 조선이 해방되었다고 사람들이 조심조심 소곤대고 있었던 것이다.

아버지는 일본 천황의 항복 방송이 있었다고 했다. 라디오를 켜니 천황의 말이 재방송되고 있었는데, 그 의미를 알아듣기는 어려웠지만 침통한 어조가 무슨 큰일이 났음을 알리고 있음이 분명했다. 낮에 함께 놀았던 동무들은 그날 저녁에 다시 모였는데 우리 모두의 주머니에는 볶은 콩이 들어 있었다. 어른들은 삼삼오오 모여서 앞으로 세상이 어떻게 변할까 궁금해 했고 그 주변에서 우리는 밤이 이슥하도록 서성거렸다.

3. 태극기를 처음 보던 날

이튿날이었다. 우리 집 아래채에서 하숙 들어 있던 김천중학교 고학년 학생 두 명이 마당에서 어머니를 찾았다. "아주머니, 파랑색과 검정색 헝겊 좀 구할 수 있겠습니까?" 그 용도를 물으니 우리나라의 국기를 만들어야겠다는 것이었다.

그 자리에서 일장기를 태극기로 개조하는 작업이 시작되었다. 재봉틀이 대청으로 나왔고 학생들은 태극기의 도면을 종이에 그려 보였다. 일장기에서 '히노마루(日の丸)'의 일부를 도려내고 그 자리에 남색 천 조각을 오려 붙여 태극문양을 만들었다. 검은 천으로는 네 개의 괘(卦)도 만들었다. 학생들이 그렇게 급조된 태극기를 휘두르며 기고만장해 하던 모습이 마치 불과 수년 전에 있었던 일 같다.

그때 그 태극기는 그 두 학생에게 많은 것을 의미했을 것이다. 그들이 다니던 김천고등보통학교(金泉高等普通學校)는 1931년에 최송설당(崔松雪堂) 여사가 창설했는데, 이내 학생들의 반일감정의 온상이 되어버렸다. 결국 일제 말기에 총독부는 학교를 강탈해서 공립김천중학교로 만들어버렸다. 그런 수모를 하면서도 학생들이 꼼짝도 하지 못했을 테니 우선 그 태극기 한 장으로나마 그들은 해방의 기쁨을 만끽하려 했을 것이다.

며칠 되지 않아 온 시내에 태극기가 나부끼기 시작했다. 나는 처음으로 우리나라가 독립한다는 말을 들었고 그 뜻을 짐작은 했지만, 물론 닥쳐올 정치적 혼란이나 전쟁이라는 시련을 내다보지는 못했다.

南風會 菽麥同人

郭光秀(茱丁)　金璟東(浩山)　金明烈(白初)　金相泰(東野)　金容稷(向川)

金在恩(丹湖)　金昌珍(南汀)　金學主(二不)　李相沃(友溪)　李相日(海史)

李翊燮(茅山)　鄭鎭弘(素田)　朱鐘演(北村)

* 가나다 순, ( ) 속은 자호(自號)

커튼을 제끼면서

인쇄 2014년 1월 20일 | 발행 2014년 1월 25일

지은이 · 이상일 · 정진홍 · 주종연 · 곽광수 · 이익섭 · 김경동 · 김명렬
　　　　김상태 · 김학주 · 김용직 · 김재은 · 김창진 · 이상옥
펴낸이 · 한봉숙
펴낸곳 · 푸른사상사

등록　제2-2876호
주소　　서울시 중구 충무로 29(초동) 아시아미디어타워 502호
대표전화　02) 2268-8706~7　팩시밀리 02) 2268-8708
이메일　prun21c@hanmail.net
홈페이지　www.prun21c.com

ⓒ 이상일 · 정진홍 · 주종연 · 곽광수 · 이익섭 · 김경동 · 김명렬
　김상태 · 김학주 · 김용직 · 김재은 · 김창진 · 이상옥, 2014

ISBN 979-11-308-0077-6　03810
　값 17,000원